Vom Mondlicht markiert

*magische, geheimnisvolle
Gestaltwandler-/Vampir-Romantik
Château-Nocturne, Buch 2*

Anna Lowe

Inhaltsverzeichnis

Weitere Titel in dieser Serie

Château Nocturne

Vom Mondlicht gestreift (Buch 1)

Vom Mondlicht markiert (Buch 2)

Von Magie berührt (Buch 3)

www.annalowe.de

Kapitel 1

MINA

Ich trommelte mit den Fingern auf das Lenkrad und schaute durch die Windschutzscheibe auf den öffentlichen Park von Auberre. Mal ehrlich, wie schwer konnte das schon sein?

Mein Herz raste und meine Finger bewegten sich schneller, aber ich war immer noch nervös.

Du schaffst das, versuchte ich mir einzureden.

Was, wenn ich es nicht schaffte? Was, wenn ich versagte?

Wäre Marius dagewesen, hätte ich ihm unbedingt beweisen wollen, wozu ich fähig war. Aber mein Drachengestaltwandler-Liebhaber war mit seinen Kollegen Roux, Bene und Henrik unterwegs – ihre zweite Reise, seit wir von Mallorca zurückgekehrt waren. Dieses Mal waren es nur drei Tage, aber es fühlte sich schon wie eine Ewigkeit an.

Um nicht wie ein liebeskranker Welpe wegen Marius zu jammern, hatte ich mir eine Liste mit Aufgaben erstellt, die ich in dieser Zeit erledigen wollte. Bis jetzt war ich heute früh joggen gewesen, hatte abblätternde Farbe am Westflügel des Châteaus abgekratzt und mich in Erwartung, dass die Jungs bald nach Hause kommen – ähm, zurückkommen – würden, auf eine epische Einkaufstour begeben.

Jetzt war es an der Zeit für den nächsten Punkt auf meiner Liste. Schattenwandeln hier im öffentlichen Park, wo mich jeder sehen konnte – oder besser gesagt, *nicht* sehen konnte.

Mein ganzes Leben lang war ich von Magie umgeben gewesen, die kam und ging, wie es ihr gefiel – kleine Relikte der viel größeren Fähigkeiten meiner gemischten Vorfahren. So wie normale Menschen sich vornahmen, Stricken, Gärtnern oder eine

Fremdsprache zu lernen, hatte ich mir halbherzig vorgenommen, Magie zu erlernen. Allerdings hatte ich nie wirklich viel erreicht.

Aber die letzten Wochen hatten mir gezeigt, dass ich jedes Werkzeug in meinem Werkzeugkasten schärfen musste, wenn ich eine weitere Begegnung mit skrupellosen übernatürlichen Wesen überleben wollte.

Schattenwandeln war Werkzeug Nummer eins – mich in gewisser Weise unsichtbar zu machen. Um das zu erreichen, musste ich an einem Ort eine Illusion von mir selbst aufrechterhalten, während ich mich an einen anderen Ort schlich. Das war mir in der Vergangenheit schon ein paar Mal gelungen, aber ich musste es zuverlässig können. Mit Selbstvertrauen. Deshalb dieser Besuch im Park.

Aber jetzt, da ich hier war, verschwand meine Entschlossenheit wie Mondlicht in einer stürmischen Nacht.

Ich stellte mir vor, wie Marius sagte, *Du schaffst das.*

Ich öffnete die Autotür, ging zum Park, ließ mich auf eine Bank fallen und rieb mir nervös die Hände. Ich konnte das schaffen. Ich konnte es definitiv schaffen. Sobald ich anfangen würde, würde alles ganz natürlich passieren. Nicht wahr?

Ich schaute mich um. Niemand war zu sehen. Ich nahm eine möglichst natürliche Haltung ein und starrte ernst auf die dreifarbigen Flaggen, die das Kriegsdenkmal des Dorfes flankierten. Ich achtete sorgfältig auf jedes Detail, vom Winkel, in dem ich meine Knöchel übereinanderschlug, bis zu der Art, wie eine Hand auf der anderen ruhte. Ich katalogisierte die Länge meines Schattens und die Art, wie der Herbstwind um meinen Körper wehte. Dann stellte ich genau diese Szene nach, entfernte mich leise und überprüfte die Illusion, die ich zurückgelassen hatte.

Trauriger Blick auf das Kriegsdenkmal – erledigt. Körper und Schatten unverändert – erledigt. Ich war da, aber ich war nicht da.

Gleichzeitig musste ich jede Spur meines wahren Ichs verbergen. Das bedeutete, meinen Schatten zu löschen, den Wind umzulenken und die Illusion von nicht zertretenem Gras unter meinen Füßen zu erzeugen.

Intensiv war eine Untertreibung für diesen Prozess. Es war, als würde man zwei verschiedene Szenen gleichzeitig malen und dabei ein Auge und eine Hand auf je eine Szene richten. Aber die Folgen eines Fehlers waren jetzt nicht mehr nur eine verschmierte Leinwand. Ich könnte mich selbst aus der Existenz wegwischen.

Mein Kopf begann zu pochen, aber ich machte weiter und entfernte mich mit jedem Schritt noch mehr. Dann wandte ich mich zum Üben ab, denn ohne visuelles Feedback war es viel schwieriger, eine Illusion aufrechtzuerhalten. Hatte sich mein illusorischer Kopf in einem seltsamen Winkel geneigt? Wanderte meine Nase wie auf einem verzerrten Picasso-Porträt in Richtung Mund?

Eine Wolke verdeckte die Sonne und verdunkelte alle Schatten. Ich beeilte mich, den falschen Schatten meines falschen Doppelgängers und den zu hellen Fleck, den ich über meinen echten Schatten geworfen hatte, zu korrigieren. Dann kam die Sonne zurück und ich kehrte den Vorgang wieder um.

Uff. Ich nahm mir vor, mich beim Schattenwandeln auf Innenräume zu beschränken – falls ich überhaupt Schattenwandeln musste.

Ich pirschte hin und her, probierte verschiedene Entfernungen aus und achtete dabei auf weitere Wolken. Zum Glück sah der Himmel so aus, als würde er in den nächsten Minuten klar bleiben.

Ich gratulierte mir gerade zu meiner guten Arbeit, als mich jemand von der Straße aus rief.

„Oh, Mina! *Bonjour!*"

Es war Madame Fontaine, die pensionierte Lehrerin, die sich dem Park näherte.

Die gute Nachricht war, dass sie sich auf mein gefälschtes Ich konzentrierte. Das bewies, dass die Illusion funktionierte. Hurra!

Die schlechte Nachricht war, dass sie näher an der Bank war als ich, und meine Illusion gleich auffliegen würde.

Oh, scheiße.

Ich sprintete hinüber und versuchte verzweifelt, verborgen zu bleiben. Zum Glück war niemand in der Nähe, der die Details bemerkte, die ich in meiner Eile übersah, wie meine Fuß-spuren im Gras oder meinen Schatten.

„Mina! Huhu", rief Madame Fontaine, als mein falsches Ich sich nicht umdrehte.

Ich nahm mir vor, in Zukunft realistischere, bewegliche Il-lusionen zu versuchen – falls ich jemals den Mut aufbringen sollte, es noch einmal zu probieren. Denn verdammt, das war knapp gewesen.

Im letzten Moment sprang ich in den Raum, den die Illusion meines Ichs einnahm, und löste den Zauber auf.

Madame Fontaine schaute zweimal hin, und ich zuckte zu-sammen. Ich hatte nicht genau dieselbe Position eingenommen, so dass mein Bild wie ein schlecht bearbeitetes Video sprang.

„Oh. *Bonjour*, Madame", keuchte ich.

Sie runzelte die Stirn. „Geht es Ihnen gut, meine Liebe?"

Ich nickte schnell. „Ja, danke. Ich war wohl mit meinen Gedanken woanders."

Mit meinem Körper auch, aber *das* musste ich ja nicht erwähnen.

Sie warf einen Blick auf das Kriegsdenkmal und tätschelte meine Hand. „Es ist schön zu wissen, dass junge Menschen sich immer noch an ihre Opfer erinnern."

Das tat ich oft, aber mein Motiv heute war völlig egoi-stisch, was mir ein schreckliches Schuldgefühl bereitete. Ich nahm mir vor, beim nächsten Jahrestag des Waffenstillstands einen Kranz niederzulegen.

„Es ist so traurig", sagte ich und meinte es ernst.

Sie tätschelte meine Hand erneut. „Wir können ihr Anden-ken nur ehren, indem wir das Beste aus der Zeit machen, die uns geschenkt wurde."

Ihre weisen Worte veranlassten mich zu weiterer Selbstre-flexion. Machte ich das Beste aus der Zeit, die mir geschenkt worden war? Sollte das Unterrichten von Fünftklässlern nicht wichtiger sein als die Renovierung eines baufälligen Gebäudes und die Fortsetzung einer Beziehung mit einem Drachenge-staltwandler, mit dem ich vielleicht keine Zukunft hatte? Oder war es genauso wichtig, meinem Herzen und dem Vermächtnis meiner Familie treu zu bleiben?

Ein Vermächtnis, das mit Magie zu tun hatte. War ich eine Närrin, weil ich mit dem Feuer spielte, oder war es gerechtfertigt, dass ich versuchte, es wieder zu entfachen?

Ich schimpfte mit mir selbst für einen weiteren Moment, in dem es nur um mich-mich-mich ging, und las schweigend die Namen auf dem Kriegsdenkmal. Dann holte ich tief Luft und bot Madame Fontaine meinen Arm an.

„Ist ein Ausflug zur *Boulangerie* die beste Art, die uns geschenkte Zeit zu nutzen?"

Sie kicherte, stand auf und hakte ihren Arm in meinen ein. „Immer. Besonders, wenn es dabei um *Éclairs* geht."

Wir machten uns mit eingehakten Armen auf den Weg, und zum ersten Mal hatte ich das Gefühl, dass sie und ich etwas gemeinsam hatten, außer dass wir beide Lehrerinnen waren und in derselben friedlichen Ecke Burgunds lebten.

„Es ist so schön, wieder junge Leute in der Stadt zu haben", sagte Madame Fontaine auf unserem Weg. „Sie... Clement..."

Sie meinte meinen Kindheitsfreund, der zum lokalen Herzensbrecher/Polizist/überfürsorglichen Wolfsgestaltwandler herangewachsen war. Ein Mann, den ich wie einen Bruder liebte, aber nur wie einen Bruder.

Sie wackelte zwar nicht mit ihren Augenbrauen, aber ein *Warum um alles in der Welt seid ihr beiden nicht verheiratet?* schwang laut und deutlich in ihren Worten mit.

„Es ist schön, wieder in der Stadt zu sein", sagte ich diplomatisch.

Es ersparte mir auch zu erklären, wie Marius' ausdrucksstarke Augen und seine entschlossene Art seine etwas zweifelhafte Vergangenheit mehr als wettmachten. Sie würde es ohnehin nie verstehen.

Ich ertrug noch ein paar Minuten voller Andeutungen und Verkupplungsversuche, aber das *Éclair* war es wert. Und, oh! Die starken Kopfschmerzen, die mich nach der Magie stets plagten, waren bereits verschwunden.

Ich verabschiedete mich und ging zurück zu meinem Wagen, wobei ich mir vornahm, nach dem Üben von Magie immer, wirklich immer ein Gebäckstück zu essen. Für meine psychische Gesundheit.

Dann klingelte mein Handy und ich strahlte vor Vorfreude auf einen Anruf von Marius. War seine Mission beendet? War er in Sicherheit? War er auf dem Weg zu mir nach Hause?

Ich riss mein Telefon aus der Tasche und eilte zu meinem Auto. Mein Herz schlug vor Aufregung schnell.

Kapitel 2

MINA

Meine Finger zitterten, als ich auf mein Handy schaute. Ich war so aufgeregt – wie erbärmlich. Während der drei Tage, in denen Marius weg war, hatte ich praktisch wie ein treuer Hund meine Nase gegen das Fenster gedrückt und auf seine Rückkehr gewartet. Jedes Mal, wenn mein Handy klingelte, wedelte ich mit meinem imaginären Schwanz, und jedes Mal, wenn jemand anderes am anderen Ende der Leitung sprach, ließ ich diesen Schwanz wieder hängen.

So wie jetzt, als die Anruferkennung *Geneviève* anzeigte. Ich liebte meine Schwester, aber mit ihr zu sprechen, gab mir nicht das gleiche Gefühl wie mit Marius. Entweder war ich verliebt oder es gab *Schicksalsgefährten* wirklich.

Ich setzte mich in mein Auto und nahm den Anruf entgegen, wobei ich versuchte, fröhlich zu klingen.

„Hi, Gen.“

„Hi. Wie geht es dir?“, fragte sie süß.

In meinem Kopf schrillten die Alarmglocken. Gen sprach selten in diesem Ton mit mir.

„Gut. Und dir?“ Ich machte mich auf das Schlimmste gefasst.

„Gut.“ Sie zögerte. Ein weiteres Warnsignal, denn Gen führte Gespräche so, wie sie ihr Leben führte – ohne sich mit Gedanken aufzuhalten, wie unsere Lieblingsmoderatoren in der Radiotalkshow gerne sagten.

„Du musst mir einen Gefallen tun“, sagte sie schließlich.

„Dich vom Flughafen abholen? Jederzeit“, erklärte ich.

Ich hatte das Château Nocturne zusammen mit Gen und unserer Cousine Dora geerbt, und wir hatten vereinbart, alle unsere Ressourcen dafür zu verwenden, das vernachlässigte Anwesen in ein rentables Unternehmen zu verwandeln... irgendwie. Aber bis jetzt war ich die Einzige vor Ort, die sich mit Spinnweben, rissigen Wänden und undichten Stellen herumschlug.

Schließlich ließ Gen die Bombe platzen. „Leider verspäte ich mich."

„Schon wieder?", kreischte ich.

Ursprünglich hatte Gen eine Woche nach mir nach Frankreich fliegen sollen, zu Beginn des Sommers. Jetzt war es Ende September und ich kümmerte mich immer noch allein um das Anwesen.

Nun, nicht ganz allein, denn ich hatte drei Gestaltwandler und einen Vampir als Untermieter aufgenommen – was die Renovierungsarbeiten betraf, eine entscheidende Veränderung – und auch in anderer Hinsicht. Aber ich trug immer noch die alleinige Verantwortung für das Château und jede nervenaufreibende Entscheidung, egal wie klein oder groß sie auch sein mochte, lag bei mir.

„Es tut mir wirklich leid. Ich verspreche, dass ich so schnell wie möglich kommen werde."

„Ich brauche dich *jetzt* hier, Gen."

„Ich weiß, ich weiß. Und es tut mir *wirklich* leid. Ich muss nur noch ein paar Dinge klären... "

Ein paar Dinge bedeuteten *ihr Leben*, und so sehr ich meine Schwester auch liebte, hatte ich meine Zweifel.

„Gen... ", brummte ich, wie immer hin- und hergerissen zwischen schwesterlicher Unterstützung und liebevoller Strenge. Die liebevolle Strenge gewann definitiv.

„Ich schwöre, ich werde das Ticket bald neu buchen."

Ich biss die Zähne zusammen. Wahrscheinlich hatte sie inzwischen mehr für Umbuchungsgebühren bezahlt als für das ursprüngliche Ticket.

Andererseits war ich der Glückspilz, der keine Reihe toxischer Beziehungen hinter sich hatte. Vielleicht sollte ich verständnisvoller sein... wenn ich nicht vorher ins Telefon schreien würde.

Und, ha. Was für ein Aufruhr das in dem verschlafenen kleinen Auberre verursachen würde! Mesdames Fontaine und Martin würden aus der *Boulangerie* stürmen, um nachzusehen, was los ist. Vorhänge würden beiseitegezogen werden, während die Leute in den umliegenden Häusern gespannt lauschten. Zumindest in den Häusern, die noch bewohnt waren und deren Bewohner noch gutes Gehör hatten. Keine große Gefahr, denn Auberre hatte, wie die meisten ländlichen Gebiete Frankreichs, im Laufe der Zeit einen demografischen Wandel erlebt, mit einer starken Tendenz zu Menschen über siebzig.

„Das Problem ist, dass Gordon mich gebeten hat, mich mit ein paar Leuten zu treffen, und ich kann den Termin jetzt nicht wahrnehmen", sagte Gen.

Die schrillsten Alarmglocken läuteten in meinem Kopf und rote Flaggen wurden gehisst.

„Hallo?", sagte Gen, als ich nicht antwortete. „Kannst du mich hören?"

Ich schluckte schwer. „Sag das bitte noch einmal. Ich habe dich nicht ganz verstanden."

„Ich sagte, Gordon hat mich gebeten, mich für ihn mit ein paar Leuten zu treffen", rief Gen. „Und ich werde es jetzt nicht schaffen, also hatte ich gehofft, du könntest es übernehmen."

Das Geräusch der Alarmglocken wurde immer lauter. Warum hatte Gordon Gen gefragt, wo ich doch viel näher war?

„Welche Leute? Wo? Wann?"

„Nächste Woche, in Paris. Ich glaube, sie sind Amateurkunstsammler oder so etwas. Ich habe nicht gefragt."

Ich hätte schreien können: *Du hast nicht gefragt? Wie kannst du nur so leichtgläubig sein?* Aber bis vor ein paar Wochen hätte ich dasselbe getan. Alles für Gordon, unseren freundlichen, großzügigen Patenonkel. Ohne Fragen zu stellen.

Das war, bevor ich erfuhr, dass die „Leibwächter", die er ins Château Nocturne geschickt hatte, tatsächlich Söldner waren und seine „Geschäftsinteressen" zwielichtige Hinterzimmergeschäfte einschlossen.

Mir wurde übel, als ich an die kleinen Gefälligkeiten dachte, um die Gordon mich in der Vergangenheit gebeten hatte. Partys, zu denen er mich eingeladen hatte, Pakete, die ich abholen oder abgeben sollte. Ich hatte nie darüber nachgedacht, dass daran etwas faul sein könnte, und ich konnte es auch jetzt noch kaum glauben. Aber nach den jüngsten Ereignissen... Nun, ich hatte gelernt, dass beim lieben alten Gordon nicht alles so war, wie es schien.

„Warum hat Gordon dich gefragt und nicht mich?", fragte ich.

„Gordon wollte dich damit nicht belasten. Er weiß, wie beschäftigt du bist."

Er wusste auch, dass ich die Verantwortungsbewusste war – und diejenige auf seiner Seite des Atlantiks. Offensichtlich wollte er mir das verheimlichen.

„Mit wem sollst du dich treffen? Warum?", fragte ich.

„Gordon wollte mir die Details später mitteilen. Aber keine Sorge. Ich werde ihn anrufen und sagen, dass ich nicht kommen kann."

Das war es nicht, was mir Sorgen bereitete.

„Es sei denn... ", deutete sie an.

„Es sei denn, ich biete an, an deiner Stelle zu helfen?", fügte ich hinzu.

Ich beabsichtigte nicht, so etwas anzubieten, und doch wusste ich bereits, dass ich es tun würde. Besser ich als meine leichtgläubige, vertrauensvolle Schwester.

„Was weißt du sonst noch darüber?", fragte ich.

Nicht besonders viel, wie sich herausstellte, was zu einem kurzen Gespräch führte.

„Aber keine Sorge... "

Ha. Je öfter sie das sagte, desto mehr sorgte ich mich.

„... ich werde Gordon anrufen und alles erklären", schloss sie.

„Tu das nicht!", rief ich fast, räusperte mich dann und versuchte es noch einmal mit normaler Stimme. „Tu es nicht. Ich hatte ohnehin vor, später diese Woche nach Paris zu fahren. Ich werde dann mit ihm darüber sprechen."

Ich hatte nichts dergleichen geplant, aber so gewann ich Zeit zum Nachdenken.

„Glaubst du, er wird wütend sein?", fragte Gen.

Ich konnte ihren traurigen Hundeblick fast vor mir sehen. Bei mir funktionierte das nicht, aber bei Gordon würde sie damit punkten.

„Nein", seufzte ich.

Gordon würde nicht nur *nicht* sauer sein, er würde sich auch sehr bemühen, sie zu trösten. Tickets für die Oper... VIP-Zugang zur Eröffnung einer neuen Kunstausstellung... Gordon war in dieser Hinsicht unglaublich großzügig.

„Es tut mir wirklich leid", fuhr Gen fort. „Ich weiß, dass das Château deine ganze Zeit in Anspruch nimmt... "

Überwiegend ja, aber ich hatte auch jede freie Minute genutzt, um mit Marius zu vögeln. Ich hatte nie wirklich an Schicksal geglaubt, aber da *unersättliche Lust* eines der Anzeichen war, nun...

„... und ich schwöre, ich werde es wieder gutmachen."

„Du *wirst* es wieder gutmachen", sagte ich entschlossen. „Sobald du deinen Hintern hierher geschwungen hast." Dann kam mir eine Idee, um das Angebot für sie zu versüßen. „Clement ist zurück in Auberre, weißt du. Und Single."

„Wirklich?" Sie hob ihre Stimme.

Ich seufzte. Gen stand schon seit ihrem fünften Lebensjahr auf den Wolfsgestaltwandler und Clement war damals etwa neun. Eine schmerzlich unerwiderte Liebe, aber man konnte ja nie wissen.

„Ja, und er hat nach dir gefragt."

„Wirklich?", quietschte sie.

Ich hielt das Telefon von meinem Ohr weg und dachte über meine kleine Lüge nach. Ich hatte Gen Clement gegenüber erwähnt und er hatte darauf nur mit einem unverbindlichen Laut reagiert. War das nah genug dran?

„Ein Grund mehr, dass du so schnell wie möglich herkommst", sagte ich.

„Das werde ich. Versprochen. Es ist nur so, dass die Aufführungen von *Peter und der Wolf* um ein paar Wochen verlängert wurden... "

Sicher, und der neue heiße Perkussionist war wahrscheinlich perfekt für eine Trostpflaster-Affäre – Gens Lieblingsheilmittel für eine gescheiterte Beziehung. Sie entwarf Bühnenbilder für das Children's Theatre of New England, und ihr Liebesleben spiegelte oft die Dramen wider, die sich auf der Bühne abspielten.

Ich beendete das Gespräch und musterte den Stadtpark. In meinem Kopf spielten Waldhörner die bedrohliche Melodie des Wolfes, während ich über Gens Worte nachdachte.

Ein Auto fuhr vorbei, dann ein Minibus, aber ich war zu sehr in meine Gedanken versunken, um es zu bemerken, bis sie schon zwei Blocks entfernt waren. Erst dann fummelte ich an meinem Schlüssel herum und ließ den Wagen an, denn dies war Henriks Sportwagen und der Minibus, in dem Roux mit Marius und Bene fuhr. Sie kamen nach Hause!

Mein klappriger alter Citroën sprang beim zweiten Versuch an. Ich raste los und schonte ihn nicht, so sehr wollte ich meinen Mann einholen. Ich beschränkte mich auf knapp über der Geschwindigkeitsbegrenzung, um der Polizei keinen Grund zu geben, mir einen Strafzettel zu verpassen. Und nicht irgendwem von der Polizei, sondern Clement. Ich liebte ihn, aber es war rein platonisch. Zumindest von meiner Seite aus. Von seiner jedoch...

Nun, da wurde es etwas kompliziert.

Sobald ich die Stadtgrenze passiert hatte, ließ ich den armen, überlasteten Motor des Citroëns aufheulen. Kurz darauf bog ich links auf eine Landstraße ab, die zu der langen, von Bäumen gesäumten Auffahrt des Châteaus führte. Ich bremste quietschend auf dem weiten Vorplatz vor dem Gebäude, so dass Kies aufwirbelte. Dann sprang ich aus dem Auto, um sie zu begrüßen.

„Oh, hallo Mina", sagte Bene und wirkte ungewöhnlich zurückhaltend.

Normalerweise war der blonde Löwengestaltwandler immer fröhlich. Heute jedoch nicht.

Roux hatte dunkle Ringe unter den Augen und begrüßte mich mit einem schlichten *„Bonjour"*.

Der Mann war ein Tigergestaltwandler und sah David Beckham zum Verwechseln ähnlich – nur ohne das Grinsen. Aber meine Güte, sah er müde aus.

Henrik, ein dunkelhaariger Vampir, verbeugte sich leicht und vermied es, mir in die Augen zu sehen. „Hallo.“

„Hi“, zwitscherte ich, mehr zur Tür des Minibusses als zu einem von ihnen, denn Marius würde sicher als Nächster aussteigen.

Ich stellte mir vor, wie er seine langen Beine und Arme ausstreckte, ausstieg und dann seine Arme um mich schlang. Arme, die sich in Flügel verwandeln konnten, und mitternachtsblaue Augen, die tief in meine Seele blickten. Haare in der Farbe, von der Schokoladenliebhaber träumen, und ein Bad-Boy-Ausdruck, der verbarg, wie viel mehr in ihm steckte.

Ich wartete. Jeden Moment würde ich das alles erleben dürfen.

Sehr, sehr bald...

Ich wartete noch ein paar Sekunden und steckte dann meinen Kopf in das Fahrzeug. Aber Marius schlief nicht auf dem Rücksitz, beendete kein Telefonat und kümmerte sich auch nicht um das Gepäck. Er war überhaupt nicht da.

Ich wirbelte zu den anderen herum. „Wo ist Marius?“

Bene schaute auf seine Füße, während Roux und Henrik einander ansahen.

Oh Gott.

Marius war ein knallharter Drachengestaltwandler, der auf sich selbst aufpassen konnte. Aber er war an streng geheimen und gefährlichen Missionen für meinen Patenonkel Gordon beteiligt.

Meine Stimme wurde lauter und mein Puls raste. „Wo ist Marius?“

Kapitel 3

MINA

„Er ist... ähm... " Roux kratzte sich am Ohr.

„Es geht ihm gut", warf Bene schnell ein.

Der gute alte Bene. Der einzige sozial intelligente Kerl dieser Truppe knurriger Übernatürlicher.

Meine Panik ließ etwas nach. „Es geht ihm vollkommen gut?"

Bene schenkte mir ein schiefes Lächeln. „So gut, wie es einem Drachengestaltwandler gehen kann."

Roux warf ihm einen strengen Blick zu und Benes Humor verschwand.

„Ähm... Ich gehe besser auspacken", murmelte Bene und trottete zum Westflügel.

Ich starrte ihm nach. Was gab es aus dieser winzigen Sporttasche schon auszupacken?

Ich musste mich sehr zurückhalten, um Roux nicht zu schütteln. Zum Glück tat ich es nicht, denn er wirkte nervös. Nun ja, noch nervöser als sonst. Und man schüttelte keine gereizten Tiger.

„Marius geht es gut, aber er ist nicht hier?", fragte ich.

Roux schob seine Hände in die Taschen. Die oberen Taschen, denn er liebte Cargo-Hosen, ein Überbleibsel seines früheren Militärlebens. Henrik schaute sich unbeholfen um, dann drückte er mir etwas in die Hand. Er war so gar nicht sein gewohntes gelangweiltes aristokratisches Selbst.

„Ein Geschenk", murmelte er und eilte dann die Treppe hinauf.

Ich starrte auf die kleine, flache Dose. Kaviar?

Von allen Leuten (äh, Vampiren?) hatte ausgerechnet Henrik mir ein Geschenk mitgebracht?

Etwas stimmte definitiv nicht. Entweder das oder ich las zu viel in die alten Sitten hinein, die von ihm verlangten, dass er der Dame des Hauses, wie er mich beharrlich nannte, ein Geschenk mitbrachte.

Altmodische Manieren hinderten Henrik jedoch nicht daran, mir aus dem Weg zu gehen. Nur Roux blieb in der Nähe, zweifellos angetrieben von seinem ausgeprägten Ehrgefühl.

„Was ist los?", fragte ich.

Er rieb sich das Kinn und sagte schließlich: „Marius musste... sich um ein paar Dinge kümmern."

Sein Tonfall deutete auf harmlose Kleinigkeiten wie einen Zahnarztbesuch oder das Rasenmähen bei seiner Großmutter hin.

Vieles an Marius blieb mir ein Rätsel, aber wenn ich eines über den Drachengestaltwandler gelernt hatte, dann, dass er nichts *Harmloses* oder *Kleinigkeiten* tat. Das war der Typ, der auf der Jagd nach einem Eindringling einen halben Hektar Wald in Brand gesteckt hatte. Ein Mann, dessen Vorstellung von Ablenkung ein Feuer war, das groß genug war, um eine mallorquinische Villa niederzubrennen. Alles, was Marius tat, tat er im großen Stil.

„Sich um ein paar Dinge kümmern", wiederholte ich und zeigte meine Ungläubigkeit. „Wie was zum Beispiel?"

„Ich habe nicht gefragt", murmelte Roux. „Wenn du mich jetzt bitte entschuldigen würdest..."

Er schnappte sich seine Tasche und ging ins Haus.

Ich starrte auf die Tür, durch die er verschwunden war. Die Jungs und ich hatten einen schwierigen Start gehabt, aber nach und nach hatten wir uns besser verstanden und sogar eine Bindung zueinander aufgebaut, besonders nach dem Einsatz auf Mallorca. Jetzt standen wir plötzlich wieder am Anfang. Warum? Was war passiert?

Ich folgte Roux etwas niedergeschlagen ins Haus. Seine Schritte hallten durch die riesige Eingangshalle und die Treppe hinauf. Dann wurde es ganz still, bis *Bumm!* Der Wind schlug die Haustür zu.

Ich stand allein in dem riesigen Raum und fühlte mich klein und verletzt. Hatte ich mir etwas vorgemacht, als ich dachte, ich hätte echte Freundschaften mit den Jungs geschlossen? War ich dumm gewesen, eine Gruppe gefährliche, übernatürliche Wesen als mehr als nur Kunden anzusehen?

Ich ballte meine Hände zu Fäusten. Nein, verdammt. Wir hatten zusammen gelacht und geweint. (Nun, ich hatte geweint.) Roux hatte mich aus einem brennenden Gebäude getragen. Bene hatte mir ein rührendes Geburtstagsgeschenk gemacht. Henrik hatte... ähm... davon abgesehen, mein Blut zu trinken. Wenn das keine Freundschaft war, was dann?

Also, wo zum Teufel war Marius?

Ich beschwor meine innere Detektivin herauf und musterte den Kaviar. Er sah authentisch aus, mit kyrillischer Schrift und allem. Ich starrte auf den Flur, der zu den Quartieren der Männer führte. Oha. Hatte ihre Mission sie nach Russland geführt?

Aber nein. Der Aufkleber auf dem Boden der Dose war in Französisch, Englisch und Deutsch gedruckt und besagte: *Noir Impérial Importateurs SRL, Bruxelles.*

Ich schaute noch einmal die leere Treppe hinauf. Nach Brüssel vielleicht?

Andererseits hätte diese Dose überall in Europa weiterverkauft werden können.

Ich stand noch ein paar Minuten lang verloren und verwirrt da. Dann spähte ich hinaus und hoffte, dass ein weiteres Auto die Auffahrt hinunterkommen würde. Dass Marius aussteigen und mich umarmen würde, und dass alles wieder in Ordnung wäre.

Aber es kam kein Auto. Kein Marius. Keine Erklärung. Es gab nur den riesigen, hallenden Raum des Eingangsbereichs.

Ich schleppte mich in Richtung Küche, bog dann jedoch zu meinem Quartier im Ostflügel ab, da ich Madame Picard nicht begegnen wollte. Sie war damit beschäftigt, das Abendessen für fünf, anstatt für vier Personen vorzubereiten. Aber nicht beschäftigt genug, dass sie mich nicht mit einer Flut von Fragen bombardieren würde, die ich nicht beantworten konnte.

In meinem Zimmer angekommen, ging ich direkt zum Fenster und starrte auf die Auffahrt, während sich meine Emotionen überschlugen.

Ich hatte Marius' Nummer nicht, weil ich sie nie gebraucht hatte, da er im Château wohnte. Ich hatte gelernt, mit Funkstille zu leben, wenn er für Gordon auf Mission war, aber seine letzte Mission war jetzt vorbei. Wo zum Teufel war er also?

Celeste kam mir in den Sinn. War seine Sukkubus-Ex irgendwie darin verwickelt?

Der Gedanke machte mich krank, aber was konnte ich tun?

Erledige dringend notwendige Arbeit, anstatt herumzusitzen und in Sorgen zu versinken, tadelte ich mich selbst.

Ich machte einen Umweg zum Minikühlschrank in meiner Wohnung, brach ein Stück dunkle Schokolade ab und ging dann zur Tür. Dann hielt ich inne, drehte mich um und nahm mir noch ein Stück. Ich befand mich mitten in einer emotionalen Krise und hatte es verdammt noch mal verdient!

Dann ging ich in die obere Etage des gegenüberliegenden Flügels im Château – in die Zimmer, die meinen entsprachen und in denen meine Gäste wohnten. Ursprünglich hatte ich ihnen Räume im Erdgeschoss zugewiesen, aber Marius war sofort ins obere Stockwerk gezogen, während Henrik sich im Dachgeschoss eingerichtet hatte. Damals war ich wütend gewesen, aber das war, bevor... nun, bevor Marius und ich...

Ich hielt inne und versuchte, diese Lücke zu füllen. Bevor er und ich uns verliebt hatten oder bevor er und ich uns in eine unglückliche Affäre gestürzt hatten?

Auf jeden Fall konzentrierte sich mein neuestes Renovierungsprojekt auf die vier Zimmer im Obergeschoss des Westflügels, denn ich hatte vor, neben der Ausrichtung von Hochzeiten und anderen Veranstaltungen eines Tages auch Unterkünfte zu vermieten.

Ich schnaubte leise. Ich hoffte, dass es sich um gut zahlende, *menschliche* Gäste handeln würde und nicht um verlockende, gefährliche Drachengestaltwandler, die mit meinem Herzen spielten.

Ich hatte überhaupt keine Lust zu arbeiten, aber das Château würde sich nicht von selbst renovieren, also zog ich meine Arbeitslatzhose an, ging zum Westflügel und fing an, Farbe von einem Fensterrahmen abzukratzen. Allerdings war ich nur halb bei der Sache. Den Rest meiner Aufmerksamkeit widmete ich dem Herumschnüffeln im Zimmer, um die wenigen Habseligkeiten zu begutachten, die Marius zurückgelassen hatte. Ich grübelte und wünschte, ich wüsste mehr über ihn.

Aber es gab keine Liebesbriefe, die eine heimliche Affäre verrieten, keine Karte mit den Orten von Morden, die es zu untersuchen – oder zu begehen – galt. Keine Reisetasche voller Waffen und schon gar kein Album mit Kindheitserinnerungen, das mir einen Einblick in den Mann hätte geben können, den ich liebte.

Die Zeit verging nur langsam. Die Schatten des Waldes, der das Schloss umgab, dehnten sich aus und krochen über den Rasen. Roux und Henrik gingen draußen auf und ab und waren in ein intensives Gespräch vertieft. Ich beobachtete sie aus den Augenwinkeln und schaute dann auf die Uhr. Siebzehn Uhr.

Ich arbeitete bis achtzehn Uhr durch, obwohl mir ununterbrochen Verschwörungstheorien durch den Kopf gingen. Aus Gewohnheit ging ich duschen und anschließend zum Abendessen ins Esszimmer. Eine Entscheidung, die ich in dem Moment bereute, als ich durch die Tür trat.

Roux, Bene und Henrik waren da und Marius' Abwesenheit war deutlich zu spüren. Sie standen schweigend am Fenster und die Atmosphäre glich eher einer Totenwache. Mein Herz hämmerte. Niemand war tot, oder?

„Gibt es Neuigkeiten?", fragte ich und versuchte, sachlich zu klingen.

Roux schüttelte grimmig den Kopf.

Mein Handy klingelte und alle wurden nervös. Ich fummelte hastig danach herum, um den Anruf anzunehmen, und verzog dann das Gesicht.

„Oh, hallo, Gordon. Wie geht es dir?"

Alle drei Männer wurden blass. Sogar Henrik, der noch geisterhafter aussah als sonst.

Gordon antwortete mit den üblichen Höflichkeitsfloskeln, aber ich spürte einen Unterton in seinen Worten.

„Ja, hier ist alles in Ordnung, danke. Ich habe viel Arbeit im Westflügel geschafft. Du solltest kommen und dir den Fortschritt selbst ansehen."

Roux riss die Augen weit auf und Bene machte eine abwehrende Geste mit den Armen.

Ich zog den Schraubstock ein wenig fester zu und beobachtete die Männer, während ich ins Telefon sprach: „Vielleicht nächstes Wochenende?"

Roux tat es Bene gleich und fing ebenfalls mit hektischen *Stopp*-Gesten an.

„Oh, das ist schade", sagte ich, als Gordon höflich ablehnte und seine Arbeit als Grund aufführte.

Bene atmete aus und Roux rieb sich direkt über seinem Herzen die Brust.

Dann fragte Gordon nach meinen Hausgästen, wie ich es erwartet hatte.

„Ob sie zurück sind?", wiederholte ich seine Frage vor meinen drei Gästen.

Roux und Henrik nickten wie zwei dieser Wackeldackel mit wippenden Köpfen, die hinten im Auto saßen, während Bene seine Hände in einer flehenden Geste zusammendrückte.

„Ja, sie sind jetzt hier. Roux, Bene, Henrik...", sagte ich und hielt dann inne.

„Und Marius", zischte Roux.

Was auch immer Marius also gerade tat, es war kein Auftrag von Gordon. Interessant. Nein, ärgerlich. Ich funkelte die Männer böse an.

Bene schlug mit imaginären Flügeln und ahmte einen Drachen nach, während Henrik es mit einer Drohung versuchte und seine langen Vampirzähne fletschte.

Ich zeigte ihm den Mittelfinger.

„Und Marius", wiederholte Roux dieses Mal flehend.

Ich überlegte noch einen Sekundenbruchteil und sprach dann ins Telefon: „Und Marius natürlich."

Ich zeigte mit dem Finger auf Roux und formte mit den Lippen die Worte: *Du schuldest mir etwas.*

Henrik wandte sich dem Getränkewagen zu, schenkte einen Scotch ein und reichte ihn Roux.

„Möchtest du mit ihm sprechen?", fragte ich Gordon.

Roux hätte fast sein Getränk ausgespuckt. Ich schenkte ihm ein falsches Lächeln, obwohl ich innerlich bebte. Was, wenn Gordon meinen Bluff durchschaute?

„Nicht nötig", sagte Gordon.

Ich atmete aus.

„Ich wollte mich nur melden", fügte mein Patenonkel hinzu.

Komisch, dass er es immer tat, wenn meine Hausgäste kamen oder gingen. Oder auch gar nicht komisch, denn ich hasste es, benutzt zu werden. Und ich hasste die neuen Wahrheiten, die diese nicht ganz ehrlichen Männer meinen naiven Augen offenbart hatten. Ich hatte gedacht, mein Patenonkel hätte mir einen großen Gefallen getan, indem er für die Unterbringung seines Teams von „Leibwächtern" im Château bezahlte, aber tatsächlich benutzte er es als Basis, um seine ruchlosen Geschäfte zu machen.

„Ich weiß es zu schätzen", sagte ich, nicht ganz so enthusiastisch wie in der Vergangenheit.

„Es tut mir leid, dass ich nicht kommen kann, aber bitte besuche du mich jederzeit", sagte Gordon.

Das merkte ich mir. Vielleicht würde ich das tun, verdammt. Vielleicht würde ich es.

„Vielen Dank. Hören wir uns bald wieder?", fragte ich und versuchte, so fröhlich wie möglich zu klingen.

„*À bientôt*", wiederholte er.

Ich legte auf und fixierte die Männer mit meinem besten Lehrerinnenblick. Der Blick, der sagte: *Ich weiß, dass ihr schuldig seid, und ich gebe euch die Chance, zu gestehen, bevor ich wirklich explodiere.*

Bene rieb sich nervös die Hände und warf Roux einen Blick zu – ein klassisches Zeichen, das ihn als Anführer der Gruppe auswies.

„Was. Ist. Hier. Los?", knirschte ich Silbe für Silbe hervor.

Roux plusterte die Wangen auf und gestand dann. „Marius ist am Ende unserer Mission gegangen."

„In Brüssel?", riet ich.

„Das darf ich nicht sagen."

Ich verdrehte die Augen und hakte nach. „Wohin ist er gegangen?“

„Ich weiß es nicht.“

„*Warum* ist er gegangen?“, versuchte ich.

„Ich weiß es nicht.“ Gut, dass wir uns noch nicht zum Abendessen hingesetzt hatten. Ich hätte vielleicht mit ein oder zwei Tellern geworfen.

„Und Gordon weiß nicht, dass Marius weg ist“, vermutete ich.

„Nein. Gordon weiß nicht, wo Marius ist, und auch nicht, was er macht“, stellte Roux klar.

Ich verzog das Gesicht. „Dann sind wir schon zu zweit.“

Roux senkte den Blick und ich musterte ihn aufmerksam.

„Du weißt es wirklich nicht?“

Er schüttelte den Kopf. „Nein. Und Gordon darf nicht erfahren, dass Marius weg ist.“

„Weil er dann Ärger mit Gordon bekommt?“

„Weil wir dann *alle* Ärger mit Gordon bekommen“, knurrte Roux.

„Es war Teil der Abmachung“, erklärte Bene. „Wir arbeiten sechs Monate lang für Gordon und unser guter Ruf wird wiederhergestellt. Aber wir sind alle füreinander verantwortlich. Wenn jemand Ärger macht, zahlen wir alle dafür.“

Verdammt, mein lieber Patenonkel/ zwielichtiger Wirtschaftsmagnat hatte einen harten Deal ausgehandelt.

„Das scheint mir nicht fair zu sein“, sagte ich.

Bene zuckte mit den Schultern. „Das sind die Regeln.“

Ich schüttelte den Kopf. Männer waren wirklich einzigartige Kreaturen, die manche Regeln als unumstößlich akzeptierten, während sie andere missachteten – vor allem die, die ich aufgestellt hatte, verdammt noch mal.

„Das sind vielleicht eure Regeln“, sagte ich. „Aber nicht meine. Warum sollte ich meinen Patenonkel anlügen, um jemanden zu schützen, der mir nicht einmal sagt, wo er sich aufhält?“

Tiger bettelten nicht und Soldaten ebenso wenig, aber Roux sah jetzt fast danach aus. „Du würdest uns alle schützen.“

Zu schade, dass ich mich an diesem Tag nicht besonders großzügig fühlte.

„Ach so, ich verstehe. Ich soll lügen, um euch zu schützen, obwohl ihr mir nichts erzählt. Sicher doch, Roux. Gib mir nur eine Sekunde, um meine Intelligenz auszuschalten und zu tun, was auch immer ihr verdammt noch mal wollt, ohne Fragen zu stellen."

Ich ließ einen Moment verstreichen und knurrte dann: „Wenn ich es mir recht überlege, vergiss es. Das werde ich nicht tun. Aber wenn du mir erklärst… "

Er verzog das Gesicht. „Vertraue mir, Mina. Ich kann nicht."

„Vertrauen funktioniert in beide Richtungen und Kommunikation hilft", gab ich zu bedenken.

Roux verzog das Gesicht und schüttelte dann den Kopf. „Sag es nur nicht Gordon. Bitte."

Das hatte ich nicht vor, denn offen gesagt brauchte ich das Geld von der Miete, um das Dach und ein Dutzend andere Dinge zu reparieren, die dringend instandgesetzt werden mussten.

Während ich die Konsequenzen abwägte, kam Madame Picard mit zwei Platten in den Raum.

„*Et voilà*! Das Abendessen ist fertig."

Sie blieb stehen, spürte die Anspannung im Raum und schob dann eine Platte in Richtung Roux.

„Was haben Sie denn jetzt wieder angestellt?"

Er hob die Hände, während Bene sich mit einem gewinnenden Lächeln einmischte.

„Madame Picard, das riecht wie immer köstlich. Darf ich Ihnen damit helfen?"

Er eilte hinüber, um ihr die Platten abzunehmen, und versuchte, sie mit seinem Elan und seinem Hollywood-Lächeln zu besänftigen.

Ihr Blick sagte deutlich: *Junger Mann, glauben Sie wirklich, dass ich darauf hereinfalle?* Dann warf sie mir einen Blick zu, der sagte: *Ich habe Ihnen doch gesagt, dass diese Bande nichts Gutes bedeutet*, und stapfte zurück in die Küche.

Bene folgte ihr mutig, kam dann jedoch allein mit zwei weiteren Platten zurück. Er sagte mürrisch: „Sie hält den Nachtisch als Geisel."

Die Worte waren an Roux gerichtet, der die Hände hochriss. „Wie kann das meine Schuld sein?"

„Es ist immer deine Schuld", sagten Bene und Henrik wie aus einem Mund.

Roux schnappte sich einen Teller und schaufelte Fleisch, Kartoffeln und Gemüse mit so viel Schwung darauf, dass ich zusammenzuckte. Dann brummte er und ging zur Tür.

„Ich glaube, ich esse heute Abend in meinem Zimmer. Gute Nacht."

Ich starrte mit offenem Mund, als Henrik und Bene ihm folgten.

„Im Ernst?", schnaufte ich.

Bevor die Männer hier eingezogen waren, waren Frühstück, Mittag und Abendessen einsame Angelegenheiten gewesen. Seitdem gab es zwar manchmal nervige Momente während der Mahlzeiten, aber sie waren immer lebhaft und manchmal sogar richtig angenehm gewesen.

Jetzt hallten Schritte durch den Flur und ließen mich allein zwischen vier stillen Wänden zurück.

Bene blieb mit schuldbewusstem Blick an der Türschwelle stehen und ich ergriff die Gelegenheit.

„Was ist los?", fragte ich.

Er schaute auf seinen Teller und dann den Flur hinunter. „Ähm, nichts?"

Ich stampfte hinüber. „Komm schon, Bene. Was ist los?"

Er starrte auf seinen Schweinebraten. „Ich darf nichts sagen."

Ich schnaubte, denn *dürfen* war offensichtlich kein Leitprinzip im Leben dieses Löwengestaltwandlers.

„Verdammt noch mal, Bene. Ich dachte, wir wären Freunde", zischte ich.

Ich klang wie eine wütende Drittklässlerin, aber ich meinte es ernst. Bene war der einzige meiner Gäste, dem ich halbwegs vertrauen konnte. Nun, abgesehen von Marius.

„Ich kann dir nicht mehr sagen. Es tut mir wirklich leid.“ Er sah wirklich so aus, aber das half mir nicht weiter.

„Bitte“, versuchte ich es.

Er kratzte sich am Ohr und flüsterte dann: „Alles, was ich weiß, ist...“

„Bene!“, bellte Roux vom anderen Ende des Flurs.

Bene zuckte zusammen und klemmte den Schwanz zwischen seine Beine. Nun, bildlich gesprochen, aber es war leicht, sich vorzustellen, wie er dies in Löwenform tun würde, als er davonschlich.

„Tut mir leid“, murmelte er auf dem Weg nach draußen.

Ich stand da, schockiert und verletzt – das schien in meinem Leben neuerdings immer so zu sein –, noch lange nachdem ihre Schritte verklungen und der Duft ihres Essens verflogen war. Dann füllte ich meinen eigenen Teller und ging auf mein Zimmer. Auf halber Höhe der Treppe kehrte ich in wahrhaft rachsüchtiger Stimmung in die Küche zurück.

„Aha. Da bist du ja“, murmelte ich und zog ein Tablett aus dem Kühlschrank. Darauf standen fünf Schalen *Crème Brûlée.*

Ich machte auf dem Tablett Platz für meinen Teller und trug dann den ganzen Vorrat in mein Zimmer. Dabei stellte ich mir vor, wie Bene später zurückkam und feststellte, dass der Nachtisch verschwunden war.

Gemein? Kindisch? Rachsüchtig?

Auf jeden Fall. Aber ich hatte in diesem Moment einfach keine *Klasse* in mir.

Ich saß auf meinem kleinen Balkon, suchte den Himmel nach eigensinnigen Drachen ab und ertränkte meine Sorgen in *Crème Brûlée.* Es half nichts und Marius tauchte auch nicht auf, so dass ich mit meinen Gedanken und meinen aufgewühlten Emotionen allein blieb.

Er war unentschuldigt abwesend und das gefährdete seinen Vertrag mit Gordon – einen Vertrag, der ihn von seinen Verpflichtungen gegenüber Gordon befreien würde. Frei, zum Beispiel, um mich zu wählen...

... wenn es das war, was er wollte. Aber es schien ganz sicher nicht so.

Später lag ich in meinem Bett und musterte die Gemälde an der Wand. Einige davon stammten von meinem Vater, andere aus der Sammlung meiner Großeltern. Ein weiteres war neu hinzugekommen – Van Goghs *Der Maler auf dem Weg nach Tarascon.*

Auf meiner Kommode daneben stand ein Gemälde, das ich kürzlich selbst fertiggestellt hatte. Es zeigte die Südseite des Châteaus in einem lieblichen Morgengrauen. Ein Löwe schlich über den Rasen und ein Tiger durchstreifte die Büsche. Sie beide fügten sich so gut ein, dass sie fast unsichtbar waren. Das Gleiche galt für die Fledermaus, die sich zwischen den Schornsteinen des Westflügels bewegte, und für die beiden Gestalten in den Fenstern meiner Suite, eine groß, die andere etwas kleiner.

Ich starrte es lange an, zog dann die Decke über meinen Kopf und schloss die Augen.

Kapitel 4

MINA

Am nächsten Tag gingen alle ihrer gewohnten Routine nach, aber nichts fühlte sich normal an. Bene machte keine Witze. Roux polterte nicht. Kein Gekicher von Henrik und er gähnte auch nicht gelangweilt. Sie frühstückten wie immer und gingen dann zum anderen Ende des Rasens, wo sie leise miteinander sprachen.

Spitzte ich meine Ohren und nutzte mein überaus scharfes Gehör? Natürlich tat ich das. Aber sie entfernten sich schnell aus meiner Reichweite und ich konnte kein Wort verstehen.

Roux sagte etwas zu Henrik, der einen Blick zurück zum Haus warf und sich noch näher zu den anderen beugte, um zu antworten.

Dann kam mir eine Idee. Ich könnte zu ihnen schattenwandeln und lauschen.

Mir war auch klar, dass ich dies nicht tun sollte, aber ich war so verzweifelt auf der Suche nach Informationen, dass ich meine Bedenken in den hintersten Winkel meines Gewissens schob und es trotzdem tat.

Ich schnappte mir Madame Picards eine Woche alte Zeitung und setzte mich mit dem Rücken zu ihnen auf einen Stuhl auf der hinteren Terrasse. Ich machte es mir für einen Moment bequem und achtete auf jedes Detail, von der leichten Krümmung meiner Schultern bis zur Höhe und Neigung der Zeitung. Dann beschwor ich ein identisches Bild direkt über mir herauf, holte tief Luft und glitt davon.

Meine Hände zitterten, als ich ein paar Schritte auf Zehenspitzen ging und zurückschaute. Die Illusion war perfekt. Das war auch nicht allzu schwer, da es nur die Rückansicht war und die Zeitung erklären würde, warum ich mich nicht bewegte.

Aber ich bewegte mich – zumindest mein echtes Ich – und ich war dankbar für den bewölkten Tag, der es mir ersparte, meinen Schatten auslöschen zu müssen. Ich schlich über den Rasen, so wie Roux es in seiner Tigergestalt tat... Okay, okay – nicht ganz wie Roux, dessen Bewegungen geschmeidig und anmutig waren. Für mich reichte es, *leise* und *unsichtbar* zu sein.

Ich schlich weiter und weiter, ohne dass jemand etwas bemerkte. Ich blieb gegen den Wind, da ich nicht bereit war, zu versuchen, auch meinen Geruch zu verbergen.

Dann warf Henrik einen Blick auf mein illusorisches Ich, und ich erstarrte. Er schaute weg, dann schaute er wieder hin und neigte den Kopf.

Mein Herz raste. Ich konzentrierte mich mit aller Kraft und ließ die Ecke der illusorischen Zeitung im Wind flattern. Dann gab ich alles und brachte mein falsches Ich dazu, die Seite umzublättern.

Henrik beobachtete mich noch ein paar Sekunden lang, dann wandte er sich wieder Bene und Roux zu.

Also, uff. Ich schlich mich näher heran. Und näher...

„... wenn wir in zwei Tagen nichts von ihm hören... ", hörte ich Roux sagen.

Ich machte noch einen Schritt, dann blieb ich stehen, als mein moralischer Kompass von ziellosen Kreisen auf den wahren Norden zeigte. Das fühlte sich falsch an. Sehr falsch.

Andererseits hielten sie Informationen vor mir zurück und waren generell gemein zu mir. Gab mir das nicht das Recht, dasselbe zu tun?

Nein, das tat es nicht, schimpfte ich mit mir selbst, während ich mich wieder davonschlich. Freunde spionierten Freunde nicht aus. Ich spionierte nicht, Punkt. Ich hatte Prinzipien, an denen ich festhalten musste.

Prinzipien, die auf eine harte Probe gestellt wurden, aber sie hatten Bestand, wenn auch nur knapp. Ich zog mich in mein illusorisches Ich zurück, passte die echte Zeitung genau an die Position der imaginären an und ließ die Magie los.

Und *puff!* Der Luftdruck sank leicht, ich atmete aus und blätterte hastig eine weitere Seite um. Eine Seite, die für mich genauso nichtssagend blieb wie das Gespräch, das sich gerade außerhalb meiner Hörweite abspielte, aber na ja.

Mein Kopf dröhnte und ich schloss die Augen. Ich hasste mich dafür, dass ich in Gedanken zwar kriminell genug war, um meine Freunde zu belauschen, aber dann nicht den Mut hatte, es auch zu tun. Positiv war, dass ich den nächsten Schritt im Hinblick auf Schattenwandeln getan hatte. Also beschloss ich, es als Erfolg zu verbuchen.

Eine Minute später ging ich hinein, verschlang ein dickes Stück von Madame Picards Backschokolade – nur um weitere Kopfschmerzen abzuwehren, ich schwöre es! – und setzte dann meine Arbeit im Obergeschoss des Westflügels fort.

Zwei Stunden später gönnte ich mir eine fünfminütige Pause auf der hinteren Treppe. Ich schloss die Augen und streckte mein Gesicht dem Himmel entgegen, wo die Sonne endlich durch die Wolken blitzte. Die Männer hatten ihr Gespräch längst beendet und waren außer Sichtweite, aber definitiv nicht aus meinen Gedanken verschwunden.

Schritte stapften über den Rasen und ein Schatten fiel über mein Gesicht.

„Hast du einen Moment Zeit?", fragte Bene.

Ich öffnete ein Auge, hob die Hand, um mich vor der Sonne zu schützen, und senkte sie dann wieder.

„Nein."

Ich schloss die Augen und wünschte mir, er würde verschwinden, während ich gleichzeitig hoffte, er bliebe.

Er setzte sich neben mich und stupste mich mit seinem Ellbogen an. „Ich habe dir ein Geschenk mitgebracht."

Papier raschelte, als er mir etwas in die Hände drückte.

Ich hatte mein Bestes getan, um zickig und distanziert zu bleiben, aber ich schaffte es einfach nicht.

„Ein Geschenk?", fragte ich, zu neunzig Prozent aufgeregt und zu zehn Prozent misstrauisch.

„Ja, ein Geschenk. Los, mach es auf."

Die „Verpackung“ war nur eine Papiertüte, aber hey. Es war der Gedanke, der zählte. Ich zog einen kleinen, runden Gegenstand heraus und musste lächeln.

„Eine Schneekugel!“ Ich schüttelte sie und ließ künstliche Schneeflocken um eine Reihe historischer Gebäude herumwirbeln. Dann las ich die Buchstaben darunter. „Brüssel.“

„Brüssel.“ Bene nickte. Ich schaute ihn an und er senkte das Kinn, um zu bestätigen, dass sie dort gewesen waren.

Ich speicherte diesen Hinweis auf Marius' Aufenthaltsort in meinem Gedächtnis ab. Wenn ich nur eine Schneekugel finden könnte, die mir den Aufenthaltsort eines Drachen in Echtzeit verriet.

Ich schüttelte sie erneut, schloss dann die Augen und seufzte.

Bene neigte den Kopf. „Was?“

Ich überlegte, ob es klug wäre, meine Gefühle zu teilen, tat es dann aber, ohne Rücksicht auf die Konsequenzen.

„Ich bedaure nur meinen Männergeschmack. Ich könnte einen Mann haben, der mir gute Laune bereitet und Geschenke bringt, anstatt einen, der ohne ein Wort verschwindet.“

Bene wackelte mit den Augenbrauen. „Es ist noch nicht zu spät, weißt du.“

Ich lachte. Ah, aber es war zu spät. Marius hatte mein Herz vollständig erobert. Zu schade, dass ich seines nicht erobert hatte.

„Im Ernst, was hält uns davon ab?“, beharrte Bene.

„Tut mir leid, Bene. Ich habe kein Interesse. Mit dir zu schlafen, wäre wie mit meinem Bruder ins Bett zu springen. Es würde sich vollkommen falsch anfühlen.“

Er beugte sich mit einem lüsternen: „Glaub mir, ich könnte dafür sorgen, dass es sich genau richtig anfühlt“ zu mir hinüber.

Ich konnte nicht sagen, ob er scherzte oder nicht. Ich betete jedoch, dass es so war, denn sonst... igitt. Nach nur einem Tag ohne Marius schon einen Annäherungsversuch bei mir zu starten? Das war einfach nicht richtig.

Ich schüttelte entschieden den Kopf. „Du hättest mit Claudette schlafen sollen, als du die Chance dazu hattest.“

„Das habe ich“, sagte er unverblümt.

Ich war sprachlos, obwohl ich eigentlich nicht überrascht sein sollte. Die einheimische Frau, die ich angeheuert hatte, um bei den Mahlzeiten zu helfen, war ein Wildfang.

Er zuckte mit den Schultern, als er meinen Gesichtsausdruck sah. „Was soll ich sagen? Sie hat sich mir angeboten."

„Das glaube ich dir", murmelte ich.

„Außerdem macht es viel mehr Spaß, wenn jemand schwer zu haben ist", erklärte er.

Wieder fragte ich mich: War das ein Scherz oder flirtete er tatsächlich?

Ich stand auf, um zu gehen. „Dann mach dich auf eine lange, lange Zeit voller Spaß gefasst. Oh, und danke für die Schneekugel." Ich schüttelte sie, als ich die Hintertür öffnete, so dass die Schneeflocken um das Brüsseler Rathaus wirbelten.

Er seufzte tragisch. „Gern geschehen."

Es klingelte an der Tür und einen Moment später rief Henrik durch das Haus.

„Du hast Besuch, Mina." Dann fügte er mit einem missbilligenden Zischen hinzu: „Dein Freund, der Polizist."

Mein Herz wurde schwer. Clement? Hier? Jetzt?

Ein Polizist war die letzte Person, die ich in einem Haus voller übernatürlicher Wesen mit bewegter Vergangenheit haben wollte.

„Apropos Männer, mit denen du schlafen könntest...", murmelte Bene.

„Bene!", warnte ich ihn.

„Im Ernst, Mina. Warum hältst du an einem Mann fest, der ohne ein Wort verschwindet?"

Er hatte verdammt noch mal recht.

„Und du hast das Glück, eine große Auswahl zu haben", fuhr Bene fort. „Die meisten Frauen würden dich beneiden."

„Ha. Würden sie mich auch um mein undichtes Dach, meine kaputten Wasserleitungen und meine Renovierungskosten beneiden?"

Bene grinste. „Wenn es jemand schaffen kann, dann du."

Ich ging davon aus, dass er die Renovierung des Châteaus meinte und nicht, dass ich mit drei Männern gleichzeitig schlafen sollte, bevor ich zum Eingangsbereich eilte.

„Clem", sagte ich und versuchte, Begeisterung zu zeigen.

„Mina." Er nahm seine Mütze ab und strahlte mich an, was mich noch viel schuldbewusster fühlen ließ.

Wir gaben uns drei Wangenküsschen und traten dann zurück. Nun ja, ich trat zurück. Clem bewegte sich kaum und schaute mich verträumt an.

Ich hätte meinen Kopf gegen eine Wand schlagen können. Ich hatte zwei umwerfend attraktive Männer, die sich mir hier im Château praktisch an den Hals warfen, aber der einzige Mann, den ich wirklich wollte, war verschwunden.

„Also, was führt dich hierher?", fragte ich.

Clement wurde aus seinen unmöglichen Fantasien gerissen und hielt eine Schachtel mit Gebäck hoch.

„Madame Martin lässt dich grüßen."

Ich seufzte. „Sie versucht immer noch, uns zu verkuppeln, was?"

Er nickte. „Sie und alle anderen in der Stadt."

„Außer Jaques", murmelte ich. Der korpulente, über fünfzigjährige Bauer machte sich bei jeder Gelegenheit an mich ran.

Clements Augen glänzten gefährlich und ich winkte ab. „Mach dir keine Sorgen um Jacques."

Er streckte sein Kinn vor, als wollte er sagen: *Also gut. Dann mache ich mir nur Sorgen um deinen Drachengestaltwandler.*

Ich spähte in die Schachtel und mir lief fast das Wasser im Mund zusammen.

„Schokoladen-*Religieuse*. Lecker." Das runde, windbeutelähnliche Gepäck war mein Lieblingsgebäck und Madame Martin wusste das.

Es waren natürlich zwei Stück darin, so dass es unmöglich war, Clement abzuweisen.

„Kann ich dich hereinbitten? Wir könnten Tee trinken", bot ich an und betete, dass er Nein sagen würde.

„Klar." Er strahlte.

Ich zwang meine Grimasse zu einem steifen Lächeln. Hatte er keine dringenderen Angelegenheiten, wie zum Beispiel die Verbrechensbekämpfung?

Natürlich nicht, denn wir waren hier in Auberre, wo die größten Vergehen Modesünden wie Sandalen mit Socken waren... und es war Herbst, also nicht wirklich die richtige Jahreszeit dafür. Außerdem bezweifelte ich, dass solche Vergehen im französischen *Code Pénal* aufgeführt wurden.

„Das ist kein reiner Höflichkeitsbesuch", sagte Clement mit bedrohlich leiser Stimme. „Ich habe ein paar Fragen an dich."

Mein Magen drehte sich um. Henrik erstarrte mitten auf der Treppe, die er herunterkam. Die Dielen im Esszimmer knarrten, als Bene sich vorbeugte, um zu lauschen.

„Sicher", sagte ich so fröhlich wie möglich, obwohl mein Herz raste.

Würde dieser Besuch mit Gebäck beginnen und mit Handschellen enden? War das Spiel für meine Söldner und mich vorbei? War dies Teil einer landesweiten Razzia, bei der Gordon gerade in diesem Moment verhaftet wurde?

Dann besann ich mich. Diese Männer waren nicht *meine* Söldner. Ich hatte ihnen doch nur ein paar Zimmer vermietet, nicht wahr?

Aber nein. Ich war ihnen schon längst in einen tiefen, dunklen Kaninchenbau gefolgt, was mich genauso schuldig machte.

Ich führte Clement in die Küche, wo ich Tee aufsetzte und das Gebäck auf das edle Porzellan meiner Großmutter schob. Wenn das hier ein Fiasko wurde, würde ich zumindest stilvoll untergehen.

Aber, Scheiße. War *Beihilfe zu illegalen Geschäften* eine Straftat? Würde mein Strafregister nach Nordamerika übermittelt werden und auch meine Karriere als Lehrerin ruinieren?

Gott, ich war so am Arsch.

Ich balancierte Tee, Tassen und Gebäck auf einem Tablett und ging zur Hintertür, die Clement für mich öffnete.

„Hier drüben?" Er deutete auf den Terrassentisch direkt vor der Tür.

Ich schüttelte den Kopf. „Dort drüben."

Weit, weit dort drüben bei einer Baumgruppe von Baumstümpfen, die als Tisch und Stühle dienten.

„Der Privatsphäre wegen", murmelte ich angesichts seines verwirrten Gesichtsausdrucks.

Er schaute sich um. „Privatsphäre?"

„Privatsphäre." Ich nickte entschlossen. Man konnte uns sehen, aber nicht hören, und niemand konnte sich heranschleichen, um uns zu belauschen. „Außerdem erinnert es mich an unsere Kindheit."

Er verzog die Lippen zu einem kleinen Lächeln. „Im Wald herumtollen und dann hierherkommen, um Karten zu spielen..."

„Meine Großmutter brachte uns Tee und behandelte uns wie Erwachsene." Ich lächelte. „Gen, Dora und ich haben hier draußen ganze Teepartys veranstaltet, als wir Kinder waren."

Die ursprünglichen Baumstümpfe waren längst verrottet, aber meine Cousine hatte darauf bestanden, Ersatzstümpfe an genau dieselbe Stelle zu rollen.

Ich hielt die Teekanne hoch, bevor wir uns zu sehr in den guten alten Zeiten verloren. Ich hätte hinter Gittern genügend Zeit, darüber nachzudenken. Momentan konnte ich genauso gut meine letzten Momente als freie Frau genießen.

Gott, was würde meine Mutter dazu sagen?

„Tee?", fragte ich.

„Ja, bitte."

„Zucker? Milch?"

„Nehme ich mir selbst."

Störche, die knietief durch Wasser wateten, wären weniger steif gewesen als dieses Gespräch.

Ich rührte nervös in meinem Tee und musterte das Gebäck. Würde es jetzt besser schmecken oder nach dem Clem mir meine Rechte vorgelesen hatte?

„Also, deine Fragen...", forderte ich.

Sein Gesicht verfinsterte sich und seine Nasenflügel bebten, als er zurück zum Haus schaute.

Oh, ich steckte definitiv tief in der Scheiße.

„Ich habe den Vampir gesehen und ich konnte die Katzen riechen. Ist dieser Drachengestaltwandler auch noch da?"

„Nein. Er ist... unterwegs", sagte ich in einer riesigen Untertreibung. „Sind sie für dieses Gespräch relevant?"

Clement schnaubte. „Sie bedeuten Ärger, Mina. Das weißt du doch, oder?"

Und ob ich das wusste. Und ich würde Haus und Hof – oder das Château – aufs Spiel setzen, dass ich mehr wusste als Clem. Zumindest hoffte ich das. Wenn nicht, würden wir alle im Knast landen.

Ich stellte mir vor, wie Bene durch das Haus rannte und seine Sachen zusammenpackte, während Clem und ich uns unterhielten. Henrik würde seine Lieblingsbücher einsammeln. Dann würden sie sich in den Minibus quetschen und die Auffahrt hinunterbrausen. Je länger Clem und ich hier draußen saßen, desto weiter konnten sie fliehen.

Ich konnte es mir leicht vorstellen und ein Teil von mir jammerte. Sie würden mich doch nicht als Sündenbock zurücklassen, oder?

Ich schnaubte, als ich über die jüngsten Ereignisse nachdachte. Natürlich würden sie das.

„Wie ich schon sagte, sie mieten nur ein paar Zimmer", wiederholte ich die Lüge, die ich mir selbst bereits hundertmal aufgetischt hatte. „Noch für ein paar Wochen."

Clem schüttelte den Kopf. „Sie sind schon viel zu lange hier."

Nicht lange genug, wenn es um Marius ging. Aber das behielt ich für mich.

„Die Leute in der Stadt reden. . . ", fuhr er fort.

Ich schnaufte. „Die Leute werden immer reden."

„Darüber, dass du vier Männer in deinem Haus wohnen lässt?" Clements Stimme nahm einen hundeartigen Knurrton an, als sein innerer Wolf näher an die Oberfläche drang.

Ich hatte nur einen Mann in mein Schlafzimmer gelassen, aber ich bezweifelte, dass dies die Gerüchte stoppen würde. Ein weiterer Gedanke, den ich für mich behielt.

„Willst du, dass ich mir eine Anstandsdame zulege?" Ich verschränkte die Arme. Clement meinte es gut, aber ich war nicht auf der Suche nach einem Ritter in glänzender Rüstung, der mich rettete.

Aber um ehrlich zu sein, hätte ich nichts gegen den Besuch eines gewissen Drachengestaltwandlers einzuwenden.

„Ich möchte, dass du dich aus dieser Sache zurück ziehst, in die du dich verstrickt hast", sagte Clement halb flehend, halb knurrend.

Zu sagen: *Ich möchte mich auch aus dieser Sache raushalten*, wäre etwas zu belastend gewesen, also sagte ich nur: „Ich weiß deine Besorgnis zu schätzen, Clem. Wirklich. Aber sie arbeiten für meinen Patenonkel und er braucht eine Unterkunft für sie."

Die Wahrheit, wenn auch nicht die ganze Wahrheit, so wahr mir Gott helfe. Und Junge, könnte ich seine Hilfe jetzt gut gebrauchen.

„Aha. Dein Patenonkel", sagte Clement trocken.

Ich neigte den Kopf. „Was ist mit meinem Patenonkel?"

Clement zuckte mit den Schultern. „Sag du es mir."

Ich war völlig ratlos. „Du hast ihn doch kennengelernt. Du weißt, was er für meine Familie und mich getan hat."

Clement starrte mich direkt an und forderte mich auf, genau nachzudenken. Etwas, das mir nie in den Sinn gekommen wäre, bevor Marius, Roux, Bene und Henrik Dinge ausgeplaudert hatten. War er Gordon auch auf der Spur? Ich war bereits zu dem Schluss gekommen, dass ich Gordon selbst konfrontieren musste... und zwar bald. Jetzt nahm ich mir vor, dies zu meiner Priorität zu machen... Falls Clem mich nicht vorher verhaften würde.

Er sah jedenfalls nicht besonders fröhlich aus – ein schlechtes Zeichen. Aber das war typisch für Clem, außer in den Momenten, in denen er sehnsüchtig in eine gemeinsame Zukunft blickte, an der ich kein Interesse hatte.

Mir kam kurz der Gedanke, dass ich es mir noch einmal überlegen könnte – vielleicht sogar sollte. Ich könnte meine Gäste hinauswerfen und so tun, als hätte ich Marius nie getroffen. Ich könnte mit Clem zusammenkommen und ein ruhiges, normales Leben in Auberre führen. Nun ja, normal, abgesehen davon, dass er ein Wolfsgestaltwandler war.

Ich musste zugeben, dass das alles ziemlich reizvoll klang. Er und ich könnten nachts durch die Landschaft streifen und Liebesballaden zum Mond singen. Wir könnten wunderschöne

Kinder haben und mit unserem eigenen kleinen Rudel/Familie glücklich bis ans Ende unserer Tage leben.

Mir wurde auch klar, dass dies eine bequeme Möglichkeit wäre, meine rechtlichen Probleme verschwinden zu lassen, und ich schämte mich dafür. Aber so schnell, wie mir dieser Gedanke gekommen war, verdrängte ich ihn wieder und bereitete mich darauf vor, Clem die Wahrheit zu sagen.

Ich schluckte, sammelte all meinen Mut und sprach:

„Noch etwas Tee?" Ich wich mit einer *Ablenkung* aus, anstatt die reine Wahrheit zu sagen.

Er warf mir einen vielsagenden Blick zu und hielt mir dann seine Tasse hin.

„Du bist schon etwas Besonderes, Mina Durant. Du bist wirklich etwas Besonderes."

„Und du, Wachtmeister Dulaire, hattest eine Frage an mich", erinnerte ich ihn.

Er rutschte unruhig auf seinem Platz herum und meine Nerven lagen blank. Jetzt war es so weit.

Er öffnete den Mund... und schloss ihn wieder. Aber die Kräfte meiner Vorfahren erhoben sich aus der Vergangenheit und wirkten in diesem Moment in mir. Ich konnte seine Gedanken unmissverständlich klar lesen.

Was findest du überhaupt an diesem Drachengestaltwandler? dachte er, eher verletzt als wütend. *Was kann er dir bieten, was ich nicht kann?*

Mein Herz blutete. Unerwiderte Liebe war grausam, was mich zu... nun ja, einer grausamen Person machte. Egal, wie sehr ich mich auch bemühte, nett zu sein, ich würde diesem Mann für immer Schmerzen zufügen. Einem guten Mann. Viel besser als ich.

Ich schluckte und berührte seine Hand. „Meine Großmutter hat immer gesagt: *Alles wird sich zum Besten wenden.*"

Clement verzog das Gesicht. „Aber das wird es nicht, Mina. Nicht in meiner Welt."

Ich erstarrte und stellte mir die Fälle vor, die er untersuchen musste. Morde. Vergewaltigungen. Schreckliche Verletzungen und furchtbare Ungerechtigkeiten. Verbrechen, die er jede Woche miterleben musste, wenn nicht in Auberre, dann in seiner früheren Position in Marseille.

Aber inmitten dieser herzzerreißenden Szenen entstand ein weiteres Bild. Eine friedliche Landschaft, in der ein glückliches Paar stand, das Blumenkränze trug. Andere Menschen jubelten und warfen noch mehr Blumen. Eine Hochzeit, vermutete ich. An einem Ort, der Auberre sehr ähnlich war...

Ich schloss die Augen und versuchte, weitere Details zu erfassen, aber je mehr ich mich darum bemühte, desto mehr entzogen sie sich mir, bis sie endgültig verschwunden waren.

Ich starrte in meine Teetasse. Hatte ich gerade einen Blick in die Zukunft geworfen – in Clements Zukunft? – oder in die Vergangenheit? Und wer war diese Frau? Nicht ich, dessen war ich mir sicher. Wer dann?

„Manche Dinge entwickeln sich *tatsächlich* zum Besten", flüsterte ich.

Clem presste die Lippen zusammen. „Das will ich. Glaube mir. Ich glaube nur nicht, dass Hoffnung reichen wird."

„Ich auch nicht. Aber das Beste, was wir machen können, ist, das Richtige zu tun. Jeder von uns, meine ich."

Er sah trauriger denn je aus. Ich deutete auf das Gebäck. „Zeit dafür?"

Sein Mundwinkel zuckte und ich sah einen Funken Hoffnung in seinem dunklen Hundeblick. „Gute Idee."

Ich hob meine Teetasse zum Anstoßen, um die Stimmung aufzulockern. „Auf Madame Martin."

Er lachte leise und stieß mit seiner Tasse gegen meine. „Auf hoffnungslose Romantiker."

Meinte er sie, sich selbst oder mich?

Als ich einen Bissen nahm, quoll die Schokoladencreme in meinen Mund, zusammen mit Stücken aus weichem, luftigen Teig.

„Oh mein Gott. So lecker", stöhnte ich.

Clem rutschte auf seinem Platz herum, und ausnahmsweise war ich einmal froh, dass mich keine magischen Fähigkeiten überkamen, die mir seine Gedanken offenbarten.

„Köstlich." Er wischte sich mit einer Serviette über die Lippen und verbarg dabei seinen Gesichtsausdruck.

Bissen für Bissen verschwand das Wunderwerk französischer Backkunst.

„So lecker", seufzte ich traurig und wischte über meinen Teller.

Er lachte leise. „Nächstes Mal bringe ich mehr mit."

Ich erstarrte bei den Worten *nächstes Mal* und tätschelte dann meinen Bauch. „Eins ist mein Limit, danke." Dann presste ich die Lippen zusammen und kam wieder zur Sache. „Du hast deine Frage noch nicht gestellt."

Sein Lächeln verschwand und ich machte mich mental bereit. Auf, *du hast das Recht zu schweigen...*

Aber er zögerte und räusperte sich. „Einige Jungs im QG haben über etwas gesprochen... "

QG war kurz für *Quartier Général* das regionale Polizeipräsidium. Gott, ich steckte wirklich tief in der Scheiße.

„Die Pelletier-Farm ist überflutet, daher brauchen wir einen alternativen Ort für die regionale Polizeimeisterschaft", fuhr er fort.

Ich runzelte die Stirn. Wenn er mich schon verhaften wollte, hätte er denn wenigstens so viel Anstand haben können, direkt zur Sache zu kommen?

Aber das war alles. Er sah mich einfach nur an.

„Die regionalen Polizeimeisterschaften?", quietschte ich und fragte mich, ob das ein Code für: *Geh in Deckung, denn ich habe Agenten, die das Gebäude umzingeln, und wir sind dabei, eine Razzia zu starten,* war.

Er nickte. „Nur drei Disziplinen. Ein Crosslauf, ein Mountainbike-Rennen und Tischtennis."

„Tischtennis?" Jetzt war ich wirklich verwirrt. Würde er mich verhaften oder nicht?

Er schenkte mir ein schiefes Lächeln. „Ja, Tischtennis. Wer gewinnt, qualifiziert sich für die nationalen Meisterschaften und dann für die europäischen Polizeimeisterschaften im November. Die finden dieses Jahr in Thessaloniki statt." Er wurde bei dieser Aussicht fröhlicher und deutete dann um sich herum. „Mir ist eingefallen, dass du hier viel Platz hast... "

Ich starrte ihn an. Das war alles? Ich war nicht aufgeflogen? Wurde nicht verhaftet?

„Du willst, dass ich die Tischtennismeisterschaften der Polizei hier ausrichtete?" Ich sackte erleichtert zusammen.

„Und den Crosslauf und das Mountainbike-Rennen. Am dritten Wochenende im Oktober. Leider gibt es kein Budget, um für einen Veranstaltungsort zu zahlen, aber du sagtest ja, du wolltest das Ansehen von Château Nocturne verbessern. . . "

Das stimmte zwar, aber Dutzende von Polizisten herzuholen, stand nicht ganz oben auf meiner Liste – nicht, solange meine Hausgäste hier waren.

Andererseits schadete es nie, wenn einem die örtliche Polizei zu Dank verpflichtet war.

Ich schämte mich, überhaupt einen solchen Gedanken zu haben, aber ich war auch in Versuchung.

Außerdem hatte ich Rechnungen zu bezahlen und musste Kredite für Dinge wie ein neues Dach beantragen. Das Château musste anfangen, sich zu rentieren, und kostenlose Werbung würde nicht schaden.

„Du müsstest nicht viel tun, denn das Organisationskomitee hat alles vorbereitet. Sie brauchen nur einen Ort, an dem die drei Veranstaltungen stattfinden können."

Mein Leben war in Aufruhr und es würde mehr als nur ein paar Wochen dauern, bis sich die Dinge beruhigten – wenn dies überhaupt jemals der Fall wäre. Aber ich war immer noch euphorisch, dass ich nicht verhaftet wurde. (Noch nicht.) Sollte ich die Chance nicht nutzen, gutes Karma aufzubauen, solange ich konnte?

„Sie müssten einmal vorher herkommen, um die Crosslauf- und Mountainbike-Strecken zu vermessen. Sie werden am Vormittag alles aufbauen und direkt nach der Siegerehrung alles wieder abbauen. Es sind also nur drei Tage vor Ort. Das ist doch nicht zu viel verlangt, oder?", fragte Clem hoffnungsvoll.

Nein, außer für meine Hausgäste. Aber, verdammt. Vielleicht könnte ich Gordon dazu bringen, sie nach Neapel zu schicken. Dort waren Verbrecherbanden doch operativ aktiv, oder?

Und hoppla. Ich hatte diese Söldnersache jetzt wirklich verinnerlicht.

„Alles in Ordnung?" Clem neigte den Kopf.

Ich setze ein Lächeln auf. „Ja, alles bestens. Das wäre toll. Ich helfe gern."

Er grinste. „Und wer weiß? Vielleicht gefällt es jemandem, der daran teilnimmt, so gut, dass er zurückkommt, um hier zu heiraten."

Ich zwang mich zu einem Glucksen und dachte an die Vision, die ich gehabt hatte. „Ja. Wer weiß?"

Ein Kuckuck rief aus dem Wald. Clem schaute auf seine Uhr, trank den Rest seines Tees und stand auf. „Ich muss gehen."

Er bestand darauf, das Tablett ins Haus zu tragen, während ich darauf bestand, ihn zur Tür zu begleiten, bevor ein Vampir oder ein Tiger ihn abfangen und einen tödlichen Kampf anzetteln konnte.

Ich hielt ihm die Tür auf und wir tauschten drei Küsschen aus. Sein Duft nach Salbei und Lavendel umhüllte mich jedes Mal und ließ mich meine Lebensentscheidungen hinterfragen. Bene hatte Recht. Ich hatte tatsächlich Optionen.

Aber statt Versuchung verspürte ich nur Entschlossenheit. Ich würde Marius finden und um einen Platz in seinem Leben kämpfen – oder zumindest einen Schlussstrich unter eine unglückliche Affäre ziehen.

Clements Duft hüllte mich erneut ein und versicherte mir, dass er bereit sein und warten würde, falls – wenn? – dieser Tag käme.

„Sei brav", sagte Clem. Dann warf er einen Blick nach oben. „Sei vorsichtig. Und bitte, bleib offen für alles."

Etwas sagte mir, dass er nicht die Polizeimeisterschaften meinte. Ich nickte. „Danke, dass du vorbeigekommen bist. Und danke auch Madame Martin von mir."

Er strahlte mich mit einem Lächeln an, das die Hälfte des Landes zum Schwärmen bringen würde, ging zu seinem Auto und rief: „*Á bientôt.*" *Bis bald.*

Ich versteifte mich, denn er würde wiederkommen. Er und der Großteil der regionalen Polizei. War das wirklich eine gute Idee?

„*Á bientôt*", murmelte ich und zwang mich, ihm zu winken.

Kapitel 5

MINA

Das, was ich die ganze Nacht lang getan hatte, als „schlafen"
zu bezeichnen, wäre eine große Übertreibung. Am Morgen war
ich müde, nervös und spürte ernstes Verlangen nach Sex. Nur
ein paar Wochen mit Marius und ich sehnte mich bereits nach
ihm wie nach einer Droge.

Wachte er gerade irgendwo auf und sehnte sich nach mir,
so wie ich mich nach ihm sehnte? Oder stand er einfach auf
und ging ganz beiläufig seiner Wege?

Ein weiterer Gedanke kam mir in den Sinn und mir wurde
übel dabei. Was, wenn er neben jemand anderem aufwachte?

Ich vergrub mein Gesicht in meinem Kissen, stöhnte dann
und rollte mich aus dem Bett. Es war eine beschissene Nacht
gewesen, ich war beschissen drauf und es würde ein beschisse-
ner Tag werden. Aber je früher ich ihn anging, desto eher wäre
er zu Ende, oder?

Ich hatte diesen fröhlichen Gedanken gerade zu Ende gedacht, als ich das Bad erreichte und einen Blick auf mich selbst
im Spiegel warf. Das gleiche alte Ich, nur müde, verbittert und
jeden Tag älter.

Vielleicht hatte Bene recht. Ich könnte eine Affäre mit ihm
haben, einem stattlichen Löwengestaltwandler. Wie schlimm
würde das schon sein? Ich könnte irgendwann dann eine lang-
fristige Beziehung mit Clem oder einem anderen Mann eingehen. Ich war Single. Ich war fähig. Ich war frei. Die Welt lag
mir zu Füßen!

Aber ich wollte die Welt nicht, verdammt. Ich wollte Marius. Aber wollte er mich auch?

Ich befahl mir, eine kalte Dusche zu nehmen, mich zusammenzureißen und einen Plan zu schmieden.

Zuerst bereitete ich mir Instant-Haferbrei zu und mied die Hauptküche und die anderen. Dann holte ich meinen Laptop heraus und war versucht, Marius aufzuspüren, um irgendwie einen Schlussstrich zu ziehen. Aber wo genau sollte ich anfangen? In Brüssel?

Vielleicht wäre Paris besser. Denn so viele Fragen Marius auch aufgeworfen hatte, Gordon warf noch hundert weitere auf.

Allein der Gedanke daran machte mich nervös.

Dann kam mir die Erleuchtung. Ich brauchte mich nicht auf eine aussichtslose Suche zu begeben. Ich konnte viel näher beginnen. Genauer gesagt, in meinem eigenen Zuhause.

Henrik war mir einen Gefallen schuldig, und es war an der Zeit, ihn einzulösen.

Ich zog mir einen dunklen Pullover über, um hart und mutig zu wirken, prüfte mein Haar und schlug beim Verlassen meiner Suite die Tür hinter mir zu. Ich ging den Flur entlang, die Treppe hinunter und ins Esszimmer. Dann hinauf in den Salon, das Kartenspielzimmer, das Musikzimmer und in den Westflügel. Verdammt. Wo war Henrik? Und warum zum Teufel hatte ich mich jemals entschieden, in einem Château mit vierzig Zimmern zu wohnen?

Vor der Bibliothek blieb ich abrupt stehen, als ich eine große, blasse Gestalt mit einem Buch am Fenster stehen sah.

Ich stampfte hinein und knirschte mit den Zähnen.

„Die Bibliothek ist tabu", schnauzte ich.

„Ist sie das?"

Ja, das war sie, und Henrik wusste es ganz genau. Ich starrte ihn finster an.

„Wie schade", sagte er mit seiner üblichen Mischung aus Gähnen und Seufzen.

Er schloss das Buch langsam und ich spürte ein Kribbeln in meinem Kopf. Der Drecksack versuchte, mich dazu zu bezirzen, die Regeln zu ändern, nicht wahr?

Ich biss die Zähne zusammen und schleuderte tausend Schimpfwörter über die Mauer in meinem Kopf.

Er verzog das Gesicht und stellte das Buch zurück ins Regal.

„Nicht sehr damenhaft.“

Nein, ich nahm an, *Fick dich, Henrik* zu sagen, war nicht besonders damenhaft. Zumindest nicht in der Zeit, in der er geboren war, vor Jahrhunderten. Aber wir waren im einundzwanzigsten Jahrhundert, verdammt, und das hier war mein Château.

„Brich die Regeln nicht, dann wirst du die Dame in mir öfter zu Gesicht bekommen“, schnauzte ich ihn an.

Er warf mir einen säuerlichen *Das bezweifle ich*-Blick zu, der wahrscheinlich gerechtfertigt war.

Dann wanderte sein Blick zu meinem Hals und seine Augen funkelten, was mich erschauern ließ – und nicht auf angenehme Weise. Ich nahm mir vor, Madame Picard zu bitten, die Menge an rotem Fleisch, die sie zu den Mahlzeiten servierte, zu verdoppeln. Alles, um einem Vampir zu helfen, sein Verlangen nach Blut zu stillen.

Henrik wandte seinen Blick ab und drehte sich zur Tür um, während er murrte: „Dann gehe ich jetzt.“

Die oberste Fensterreihe in der Bibliothek bestand aus Buntglas, und er sah blasser denn je aus, als er durch die roten und gelben Lichtstrahlen trat.

„Nicht“, sagte ich etwas zu scharf. Dann räusperte ich mich. „Ich meine, bitte bleib. Ich habe eine Frage an dich.“

Er grinste. „Aha, aber ich habe vielleicht keine Antwort.“

Vampire. Immer so unausstehlich.

„Erinnerst du dich an den Gefallen, den du mir auf Mallorca versprochen hast? Ich fordere ihn jetzt ein.“

Er runzelte die Stirn und ballte die Finger zu Fäusten. Er war kein glücklicher Vampir, aber verdammt. Ich war heute auch nicht gerade gut gelaunt.

Er zuckte mit den Schultern. „Nur zu.“

„Du musst mir ein paar Fragen beantworten.“

Er schüttelte den Kopf. „Ein Gefallen, eine Frage.“

„Fünf Fragen“, schätzte ich. „Kleine.“

Er schnaubte. „Höchstens drei.“

Ich blieb standhaft. „Fünf.“

„Vier.“

„Fünf", zischte ich. „Ich wäre fast gestorben, um dir diese blöde Schachtel zu besorgen."

Das war zuvor auf Mallorca gewesen, in einer Schwarzmarktkunstgalerie, wo ich den Männern dabei geholfen hatte, einen längst verschollenen Van Gogh zu extrahieren – okay, zu *stehlen*. Wir wären fast aufgeflogen, aber mit Henriks Hilfe hatte ich es geschafft, im Austausch gegen eine kleine Schachtel, die ihm ins Auge gefallen war. Ich hatte keine Ahnung, was sich darin befand, nur dass es ihm sehr viel bedeutete. Damit stand er in meiner Schuld.

So viele Dinge an dieser Aktion ließen mich erblassen – selbst ohne den *Kollaboration mit Vampiren*-Teil. Wie war mein Leben so tief gesunken?

Aber ich steckte jetzt bis zu den Hüften im Schlamm einer anderen Welt. Ich konnte genauso gut weitermachen.

Henrik warf einen vielsagenden Blick auf seine Uhr. „Also gut. Fünf kurze Fragen. Schieß los."

„Was ist in Brüssel passiert?", platzte ich heraus und stockte dann. „Moment. Es war doch Brüssel, oder?"

„Gordon hat uns in Paris instruiert, aber ja. Die Mission fand in Brüssel statt."

Und, oh je. Die Lässigkeit, mit der er streng geheime Informationen preisgab, verunsicherte mich. Ich nahm mir vor, einem Vampir niemals meine Geheimnisse anzuvertrauen.

Dann hob ich die Hand. „Moment. Das zählt nicht als eine der fünf Fragen."

„Natürlich zählt es."

„Nein, tut es nicht!"

„Doch, tut es."

„Verdammt, Henrik!"

Er warf mir einen unleidlichen Blick zu. „Fahre fort."

„Was ist passiert, während ihr weg wart?"

Er überlegte, wägte ab, was er erzählen und was er weglassen sollte.

„Gordon hat uns in Paris instruiert", sagte er schließlich. „Und er hat eine Warnung ausgesprochen."

Ich hielt den Atem an und wartete.

„Er warnte uns, dass du nichts von unseren Aktivitäten erfahren dürftest und keiner von uns auch nur daran denken sollte, sich mit seiner lieben, jungfräulichen Patentochter einzulassen." Er gluckste trocken. „Eine Warnung, die etwas zu spät kam."

Jungfräulich, von wegen, hätte ich fast gemurmelt.

„Als wir unsere Mission beendet hatten, ist Marius gegangen", fuhr Henrik fort.

„Warum?"

„Das weiß ich nicht, aber er schien über etwas verärgert zu sein. Natürlich, denn er ist ein Drache." Henrik schnaubte, als wären blutsaugende Vampire so viel zuverlässiger.

„Verärgert? Worüber?"

„Ich weiß es nicht."

„Er arbeitet nicht an einem Auftrag für Gordon, nicht wahr?"

Die Art, wie seine Augen blitzten, sagte mir, dass ich recht hatte. „Ist das eine Frage oder eine Feststellung?"

„Eine Feststellung", sagte ich schnell und zwang mich dann, die Frage zu stellen, deren Antwort ich vielleicht nicht ertragen könnte. „Hat seine Abwesenheit etwas mit Celeste zu tun?"

Henrik gluckste, als wäre ich so erbärmlich, was ich auch absolut war.

„Nein." Dann tippte er mit den Fingern, zählte ab und verkündete: „Letzte Frage."

Ich ging die lange Liste durch, die mir durch den Kopf schwirrte, angeführt von einer Frage, die mich seit Wochen beschäftigte. Traute ich mich, sie zu stellen?

Ich schluckte und wagte es dann doch. „Liebst du Delphine?"

Ich hatte seine Geliebte/Blutspenderin/Lieblingsprostituierte auf Mallorca kennengelernt und sofort gemocht, trotz ihres Geschmacks im Hinblick auf Männer.

In Henriks Augen braute sich ein Sturm zusammen.

„Fang nicht damit an. Ich warne dich."

Eine Warnung, die ich hätte beherzigen sollen, wie sich herausstellte. Aber ich war zu frustriert.

„Weißt du, dass sie dich liebt?", platzte ich heraus. „Ist dir klar, dass sie sich an jedes deiner Worte und jede deiner Taten klammert? Selbst wenn du sie nicht liebst, bist du ihr zumindest schuldig, dass du..."

Seine Augen blitzten und er fletschte die Zähne, als er zischte: „Ich bin ihr nichts schuldig. Ich bin niemandem etwas schuldig, schon gar nicht dir."

Seine Fingernägel wurden länger und seine Augen verwandelten sich in rote Punkte. Ich wich zurück, zu schockiert, um etwas zu sagen. Der gelangweilte, arrogante Mann von edler Herkunft war verschwunden und an seiner Stelle stand ein Raubtier.

Ich ging zur Tür, aber er schlug mit der Hand dagegen und versperrte mir den Fluchtweg.

„Hast du Angst?" Seine Augen blitzten mit einem Hauch von Wahnsinn.

„Vor dir? Nein." Ich streckte mein Kinn nach vorn.

Keine gute Idee, denn sein Blick wanderte zu meinem Hals.

Er war in einen hellen Lichtstrahl getreten, und oh je. Es war nicht das Buntglas gewesen, das ihn blass erscheinen ließ. Er war wirklich besonders blass – und abgemagert.

Mein Herz hämmerte, als ich mich zur hinteren Tür der Bibliothek bewegte.

Wumm! Im nächsten Moment stieß mich Henrik hart gegen das Bücherregal. Der Geruch von Leder und trockener Tinte schlug mir entgegen, als er eine Hand um meinen Hals legte und zudrückte.

Ich schlug nach ihm, aber er drückte meine Arme mit seiner freien Hand gegen meine Brust.

Er verzog die Lippen zu einem unheimlichen Grinsen. „Gib mir dein Blut und ich werde dir alles sagen, was du wissen willst."

„Stopp! Lass mich los!", würgte ich hervor und wehrte mich.

„Nur ein bisschen", murmelte er und beugte sich näher zu mir, um zu schnüffeln. So nah, dass seine Nasenspitze meinen Hals streifte.

Und verdammt. Seine Augen wurden glasig und seine Stimme nahm einen verträumten Klang an.

„Ah, so vielversprechend. So einzigartig... “

Ich erblasste, denn das war wahrscheinlich wahr. Meine gemischte übernatürliche Abstammung würde mich für einen Vampir zu *dem* exotischsten Leckerbissen des Tages machen.

Er kniff die Augen zu Schlitzen zusammen, als er immer tiefer in den Jagdmodus verfiel.

Ich strampelte und schlug um mich und rang nach Luft. „Henrik!“

„Es wäre so einfach, weißt du“, murmelte er, mehr zu sich selbst als zu mir.

Ich drehte mich und zuckte. „Ich werde dich für immer verachten, wenn du das tust.“

Er gluckste. „Für immer ist vielleicht gar nicht so lange.“

Seine Haut war so blass, dass man seine Adern sehen konnte, aber sein Puls schlug nicht.

Ich versuchte es mit einer anderen Taktik und würgte hervor: „Du wirst dich selbst für immer verachten.“

Er schnaufte. „Das tue ich bereits.“

Ich hätte nicht gedacht, dass ich in einem solchen Moment Mitgefühl für ihn empfinden würde, aber irgendwie tat ich es doch. Also, hurra für mich. Ich konnte in dem Wissen sterben, dass meine Moral nicht so tief gesunken war, wie ich befürchtet hatte.

Aber ich wollte nicht sterben. Ich wollte Marius finden und mit ihm glücklich bis ans Ende meiner Tage leben, wie mir in diesem Moment schrecklicher Klarheit bewusst wurde. Und wenn er mich ablehnen würde, dann vielleicht mit jemand anderem. (Wie sich herausstellte, war meine moralische Integrität doch nicht so groß.)

Er neigte den Kopf und beugte sich näher zu mir, wobei er seinen Blick auf meinen Hals richtete.

„Nein!“, schrie ich.

Nun, ich versuchte es, aber es kam nur als ein Quietschen heraus.

Die andere Tür wurde aufgestoßen und jemand knurrte: „Henrik!“

Ich konnte meinen Kopf nicht drehen, also schaute ich nur mit den Augen nach links.

Bene! Fast hätte ich gejubelt.

Der Löwengestaltwandler kam langsam näher und hob eine Hand. „Lass sie los, Henrik. Sofort."

Henrik sagte nichts. Er zischte – er *zischte* buchstäblich, wie eine Schlange, und spritzte mir Spucke ins Gesicht.

„Henrik." Bene schaute dem Vampir direkt in die Augen, aber seine Stimme bebte. Also, scheiße. Er hatte auch Angst. Um mich? Um sich selbst?

Je näher Bene kam, desto fester drückte Henrik meine Kehle zu.

„Lass uns allein. Sofort", bellte Henrik Bene an. Seine Reißzähne waren inzwischen vollständig ausgefahren und verzerrten seine Sprache.

Oh Gott, oh Gott, oh Gott...

„Du willst das nicht tun", warnte Bene ihn.

Henrik leckte sich die Lippen. „Oh doch, das will ich."

Ich hob meinen rechten Fuß und schätzte die Entfernung zu seinem Unterleib ein. Stattdessen zielte ich auf sein Schienbein und trat mit aller Kraft zu. Aber Henrik war zu weit weg, so dass er kaum stöhnte.

„Wie willst du das Gordon erklären?", versuchte es Bene als Nächstes.

„Zur Hölle mit Gordon!", brüllte Henrik.

Bene schüttelte den Kopf und suchte verzweifelt nach einem anderen Ansatz. Dann biss er die Zähne zusammen und murmelte: „Was würde Katarina dazu sagen?"

Wer auch immer Katarina war, ich liebte sie, denn ihr Name ließ Henrik völlig erstarren. Er drückte meine Kehle weiterhin, aber das Rot in seinen Augen wandelte sich von intensiven Punkten in breitere, schwächere Kreise.

„Katarina hat hiermit nichts zu tun."

„Katarina würde sagen, lass sie gehen", flüsterte Bene.

Henriks Kehlkopf wippte und sein Griff lockerte sich genug, dass ich Luft holen konnte. Er starrte mich an, dann seine eigene Hand, die, mit der er mich würgte. Mit einer Grimasse drückte er mich weg und ich stolperte Bene entgegen.

Der Löwengestaltwandler stieß mich zurück und stellte sich so zwischen Henrik und mich. Dabei schlug ich mir das Knie und die Schulter an, aber ich war ihm noch nie so dankbar gewesen.

Roux stürmte herein, als ich keuchend auf die Knie sank.

„Was ist hier los?"

Bene warf Henrik einen bösen Blick zu. „Jemand hat zu lange nichts getrunken."

„Verdammt noch mal, Henrik", fluchte Roux.

Zu seiner Ehre musste man sagen, dass er mich kurz anschaute, aber nur für den Bruchteil einer Sekunde. Lebend und keuchend schien in seinen Augen als *völlig in Ordnung* zu gelten. Der Blick, den er mir zuwarf, sagte: *Steh auf – und reiß dich zusammen.*

Wahrscheinlich erwartete er, dass ich aufsprang und *Ja Sir!* rief, aber ich konnte mich gerade so erheben, um wacklig auf den Beinen zu stehen.

Henrik schaute Roux mit gefletschten Zähnen an, aber seine Reißzähne waren nur noch halb so lang. Für meinen Geschmack immer noch eine Hälfte zu viel. Einen Moment später glättete er sein weißes Hemd – das mit meinem Blut bespritzt gewesen wäre, wäre Bene nicht dazwischengegangen – und marschierte zur Tür hinaus.

Ich starrte ihn an und dann die anderen. „Wohin geht er?"

Bene warf Roux einen düsteren Blick zu. „Er macht sich auf die Suche nach dem, was er braucht."

„Was?", kreischte ich und zählte eins und eins zusammen. „Wo?"

Unten schlug eine Tür zu und Bene zuckte mit den Schultern. „Nicht in Auberre. Irgendwo, wo es Nachtleben gibt, nehme ich an."

Ich riss die Augen weit auf. „Und ihr lasst ihn einfach so gehen?"

Ähm, ja, antworteten ihre ausdruckslosen Blicke.

„Damit er irgendwo eine unschuldige Person töten kann?", protestierte ich.

„Wahrscheinlich wird er niemanden töten. Nun, hoffentlich", warf Bene ein.

„Im Idealfall geht er zu Delphine", seufzte Roux.

Ich erblasste. *Ideal* in welcher Welt?

Ein Automotor heulte auf und raste dann aus der Einfahrt.

Schockiert und betroffen tastete ich nach meinem Handy. „Ich muss sie warnen. . . “

Roux legte seine große, warme Hand fest, aber überraschend sanft auf meine.

„Delphine kommt damit zurecht.“

Ich starrte ihn an. Zurechtkommen – mit einem durstigen Vampir, der auf ihr Haus zuraste?

Ich dachte an die Stunden, die Henrik brauchen würde, um sie zu erreichen. An die „Zwischenstopps“, an denen er unterwegs vielleicht Halt machen würde. Dann starrte ich Bene und Roux an, die keine solchen Bedenken hatten. Sie waren gekommen, um mich zu retten, und ich war ihnen dankbar, und gleichzeitig auch angewidert.

Ich dachte an die kalte Schulter, die sie mir gezeigt hatten. An die Geheimniskrämerei. An die hässlichen Taten in ihrer Vergangenheit.

Und einfach so hatte ich genug.

„Wisst ihr was?“, bellte ich. „Das war es. Ihr verschwindet hier.“

Bene hob die Hände, ähnlich wie er es bei Henrik getan hatte. „Hör mal, Mina. . . “

Ich schüttelte den Kopf. Das war der Tropfen, der das Fass zum Überlaufen brachte, und dieses Fass war ich.

„Ich will, dass ihr verschwindet – ihr alle. Sofort.“

„Sofort?“, protestierte Roux.

Meine Gedanken rasten und plötzlich kam mir ein Gedanke. „Henrik ist ab sofort raus. Ihr zwei habt bis zum dritten Wochenende im Oktober Zeit.“

Bene neigte den Kopf und erwies sich einmal mehr als scharfsinniger, als ich gedacht hatte. „Was passiert am dritten Wochenende im Oktober?“

Ich stapfte mit dem Fuß auf. „Ihr zieht aus und kommt nie wieder zurück.“

Genau rechtzeitig für die Polizeimeisterschaften, von denen ich gerade beschlossen hatte, sie hier auszurichten, verdammt, obwohl ich das nicht sagte.

Bene sah verletzt aus. Roux besorgt.

„Weißt du, was das für uns bedeutet?", fragte der Tigergestaltwandler mit rauer Stimme.

Ich versteifte mich. Ja, ich wusste es. Wenn einer von ihnen Mist baute, wirkte sich das auf die ganze Gruppe aus, und der prekäre Deal, den sie mit Gordon geschlossen hatten – der Deal, der ihnen eine zweite Chance und einen Neuanfang im Leben sichern sollte – war in Gefahr.

Nun, ich hatte auch etwas zu verlieren. Ich hatte einen Bauunternehmer gefunden, der bald mit den Arbeiten am Dach beginnen sollte. Und um das zu bezahlen, brauchte ich das Geld, das Gordon für die Beherbergung seines Teams hier bezahlte. Aber war mein Leben nicht mehr wert als das Dach?

Ich räusperte mich, aber verdammt. Meine Stimme war immer noch ganz heiser. „Ich werde bei Gordon ein gutes Wort für euch beide einlegen. Aber ich werde ihm auch erklären, warum ich euch nicht hierhaben kann. Keinen von euch."

Meine Seele weinte, denn das bedeutete auch Marius. Aber welche Wahl hatte ich? Stück für Stück hatten mich diese Männer auf die dunkle Seite gezogen, und ich musste mich zurück ins Licht kämpfen.

Mein Herz blutete, als sie mich mit flehenden Augen ansahen. Aber ich musste standhaft bleiben. Sie waren keine Fünftklässler, aber das Prinzip war das Gleiche. Wenn ich jetzt nachgeben würde, wäre jede Disziplin verloren – und in diesem Fall könnte Disziplin mein Leben bedeuten.

„Sicher doch", spottete Roux. „Leg bei Gordon ein gutes Wort für uns ein." Er deutete auf mein Handy und forderte mich heraus.

Ich schnaufte. „Das werde ich. Aber persönlich, nicht mit einem Anruf."

Roux schnaubte. „Was, wenn du das nächste Mal in Paris bist?"

Ich schaute ihn mit praktisch gefletschten Zähnen an. „Heute. Ich fahre jetzt los."

Roux riss die Augen weit auf und sogar Bene schaute mich zweimal an.

„Du fährst nach Paris? Jetzt?"

Ich nickte entschlossen. Meine zweite spontane Entscheidung innerhalb von fünf Minuten, aber ja.

„Ja, das tue ich", sagte ich und fasste den Entschluss, zur Tür hinauszugehen.

Es war an der Zeit, mein Leben unter Kontrolle zu bringen, sagte ich mir. Aber in diesem Moment fühlte es sich eher so an, als würde ich es in Stücke reißen.

Kapitel 6

MINA

Der Zug hatte den Bahnhof kaum verlassen, da kamen mir schon Zweifel. Was zum Teufel machte ich denn? Hatte ich gerade das Kind mit dem Bade ausgeschüttet? Und verdammt – die Polizeimeisterschaften ausrichten?

Aber es war jetzt zu spät, denn ich hatte Clem bereits angerufen, um die Veranstaltung zu bestätigen, und war nach Auxerre – der nächsten grösseren Stadt – gefahren um den Zug nach Paris zu erriechen. Ausnahmsweise streikte niemand und der Zug hatte keine Verspätung, so dass ich weniger als zwei Stunden Zeit hatte, um mir zu überlegen, was ich nach meiner Ankunft tun würde.

Überwiegend starrte ich jedoch aus dem Fenster und fragte mich, was ich eines Tages empfinden würde, wenn ich auf diesen sicherlich entscheidenden Tiefpunkt in meinem Leben zurückblickte. Den Moment, in dem ich einer Gruppe zwielichtiger, aber liebenswerter übernatürlicher Wesen den Rücken zugekehrt hatte. Eine Gruppe, auf die ich mich auch als Arbeitskraft und Untermieter verlassen hatte, deren Miete die Renovierungskosten ausglich.

Dann erinnerte ich mich daran, wie knapp eins dieser übernatürlichen Wesen daran gewesen war, mich zu töten. Es war eindeutig Zeit für eine Veränderung in meinem gesellschaftlichen Umfeld.

Auch wenn es mich Freundschaften kosten würde? Oder schlimmer noch – das Château?

Meine Emotionen schwankten hin und her, hin und her.

Ein Plan, verdammt. Ich brauche einen Plan, befahl ich mir.

Die Schule, an der ich gearbeitet hatte, lehrte die Schüler, Projekte in Phasen zu unterteilen: Ziele setzen, planen, Maßnahmen ergreifen und reflektieren.

Fast hätte ich jedoch mit dem Reflektieren begonnen. Wie hatte mein Leben mich überhaupt an diesen Punkt gebracht?

Aber das war nicht besonders hilfreich, also konzentrierte ich mich auf die Ziele. Was waren meine Ziele hier?

Meinen moralischen Kompass neu zu kalibrieren, stand ganz oben auf der Liste. Als Nächstes wollte ich meinen Patenonkel besuchen, um zu klären, ob er wirklich nebenbei ein Verbrechersyndikat führte oder ob das alles nur ein großes Missverständnis war.

Der Zug quietschte um eine Kurve, als wollte er sagen: *Keine Chance, Schätzchen.*

Ziel Nummer drei war es, Marius zu finden und zu tun, wozu er nicht den Mut gehabt hatte: ihm gegenüberzutreten und ihm die ewige Liebe zu erklären – oder mich für immer von ihm zu verabschieden.

Meine Lippen bebten, während ich aus dem Fenster schaute.

Der Regionalzug folgte den Windungen der Yonne und ich schaute zu, wie wir an Booten, Schleusen und Weinbergen vorbeizogen. Ich wünschte mir, ich könnte mein Leben gegen das eines Frachtschiffkapitäns, Schleusenwärters oder Winzers eintauschen. Ich fragte mich sogar, wie ihre Arbeitsbelastung im Vergleich zur Renovierung eines verfallenen Châteaus aussah.

Allmählich wich das weitläufige, hügelige Terrain Burgunds dichten, besiedelten Gebieten, und schon bald rasten wir durch die Vororte von Paris.

Also, Ziele – gesetzt. Jetzt musste ich mir einen Plan überlegen und ihn ausführen.

Aber man, war das schwer.

Allzu schnell fuhr der Zug in den Gare de Lyon ein und die Passagiere strömten auf die Bahnsteige und dann auf die Straße. Ich schloss mich ihnen an und wurde von einer Menschenmenge mitgerissen. Draußen zog ich meine Jacke zu, um mich vor der Herbstkälte zu schützen. Mit der Métro hätte ich Gordons Haus in wenigen Stationen erreichen können, aber ich zögerte und ging zu Fuß.

Auf dem Bürgersteig umarmten sich Pärchen, und Geschäftsleute eilten zu ihren Terminen.

„Taxi?", fragte ein Fahrer.

Ich lehnte ab, aber ein paar mit Gepäck beladene Touristen nahmen das Angebot gern an.

Autos hupten und die Schaufenster lockten mit auffälligen Auslagen. Hier ein Modegeschäft, dort eine Bäckerei, dazu die allgegenwärtigen Buchläden. Selbst mit verbundenen Augen und verstopften Ohren hätte ich gewusst, dass ich in Paris war. Die einzigartige Atmosphäre dieser Stadt pulsierte um mich herum und ließ mich mehr denn je wie eine Landmaus fühlen.

Das Gefühl wurde immer stärker, bis ich schließlich vor Gordons Gebäude stand, wo ich mich dazu durchrang, hinüberzugehen.

Die Tür eines nahegelegenen Cafés sprang auf und ich drehte mich um.

Jede Zelle meines Körpers kribbelte, zuerst vor Vorfreude, dann voller Warnung.

Marius! hätte ich fast geschrien, als er herausstürmte.

Die Luft um ihn herum knisterte mit bedrohlicher Energie. Seine Schritte donnerten über den Bürgersteig und er hatte die Fäuste fest geballt.

Ich runzelte die Stirn. Moment mal. Roux hatte gesagt, Marius sei seiner eigenen Agenda gefolgt und habe damit Gordons Zorn und die Zukunft der gesamten Einheit riskiert. Was machte Marius also so nah an Gordons Haus?

Mein armes, hoffnungsvolles Herz zerplatzte fast, so sehr raste es, und nur ein Kloß in meinem Hals hielt mich davon ab, nach ihm zu rufen.

Das war gut so, denn die Tür öffnete sich ein zweites Mal und Celeste erschien.

Ja, Celeste, der intrigante Sukkubus, der Marius einst verführt hatte, wie er mir in einem erschütternden Gespräch, das wir nach unserer Rückkehr von Mallorca geführt hatten, gestand. Ich hasste den Gedanken, dass die beiden zusammen waren, aber ich konnte mich kaum betrogen fühlen, da Marius mich damals noch nicht kannte. Außerdem hatte ich miterlebt, wie sich ihre Verführungskünste auf Henrik ausgewirkt hatten. Der Vampir und Marius waren nur zwei von unzähligen Männern, deren Leben und Gefühle Celeste nur zum Spaß zerstört hatte.

Schlimmer noch, Celeste arbeitete für Gordon – aus freien Stücken, im Gegensatz zu Marius, Roux, Henrik und Bene.

„Marius!", rief sie.

Er wirbelte wie ein Tornado herum, der über einer Stelle schwebte und bereit war, alles zu vernichten.

Ich versteckte mich hinter einem Baum und spähte hervor.

Celeste ging auf Marius zu und schwang bei jedem Schritt ihre runde Hüfte. Marius verschränkte die Arme vor der Brust. Sein Gesicht war eine Maske der Wut.

Ich konnte nicht hören, was sie sagte, aber Marius bellte ein paar Worte und stapfte dann davon. Celestes spöttisches Lachen folgte ihm, aber ihr verkniffener Gesichtsausdruck verriet, dass die Dinge nicht nach ihrem Willen gelaufen waren. Ihr fast durchsichtiges schwarzes Kleid und ihr dunkles Haar wehten im Wind, und ein vorbeifahrender Pizzakurier starrte sie so lange an, dass sein Moped ins Schleudern geriet. Sie drehte sich um und schenkte ihm ein breites, lüsternes Lächeln. Dann stolzierte sie die Treppe hinauf und verschwand in Gordons Gebäude.

Meine Gedanken rasten, während ich wie angewurzelt dastand. Was nun?

Ich hatte vorgehabt, Gordon unangekündigt zu besuchen, aber ich würde mich auf gar keinen Fall in die Nähe von Celeste begeben. Außerdem wusste ich, wie ich meinen Patenonkel finden konnte. Marius hingegen...

Ich sprintete von einem Baum zum nächsten und folgte ihm. Zum Glück lief ich fast jeden Morgen, denn Marius' lange Schritte führten ihn in kürzester Zeit ans Ende des Häuserblocks. Gerade als ich dort ankam, sprang die Ampel um und ich sprintete über die Straße, während die Autofahrer hupten und gestikulierten.

Ich gestikulierte zurück. Ich musste einen Drachen fangen, verdammt noch mal!

Marius marschierte weiter wie ein Tsunami, der nach einem Ufer suchte, das er verwüsten konnte. Fast einen Häuserblock später holte ich ihn schließlich ein und tippte ihm auf die Schulter.

Keine gute Idee, denn einen nervösen Drachen zu überraschen, war geradezu furchterregend. Feuer loderte in seinen Augen auf und er holte mit der Faust aus, bereit zuzuschlagen.

„Hallo, Marius", sagte ich und zwang mich, meine Stimme ruhig zu halten.

Schockiert öffnete er die Lippen und ich musste gegen den überwältigenden Drang ankämpfen, ihn zu küssen.

„Mina", flüsterte er.

Seine Augen bohrten sich in meine und wurden warm und flüssig. Dann zuckte er leicht zusammen, packte meine Schulter und zog mich in eine Seitengasse.

„Was machst du. . . ", begann ich.

Er hob eine Hand und sein Blick huschte hin und her, um die Gegend nach. . . Celeste? Gordon? abzusuchen. Vielleicht nach einem Schützen, der darauf aus war, die Nachbarschaft mit Kugeln zu durchlöchern?

Er prüfte unsere Umgebung, bevor er die Zähne zusammenbiss und mich ansah.

Und, oh.

Die Zeit verlangsamte sich und mein Herz schlug so heftig, dass ich sicher war, er konnte es hören. In seinen Augen loderte das Feuer weiter, aber der wütende Ausdruck verwandelte sich in etwas Warmes und Sehnsüchtiges. Ich streckte mich auf die Zehenspitzen, starrte auf seine Lippen und. . .

Alles, was in den letzten Tagen geschehen war, schoss mir durch den Kopf, und ich hob meine Faust, zögerte dann jedoch.

„Mach schon", sagte er schroff. „Ich habe es verdient."

Hatte er das? Und war das wirklich die beste Art zu kommunizieren?

„Nein, das hast du nicht." Ich senkte meine Hand und schaute zu ihm auf.

Ich musste uns beide überrascht haben, denn ich starrte tief in seine ungeschützte Seele – und in einen Pool aus Hoffnung, Freude und Sehnsucht.

Marius liebte mich. Er wollte mich. Er wollte uns für immer. Aber ein Dschungel mit langen, kletternden Ranken umgab diesen Pool und schloss ihn in einem Gewirr aus Gefahren und Komplikationen ein.

Dann blinzelte er – oder vielleicht war ich es auch – und sein innerer Schutzwall war wieder da.

Ich schwankte auf meinen Füßen, wie so oft nach einem dieser vom Mondlicht gestreiften Momente, in denen die Magie einer meiner Vorfahren in mir aufstieg – und in diesem Fall die Fähigkeit, heimlich in die Seele eines anderen zu blicken.

„Verdammt, Mina... " Er schaute sich erneut um, suchte nach Worten, gab dann aber auf und entschied sich für eine völlig unerwartete Alternative.

Eine Umarmung. Eine heftige, kräftige Drachenumarmung, die mir fast die Luft abschnürte. Ich wurde fest an seine Brust gedrückt und sah, roch und spürte nichts außer ihm.

Es war himmlisch.

Ich schlang meine Arme um seinen breiten Oberkörper und hatte das Gefühl, einen Schatz gefunden zu haben, zusammen mit der absoluten Gewissheit, dass alles gut werden würde, solange ich nur wartete. Niemand konnte uns etwas anhaben, und die Zukunft würde prächtig und glorreich werden.

Er gehörte mir und ich gehörte ihm. So einfach war das.

Nur dass das nicht wahr war, und ich wusste es. Etwas stand zwischen uns – etwas so Großes und Bedrohliches wie der Eiffelturm.

Langsam zog ich mich zurück und streichelte sanft über seine Wange. Marius schloss die Augen und lehnte sich zu mir, so wie er es an all den Morgen getan hatte, die wir zusammen im Bett verbracht hatten. Dann wippte sein Kehlkopf und er holte tief Luft, als er sich umsah.

„Gott, Mina. Was machst du hier? "

Ich verschränkte meine Finger in seinen. „Ich habe dich gesucht. "

Er seufzte, als hätte ich gesagt: *Ich suche nach Ärger.* Dann schüttelte er den Kopf. „Du darfst nicht hier sein.“

„Und doch bin ich hier.“

Er schüttelte erneut den Kopf. „Es ist zu gefährlich.“

Es war nicht Paris. *Es* war etwas anderes. Aber was genau?

Ich drückte einen Finger auf seine Brust. „Du bist vielleicht bereit, uns aufzugeben, aber ich bin es nicht.“

Er knirschte mit den Zähnen. „Ich gebe nicht auf. Ich versuche nur, dich zu beschützen.“

„Indem du mir nichts erzählst?“

Er warf einen Blick hinter mich und ich lehnte mich vor, um zu sehen, was dort war. War er besorgt, dass jemand hinter mir oder hinter ihm her war?

Er warf weitere verstohlene Blicke in die Gasse. „Ich kann es nicht erklären. Nicht hier. Nicht jetzt.“

Niemals? fragte ich mich.

Er fuhr sich mit den Händen durch die Haare, kämpfte mit sich selbst und sprach dann.

„Triff mich heute Abend. An der Jaurès-Métrostation – Linie 2, oberirdisch. Kennst du sie?“

Ich schluckte, nickte jedoch.

„Warte auf der Porte Dauphine-Seite des Bahnsteigs auf mich. Bring dein Handy nicht mit und achte darauf, dass dir niemand folgt“, fuhr er fort.

Mir drehte sich der Magen um. So schlimm stand es also?

„Halb zehn. Komm nicht früher“, brummte er.

Ha. Der Mann kannte mich zu gut.

Als er mich erwartungsvoll ansah, wiederholte ich seine Anweisungen. „Jaurès-Métrostation, Linie 2, Porte Dauphine-Seite.“ Dann tippte ich gegen seine Brust. „Schwöre mir, dass du kommst. Schwöre es.“

„Ich werde da sein.“

Er sah mir jedoch nicht in die Augen, also legte ich meine Hände um sein Gesicht und zwang ihn, mich anzusehen. „Enttäusche mich nicht. Verstanden?“

Er ließ ein kleines Lächeln aufblitzen. Anscheinend war die *kämpferische Mina* seine Lieblingsversion.

„Ich werde da sein“, schwor er und neigte dann den Kopf. „Wohin gehst du in der Zwischenzeit?“

Ich zeigte in die Richtung, aus der wir gekommen waren. „Ich muss Gordon besuchen.“

Seine Augen blitzten auf. „Warum?“

Ich verzog das Gesicht. „Er hat Gen um einen Gefallen gebeten, aber sie verspätet sich...“

„Schon wieder?“, unterbrach er mich.

Ich seufzte. „Schon wieder.“

„Was ist das für ein Gefallen?“

„Jemanden zu treffen.“

Er kniff die Augen zusammen. „Wen?“

„Das weiß ich nicht. Deshalb muss ich mich mit ihm treffen. Damit wir kommunizieren können. Du weißt schon, *kommunizieren?*“

„Was Leute sagen und was sie wollen oder meinen, können zwei verschiedene Dinge sein“, warnte er mich.

Oh ja. Diesbezüglich hatte ich in den letzten Wochen definitiv einen Crashkurs bekommen.

„Nun, der beste Weg, den Unterschied zu erkennen, ist, sie persönlich zu beobachten“, entgegnete ich. Dann wurde mein Ton weicher. „Glaube mir, ich habe nicht vor, etwas Gefährliches zu tun. Aber ich muss Gordon sehen.“

Er runzelte die Stirn und schaute dann auf seine Uhr. „Warte eine Stunde. Ich konnte es nur riskieren, in die Nähe seines Hauses zu gehen, weil er nicht da war. Celeste war die Einzige vor Ort und sie sollte bald gehen.“

„Ah, ja. Celeste“, sagte ich trocken. „Davon würde ich auch gern etwas hören.“

„Was willst du hören?“

„Warum du mit ihr sprichst und nicht mit mir.“

„So ist es nicht, Mina. Ich schwöre es.“ Er schaute sich um und schüttelte dann den Kopf. „Ich erkläre es später.“

„Das wird ein langes Gespräch“, murmelte ich.

Er ignorierte es und gab mir stattdessen eine letzte Warnung. „Was auch immer du tust, erzähle Gordon nichts.“

Ich verdrehte die Augen. Als müsste ich daran erinnert werden.

„Ich meine es ernst", betonte Marius. „Auch was die Tatsache angeht, dass du mich gesehen hast."

Er griff nach meiner Hand, stapfte zur Ecke der Hauptstraße, zog mich mit sich und hob dann die Faust, um mir *Stopp* zu signalisieren, so wie es die Kommandanten in Filmen taten.

Mann, hatte ich mich in die falsche Person verliebt.

Die richtige Person, beharrte eine Stimme in meinem Hinterkopf.

„In Ordnung." Er machte eine Geste. „Überquere die Straße. Ich werde dir aus der Ferne folgen. Fahre drei Stationen mit der Métro und kehre dann um. Achte auf alle, die verdächtig aussehen."

Das bedeutete so ziemlich jeden in Paris. Ich war so nervös.

„Verhalte dich den ganzen Abend unauffällig und komme nicht direkt zu unserem Treffpunkt", sagte er.

Dann drückte er meine Hand, gab mir einen Kuss auf die Wange und schob mich sanft in Richtung Straße. Das war auch gut so. Sonst hätte ich mich vielleicht nie von ihm losreißen können.

„Sei vorsichtig", raunte er zum Schluss mit bedrohlicher Stimme.

„Und du sei dort", beharrte ich. „An unserem Treffpunkt, meine ich."

Er nickte und bedeutete mir, weiterzugehen.

Jeder Schritt, den ich tat, fühlte sich an, als würde ich immer tiefer im Schlamm versinken, aber ich zwang mich, weiterzugehen. Als ich ein paar Häuserblocks weiter die Métrostation erreichte, schaute ich zurück, konnte ihn jedoch nicht sehen. Es gab auch kein Anzeichen dafür, dass er jemals bei mir gewesen war, nichts außer dem kribbelnden Gefühl auf meiner Wange.

Kapitel 7

MINA

Ich tat, was Marius gesagt hatte, fuhr ein paar Stationen mit der Métro und kehrte dann zum Gare de Lyon zurück, wo ich ernsthaft darüber nachdachte, den nächsten Zug nach Hause zu nehmen.

Aber nein. Ich hatte eine Mission zu erfüllen und danach eine Verabredung mit einem Drachengestaltwandler.

Ich ging zu Fuß zu Gordon am Saint-Martin-Kanal entlang und machte unterwegs Halt, um mich mit einem Éclair und Tee zu stärken. Das half mir auch dabei, die neunzig Minuten zu überbrücken, die Marius empfohlen hatte, bevor ich Gordon besuchen sollte.

Seine Nachbarschaft war seltsam gemischt, mit schäbigen Bars direkt neben diskret renovierten Villen. Gordon besaß mehrere davon, aber er wohnte in den beiden obersten Etagen eines unscheinbaren 1970er-Jahre-Gebäudes, das sich irgendwo dazwischen befand. Es war schön genug, um einen Portier zu haben, und das schon, solange ich mich erinnern konnte. Aber heute war der erste Tag, an dem ich mich fragte, welche Rolle Fabian spielte. War er nur ein Portier oder auch ein Spion, Bodyguard und Teilzeitkiller?

„*Bonjour*, Fabian", sagte ich beim Eintreten.

„*Bonjour, Mademoiselle*." Das freundliche Lächeln des Bärengestaltwandlers Mitte fünfzig ließ mich schuldig fühlen, weil ich misstrauisch war... Aber ich blieb vorsichtshalber trotzdem auf der Hut. „Monsieur Clervaud hat mir gar nicht gesagt, dass er Sie erwartet."

„Ich... ähm... bin ein wenig spontan nach Paris gekommen." Die Untertreibung des Jahres, aber keine direkte Lüge. „Aber wenn er zu beschäftigt für einen Besuch ist..." Ich verstummte und hoffte halb, dass Gordon zu beschäftigt wäre, um mich zu empfangen.

Aber verdammt. Vielleicht war er damit beschäftigt, kriminelle Machenschaften zu planen?

Zu meinem Glück – oder Pech – war Gordon zu Hause und hatte Zeit, mich zu empfangen. Nervös fuhr ich mit dem Aufzug nach oben.

„Schätzchen! Was für eine Überraschung! Schön, dich zu sehen!" Gordon empfing mich mit seiner üblichen herzlichen Umarmung.

Er war nur etwa so groß wie ich, aber seine Hexenmeisteraura war so mächtig, dass der Raum um ihn herum von Magie nur so pulsierte. Ansonsten sah er aus wie jeder andere wohlhabende Pariser Geschäftsmann – mittelgroß gebaut, hochwertige Lederschuhe, selbstzufriedener Gesichtsausdruck. Meine Großmutter hatte immer behauptet, er erinnere sie an den Frauenschwarm Alain Delon aus den 1960er-Jahren, aber ich hatte die Ähnlichkeit nie gesehen.

„Wie läuft es so?", fragte er. „Ich möchte alles über das Château hören."

Ich wollte unbedingt wissen, warum er meine Schwester um einen Gefallen gebeten hatte und nicht mich, aber ich zwang mich, locker zu bleiben, und ihn vom Entfernen der Tapeten bis zur Räumung des nördlichen Stallgebäudes über alles zu informieren. Ich war versucht, auch die regionalen Polizeimeisterschaften zu erwähnen, aber ich beschloss, dies vorerst wegzulassen.

Mir kam der Gedanke, dass Gordon vielleicht genauso vorging – er log nicht so sehr direkt, sondern gab nur selektiv Informationen weiter.

„Ich habe vor Kurzem von Dora gehört. Es klingt, als käme sie mit ihrem Studium gut voran", sagte er.

Ich gab einen unverbindlichen Laut von mir. Nicht gut genug, so dass meine Cousine endlich herkommen und mir mit dem Anwesen helfen konnte, das wir gemeinsam mit meiner Schwester geerbt hatten.

„Das habe ich gehört", sagte ich diplomatisch und kam dann auf meine Schwester zu sprechen. „Gen lässt dich grüßen."

Okay, das war eine Übertreibung, aber sie hätte ihn doch gegrüßt, wenn ich sie daran erinnert hätte, oder?

„Wunderbar, wunderbar. Wann landet ihr Flug?"

„Leider wird sie sich verspäten."

Ihm fielen fast die Augen aus dem Kopf. „Schon wieder?"

Ich seufzte. „Schon wieder."

Ein schockierter Ausdruck huschte über sein Gesicht. *Was soll ich jetzt machen?* Eine Reaktion, die man leicht hätte übersehen können, aber ich hatte verdammt noch mal darauf geachtet, nicht zu blinzeln.

Es klopfte an der Tür und Gordon rief: „Herein."

Die Tür öffnete sich langsam. Eine Sekunde, bevor die Besucherin in Sicht kam, schlug mir der Duft von Parfüm entgegen. Carolina Herrera „Good Girl", wenn ich mich recht erinnerte.

Katzenminze für Männer, hatte meine Freundin Delphine es abfällig genannt.

Starke Worte, besonders aus dem Mund einer Prostituierten.

„Ah, Celeste", begrüßte Gordon die Frau.

Ich starrte die kurvige, dunkelhaarige Schönheit an. Scheiße. Sollte sie nicht längst weg sein?

„Oh, *pardon*. Ich wollte nicht stören", schnurrte sie, obwohl ihre Augen das Gegenteil sagten.

„Meine Patentochter ist gerade vorbeigekommen", erklärte Gordon. „Celeste, das ist meine Patentochter, Mina. Mina, Celeste ist meine Privatsekretärin. Ich glaube, ihr kennt euch noch nicht."

Doch, wir kannten uns und hatten uns unter den schlimmstmöglichen Umständen kennengelernt – Umstände, die es erforderten, dass wir dieses Geheimnis beide vor Gordon bewahrten.

„Ah, die reizende Mina", gurrte Celeste mit ihren großen Schmollmundlippen. „Ich habe schon so viel von Ihnen gehört.

Sie sind diejenige mit dem Château, nicht wahr?" Ihre Stimme klang leidvoll.

Ich biss die Zähne zusammen. Ja, ich hatte ein riesiges Gebäude und Grundstück. Ja, ich war glücklich und dankbar dafür. Ich wünschte nur, die Leute würden verstehen, wie viel Arbeit, Stress und Verantwortung damit verbunden war. Das Dach war undicht und die Nebengebäude marode. Ich hatte bereits meine bescheidenen Ersparnisse in das Anwesen gesteckt, doch es brachte mich eher an den Rand des Bankrotts, als dass es mir ein Einkommen einbrachte.

„Schön, Sie kennenzulernen", log ich. Es war nicht schön und es war auch nicht unser Kennenlernen.

„Ich wollte nur die Vorbereitungen für Brüssel prüfen", sagte Celeste zu Gordon.

In meinem Kopf schlugen die Alarmglocken. Marius, Roux, Bene und Henrik waren gerade dort gewesen. Wollte Gordon sie noch einmal zurückschicken?

Mein Patenonkel machte eine abweisende Geste. „Schicken Sie mir einfach eine E-Mail. Ich werde es mir später ansehen."

„Nun, es gibt einen dringenden Punkt", sagte sie und warf mir einen Blick zu, der sagte: *Tut mir leid, aber eigentlich nicht.*

Mir brach der Schweiß aus. Celeste könnte Gordon verraten, dass ich auf Mallorca gewesen war. Dass ich mit Marius schlief. Sie könnte mich in riesige Schwierigkeiten bringen.

Andererseits könnte ich Gordon erzählen, dass ihre Einmischung die Mission auf Mallorca beinahe vereitelt hätte und dass sie Marius heute Nachmittag getroffen hatte. Wir befanden uns also in einer festgefahrenen Situation.

Ihre Augen verspotteten mich mit unausgesprochenen Botschaften wie: *Ich habe zuerst mit Marius geschlafen. Ich habe Bene, Roux und Henrik zuerst getroffen. Ich bin schöner, gerissener und erfolgreicher, als du es jemals sein wirst.*

Das Schlimmste daran war, dass nichts davon eine Lüge war – je nachdem, wie man Erfolg definierte.

„Ich gehe kurz zur Toilette." Ich huschte hinaus und fühlte mich wieder wie eine Landmaus.

Im Badezimmer spritzte ich mir Wasser ins Gesicht und hielt mir eine strenge Standpauke. Dann spülte ich die Toilette, wartete ein paar Sekunden und marschierte mit hoch erhobenem Kopf zurück in Gordons Büro.

„Fast fertig?“, fragte ich.

Gordon und Celeste schauten von einem Dokument auf seinem Schreibtisch auf, und erst dann kam mir der Gedanke, dass ich mich hätte heranschleichen können, um zu lauschen und einen Blick auf die Dokumente zu werfen. Verdammt, ich hätte vielleicht sogar dorthin schattenwandeln können.

Offensichtlich war ich nicht für geheime Spionagearbeit geeignet.

„Nun...“, begann Celeste.

„Wir sind fertig“, sagte Gordon bestimmt. „Vielen Dank für Ihre Zeit. Das wäre alles.“

„Aber...“, protestierte Celeste.

„Meine Patentochter und ich haben viel zu besprechen. Guten Abend.“ Er deutete auf die Tür.

Celeste zwang sich zu einem Lächeln, aber sie warf mir giftige Blicke zu. Dann schaute sie Gordon an und stemmte eine Hand an ihre Hüfte, um die Aufmerksamkeit auf ihre üppige Figur zu lenken. Ihr Sukkubus-Charme schien jedoch keine Wirkung auf ihn zu haben, was kein Wunder war. Als mächtiger Hexenmeister war er immun gegen alle Arten von Magie. Ein guter Grund, nicht zu versuchen, in seiner Nähe schattenzuwandeln, wurde mir klar.

Ihre Absätze klackerten über den Parkettboden und sie blieb an der Tür stehen. „*Bon soir.*“

„*Bon soir*“, murmelte ich.

Gordon winkte, ohne sie anzusehen, was sie nur noch wütender machte.

Sie starrte ihn wütend von hinten an und *wusch!* Magie durchströmte mich und öffnete ein Fenster zu ihrem Geist. Dort sah ich eine riesige, mehrere Bildschirme umfassende Struktur, die der NASA würdig gewesen wäre. Jeder Bildschirm zeigte jedoch ein Bild von ihr. Celeste, Celeste, Celeste – so weit das Auge reichte in hunderten von verschiedenen Szenarien und Berechnungen, die eine monströse, narzisstische Darstellung ergaben.

All das war in ihrem Geist zusammengepackt. Es war anstrengend. Widerlich. Erschreckend.

Ich taumelte und griff nach der Lehne eines Sessels.

Gordon, hätte ich fast geflüstert. *Siehst du das nicht? Wer sie wirklich ist und was sie vorhat?*

Nicht, dass ich genau sehen konnte, was sie vorhatte, aber ich wusste, dass es nichts Gutes war und dass Gordon sich Sorgen machen sollte.

Aber ihm schien es nicht aufzufallen, und ich wandte meinen Blick zum Fenster, bevor Celeste ihren starren Blick auf mich richtete.

Dann, *uff.* Die Tür schloss sich und sie war weg.

„Entschuldige die Unterbrechung", sagte Gordon. „Wo waren wir?"

Ich persönlich war fast so weit, mich in der Toilette zu übergeben. So beunruhigend waren Celestes innere Machenschaften.

Stattdessen griff ich nach einem Krug mit Wasser.

„Möchtest du ein Glas?", fragte ich.

Er schüttelte den Kopf und als er sich abwandte, stürzte ich mir das Glas Wasser hinunter. Meine Gedanken rasten. Warum hatte Celeste sich heimlich mit Marius getroffen? Inwiefern war sie in die Geschehnisse verwickelt? Schlimmer noch, hatte sie immer noch etwas mit Marius? Hatte er mich die ganze Zeit über getäuscht?

Eines war sicher. Dieser Tag entwickelte sich zu einer Achterbahnfahrt und ich ahnte, dass mir noch ein paar Loopings bevorstanden. Wo zum Teufel war der Ausgang?

„Was wird dein nächstes Projekt sein?", fragte Gordon, eher aus Höflichkeit als aus Interesse.

Celeste hatte mich so aus der Fassung gebracht, dass ich die nächsten zehn Minuten damit verbrachte, über Farben, undichte Stellen und defekte Wasserleitungen zu schwafeln, nur um wieder zu meiner gewohnten Gelassenheit zurückzufinden. Dann lenkte ich das Gespräch allmählich wieder auf das Thema, wegen dessen ich eigentlich gekommen war.

„Gen hat erwähnt, dass du einen Gefallen brauchst", sagte ich so beiläufig wie möglich. „Vielleicht könnte ich dir dabei helfen, da sie jetzt später kommt."

„Wie lieb von dir." Gordons leichter Tonfall klang ein wenig gezwungen, ebenso wie mein aufgesetztes Lächeln.

„Wir helfen immer gern. Das ist das Mindeste, was wir tun können, nach allem, was du für uns getan hast."

Er nickte traurig. „Ich weiß, dein Vater hätte dasselbe für mich getan, wären die Umstände anders gewesen."

Die Umstände hätten sehr anders sein müssen, da Gordon keine Kinder hatte. Er war auch nicht derjenige, der bei einem tragischen Unfall jung ums Leben gekommen war, aber ich schätzte sein Mitgefühl.

Dann besann ich mich. Wie aufrichtig waren diese Gefühle? Angesichts dessen, was ich kürzlich über seine geschäftlichen Interessen erfahren hatte… Nun, ich stellte jetzt alles infrage.

Aber nein. Gordon war der beste Freund meines Vaters und er war immer unglaublich großzügig zu Gen, Dora und mir gewesen. Er mochte in zwielichtige Geschäfte verwickelt sein, aber ich hatte keinen Grund, an seiner Zuneigung zu zweifeln.

„Nun, ich helfe gern", sagte ich. „Und wie ich Gen kenne, nun ja… Du hättest mich vielleicht besser gleich fragen sollen."

Gordon lächelte nachsichtig, als wollte er sagen: *Ach, diese Gen. Was für ein Temperament! Eines Tages wird sie ihr Leben auf die Reihe bekommen.*

Ich teilte seine Hoffnung, wenn auch nicht seinen Optimismus.

„Ich hätte dich gefragt, aber ich weiß, wie beschäftigt du bist."

Er wusste auch, dass ich die Verantwortungsbewusste war – und diejenige, die praktisch vor seiner Haustür wohnte.

„Ich helfe gern. Und offen gesagt, könnte ich eine kleine Pause gebrauchen", sagte ich.

Von der Arbeit am Chateau *und* von meinen Gästen, aber diesen Teil ließ ich weg.

„Das kann ich mir vorstellen", sagte er und setzte ein Lächeln auf.

Ich wartete. Und wartete. „Also... der Gefallen?"

Er begann, auf und abzupirschen. Hin und her, hin und her durch die Schatten, die durch die Zwischenräume der raumhohen Fenster geworfen wurden.

Oh-oh. Das letzte Mal, als ich Gordon so auf und ab gehen sah, war, als er darüber nachdachte, eine Gruppe von „Leibwächtern" ins Château zu schicken, damit sie dort wohnen und „trainieren" könnten – ein Plan, der, wie ich später herausfand, voller Lügen und Betrug war.

„Um ehrlich zu sein, habe ich gezögert, Gen überhaupt erst zu fragen", gab er zu.

Zögerte er, weil er wusste, dass Gen es vermasseln würde, oder zögerte er, weil es gefährlich und illegal war?

„Vor allem, weil es sich um eine Aufgabe handelt, die mit gewissen... Komplikationen verbunden sein könnte", fuhr er fort.

Meine Gedanken füllten die Lücken mit Waffenhändlern, Söldnern und Millionen Dollar teuren Meisterwerken.

„Dann ist es vielleicht ganz gut, dass sie es nicht übernehmen kann", sagte ich.

Er schüttelte den Kopf in einer Ja-aber-auch-Nein-Geste. „Vielleicht, obwohl es auch eine einmalige Gelegenheit sein könnte." Er schaute mich an und ich konnte die Zahnräder in seinem Kopf fast arbeiten sehen.

„Eine Gelegenheit? Wie was?", fragte ich nervös.

Die Haushälterin kam mit Tee herein, eine Unterbrechung, die willkommen – und möglicherweise von Gordon herbeigeführt – war. Nachdem sie gegangen war, rührte er lange in seinem Tee und dachte nach.

„Also, du hast gesagt...", fragte ich wider besseres Wissen.

Gordon musterte seinen Tee, bevor er antwortete.

„Komplikationen... Gelegenheiten...", erinnerte ich ihn.

Gordon atmete so schwer ein, dass seine Nasenhaare ein pfeifendes Geräusch verursachten.

„Ich wurde kürzlich von der Witwe eines langjährigen Geschäftspartners kontaktiert", sagte er schließlich. „Sie bat mich um Hilfe bei der Bewertung eines möglicherweise wertvollen Kunstwerks."

„Was du nicht sagst", murmelte ich, während in meinem Kopf die Alarmglocken läuteten.

„Ja. Und ich dachte..." Er verstummte und schüttelte den Kopf.

„Was hast du gedacht?"

Ich fühlte mich wie die Figur in einem Horrorfilm, die in einer dunklen Villa nach einer Türklinke griff, obwohl das Publikum warnend schrie. Aber ich konnte nicht anders.

„Du weißt genauso gut wie ich, wie selten solche Fälle echte Kunstwerke betreffen", sagte Gordon. „Deshalb hielt ich es für klug, eine informelle Überprüfung durchzuführen, bevor ich einen Experten hinzuziehe, um das Gemälde zu authentifizieren und potenzielle Käufer zu identifizieren."

Ich unterdrückte den Drang zu fragen: *Warum zum Teufel lässt du dich auf den Handel mit Kunstwerken außerhalb des offenen Marktes ein?*

„Und natürlich dachte ich an Gen, da sie ein gutes Auge hat...", fuhr er fort.

Ha. Wohl eher an Gen, weil sie zu leichtgläubig war, um Fragen zu stellen.

„... und ich weiß, wie sehr sie London liebt", sprach er weiter und schaute mich dabei an.

Mein Herz machte einen Sprung. Ich liebte London – und im Gegensatz zu Gen hatte ich wochenlang mit einer Gruppe nervtötender Gestaltwandler in der Pampa geschuftet. Darunter war auch ein *besonders* nervtötender Gestaltwandler, aber um den würde ich mich später kümmern.

„Aber da Gen nicht verfügbar ist..." Gordon schaute mich über seine Teetasse hinweg an.

Und da ich diejenige bin, die in einem Auktionshaus gearbeitet und Erfahrung mit der Begutachtung von Kunstwerken hat... hätte ich fast eingeworfen.

Aber Moment mal. Sollte ich mich nicht eigentlich davor hüten, in eine weitere von Gordons dubiosen Missionen hineingezogen zu werden?

Andererseits klang das ganz anders als Mallorca, wo es ausgesprochen gefährlich gewesen war. Hier ging es lediglich darum, sich ein Gemälde in London anzusehen. Kein „Beschaffen", kein „Infiltrieren". Das Gemälde war wahrscheinlich nichts Besonderes, aber es könnte trotzdem eine interessante Reise werden.

„Wer ist der Künstler?", fragte ich, weil ich mich nicht zurückhalten konnte. Gordon hob seine Handflächen in Richtung Decke. „Sie weigert sich, es zu sagen. Nicht am Telefon, nicht per E-Mail. Nur persönlich. Die arme Frau sieht überall Verschwörungen."

Ein wenig wie ich. Aber ich war von einem Vampir angegriffen, von meinem Drachenliebhaber verlassen und von meinem Patenonkel in die dunklen Abgründe der übernatürlichen Welt gezogen worden. Was war ihre Ausrede?

„Sie sagt nur, es handele sich um einen renommierten Künstler aus dem frühen zwanzigsten Jahrhundert", erklärte Gordon.

Meine Gedanken sprangen von Kandinsky zu Matisse und Klimt. Oder vielleicht Gabriele Münter?

„Offen gesagt, ist es eher ein Höflichkeitsbesuch als alles andere", erklärte Gordon. „Aber ich habe das Gefühl, ich bin es ihr schuldig." Er beugte sich vor. „Ich wollte dich wirklich nicht damit belästigen, aber vielleicht würde dir eine kurze Reise nach London gefallen. Alle Kosten werden natürlich übernommen."

Die Alarmglocken, die zuvor noch in meinem Kopf geschrillt hatten, verstummten seltsamerweise. Sie wurden durch Bilder von Doppeldeckerbussen, gemütlichen Teestuben und Brücken über der Themse ersetzt.

So sehr ich mich auch bemühte, ich konnte einfach keinen Nachteil sehen. Ich hatte wochenlang zu Hause geschuftet und musste dringend mal wieder raus. Am liebsten für etwas, das nichts mit kriminellen Aktivitäten zu tun hatte, also wäre das hier perfekt.

„Du weißt, dass mir das gefallen würde", gab ich zu.

Nicht, dass ich Marius davon erzählen würde. Sonst riskierte ich, dass ein gereizter Drachengestaltwandler in einem fehlgeleiteten Versuch, mich vor imaginären Gefahren zu schützen, halb London in Schutt und Asche legte.

Gordon strahlte. „Also übernimmst du es?"

Ich dachte noch ein paar Sekunden darüber nach und nickte dann. Eine Kurzreise nach London war genau das, was ich nach dieser Woche brauchte.

„Das würde ich sehr gern."

Kapitel 8

MARIUS

Mein Herz raste, als ich oben auf der Treppe der Métro im Schatten stand und den Bahnsteig auf der gegenüberliegenden Seite der Gleise beobachtete. Ein Blick auf meine Uhr zeigte 21:25 Uhr. Ich hatte Mina gewarnt, nicht früher zu kommen, aber das war etwa so, als würde man Henrik sagen, er solle kein Blut trinken. Es widersprach ihrer Natur.

Sie musste die Schwere der Situation jedoch gespürt haben, denn bisher hatte sie sich tatsächlich an meine Anweisung gehalten. Oder, Mist. Hatte sie beschlossen, gar nicht zu kommen?

Sie wird kommen, versicherte mir meine Drachenseite.

Ich hoffte halb, dass sie nicht käme, denn hier ging es darum, getrennte Wege zu gehen.

Ein Hauch von Rauch entwich meinen Nasenlöchern, als mein Drache knurrte: *Niemals.*

Eine Frau um die fünfzig rümpfte die Nase, als sie an mir vorbeiging, und murmelte etwas über das Rauchverbot auf den Bahnsteigen, selbst hier oben auf den erhöhten Gleisen.

Ich rauche nicht, verehrte Dame, knurrte der Drache in meinem Inneren. *Ich sehne mich nur nach meiner Gefährtin.*

Wochenlang hatte ich diese offensichtliche Tatsache geleugnet und dann den Fehler gemacht, sie für eine Weile zu akzeptieren. Schließlich holte mich die Realität ein und versetzte mir einen Schlag gegen den Hinterkopf, der mich zu Plan C zwang. Ich konnte meine Gefährtin so sehr lieben, wie ich wollte, aber ich musste mich zu ihrer eigenen Sicherheit von ihr fernhalten. Weit entfernt. Für immer.

Mehr Grollen, mehr Rauchschwaden, noch mehr böse Blicke von der Dame. Zum Glück kam der Zug und nahm sie mit. Er verließ den Bahnhof um 21:27 Uhr und seine Lichter verschmolzen mit denen des nächtlichen Paris. Eine wunderschöne Herbstnacht mit fast klarem Himmel, wie ein Blick durch die antiken Glasmarkisen verriet. Dann schaute ich zurück über die Gleise und –

Mein Atem stockte und mein Drache brummte vor Freude. *Gefährtin!*

Mina blieb mir gegenüber oben auf der Treppe stehen und schaute in beide Richtungen des Bahnsteigs, bevor sie auf die Uhr sah. Dann fummelte sie am Reißverschluss ihrer Jacke herum und sah erneut auf die Uhr. Sie schaute auch auf die Anzeige über dem Bahnsteig, was dazu beitrug, dass sie nur wie eine weitere junge, alleinstehende Pariserin aussah, die zu spät zu ihrer Verabredung kam, und nicht wie eine Frau, die in etwas Zwielichtiges verwickelt war.

Dann wirbelte sie herum und schaute mich von der anderen Seite der Gleise direkt an.

Sie spürt uns, brummte mein Drache stolz.

Ich hatte gehofft, dass ein paar Tage der Trennung die Verbindung zwischen uns schwächen würden, aber es schien das Gegenteil bewirkt zu haben.

Ich holte tief Luft und erinnerte mich daran, dass Gefahr lauerte.

Geh zum anderen Ende des Bahnsteigs und dann wieder zurück. Ich sandte meine Stimme in ihre Gedanken und neigte meinen Kopf nach rechts. Gedankenübertragung mit Mina war unzuverlässig, da wir nicht wirklich verparrt waren –

Noch nicht, knurrte mein Drache.

– und sie neigte dazu, mich abzublocken, wenn sie wütend war. Aber normalerweise verstand sie den Kern meiner Botschaft, wenn auch nicht die Details.

Sie blinzelte, schaute dann den Bahnsteig entlang und wieder zu mir zurück.

Genau, sagte ich. *Geh bis zum Ende und dann wieder zurück, damit ich sehen kann, ob dir jemand folgt.*

Aber Mina war Mina, also war es ein Problem, Befehle zu befolgen.

Sie riss die Hände hoch und signalisierte: *Warum zum Teufel sollte ich um diese Uhrzeit herumlaufen?*

Fast hätte ich meine Hände über dem Kopf zusammengeschlagen. So viel zum Thema, von niemandem bemerkt zu werden, der ihr folgte.

Geh einfach bis zum Ende und wieder zurück. Bitte, rief ich in ihre Gedanken.

Sie verdrehte die Augen und stapfte wütend schnaufend davon: *Drachen!*

Mein inneres Tier geriet fast ins Schwärmen. Die Frau war am besten, wenn sie aufgebracht war, so mutig, selbstbewusst und sachlich.

Ich wandte meinen Blick ab, um nachzusehen, welche Treppe sie genommen hatte. Niemand folgte ihr, aber ich blieb wachsam. Mina ging drei Viertel des Weges des Bahnsteigs hinunter, wirbelte herum, stapfte zurück und warf mir einen ungeduldigen Blick zu.

Zufrieden?

Ich verzog das Gesicht. Nein, denn die ganze Situation war beschissen. Aber zumindest sah es nicht so aus, als wäre ihr jemand gefolgt.

Ich zeigte nach unten und hielt dann meine Hand als Stoppzeichen hoch.

Sie hob ihr entwertetes Ticket und formte mit den Lippen ein Schimpfwort.

Typisch Mina. Sie verschwendete keinen Cent, obwohl sie ein Château besaß.

Mein Drache schnaubte. *Ein marodes Château.*

Ich wiederholte meine Handzeichen und wartete, bis sie endlich gehorchte. Dann prüfte ich noch einmal die Bahnsteige und ging auf meiner Seite hinunter.

Ich begegnete ihr am Fahrkartenautomaten auf Straßenlevel. Sie hatte die Arme verschränkt und wippte ungeduldig mit dem Fuß.

„Ist das wirklich notwen–"

„Ja.“ Ich packte sie am Ellbogen und zog sie auf die Straße hinaus.

Und *zing!* Allein diese kleine Berührung ließ einen Stromschlag durch meine Adern fließen.

Ich schaute mich um und eilte mit ihr über eine Brücke auf die andere Seite des Saint-Martin-Kanals.

„Auch schön, dich zu sehen“, murmelte sie.

„Schön, dich zu sehen“, wiederholte ich, und das war es auch wirklich, obwohl das nicht der Grund für dieses Treffen war.

Ein Grund, an den ich mich immer schwieriger erinnern konnte, je mehr ich ihren Duft nach Rosen und Flieder einatmete.

„Oh, so wird uns niemand bemerken“, murrte sie, als wäre *sie* die Expertin für verdeckte Operationen.

„Wie denn?“

„Wir rennen herum, als wollten wir nicht verfolgt werden. Zu offensichtlich.“

Nun, ja, denn wir befanden uns im Freien und Drachen schlichen sich nicht wie niedere Katzen durch die Schatten. (Mir kamen Roux und Bene in den Sinn. Zwei völlig willkürliche Beispiele natürlich.) Aber Mina war ein potenzielles Ziel und es war nur vernünftig, zu verhindern, erwischt zu werden.

„Hast du eine bessere Idee?“, brummte ich.

„Ja.“ Sie verlangsamte ihren Schritt und legte ihren Arm um meinen. „So. Das ist viel weniger auffällig.“

„Viel langsamer“, meckerte ich, aber sie hatte recht.

Schön, seufzte der Drache in mir verträumt, während sie sich an meine Seite drückte.

„Langsamer, aber weniger auffällig“, flüsterte sie. „Wir sind nur zwei glückliche Liebende, die einen Abendspaziergang machen.“

Ich wünschte, das wären wir, aber...

Kein aber! Mein Drache brüllte so heftig, dass ich bei meinem nächsten Schritt stolperte.

„Wir genießen unsere gemeinsame Zeit und schauen in die Sterne... “, fuhr Mina mit dieser Singsangstimme fort, die meine Seele jedes Mal beruhigte.

Mein Atem wurde langsamer und tiefer, meine Schultern etwas weniger angespannt.

Mina hatte mir einmal anvertraut, dass sie eine solche Mischung aus Magie geerbt hatte, dass sie nicht wusste, wozu diese – oder sie selbst – fähig war. Aber irgendwo in ihrer übernatürlichen Abstammung musste es eine Sirene gegeben haben, die Seeleute über Klippen lockte – oder von ihnen weg, wenn sie Mitleid mit der armen Seele hatte.

Wie mit mir?

Keine Magie, sagte mein Drache mit Überzeugung. *Schicksal.*

Auf jeden Fall merkte ich, dass ich mich weniger oft umschaute und stattdessen ihr Gesicht ansah.

„Siehst du? Viel schöner“, murmelte Mina und drückte sich näher an mich.

So schön, stimmte mein Drache zu.

Sie blieb unter einem Baum stehen, drehte sich zu mir um und flüsterte: „Wir können sogar das hier machen. “

Und sie küsste mich. Sanft. Lang. Tief.

Ich schloss die Augen halb und das Überwachungssystem, das ich so schwer abschalten konnte, verabschiedete sich sofort.

Gefährtin, murmelte mein Drache verträumt.

Und, scheiße. Sogar meine menschliche Seite stimmte zu.

Dann raste ein Moped vorbei und wir lösten uns voneinander.

Mina seufzte und schaute ihm nach. Dann errötete sie und zeigte mit dem Finger auf mich.

„Ich bin immer noch sauer auf dich, weißt du. “

„Offensichtlich. “

Wir starrten uns noch ein paar Sekunden lang an, dann fielen wir erneut in einen tiefen, gierigen Kuss. Eine ganze Minute später riss ich mich schließlich zusammen und löste mich wieder von ihr.

„Stopp. Das dürfen wir nicht. “

Mina schüttelte den Kopf und weigerte sich, meine Hände loszulassen. „Wir dürfen es. Wir haben es getan. Was hat sich verändert?"

Ich öffnete den Mund, schloss ihn dann wieder. Wie sollte ich das jemals erklären?

Mina schnaufte frustriert. „Ich verstehe das nicht. Nichts von alledem. Es ist, als hättest du abgeschaltet. Willst du mich nicht mehr? Willst du *uns* nicht mehr?"

Ich suchte nach Worten. „Ich will, aber ich kann nicht. Wir können nicht. Nicht mehr."

„Du sagst, du kannst mich nicht mehr berühren?", murmelte sie und schmiegte sich näher an mich.

Ich schüttelte traurig den Kopf.

„Du kannst mich nicht küssen?", flüsterte sie.

Meine Lippen zuckten und ich schluckte schwer. „Nicht hier... oder hier... oder hier?" Sie drückte Küsschen auf meine Wange, mein Kinn und meinen Hals.

Jeder Muskel in meinem Körper spannte sich an, als ich versuchte, nicht zu reagieren.

„Kein gegenseitiges Ausziehen und ins Bett steigen mehr...", fuhr sie fort und strich mit ihren Händen über meine Brust. „Nie wieder?"

Ich war überall hart. Ja, *überall*, auf die beste – ähm, unangemessenste – Art und Weise.

„Mina...", murmelte ich und versuchte, die Kraft aufzubringen, Nein zu sagen.

„Kein Sex mehr?", flüsterte sie.

Hitze durchflutete meine Wangen, als Erinnerungen meinen Geist überschwemmten. Nicht die Erinnerung an einen bestimmten Moment, sondern an jeden einzelnen Moment, alle auf einmal.

„Hör auf", flehte ich und sammelte meine Kräfte, um sie sanft von mir wegzustoßen. „Hör auf, mich zu necken."

Sie hielt meine Hände fest. „Ich necke dich nicht. Ich versuche zu verstehen, warum du mich nicht mehr willst."

„Ich habe nie gesagt, dass ich dich nicht will", knurrte ich. „Ich will dich. Mehr als alles andere. Jeden Tag. Jede Nacht. Jede verdammte Minute."

Hoppla. So viel zum Aufbauen eines überzeugenden Arguments.

Ihr Mund stand offen und sie schaute mich mit suchenden Augen an. „Und doch hast du mich verlassen.“

„Es ist nicht so, dass ich dich nicht will. Es ist so, dass ich es nicht *kann*“, sagte ich mit rauer Stimme.

„Weil...?“ Hartnäckig wie immer. Das war Mina. Einer von vielen Gründen, warum ich sie liebte.

Dann wurde ihr Blick grimmig. „Warte. Hat Gordon etwas gesagt? Ich schwöre, wenn er das getan hat...“

„Nein, nicht Gordon.“ Ich schaute mich um. Wir waren immer noch im Freien. Zeit, weiterzugehen.

„Wer dann? Was?“, forderte sie.

„Ich werde es dir erklären. Ich schwöre es“, gab ich nach und zog sie mit mir mit. „Aber nicht hier.“

Wir waren fast am Bassin de la Villette angekommen – dem breiten Becken, in dem Barkassen wenden oder anlegen konnten – und wir mussten uns an einen abgeschiedeneren Ort begeben. Ich führte sie über eine weitere Brücke zum Quai de la Loire.

„Schon wieder?“, protestierte sie.

„Nur wegen der Aussicht“, log ich und schaute mich nach Verfolgern um. Ich führte sie an einem Restaurant und mehreren Bänken vorbei, bis wir...

„Eine Baustelle?“ Mina blieb abrupt stehen.

Ich zog sie weiter. „Vertraue mir.“

Das war eine große Bitte nach allem, was ich ihr zugemutet hatte, aber Mina folgte mir langsam.

Mein verkrampfter Magen entspannte sich ein wenig und ich schluckte schwer. Ich hatte noch nie jemandem so sehr vertraut – mir hatte noch nie jemand so vertraut – wie Mina. Das hatte ich auch nie gewollt. Aber jetzt...

Vertrauen ist ein Schatz, flüsterte mein Drache. *Ein kostbarer Schatz, so wie die Liebe.*

Wann das Biest zu einem solchen Poeten geworden war, wusste ich nicht, aber jedes Wort klang wahr. Wie könnte ich sie jemals gehen lassen?

Tust du nicht, du Idiot, brummte mein Drache und klang dabei fast wie Roux.

Ich tippte auf die obere Kante der brusthohen Barriere, die wir erreicht hatten. „Brauchst du Hilfe?"

Oh, bitte, sagte ihr empörter Gesichtsausdruck.

Sie schob ihren Fuß auf die Kante eines Mülleimers und hievte sich über den Zaun. Ich sprang darüber, landete neben ihr und bedeutete ihr, weiterzugehen.

„Es gibt nichts Romantischeres als Einbruch", sagte sie trocken und zeigte auf ein Schild, auf dem alle Straftaten aufgelistet waren, für die wir strafrechtlich verfolgt werden könnten.

Könnten, aber das würde nicht passieren. Ich hatte zuvor nach Kameras Ausschau gehalten und niemand folgte uns.

„Du und ich, Baby", versuchte ich einen lahmen Witz. „Wie... Wer waren die noch? Bonnie und Clyde?"

Mina verzog das Gesicht. „Für sie ist es nicht gut ausgegangen."

„Ähm, ich meine, überhaupt nicht wie Bonnie und Clyde."

Als Nächstes kamen mir Romeo und Julia in den Sinn, aber die hatten auch kein Happy End. Verdammt, waren alle großen Liebesgeschichten zum Scheitern verurteilt? Waren wir es auch?

Mina drückte meine Hand und ein wenig Hoffnung kehrte in mein Herz zurück. Das war gefährlich, aber so war das nun mal mit der Hoffnung. Sie war ein hartnäckiges kleines Biest, das man nur schwer abschütteln konnte, besonders in Minas Nähe.

„Ah, ja. Unglaublich romantisch", murmelte sie, als ich sie um riesige Drahtspulen herumführte.

Nein, das war es nicht, aber das war im Moment auch nicht wichtig. Nicht, wenn ihre Sicherheit auf dem Spiel stand.

Ich ging schnurstracks zu dem Container, in dem sich das Baubüro befand, das für die Nacht geschlossen war. Ich nahm die Treppe, die zum Dach führte.

„Psst... ", warnte ich und achtete darauf, dass meine Stiefel nicht auf dem Metall klangen.

Mina folgte mir, still wie eine Maus, und schaute sich dann um. „Dort hinten war die Romantikskala bei null. Jetzt bist du etwa bei einer drei.“

Ich überprüfte die Umgebung und setzte mich dann mit dem Rücken an einen höheren Container, mit Blick auf das Hafenbecken.

„Mindestens eine vier“, versuchte ich es.

Ich erwartete, dass Mina sich neben mich setzen würde, aber sie kuschelte sich in den Raum zwischen meinen Beinen und lehnte sich an meine Brust.

Zehn von zehn, seufzte mein Drache.

Sie musste dies automatisch getan haben, denn einen Moment später versteifte sie sich. Dann drehte sie sich um und zeigte mit einem Finger auf mein Gesicht. „Ich habe es ernst gemeint, dass ich sauer auf dich bin, weißt du.“

Ich hob meine Hände. „Ich verspreche, dass ich meine Hände für mich behalte.“

„Wage es ja nicht“, murmelte sie und zog an meinen Armen, bis ich sie um sie herum geschlossen hatte.

Es gab so viele widersprüchliche Signale, aber daran war ich genauso schuld wie sie.

Die nächsten Minuten vergingen in seliger Stille und ich hätte fast die Mission vergessen, die ich mir selbst gestellt hatte.

„So schön das auch ist, ich glaube, wir sind nicht hier, um zu kuscheln“, seufzte Mina und las meine Gedanken.

Ha. Kuscheln. Ein Wort, dass in meinem Leben nicht allzu oft vorkam. Nur in wenigen, seltenen Fällen und immer nur mit Mina.

„Nein, wir sind hier, weil es ein erhöhter Standort ist, von dem aus ich gut Ausschau halten kann“, sagte ich und ermahnte mich selbst, dies auch zu tun, anstatt ihren Duft zu genießen.

„Ausschau halten wonach...?“, fragte sie.

Ich biss die Zähne zusammen. Das war der schwierige Teil. „Ich bin mir nicht sicher.“

Mina lehnte ihren Kopf frustriert an meine Brust. Dann nahm sie einen tiefen Atemzug, der zu sagen schien: *Ich werde jetzt ruhig bleiben*, und schnaufte. „Erklär mir das.“

Ich beugte mich zur Seite, um mein Handy aus der Tasche zu ziehen.

„Hey, du hast gesagt, keine Handys", protestierte sie.

Einmal Lehrerin, immer Lehrerin. Sie liebte es, sich an die Regeln zu halten. In dieser Hinsicht war sie wie Roux.

„Ich habe gesagt, bring *dein* Handy nicht mit", entgegnete ich, obwohl mich die Sache mit *Roux* mehr beschäftigte.

Mein Drache brummte bei dem Gedanken an einen potenziellen Konkurrenten unzufrieden, aber ich schnaubte nur. Mina und Roux? Als ob.

Mina und dieser Arsch von Polizist, der ständig im Château herumschnüffelte, hingegen...

Mir sträubten sich die Nackenhaare. Wenn ich gezwungen wäre, Mina zu verlassen, würde Clement schnell handeln und wahrscheinlich vor Bene, Henrik und Roux die Pole-Position einnehmen.

„Junge, was ist los mit dir?", beschwerte sich Mina und wedelte mit der Hand, um den beißenden Rauch aus der Luft zu fächeln.

Ich zog mein Handy heraus, scrollte zu einem Bild und hielt es ihr vor die Nase. Sie versteifte sich und starrte auf das Foto auf der Anzeige.

Kapitel 9

MARIUS

Mina strich mit einem Finger über das Foto auf dem Bildschirm meines Handys. „Oh. Das ist... süß.“

Süß? Ein weiteres Wort, das jeden Drachengestaltwandler mit Selbstachtung dazu brachte, seine Lebensentscheidungen lang und gründlich zu überdenken.

Das tat ich auch, aber es gab keinen Zweifel – ich würde mich jedes Mal für Mina entscheiden. Das Problem war die Bedrohung, die ich für sie darstellte, einfach nur dadurch, dass ich ich war.

Sie neigte den Kopf. „Wo wurde das aufgenommen?“

„Auf Mallorca, glaube ich. Siehst du?“ Ich zoomte auf die Masten im Hintergrund.

„Oh“, murmelte Mina und erlebte diesen Moment vielleicht noch einmal, so wie ich.

Nachdem wir eine Mission überstanden hatten, bei der alles schiefgelaufen war, was schiefgehen konnte, hatten wir im Stillen gefeiert, indem wir uns einen ruhigen Moment miteinander gegönnt hatten, während wir auf den Privatjet zurück nach Frankreich warteten. Der Mond war voll, die Meeresbrise mild, und Mina hatte sich in meinen Armen noch nie so perfekt angefühlt.

„Moment mal. Wer hat das aufgenommen?“, fragte sie und begriff es langsam.

„Wer auch immer *dies* geschickt hat.“ Ich zeigte ihr die begleitende Nachricht.

Ihre Schultern versteiften sich, als sie sie laut vorlas. „*Wer liebt, verliert*. Was zum Teufel?“

87

Genau meine Meinung.

„Anonym?", las sie aus dem Avatar des Absenders. „Hast du das zurückverfolgt?"

„Ich habe es versucht, aber die Quelle ist zu tief verborgen."

Sie dachte darüber nach und fragte dann: „Warum würde jemand so etwas schicken?"

Ich wartete, denn es war ziemlich offensichtlich, und selbst ein so unschuldiger Geist wie der von Mina konnte das erkennen.

Sie starrte mich mit offenem Mund an. „Jemand bedroht dich?"

Ich schlang meine Arme fester um sie. „Sie bedrohen mich *und* dich."

Jede andere Frau hätte geschrien und wäre weggerannt, aber Mina verschränkte ihre Finger in meinen. „Wer?"

„Jemand, der mich hasst." Ich seufzte. „Die Liste ist ziemlich lang."

„Dann schieß los", knurrte sie.

Ich schüttelte den Kopf. „Je mehr du weißt, desto größer ist die Gefahr für dich."

Sie schnaufte und wandte sich aus meiner Umarmung. „Unwissenheit verringert die Gefahr nicht. Und freiwillige Unwissenheit ist schlicht und einfach Dummheit – eine Entscheidung, die du nicht für mich treffen darfst."

„Es ist keine Entscheidung, Mina. Es ist eine Notwendigkeit."

Sie schüttelte ihren Kopf vehement. „Das hast du nicht zu entscheiden. Jetzt sag mir, wen du verdächtigst."

Und Mann, konnte sie *befehlend* sein, wenn sie wollte.

Ich dachte noch einen Moment darüber nach, aber dann gab ich nach. Mina hatte recht. Ich hoffte nur, dass es sich nicht rächen würde – oder sie umbringen.

„Etienne ist mein Hauptverdächtiger."

„Etienne?"

Ich nickte und verfluchte den Tag, an dem ich mich mit ihm eingelassen hatte. Ich wollte nur schnelles Geld verdienen, und in seinen geheimen, gladiatorenähnlichen Arenen gegen andere Gestaltwandler anzutreten, schien mir dafür genau das Richtige zu sein. Zumindest dachte ich das damals.

„Erinnerst du dich an die Anklage wegen versuchten Mordes?", fragte ich.

„Das ist schwer zu vergessen."

Ich zuckte zusammen und betete, dass sie sich auch an den Rest erinnerte.

Glücklicherweise tat sie das. „Du meinst den Kampfring-Sexhandel-Typ, ja? Glaubst du, er will Rache nehmen?"

„Es ist möglich."

„Damit ich es richtig verstehe", sagte sie, mehr zu sich selbst als zu mir. „Du hättest ihn fast umgebracht – aus Prinzip... "

Ich zuckte mit den Schultern und versuchte, die Sache herunterzuspielen. „Er schuldete mir auch Geld."

Sie schnaubte, um mir zu zeigen, dass sie mir das nicht abkaufte. Dann überlegte sie weiter.

„Es ist dir nicht gelungen, aber der Versuch hat gereicht, um dich in Schwierigkeiten zu bringen, und das hat zu deiner Vereinbarung mit Gordon geführt."

Ich wartete darauf, dass sie den Rest begriff, was sie auch prompt tat.

„Etienne ist wohl auch in Schwierigkeiten geraten, nehme ich an?"

„Ja. Seine Geschäfte wurden stillgelegt und er wurde zu einem ähnlichen Deal wie meinem gezwungen, obwohl ich die Details nicht kenne."

„Ein Deal mit Gordon?", rief sie.

Es sagte viel über Mina aus, dass sie trotz aller schmutzigen Details, die sie über ihren Patenonkel erfahren hatte, immer noch an ihrem fehlgeleiteten Vertrauen in ihn festhielt.

Ich schluckte schwer. Genauso wie sie an mich glaubte?

Ich schüttelte den Kopf. „Nein. Ein anderer Hexenmeister hat sich um Etienne gekümmert. Ein Geschäftspartner von Gordon."

Sie verzog das Gesicht, sagte jedoch kein Wort.

„Etienne würde sich gern an mir rächen, und dir wehzutun, wäre der beste Weg, das zu tun."

Sie schaute zu mir auf und flüsterte: „Ist das so?"

Ich schloss meine Arme fester um sie. „Ja, das ist so."

Mina wehzutun, wäre die schlimmste Strafe, die ich mir vorstellen konnte. Keine Folter würde dem auch nur annähernd gleichkommen und niemand sonst würde in diese Kategorie fallen. Nur Mina.

So erschreckend dieser Gedanke auch war, wir waren wieder bei Süße und kuschelig. Was war eigentlich los mit mir?

Mina umfasste mein Gesicht und flüsterte: „Habe ich dir jemals gesagt, dass ich dich liebe?"

Ich schüttelte langsam den Kopf. Nein, tatsächlich nicht. Keiner von uns hatte es je gewagt, diese fünf Buchstaben auszusprechen.

„Nun, ich tue es. Ich liebe dich. So sehr, obwohl ich versucht habe, es nicht zu tun."

Ich biss mir auf die Lippe und gab dann zu: „Das habe ich auch versucht."

Ihre Augen leuchteten auf. „Wirklich?"

Ich nickte. „Es hat aber nicht funktioniert. Ein kläglicher Fehlschlag."

Sie stieß gegen meine Rippen. „Kläglich?"

„Ich meine das im positiven Sinne." Ich räusperte mich und nahm meinen Mut zusammen, um es zu sagen: „Ich liebe dich auch." Es kam nur als Gemurmel heraus, also versuchte ich es erneut. „Ich liebe dich, Mina. Ich vermisse dich. Ich habe es gehasst, wegzugehen."

Sie schlang ihre Arme um meine und nickte sanft. „Ich vermisse dich auch."

Ein weiterer Riss bildete sich in meinem Herzen, aber die Tatsache, dass sie mir keine Ohrfeige gab und sich zurückzog, verhinderte, dass die Teile vollständig auseinanderfielen.

Die nächste Minute verging in schwerer Stille. Irgendwann atmete Mina tief aus und schmiegte sich näher an mich. Nah genug, dass mein Geist alles andere außer dem Gefühl, sie in meinen Armen zu halten, ausblendete. Ihr Duft. Wie richtig sich das alles anfühlte.

Schicksal, murmelte mein Drache.

Ja, aber wohin würde das alles führen?

Mina küsste mich sanft. Als sich unsere Lippen bewegten, verschwammen meine Sinne und ich verlor alles außer ihr aus den Augen. Unsere Körper schmiegten sich enger aneinander und die Hitze zwischen uns begann zu lodern. Mein Plan, mich für immer von ihr fernzuhalten, schmolz dahin.

„Mm", murmelte Mina, als unser Kuss tiefer wurde.

Ich streichelte ihre Kurven und verlor mich in einem sinnlichen Dunst.

Das darfst du nicht, warnte mich eine Stimme im Hinterkopf. *Du musst widerstehen...*

Aber es fiel mir so schwer, mich daran zu erinnern, warum. Ich konnte an nichts anderes denken als daran, wie perfekt wir zusammen waren.

Für immer, summte mein Drache.

Ich streifte mit meiner Wange über ihre, um sie mit meinem Duft zu markieren. Ich küsste ihren Hals so heiß und heftig, dass sie sich krümmte und stöhnte. Gleichzeitig schob ich eine Hand unter ihre Pullover und war mir kaum bewusst, was ich tat. Kaum bewusst, dass sich die Wolken teilten und das Mondlicht durchscheinen ließen.

Magie wirbelte um mich herum. Ich konnte sie spüren. Unwiderstehliche, eindringliche Magie, und Mina wurde genauso davon erfasst.

Nimm sie in Besitz, sang der Mond leise. *Beanspruche deine Gefährtin.*

Hörte Mina das auch?

„So gut", hauchte sie und zog mich näher zu sich heran.

Mein Unterleib schmerzte sehnsüchtig und ich wünschte mir, wir wären irgendwo anders. Irgendwo, wo es ein Bett gab.

Nimm sie in Besitz, summte mein Drache.

Ihr Atem stockte, als ich mit dem Daumen über ihre Brust strich, und sie ließ ihre Hände über meinen Körper wandern.

Brauche dich... Will dich... Ihre Gedanken drangen in meinen benebelten Geist.

Es war verrückt, wie schnell wir von *Normalität* zu *Inferno* übergegangen waren und wie eindringlich meine innere Bestie säuselte: *Paarungsbiss, Paarungsbiss, Paarungsbiss.*

Hier war mehr im Spiel als nur sie und ich, merkte ein verschwommener Teil meines Verstandes. Etwas wie Schicksal.

„Oh...", hauchte sie und schmolz in meinen Armen dahin, während ich ihre Haut küsste, streichelte und zwickte.

Beanspruche sie, forderte mein Drache.

Mondlicht tauchte unsere Körper in bläuliches Licht und ließ unsere verschlungenen Glieder schimmern.

Keine Zeit zu verlieren, drängte der Mond. *Nimm sie in Besitz, bevor du sie verlierst. Mach sie für immer zu der Deinen.*

Meine... Für immer... säuselte auch meine innere Bestie.

Und verdammt. Sogar meine menschliche Seite stimmte zu: Ich liebte sie und sie liebte mich. Warum sollte ich sie also nicht mit einem Paarungsbiss für mich beanspruchen?

Mein Zahnfleisch brannte, als mein Drache darum kämpfte, hervorzubrechen. *Beanspruche sie. Jetzt. Dann kann sie uns niemand mehr wegnehmen.*

Ich spürte einen Fehler in dieser Logik, war aber zu sehr in dem Moment versunken, um mich darum zu kümmern. Berauscht von ihrem Duft, knabberte ich an ihrem Hals und rieb mein Kinn über ihre weiche Haut. Ich kratzte sie fast.

Sie lehnte sich näher heran und bettelte um mehr. Mehr würde ich ihr gern geben.

Dann, *huuuup!* Ein Auto schoss um die nächste Ecke und raste davon.

Wir lösten uns voneinander und schnappten nach Luft. Dann atmeten wir aus. Falscher Alarm.

Eine ganze Minute lang saßen wir da und keuchten. Dann rieb sich Mina mit der Hand über den Hals und murmelte: „Wow, das war toll. Gibt es so etwas wie einen Halsorgasmus?"

Ich grinste, obwohl mir ein beunruhigender Gedanke durch den Kopf schoss. Aber die vergangene Woche war die Hölle gewesen und ihre Gegenwart fühlte sich so gut an. Warum sollte ich dieses Gefühl nicht eine Weile genießen?

„Ich meine es ernst. Das war unglaublich", sagte sie und berührte immer noch ihren Hals.

Mein Unterleib schmerzte, als hätte sie auch dort gerieben, und das Mondlicht schimmerte auf ihrer Haut. Ich erstarrte und starrte sie an. In der Leidenschaft des Augenblicks war ich kurz davor gewesen, ihr den Paarungsbiss zu geben. So weit war es nicht gekommen, aber ich hatte mich heftig an ihr gerieben. Zu hart?

Ich kam wieder zu Sinnen und hatte plötzlich Angst. Es war eine Sache, wenn ein Gestaltwandler seine Gefährtin mit seinem Geruch markierte. Aber es gab noch eine andere Art von Markierung, die ein übereifriger Gestaltwandler hinterlassen konnte, wenn die Umstände gerade günstig waren. Eine, bei der das Schicksal eingriff, um zwei Liebende näher an eine *ewige* Bindung zu führen.

Vom Mondlicht markiert, hatte ich gehört, so nannte man es. Etwas viel Tieferes und Dauerhafteres als der übliche, schwache Überrest des Duftes eines Liebhabers. Eine Mondlichtmarkierung glühte und verkündete den Rivalen die Absicht eines Gestaltwandlers, sich zu verpaaren.

„Mm", murmelte Mina und stupste mein Kinn an.

Ich starrte auf ihren Hals. Hatte ich einen Fehler gemacht und meiner inneren Bestie erlaubt, so nah an die Oberfläche zu kommen, dass sie Mina mit ihrer ledrigen Haut markiert hatte?

Eine Wolke zog über den Mond und das Schimmern verblasste. Oder hatte ich mir das alles nur eingebildet?

Mein Herz raste. Einerseits gefiel mir die Idee sehr. Aber wenn ich Mina versehentlich eine Mondlichtmarkierung gegeben hätte, würde ich meine Liebe zu ihr nicht mehr verbergen können, und sie würde dadurch in noch größerer Gefahr schweben.

Und verdammt. Ich hatte jede Menge übernatürliche Feinde, die nur darauf warteten, meine kleinste Schwäche auszunutzen. Bis jetzt war das kein Problem gewesen, weil ich mich nie *verletzlich* zeigte. Aber meine Liebe zu Mina machte mich auf ganz neue Weise verwundbar – und setzte auch sie allen möglichen Gefahren aus. In diesem Fall konnte ich mich nicht von ihr fernhalten. Ich musste dafür sorgen, dass sie in Sicherheit war.

Ich streckte den Hals und musterte ihren. Jetzt war nichts mehr zu sehen. Es gab keine Möglichkeit, es mit Sicherheit zu sagen.

„Wow, das war heftig.“ Sie kicherte. „Ich war bereit, dich hier und jetzt auf der Stelle zu vögeln. Vielleicht war es gut, dass das Auto kam.“

Ja, aber war es einen Moment zu spät gekommen?

Ich schluckte schwer und murmelte: „Ja. Gut so.“

Mina neigte den Kopf. „Stimmt etwas nicht?“

„Nein. Ich meine, ja. Ich mache mir Sorgen wegen des Fotos, das mir geschickt wurde“, bluffte ich.

Sie verzog das Gesicht. „Verstehe. Was sollen wir deswegen tun?“

Ausnahmsweise einmal eine einfache Antwort. „Du fährst nach Hause, passt auf dich auf und überlässt es mir.“

Sie schnaubte. „Fang gar nicht erst an. Wenn ich *überfürsorglich* wollte, wäre ich mit Clem zusammen.“

Bei dem Gedanken an sie mit dem Polizisten drehte sich mir der Magen um. Aber er würde sie beschützen, bis ich selbst zurückkommen könnte, und das war doch das Wichtigste, oder?

„Ich meine es ernst, Mina. Im Château bist du am sichersten, bis ich herausgefunden habe, wer das Foto geschickt hat.“

Wohl eher *bis ich diesen Mistkerl von der Erdoberfläche beseitigt hatte*, aber Mina musste diese unverblümte Version nicht hören.

Trotzdem, was dann? Der Rest meiner Feinde bräuchte kein Foto, um zu wissen, dass Mina mir alles bedeutete. Sie ungewollt zu markieren, würde das nur noch deutlicher machen.

Einfach. Wir beschützen sie bis ans Ende unserer Tage, schwor mein Drache.

Mina seufzte. „Schade, dass es keine Option ist, Gordon um Hilfe beim Zurückverfolgen dieses Bildes zu bitten.“

Nein, das war es nicht. Aber das brachte uns zu dem Grund, warum sie nach Paris gereist war.

„Was wollte Gordon?“, fragte ich.

„Nichts Verdächtiges. Es ist völlig harmlos. Vielleicht wird es sogar Spaß machen.“

Mein Drache pirschte hin und her und schwang seinen Schwanz. *Harmlos? Gordon? Auf gar keinen Fall.*

Sie musste es bemerkt haben, denn sie hob erneut ihren befehlenden Finger. „Oh nein. Denk nicht einmal daran, dich einzumischen."

„Das würde mir im Traum nicht einfallen", log ich.

„Ich meine es ernst, Marius. Ruiniere das nicht für mich."

„Was ruinieren?"

Sie verschränkte entschlossen die Arme. „Informationen nur bei zwingender Notwendigkeit."

Autsch.

„Die Frage ist, was wollte Celeste? Ich habe dich mit ihr vor Gordons Haus gesehen", forderte sie.

Ich verfluchte diesen Sukkubus zum hundertsten Mal.

„Sie hat mich angerufen und behauptet, Informationen über Etienne zu haben", erklärte ich.

„Hat sie ein Glück, dass sie deine Nummer hat." Minas Stimme triefte vor Sarkasmus. Dann runzelte sie die Stirn. „Moment. Warum sollte Celeste etwas über Etienne wissen?"

Ich verzog das Gesicht. „Weil Celeste jeden im Auge behält, der ihr eines Tages nützlich sein könnte."

„Nützlich... inwiefern?"

Ich fuhr mir mit der Hand durch die Haare. Wo sollte ich anfangen?

Dann schaute ich mich um. Wir waren immer noch im Freien. Es war Zeit zu gehen.

Ich stand auf und streckte meine Hand aus. Mina griff danach und erhob sich. „Ist die Besprechung beendet?"

Ich nickte und führte sie zurück zu ebener Erde. „Wo bist du untergekommen?"

„In Gordons Gästeapartment, in der Nähe seiner Wohnung."

Wir sprangen über den Zaun und überquerten schnell die Straße zur dunkleren Seite des Bürgersteigs. Minuten später erreichten wir die Ecke, die ihrem Ziel am nächsten lag.

„Möchtest du mit reinkommen?", fragte sie.

Ich schüttelte den Kopf. „Zu riskant. Gordon hat dort überall Kameras."

„Kameras?", zischte sie. „Auch im Schlafzimmer?"

Ich bezweifelte es, zuckte jedoch mit den Schultern. „Vielleicht auch dort.“

Sie dachte darüber nach und warf mir dann einen verführerischen Blick zu. „Dann sollte ich mich wohl besser nicht selbst anfassen und deinen Namen stöhnen, oder?“

Mir stand der Mund offen.

Sie schnaubte. „Was glaubst du, was ich die ganze Woche getan habe?“

Ich wusste, was *ich* die ganze Woche getan hatte, und ich war nicht stolz darauf. Aber verdammt. Frauen machten so etwas auch? Sogar nette Mädchen wie Mina?

Sie verdrehte die Augen und erkannte den Kern meiner Gedanken. „Als hätten Männer ein Monopol auf schmutzige Fantasien.“

Ich gab mein Bestes, keine von ihnen heraufzubeschwören, als ich sie erneut umarmte. Sie schloss ihre Arme ebenso fest um mich und streifte mein Ohr mit ihren Lippen.

„Ich will nicht gehen.“

Ich auch nicht, verdammt.

„Ich melde mich. Bald“, versprach ich.

Ja, es war gemein von mir, ihr meine Nummer nicht zu geben, aber es war zu ihrer eigenen Sicherheit, und ich konnte mich über Roux mit ihr in Verbindung setzen.

Sie nickte langsam, löste sich von mir und ging auf die Wohnung zu. Ich musterte ihren Hals nach Anzeichen einer Markierung. Aber da der Mond hinter einer Wolke versteckt war, war es unmöglich, dies zu erkennen.

Ich hob die Hand zum Abschied. „Sei vorsichtig. Ich meine es ernst.“

Sie verdrehte die Augen nicht, was mir zeigte, dass sie wusste, wie ernst die Lage war. Das war gut, aber gleichzeitig auch vollkommen beschissen.

Sie sah mir tief in die Augen und flüsterte: „Sei du auch vorsichtig.“

Kapitel 10

MINA

In dieser Nacht lag ich wach da und sehnte mich nach Marius und Klarheit. Meine Gedanken waren sehr jugendfrei, bis ich meinen Hals an der Stelle berührte, wo er sich an mir gerieben hatte.

Und einfach so schossen mir wilde Fantasien durch den Kopf. Sie waren so wild, dass ich mich selbst berührte und aufschrie, während ich mir vorstellte, wie Marius mich zum Höhepunkt der Ekstase trieb – Kameras hin oder her, wenn es welche gab.

Danach lag ich noch lange keuchend da und dachte über Drachen, für immer und das Schicksal nach.

Ich wachte vor Sonnenaufgang auf und machte mich auf den Weg zum Gare du Nord, um den Zug um halb sieben nach London zu nehmen. Natürlich in der Premier Class.

Fast hätte ich mein Ticket geküsst und gerufen: *Vielen Dank, Gordon!*

Zehn Minuten vor Abfahrt setzte ich mich auf meinen Platz, starrte aus dem Fenster und zwirbelte gedankenverloren meine Haare. Dabei streifte ich meinen Hals und, Junge, wurde meine Haut warm und kribblig. Auf angenehme Weise. Auf eine schmutzige Art angenehm, wie mir klar wurde, und ich zog meine Hand zurück.

Die ältere Dame auf dem Platz gegenüber warf mir einen seltsamen Blick zu und ich ermahnte mich selbst. Dies war nicht der richtige Zeitpunkt für Tagträume über meinen unwiderstehlichen – äh, nervtötenden – Drachengestaltwandler. Es war an der Zeit, sich zu konzentrieren.

Ich verschränkte meine Hände in meinem Schoß. *Konzentration, Konzentration, Konzentration.*

Aber Gordon hatte mir nicht genug gegeben, worauf ich mich konzentrieren konnte, also dachte ich schließlich über den vergangenen Abend nach. Das anonyme Foto beunruhigte mich – zutiefst –, aber über einen Aspekt war ich froh. Wenn eine Beziehung mit mir das Schlimmste war, weshalb Marius bedroht werden könnte, dann war es angesichts seiner Vergangenheit ziemlich ermutigend. Eine Vergangenheit, nach deren Details ich nie gefragt hatte und wahrscheinlich auch nie fragen würde.

Ich seufzte. Wie gestern Abend, als ich mir vorgenommen hatte, jedes Geheimnis aus ihm herauszukitzeln, nur um dann in seine Arme zu sinken. In seiner Nähe konnte ich nicht klar denken, geschweige denn meine Vorsätze einhalten. Vielleicht war eine kleine Auszeit also eine gute Idee.

Der Zug fuhr langsam aus dem Bahnhof und die Passagiere machten es sich für die Fahrt bequem. Auf meiner Seite des Ganges gab es jeweils zwei Sitze in Zweiergruppen, die sich gegenübersaßen. Sie waren von mehreren Geschäftsleuten besetzt. Ihr Rasierwasser hing in der Luft und meine überempfindliche Nase – ein Erbe meiner gemischten Abstammung – nahm die Düfte wahr. Zwei der Männer trugen Parfüms mit Meeresbrise-Duft. Ein Dritter hatte es mit einem überwältigenden Sandelholzduft etwas übertrieben, während der Vierte ein sportliches Deo benutzte.

Meine Nase zuckte und ich konzentrierte mich erneut auf Mr. Sandelholz. Der Duft war angenehm, aber irgendetwas stimmte nicht. Was?

Dann fiel es mir plötzlich auf. Das Parfum der anderen Männer vermischte sich mit ihrem natürlichen Geruch, aber der Sandelholztyp hatte keinen eigenen Geruch.

Ich öffnete die Augen und mein Magen verkrampfte sich. Vampir?

In dem Moment, als sich unsere Blicke trafen, verzog er seine dünnen Lippen.

Ich riss meinen Blick weg und schluckte. Scheiße. Ein Vampir. Im Zug. Mit mir. Wie wahrscheinlich war das denn?

Unwahrscheinlich – es sei denn, ich war doch in etwas Zwielichtiges verwickelt. Zum Beispiel in etwas, das mein Patenonkel inszeniert hatte.

Ich versuchte mein Bestes, mein Herz nicht rasen zu lassen, was den Vampir nur noch mehr erregen würde.

Meine Gedanken kreisten. Sicherlich würde Gordon nichts tun, was mich in Gefahr bringen könnte. Vielleicht war der Vampir eine Art verdeckter Schutz?

Ich verwarf die Idee sofort. Mr. Sandelholz gehörte definitiv nicht zu den Guten.

Okay, okay – die *Guten* waren, wie ich gelernt hatte, relativ. Für mich bedeutete es übernatürliche Wesen, die nicht darauf aus waren, mich zu töten. Leute, die ich kennengelernt hatte, wie Marius, Bene, Roux und H–

Ich unterbrach meine Gedanken und strich Henrik für immer von dieser Liste.

„Ihre Fahrkarte bitte", sagte der Schaffner.

Alle hatten ihre Fahrkarten bereits am Drehkreuz im Bahnhof vorgezeigt, also musste er die Premier Class auf Schwarzfahrer mit Standardklassenfahrkarten prüfen.

Sandelholz hielt sein Handy bereitwillig hoch, aber ich war versucht, den Schaffner zu bitten: *Könnten Sie neben seiner Fahrkarte auch nach Reißzähnen suchen? Ich glaube, er ist ein Vampir.*

Aber was würde der andere Mann tun? Sterben, um mich zu verteidigen?

Ich umklammerte mein Handy und überlegte, Gordon anzurufen. Aber ich konnte meine Vermutungen ja nicht einfach so äußern. Nicht, wenn ein Vampir so nah war und es so viele andere Passagiere um mich herum gab.

Ich konnte es mir schon vorstellen – Dutzende von Köpfen würden sich umdrehen, während ich auf Gordons Antwort wartete: *Ich wollte nur mal nachfragen, ob du zufällig einen Vampir geschickt hast, der mir nach London folgen soll. Nein? Dann vergiss es.*

Sandelholz hielt eine Zeitung hoch, aber seine Augen wanderten nicht über die Zeilen. Sie konzentrierten sich auf einen

Punkt, während er mit seinem peripheren Sehen die Umgebung beobachtete.

Streichen wir das – nicht seine Umgebung. Er beobachtete *mich.*

Ich schaute konzentriert aus dem Fenster. Konnte ich Roux oder Bene eine SMS schicken?

Ich werde von einem Vampir verfolgt. Dunkles Haar, dunkle Augen. Sieht etwa fünfzig Jahre alt aus, aber wer weiß das schon. Kennt ihr den Typ vielleicht?

Dann wurde mir etwas bewusst. Vor Wochen war ich im Garten des Châteaus gestalkt worden. Roux, Bene, Henrik und Marius hatten den Eindringling verjagt, ohne ihn eindeutig identifizieren zu können, aber ihr Hauptverdächtiger war ein Vampir namens Szabo gewesen.

Ich schluckte schwer. War das Szabo? Verfolgte er mich?

Ich überlegte, heimlich ein Foto zu machen und es Roux zu schicken, aber Szabo – wenn er es wirklich war – würde mich dabei bestimmt erwischen. Außerdem, würde ein Vampir überhaupt auf einem Foto erscheinen? Ich war mir nicht sicher.

Die Dame mir gegenüber ließ ihr Lesezeichen fallen und Szabo beugte sich vor, um es aufzuheben.

„Oh, *merci*", schwärmte sie.

Er verbeugte sich leicht und damit war die Sache klar. Mit seinen Manieren, die mindestens ein Jahrhundert aus der Mode waren, war dieser Typ definitiv ein Vampir. Kein guter Vampir und auch kein erträglicher, nicht allzu schrecklicher Vampir. Ich konnte es spüren.

Ich schaltete mein Handy ein, gerade als der Zug in einen Tunnel fuhr. Meine Ohren knackten und ich schaltete es wieder aus. Kein Empfang und niemand, den ich anrufen würde, konnte mir jetzt helfen.

Der Zug schoss wieder ins Freie und Sonnenlicht flutete die Seite der Kabine, auf der Sandelholz saß. Er zuckte zusammen, was meine Schlussfolgerung weiter untermauerte. Je älter ein Vampir wurde, desto besser konnte er – oder sie – direktes Sonnenlicht vertragen, obwohl sie es lieber mieden.

Ich biss die Zähne zusammen und überlegte verzweifelt, wie ich ihm entkommen könnte. Und zwar sofort.

Schattenwandeln kam mir in den Sinn, aber ich verwarf diesen Gedanken sofort wieder. Das funktionierte am besten aus der Entfernung, wenn Leute keine Details erkennen konnten. Außerdem hatte ich kein Vertrauen in meine Fähigkeit, eine Illusion in einem fahrenden Zug aufrechtzuerhalten. Mein illusorisches Ebenbild würde wahrscheinlich durch den Raum schweben und die schnellen Veränderungen von Licht und Schatten wären unmöglich zu bewältigen.

Also griff ich auf den ältesten und einfachsten Trick zurück, den jede Frau kannte: die Flucht auf die Toilette.

Ich stand auf, griff so beiläufig wie möglich nach meiner Tasche und ging zur Toilette. Sie war besetzt, was mir die Ausrede gab, bis zum Ende des nächsten Abteils zu gehen.

Ich warf einen Blick auf mein Spiegelbild in der Abteiltür, und verdammt. Sandelholz – Szabo? – folgte mir.

Ich schloss mich in der nächsten Toilette ein, stand da und dachte nach, während der Zug dahin raste. Wusste der Vampir, dass ich ihm auf der Spur war? War es ihm egal? Was genau wollte er von mir?

Die langsamste Minute meines Lebens verging, gefolgt von einer weiteren und dann noch einer.

Jemand hämmerte gegen die Tür.

„Ist alles in Ordnung da drin?", rief eine Frau ungeduldig.

Ich spülte die Toilette, spritzte mir Wasser ins Gesicht, holte tief Luft und ging hinaus. Und Mist. Szabo stand nur zwei Schritte entfernt mit verschränkten Armen und einem selbstgefälligen Gesichtsausdruck da, der sagte: *Wo willst du jetzt hin, Süße?*

Irgendwohin. Egal wo. Ich drehte mich um, um schnell durch den Speisewagen zu gehen, und Szabo folgte mir.

Ein Zugbegleiter kam vorbei und ich überlegte, ihn um Hilfe zu bitten. Aber das würde einen Unschuldigen in Gefahr bringen... oder mich in die Psychiatrie.

Ich ging weiter zum nächsten Wagen und dann zum nächsten, verzweifelt auf der Suche nach einem Fluchtplan. Der Zug fuhr direkt nach London, ohne Zwischenstopps und ohne ungesicherte Türen, aus denen man springen konnte. Außerdem rasten wir mit dreihundert Kilometern pro Stunde dahin und würden bald unter dem Ärmelkanal hindurchfahren.

Nur noch ein Wagen, beschloss ich. Ich würde noch einen Wagen durchqueren, mich dann umdrehen und den Drecksack zur Rede stellen. Er würde mich doch nicht in der Öffentlichkeit angreifen, oder?

Die Türen vor mir glitten auf. Ich ging an den ersten vier Sitzreihen vorbei, blieb dann stehen und starrte einen Mann an, der ein paar Reihen vor mir schlief.

„Marius?"

Es war kaum mehr als ein Flüstern, aber er riss die Augen auf.

Mein Herz wurde warm, denn sein erster Ausdruck war schüchterne Freude. Als Nächstes runzelte er die Stirn und verzog das Gesicht, als wollte er sagen: *Verdammt, ich wurde erwischt.*

Moment. Was zum Teufel machte er in *meinem* Zug?

Die Tür des Abteils ging hinter mir auf und eine Welle kalter, bedrohlicher Luft kündigte Szabos Ankunft an.

Marius' Gesichtsausdruck veränderte sich augenblicklich. In seinen Augen sprühte Mordlust, als er aufsprang und mit einem schroffen „Bleib hier" an mir vorbeistürmte.

Normalerweise legte ich Wert darauf, seinen Anweisungen *nicht* zu folgen, aber mein innerer Feigling erklärte dies zu einer würdigen Ausnahme.

Szabos verachtender Gesichtsausdruck spiegelte den von Marius wider, aber Schritt für Schritt wich er zurück. Die Türen glitten hinter ihm auf und er ging weiter in den nächsten Wagen. Marius verschwand hinter ihm.

Mein Herzschlag verlangsamte sich, nur um dann wieder zu rasen. Oh Gott. Würden die beiden im Speisewagen einen Kampf auf Leben und Tod austragen?

Hilflos wartete ich eine Minute lang. Dann fiel mir ein, dass ich nicht hilflos war, und ich lief ihnen hinterher.

Auf halbem Weg durch den nächsten Waggon holte ich Marius ein und packte ihn an der Schulter.

„Warte."

Er schüttelte den Kopf. „Er wird entkommen."

„Er kann nirgendwohin.“

Marius verzog das Gesicht. „Das ist fast genauso schlimm.“

Ein Mann schaute von seinem Essen auf und warf uns böse Blicke zu. Nach einer langen Minute leiser Bitten folgte Marius mir zurück zu seinem Platz. Der junge, metrosexuelle Mann auf dem Sitz neben ihm sah genervt aus, bis ich ihm meine Premier Class-Reservierung zeigte.

„Möchten Sie tauschen? Ich habe gerade meinen Freund hier getroffen und wir würden gern zusammen fahren.“

Er sprang auf wie das Energizer-Häschen, machte ein Foto von meiner Reservierung und war auf dem Weg... hoffentlich nicht in sein Verderben.

„Keine Sorge“, sagte Marius, der meine Gedanken las. „Szabo wird kein Interesse an ihm haben.“

Ich setzte mich auf den Fensterplatz und flüsterte zurück: „Das war also Szabo, was?“

Marius nickte und setzte sich neben mich. Wir saßen beide mit Blick zur Waggontür, so dass Szabo sich uns nicht unbemerkt nähern konnte. Ich sah, wie er uns durch das Glas beobachtete, bevor er sich aus dem Blickfeld zurückzog.

„Was nun?“, murmelte ich.

Marius zog sein Handy heraus und wählte eine Nummer. „Ich rufe Roux an.“

Marius trommelte ungeduldig mit den Fingern. Ich legte meine Hand auf seine, aus Angst, seine Drachenklauen könnten herauskommen. Als Roux abnahm, kam Marius direkt zur Sache.

„Warum zum Teufel verfolgt Szabo Mina nach London?“, zischte er leise.

Ich beugte mich näher heran und hörte, wie Roux fragte: „Szabo ist wo? Woher weißt du das?“

„Ich sitze im selben Zug.“

„Warum zum Teufel verfolgst *du* Mina nach London?“ Roux explodierte.

Marius ignorierte ihn. „Finde über Szabo heraus, was immer du kannst. Sofort.“

„Aber...“, protestierte Roux.

„Tu es einfach“, schnaufte Marius und legte auf.

Ich warf ihm einen spitzen Blick zu. „Großartige Kommunikation.“

Er zuckte mit den Schultern. „Roux war schon immer so.“

Das hatte ich nicht gemeint, aber ich ließ es durchgehen. Ich war Marius dafür etwas schuldig.

„Und was jetzt?“, fragte ich ein paar Minuten später.

Er verschränkte die Arme, so dass sich jeder Muskel abzeichnete. „Wir warten, bis wir in London ankommen.“

„Und dann?“

Er musterte mein Gesicht und sein Blick fiel auf meinen Hals. Hitze durchströmte meine Adern und meine Wangen wurden rot.

Schnell wandte er den Blick ab und murmelte: „Dann werden wir sehen.“

Das war nicht gerade ermutigend, denn *Wir werden sehen* konnte in Drachensprache alles Mögliche bedeuten. Zum Beispiel: *Ich werde ihm den Kopf abreißen* oder *Ich werde ihn bei lebendigem Leib verbrennen, zusammen mit dem größten Teil der St Pancras-Station.*

Ein Blick auf meine Uhr verriet mir, dass ich noch über eine Stunde Zeit hatte, um Marius von einem besseren Plan zu überzeugen.

Die Minuten vergingen, während ich überlegte, was das sein könnte.

„Warum fährst du überhaupt nach London?“, knurrte er.

„Warum verfolgst *du* mich überhaupt?“

„Hättest du es lieber anders gehabt?“

„Es geht ums Prinzip.“

„Willst du Prinzipien oder willst du lange genug leben, um den Sonnenuntergang zu sehen?“

Okay, damit lag er nicht ganz falsch. Ich atmete ein paarmal tief durch und stieß ihn sanft gegen die Rippen. Nun, ich versuchte, seine Rippen zu treffen, aber sie wurden von einer Muskelwand gepolstert.

„Danke“, flüsterte ich.

„*De rien*“, brummte er sichtlich unzufrieden. Dann wandte er seinen Blick von der Tür ab und schaute mich mit dunklen Augen an.

„Im Ernst. Warum fährst du nach London? Ich habe dir doch gesagt, dass du in Gefahr schwebst."

„In London?", protestierte ich.

„Überall."

Ich verschränkte genervt die Arme. „Erwartest du, dass ich nach Hause fahre und mich dort verstecke?"

„Ja", murmelte er. Dann seufzte er und schüttelte den Kopf. „Ich will nur, dass du in Sicherheit bist."

Ich zählte eine Liste an meinen Fingern ab. „Ich will, dass ich in Sicherheit bin, du in Sicherheit bist und keinen Szabo. Aber ich will auch Kommunikation. Vertrauen. Ehrlichkeit. Macht mich das gierig?"

Eine Haarsträhne fiel ihm über die Augen und ließ seinen Blick noch bedrohlicher wirken. „Darf ich Ja sagen?"

„Nein."

Er schnaubte und legte dann seine große, schwielige Hand um meine. „Okay. Kommunikation. Vertrauen. Ehrlichkeit. Du fängst an. Warum fährst du nach London?"

Ich warf ihm einen Blick zu. „Das habe ich nicht gemeint." Aber da ich ihm mein Leben verdankte, gab ich nach. „Gordon wollte, dass ich eine alte Bekannte besuche... "

Er stöhnte und senkte den Kopf in seine Hände. „Das hast du geglaubt?"

„Ich war zuerst misstrauisch, aber es ist in Ordnung."

„Wie kann *das* in Ordnung sein?" Er zeigte auf die Tür unseres Abteils, wo Szabo immer noch lauerte, außer Sichtweite, aber immer noch zu nah, um sich zu entspannen.

Okay. Ein weiterer Punkt für den Drachen.

„Könnte es sein, dass Gordon Szabo geschickt hat, um mich zu beschützen?", versuchte ich und sackte dann beim Anblick von Marius' Gesichtsausdruck zusammen. „Nein, das habe ich auch nicht gedacht. Aber ich bin mir sicher – absolut sicher –, dass Gordon keine Probleme erwartet hat. Es ist nur eine alte Dame, die... "

„Mit Gordon ist es nie *nur* irgendwas."

„Das mag sein, aber ich kann nicht glauben, dass Gordon Szabo schicken würde, um mir etwas anzutun."

„Das würde er nicht", räumte Marius ein. „Aber jemand anderes schon." Er runzelte die Stirn und zeigte auf die Premier Class. „Hast du Gordon gesagt, welchen Zug du nimmst?"

„*Er* hat es *mir* gesagt. Er hat die Reservierung vorgenommen."

Marius schnaubte. „Gott macht Geschäfte, keine Reservierungen. Dafür sind seine Untergebenen da."

Ich erstarrte. „Wie Celeste?"

Marius nickte langsam. „Möglicherweise."

Definitiv, entschied ich. Aber warum sollte sie Szabo auf mich hetzen?

„Die Dinge, zu denen diese Frau fähig ist, kennen keine Grenzen", murmelte Marius.

„Einschließlich, mit Szabo zusammenzuarbeiten?"

Er nickte. „Celeste war diejenige, die Szabo geschickt hat, um uns im Château zu besuchen. Erinnerst du dich an den Abend im Garten?"

Ich verzog das Gesicht. Wie könnte ich das vergessen?

„Willst du damit sagen, dass sie Gordons Geschäfte genau im Auge behält?"

Er schnaufte. „Es gibt einen Unterschied zwischen etwas im Auge zu behalten und sich wie ein verdammter Vampir darin festzubeißen."

Ich schaute mit verzogenem Gesicht in die Richtung, in die Szabo verschwunden war. „Warum sollte Celeste Gordon untergraben, wenn er ihr Boss ist?"

„Ich bin mir nicht sicher, ob sie das so sieht."

Nach den Machenschaften, die ich in ihren Gedanken gesehen hatte, hätte mich das nicht überraschen dürfen. Aber, oh Gott. Waren manche Menschen wirklich *so* hinterhältig?

Dann sackte ich zusammen, denn die Antwort war Ja – und schlimmer noch, ich war so leichtgläubig. Celeste sah sich wahrscheinlich selbst als Boss an – wenn nicht jetzt, dann in naher Zukunft.

Meine Gedanken rasten. Sollte ich Gordon warnen? Und verdammt, so hinterhältig wie er war, erkannte er die Gefahr nicht, die von Celeste ausging?

Ich schloss die Augen und lehnte meinen Kopf gegen den Sitz vor mir.

„Also, kommen wir dazu zurück, warum du nach London fährst. Erzähle mir alles", sagte Marius.

Drachen. So verdammt hartnäckig.

Ich schüttelte den Kopf von einer Seite zur anderen. Eines war sicher. Der lange, unbeschwerte Spaziergang, den ich vom Regent's Park zu den Kensington Gardens geplant hatte, stand definitiv nicht mehr auf dem Programm.

Kapitel 11

MARIUS

Die mehr als zweistündige Zugfahrt mit der Frau, die ich liebte, an meiner Seite und einem Vampir im Nachbarwaggon, war die längste meines Lebens. Ich zählte jede verdammte Sekunde und verfluchte doppelt jede zusätzliche, die mit unserer zehnminütigen Verspätung in London einherging.

Ansonsten verbrachte ich die Zeit damit, die Tür zu beobachten, und nur gelegentlich einen Blick auf Mina zu werfen. Aber ich beschränke mich auf ein Minimum, weil ich wachsam bleiben musste und weil ich sie sonst vielleicht küssen – oder töten – würde. Mina war so klug, also wie zum Teufel war sie auf die Idee gekommen, dass es gut wäre, nach London zu fahren? Hatte sie immer noch nicht erkannt, dass sie Gordon nicht trauen konnte?

„Moment. Woher wusstest du, dass ich in diesem Zug sitzen würde?“, fragte sie plötzlich.

Ich zuckte mit den Schultern. „Ich habe es einfach gespürt.“

Sie starrte mich an. „Im Ernst?“

Ich behielt meinen Blick auf die Tür gerichtet. „Ich habe außerdem Gordons Gästewohnung überwacht.“

Sie verdrehte die Augen. „Ich habe dir das fast geglaubt.“

Der Zug raste einen weiteren Kilometer über die Gleise, bevor ich flüsterte: „Ich kann spüren, wo du bist. Nicht den genauen Ort, aber ob du nah oder fern bist.“

Sie griff nach meiner Hand. „Ich auch. Ich kann manchmal sogar sagen, was du fühlst.“

Jetzt befanden wir uns auf wirklich beängstigendem Terrain – auf einer Stufe mit blutrünstigen Vampiren oder Gordons kriminellen Machenschaften.

Ich neigte meinen Kopf näher zu ihrem und mein Drache ließ mich leise flüstern: „Schicksal."

Sie nickte langsam und beugte sich vor. „Warum dann also dagegen ankämpfen?"

„Weil das Schicksal nicht immer dein Bestes im Sinn hat. Manchmal spielt es nur mit dir."

So wie in der vergangenen Nacht, als es meinen Verstand lange genug leerlaufen ließ, um sie zu markieren, zumindest befürchtete ich das. Es war jedoch immer noch zu schwer, es mit Sicherheit zu sagen.

„Ich glaube, es ist eher so, dass das Schicksal uns auf die Probe stellt", sagte Mina. „Um zu prüfen, ob du verdient hast, was es für dich vorgesehen hat, meine ich."

„Das klingt nach einer Menge Prüfungen. Wie in der Schule, nur noch schlimmer."

Sie gluckste. „Nicht wie überall in der Schule. Wie im Kunstunterricht – da gibt es nicht viele Prüfungen."

Ich küsste ihre Hand. Irgendwie fand sie immer einen Weg, die Dinge positiv zu sehen.

Dennoch schrieb ich es eher purem Glück als dem Schicksal zu, dass ich an Minas Seite gelandet war. Ich hatte Gordons Gästewohnung observiert, weil ich davon ausgegangen war, dass sie wie üblich morgens joggen gehen würde. Stattdessen war sie zum Bahnhof gegangen und ich hatte kaum Zeit gehabt, mir eine Fahrkarte zu kaufen. Es war auch pures Glück, dass ich meine Reisedokumente dabeihatte, und zwar nur, weil ich in den letzten Tagen in Paris bei einem Freund nach dem anderen auf der Couch geschlafen hatte.

Verdammter Brexit, seufzte mein Drache. *Früher war alles so viel einfacher.*

„Was hast du in Brüssel gemacht?", fragte Mina aus heiterem Himmel.

Ich schüttelte den Kopf. „Das hat nichts damit zu tun."

„So wie ich dachte, dass London nichts mit Gordons anderen Geschäften zu tun hat?"

Sie hatte recht, also änderte ich meine Antwort zu: „Das ist vertraulich. Tut mir leid."

Ich wünschte, ich könnte ihr sagen, wie harmlos dieser Auftrag tatsächlich gewesen war, zumindest im Vergleich zu Gordons zwielichtigeren Machenschaften. Ironischerweise war der einzige Auftrag, bei dem Mina dabei gewesen war, der gefährlichste gewesen, den wir je für Gordon ausgeführt hatten. Brüssel und der Auftrag davor waren im Vergleich dazu ein Kinderspiel. Aber Mina hatte nur Mallorca als Anhaltspunkt, also konnte ich es ihr nicht vorwerfen, dass sie annahm, alles, was wir taten, sei illegal und gefährlich.

Sie verschränkte die Arme und saß die nächsten vierzig Minuten schweigend da. Erst als wir den Ärmelkanaltunnel verließen und wieder ans Tageslicht kamen, verriet sie ihren Plan – so wenig Plan sie auch hatte – für den kommenden Tag. Ein wenig spazieren gehen, eine alte Dame besuchen, London genießen. Alles völlig harmlos, aber ich wusste es besser. Wenn Gordon involviert war, würde es sicher Ärger geben.

„Was jetzt?", fragte Mina, als der Zug in die St Pancras-Station einfuhr.

Ich schaute aus dem Fenster. „Wir warten und beobachten."

Die Passagiere strömten aus dem Zug und fluteten den Bahnsteig, so dass es schwierig war, Szabo zu entdecken. Das hatte allerdings auch den Vorteil, dass es für ihn schwer war, uns zu sehen. Nachdem wir uns kurz umgeschaut hatten, mischten wir uns unter die Menschenmenge und fingen an, eine lange Reihe von Schlangenlinien zu laufen, um herauszufinden, ob uns jemand folgte.

Ich vermisste Roux, Bene und Henrik nicht oft, aber jetzt hätte ich mir gewünscht, sie wären bei uns.

Mina und ich setzten das Spiel in der U-Bahn fort und sprangen von Station zu Station, bis wir schließlich Hyde Park Corner erreichten. Mittlerweile war es Mittag und nur noch eine Stunde bis zu Minas Termin.

Sie ging durch den Park zu der Adresse voraus, während ich wie besessen unsere Umgebung prüfte.

„Da ist es", sagte sie und zeigte darauf.

Ich schaute auf und pfiff. „Nettes Häuschen."

Wir befanden uns direkt am Palace Gate, nur wenige Blocks vom Kensington Palace entfernt, einem Viertel mit Botschaften und luxuriösen Stadthäusern – von der Art, in denen die Menschen mit echten Meisterwerken dekorierten und nicht mit billigen Drucken von Monets Seerosen.

Das Gebäude vor uns war in vier Einheiten unterteilt. Mina überflog die Optionen und wählte die Klingel mit der Aufschrift *A. Petrova.*

„Ja?", tönte eine Stimme aus der Gegensprechanlage.

„Hallo. Ich bin Wilhelmina Durant und im Namen von Gordon Clervaud hier."

„Dritte Etage", antwortete die Frau und ließ uns herein.

Mina reckte den Hals, als wir die zentrale Treppe hinaufstiegen – eine prächtige, aber quietschende Treppe, so wie in Minas Château. Ich bezweifelte jedoch, dass diese Bewohner ihre Reparaturen selbst durchführten.

Wir gingen bis zum Treppenabsatz der dritten Etage hinauf, wo sich eine Wohnungstür öffnete – allerdings nur einen Spalt breit. Sie war mit einer lächerlich dünnen Kette gesichert, die nicht einmal ein Vorschulkind abhalten würde, geschweige denn einen Drachengestaltwandler. Ich hätte sie mit einem Tritt sofort aufbrechen können.

Natürlich tat ich das nicht. Nicht, nachdem Mina mich den ganzen Weg genervt hatte, gute Manieren zu zeigen.

Eine ältere Frau musterte uns durch den Spalt, obwohl ich von ihr nur ein blassblaues Auge, einen Kranz aus weißem Haar und ein paar Perlen ihrer Halskette sehen konnte.

Sie schaute mich misstrauisch an. „Gordon hat nur seine Patentochter erwähnt."

„Das ist... ähm... " Mina zeigte auf mich.

„Sicherheitspersonal, Ma'am", sagte ich schnell.

Die Dame schloss die Tür und ich konnte nicht sagen, ob ich sie überzeugt oder die ganze Sache vermasselt hatte.

Dann, uff. Die Frau fummelte an der Kette herum, öffnete die Tür und begrüßte Mina. „Anastasia Petrova – aber bitte, nennen Sie mich Ana. Kommen Sie herein."

Ihr Englisch war makellos, hatte jedoch einen leicht slawischen Akzent. In Gedanken setzte ich die Indizien zusammen – alte Bekannte von Gordon, reich, dazu der Akzent – und ich kam zu dem Schluss, dass sie höchstwahrscheinlich die *Witwe eines russischen Oligarchen* war. Das würde auch zu den im Eingangsbereich ausgestellten Ikonen und den vom Boden bis zur Decke reichenden Bücherregalen mit kyrillischen Titeln passen.

Unsere Schuhe klackerten über den aufwendigen Parkettfußboden, dann gingen wir über dicke Perserteppiche. Ich ließ meinen Blick hin und her schweifen und nahm die verzierten Stuckdecken und mit Gemälden bedeckten Wände auf. *Nettes Häuschen* war eine Untertreibung. Es war riesig und hatte etwas Majestätisches an sich, als würden die Besitzer mit den Bewohnern des Kensington-Palasts verkehren.

Aber alles war ein wenig alt und staubig, als wäre schon lange keine Reinigungskraft mehr da gewesen – und auch nicht allzu viele Besucher. An den Wänden gab es Lücken, wo kürzlich Kunstwerke entfernt oder verkauft worden waren.

Ich warf einen Blick auf unsere Gastgeberin. Waren ihr die finanziellen Mittel versiegt, als ihr Mann starb (oder umgebracht wurde), so dass sie nun darum kämpfte, ihren alten Lebensstil aufrechtzuerhalten?

Anastasia führte uns in ein Wohnzimmer mit gepolsterten, aber verblichenen Sofas und Sesseln.

„Machen Sie es sich bequem. Ich hole den Tee."

Ihre Worte galten Mina, nicht mir, also setzte sie sich auf das Sofa, während ich mich an eine Ecke begab, von der aus ich Mina, die Tür und die Fenster im Auge behalten konnte.

Ich zischte leise und nickte dann mit dem Kopf nach rechts.

Mina runzelte die Stirn, rutschte jedoch auf dem Sofa zur Seite und schaute mich an.

Ich machte eine *Stopp*-Geste und nickte dann.

Sie verdrehte die Augen und sprach in meine Gedanken. *Ist das wirklich notwendig?*

Sie aus dem direkten Blickfeld der Vorderseite des Gebäudes zu entfernen? Ja.

Standardverfahren, knurrte ich zurück.

Als Anastasia zurückkam, servierte sie Sandwiches und mundgerechte Kuchenstücke von einer dreistöckigen Etagere, die *Teatime in Britain* schrie. Der Tee wurde jedoch nach russischer Art in Gläsern serviert, die in silbernen Haltern standen, und das heiße Wasser kam aus einem Samowar im Nebenraum.

„Oh, eine Sache noch... "

Als Anastasia wieder davonwatschelte, hob Mina ihr Glas und tippte auf das Muster auf dem Halter.

Ich blinzelte und sah eine Rakete und die Buchstaben, die in das Silber graviert waren. Ich kannte genug vom kyrillischen Alphabet, um langsam *Sputnik* zu buchstabieren – den ersten Satelliten, der in den 1950er-Jahren ins All geschossen wurde. Ein echtes Vintage-Stück der alten Schule. Wie seine Besitzerin, nahm ich an.

„Hier." Anastasia stellte einen Teller mit Zitronenschnitzen auf den Couchtisch und setzte sich. „Jetzt erzählen Sie mir etwas über sich, meine Liebe."

Mina überlegte und fing zögerlich an.

„Nun, Gordon und mein Vater waren enge Freunde. Meine Mutter ist Französin, mein Vater Amerikaner... "

Verständlicherweise ließ sie den Teil über das Übernatürliche und ihr Château weg.

„Ich habe Kunst und Kunstgeschichte studiert und als Kunstlehrerin an einer Mittelschule gearbeitet... " Ihre Augen leuchteten auf, als sie diesen Teil ihres Lebenslaufs zusammenfasste. „Ich habe auch in einem Auktionshaus gearbeitet, daher bin ich mit dem Prozess der Echtheitsprüfung von Gemälden vertraut."

Anastasia fragte nach Geschwistern, Orten, an denen Mina gelebt hatte, und Politik und musterte sie dabei die ganze Zeit mit Adleraugen. Das war kein Small Talk. Sie wollte beurteilen, ob sie Mina vertrauen konnte.

Mit Ihrem Leben und auf jeden Fall mit wertvollen Kunstwerken, wollte ich unbedingt sagen. *Sie hat für einen lausigen Van Gogh sogar ihr Leben riskiert.*

Mein Drache brummte bei dieser Erinnerung und Mina hustete in ihre Hand.

Pass auf, warnte sie.

Dann befragte Anastasia Mina ausführlich zum Thema Kunst. Was waren ihre Lieblingsstile, -maler und -kunstwerke? Was war das Wichtigste im Impressionismus – das Licht, der Moment oder das, was ein Gemälde unausgesprochen ließ? Und was war mit Postimpressionismus? Wenn Mina einen weiteren Gast zum Tee mit Anastasia hätte mitbringen können...

Ich schwankte vor und zurück und versuchte, es nicht persönlich zu nehmen.

... würde sie Kandinsky, Toulouse-Lautrec oder Modigliani wählen?

Mina kicherte. „Oh, definitiv Modigliani."

Ich nahm mir vor, mich über diesen Mann zu informieren.

Das war eindeutig eine Eins-Plus-Antwort für Anastasia. Es dauerte nicht lange, bis sie wie alte Freundinnen lachten und plauderten. Ich verlor schnell den Faden, als sie über Künstler, Strömungen und Gemälde sprachen, so wie manch andere Leute über Sportmannschaften, Spieler und unglaubliche Spielzüge sprachen.

„Wenn Sie einen Künstler aus einer beliebigen Epoche beauftragen könnten, ein beliebiges Motiv zu malen, welches wäre das?", fragte Anastasia als Nächstes.

Mina lachte. „Nun, die siebenjährige Mina würde Franz Marc bitten, ein Einhorn oder einen Pegasus zu malen."

Anastasia lächelte nachsichtig. „Was würden Sie sich heute wünschen?"

Mina dachte darüber nach und schaute aus dem Fenster. „Muss es ein berühmter Künstler sein?"

Unsere Gastgeberin schüttelte den Kopf.

Mina räusperte sich, aber ihre Stimme klang immer noch heiser, als sie sprach.

„Ich würde meinen Vater bitten, ein Familienpicknick beim Haus meiner Großmutter zu malen. Und ich würde gern neben ihm stehen und mit ihm sprechen, während er arbeitet."

Anastasia saß schweigend da und bemerkte Minas bittersüßen Tonfall. Ich hatte einen Kloß im Hals, denn sie hatte mich vor nicht allzu langer Zeit zu diesem Picknickplatz mitgenommen und mir von Erinnerungen erzählt, die ihn so besonders machten.

Das Haus *deiner Großmutter, was?* Ich warf Mina diese neckische Bemerkung zu, um die Stimmung aufzulockern.

Hätte ich vielleicht Château sagen sollen? entgegnete sie, während sie an ihrem Tee nippte.

Niemand würde dich für versnobt halten, gab ich zu bedenken. Nicht in dieser Gegend.

„Ihr Vater war Künstler?", fragte Anastasia.

„Er war Kunsthistoriker, aber in seiner Freizeit malte er." Mina lächelte sentimental und wandte sich dann mit ihrer Frage an Ana. „Welches Gemälde würden Sie in Auftrag geben und von welchem Künstler?"

Ana lächelte verschmitzt. „Das müsste ich nicht. Ich habe das Gemälde bereits, das ich mir wünschen würde."

Mina biss sich auf die Lippe und wagte dann leise: „Ich würde es gern sehen."

Sie traf genau den richtigen Ton, nicht zu aufdringlich oder übereifrig. Nur eine weitere leidenschaftliche Kunstliebhaberin wie Anastasia selbst.

Anastasia deutete auf den Kuchen und die Sandwiches. „Bitte, bedienen Sie sich zuerst."

War das ein Ja oder ein Nein, was das Bild anging?

Mina brannte vielleicht vor Neugier, aber wir hatten beide seit Stunden nichts mehr gegessen, und sie ließ sich ein dreieckiges Gurkensandwich schmecken und verschlang dann ein zweites. Mit Thunfisch.

Mir lief das Wasser im Mund zusammen, aber weder Anastasia noch Mina hatten Mitleid. Ich seufzte.

Schließlich faltete Anastasia ihre Serviette sorgfältig zusammen und kam zur Sache.

„Es war schön, mit Ihnen zu plaudern. Wirklich. Aber ich habe Gordon um einen Experten gebeten, der mir mit meinem Gemälde hilft."

Ich zuckte zusammen. Es würde Mina umbringen, wenn die ganze Sache scheitern würde, bevor sie das geheimnisvolle Gemälde sehen konnte. Selbst wenn es sich als nichts Besonderes herausstellen sollte, war ihre Neugier doch definitiv geweckt. Es war, als würde man einen Drachen vor einer verschlossenen Schatztruhe sitzen lassen. Mit einem Wort: Folter.

Mina nickte. „Ich verstehe. Aber da Sie, ähm... so vorsichtig waren, keine Details über Ihr Gemälde preiszugeben..."

Ich unterdrückte ein Schnauben. Das war extrem milde ausgedrückt.

„... wusste Gordon nicht, welchen Experten er kontaktieren sollte", fuhr Mina fort. „Also hat er mich gebeten, eine Ersteinschätzung vorzunehmen. So kann er ebenso diskret vorgehen, wenn es darum geht, einen angesehenen Experten mit der Authentifizierung Ihres Gemäldes zu beauftragen."

„Oh, es ist authentisch. Das garantiere ich Ihnen. Aber mein verstorbener Mann hat mir beigebracht, mich immer zu fragen, woher ich weiß, ob eine Person vertrauenswürdig ist."

Mina lächelte gezwungen. „Das frage ich mich ständig."

Ich verkrampfte mich. Meinte sie damit mich?

Dann fügte Mina hinzu: „Aber noch wichtiger ist, ob ich meinem eigenen Urteilsvermögen vertrauen kann, denke ich."

Anastasia zuckte mit den Schultern. „Das sind zwei Seiten derselben Medaille. Also, sagen Sie mir: Wie entscheiden Sie über jemanden?"

Mina dachte darüber nach. „Ich denke an die Taten einer Person anstatt an ihre Worte. Ich denke an die kleinen Dinge... "

Meine Gedanken rasten und versuchten verzweifelt, alles zu katalogisieren, was ich jemals in Minas Gegenwart gesagt oder getan hatte.

Ihr himmelblauer Blick wanderte zu mir, dann zu ihrer Gastgeberin zurück. „Ich sage mir selbst, dass ich meinem Herzen nicht trauen sollte, aber manchmal kann ich einfach nicht anders."

Mein Herz wurde warm und Mina errötete leicht. Und verdammt. Ihre Haut schimmerte, besonders um ihren Hals herum. War das das Zeichen einer Mondlichtmarkierung, wie ich befürchtet hatte?

Anastasia füllte ihre Teetasse nach. „Wollen Sie damit sagen, ich soll Ihnen vertrauen?"

Mina schüttelte den Kopf. „Ich sage, Sie sollen Ihre eigene Entscheidung treffen."

Anastasia rührte eine Weile in ihrem Tee und wandte sich dann zu mir. „Und was ist mit Ihnen?"

Ich blinzelte. „Mit mir?"

Sie nickte. „Was denken Sie? Kann ich dieser Frau vertrauen?"

Ha. Einfache Antwort.

Ich nickte. „Ihr einziger Fehler ist ihre Ehrlichkeit."

Anastasia lachte leise. „Und Sie? Haben Sie irgendwelche Fehler?"

Ich schwankte leicht. „Zu viele, um sie aufzuzählen, Ma'am."

Sie lachte laut auf. „Ich mag ihn." Sie wandte sich wieder an Mina. „Und ich mag Sie." Damit stand sie auf. „Kommen Sie. Ich zeige Ihnen mein Gemälde."

„Wie kann Ehrlichkeit ein Fehler sein?", murmelte Mina, als Anastasia uns in das Obergeschoss ihrer Maisonettewohnung führte.

Ich aß die Sandwiches, die ich mir vom Tablett geschnappt hatte, bevor ich ihnen folgte, und nutzte das als Ausrede, um nicht zu antworten.

„Es ist hier, in meinem Studienzimmer." Anastasia ging voraus in eines der drei Zimmer im vorderen Teil des Gebäudes.

Ich fragte mich nicht zum ersten Mal, was vermögende Leute wohl studierten.

Licht strömte durch zwei große Fenster herein, während das dritte Fenster dazwischen mit Vorhängen verdeckt war. An den Seitenwänden hingen Bilder dicht an dicht, allerdings waren ein paar Lücken zu sehen. Anastasia hatte kürzlich einige ihrer Kunstwerke verkauft. Dessen war ich mir sicher. Und jetzt hatte sie Gordon kontaktiert, um ihr größtes Meisterwerk zu verkaufen?

Ich fragte mich, was es sein könnte. Wie viel es wert war. Und warum sie nicht zuerst den Rest verkaufte, wenn dies ihr Lieblingsstück war.

„Setzen Sie sich. Von hier aus hat man die beste Sicht." Anastasia setzte sich auf das Sofa vor den Fenstern und tätschelte den Platz neben sich. Mina setzte sich zu ihr.

Anastasia deutete auf den Vorhang vor dem mittleren Fenster. „Würden Sie ihn bitte lüften?"

Ich ging hinüber und suchte nach der Schnur, mit der man den Vorhang öffnen konnte. Er bewegte sich und ich erhaschte einen Blick auf blaue Farbe auf Leinwand. Das war also gar kein Fenster, sondern ein Gemälde. Ein großes im Hochformat, nicht im Querformat.

Ich griff nach der Schnur und schaute Anastasia an. Als sie nickte, zog ich daran und enthüllte das Gemälde.

Minas Augen weiteten sich und sie hielt sich schockiert die Hand vor den Mund.

Ich warf einen Blick auf das Gemälde und dann wieder auf sie. Was?

Eine Träne lief aus ihrem Auge. Dann noch eine und noch eine.

Ich neigte meinen Kopf zur Seite und schaute auf das Gemälde. War es so schlecht oder so gut?

Anastasia tätschelte ihre Hand. „Es ist wirklich etwas Besonderes, nicht wahr?"

Mina nickte sprachlos.

Ich runzelte die Stirn. Das Gemälde war kühn. Farbenfroh. Aber offen gesagt auch irgendwie einfach. Ein paar Pferde, einige Berge und ein Regenbogen. Ich würde deswegen nicht weinen. Verdammt, ich würde nicht einmal schniefen.

Aber Mina starrte das Gemälde an, während ihr Tränen über beide Wangen liefen.

Kapitel 12

MINA

Anastasia reichte mir ein Taschentuch und ich gab mein Bestes, um mich zusammenzureißen. Aber, verdammt. Es war, als würde man den Geist eines geliebten Menschen erblicken, den man nie wiederzusehen geglaubt hatte. Mein Herz schlug schneller und ich bekam eine Gänsehaut.

Marius neigte verwirrt den Kopf, erst zu mir, dann zum Gemälde.

„Franz Marc. *Der Turm der blauen Pferde*", murmelte ich.

Erkenntnis zeigte sich auf seinem Gesicht. „Wie die Pferde auf deiner Tasse?"

Ich lächelte. „Ganz ähnlich."

Die Tasse hatte eigentlich meinem Vater gehört und sie war die einzige, die ich nicht teilen würde.

Die Pferde standen hintereinander wie auf einer Steigung und gaben dem Gemälde seinen Namen – *Der Turm der blauen Pferde*. Sie füllten die rechte Seite der langen Leinwand mit Energie, Kurven und scharfen Linien und blickten nach links über eine stilisierte Berglandschaft.

Marius legte mir eine Hand auf die Schulter und ließ mich weinen. Er signalisierte mir, dass er für mich da war. Dieser Mann war ein echter Schatz.

Weinen kam mir albern vor, aber ich konnte nicht anders. Warum? Wegen der schieren Schönheit dieses Kunstwerks. Wegen meines Vaters, der alles dafür gegeben hätte, dieses Meisterwerk zu finden. Wegen Franz Marc und all der anderen, die in sinnlosen Kriegen ums Leben gekommen waren – Menschen mit großem Talent und Potenzial, die in tragisch jungem Alter aus dem Leben gerissen worden waren.

Ich streckte meine Hand aus, um Marius' Hand zu berühren. Er verstand vielleicht nicht, warum mir dieses Gemälde so viel bedeutete, aber er respektierte, dass es mir wichtig war, und dafür liebte ich ihn.

Nun, ich liebte ihn für viele Dinge.

„Dieses Gemälde war jahrzehntelang verschollen", erklärte ich und hielt dann inne. „Wenn es denn echt ist."

Anastasia schnaubte. „Nicht verschollen. Es wurde sorgfältig gehütet. Und was die Echtheit angeht, sehen Sie selbst."

Ich stand auf, um es mir genauer anzusehen. Aber es ähnelte sehr dem Van Gogh, den ich auf Mallorca gesehen hatte – ich wusste bereits, dass es echt war. Ich konnte es spüren. Ein wahres Meisterwerk hatte eine Aura, als wäre es von der Leidenschaft und dem Genie des Künstlers geprägt.

War das eine meiner magischen Fähigkeiten oder hatte ich einfach nur ein geschultes Auge? Ich war mir nicht sicher, aber verdammt, dieses Gemälde sah echt aus.

Ich beugte mich näher heran und betrachtete die Leinwand... die Pinselstriche... den Kaleidoskopeffekt auf den Körpern der Pferde...

Mein Blick blieb an einer Linie hängen, die nicht passte – dann an einer weiteren und noch einer.

„Leider wurde es beschädigt", erklärte Anastasia, als sie meine Reaktion sah. „Mein Vater hat es reparieren lassen, aber ein geschultes Auge kann es erkennen."

Ihr Vater, was? Ich speicherte diese Information für später ab.

„Wir nennen es die Kriegswunde des Gemäldes", sagte sie. „Etwas, das erst nach seiner langen Reise nach Hause verheilt ist."

In meinem Kopf tauchten Bilder von kriegszerstörten Landschaften auf, von erschöpften Soldaten und Offizieren, die unter dem Deckmantel von Reparationszahlungen Beute machten.

Franz Marc hatte *Der Turm der blauen Pferde* 1913 gemalt, kurz bevor er sich der deutschen Armee anschloss, um im Ersten Weltkrieg zu kämpfen. Er starb in der Schlacht von Verdun, zusammen mit hunderttausenden anderen Soldaten. Das Gemälde gelangte in die Privatsammlung eines hochrangigen Nazis, bevor es in den letzten chaotischen Tagen des Zweiten Weltkriegs verschwand. Anastasias Geschichte passte also.

Die meisten Kunsthistoriker waren sich einig, dass das Kunstwerk von der sowjetischen Armee weggeschafft worden war, während andere glaubten, es sei in einem Schweizer Tresorraum eingeschlossen. Aber heute war es hier, in London. Direkt vor mir.

Ich wollte mich kneifen. Mein Handy nehmen und meine Mutter, meine Schwester und meine Cousine anrufen. Besser noch, ich wollte in den Himmel schreien. *Großartige Neuigkeiten, Dad! Der Turm der blauen Pferde ist aufgetaucht – in London!*

Er hätte so viele Fragen gehabt, genau wie ich. Aber ich musste sicher sein, dass es das Original war, so dass ich es Gordon genau erklären konnte.

Ich beugte mich vor und studierte jedes Detail, wie den Halbmond und die Sterne, die in die Rundungen der Pferdekörper gemalt waren. Dann berührte ich den Rahmen und wandte mich an Anastasia.

„Darf ich?“

Als sie nickte, zog ich das Gemälde vorsichtig von der Wand, um einen Blick auf die Rückseite zu werfen. Marius hielt es fest, während ich mit meinem Handy leuchtete. Ich sah Spuren einer gestempelten Inschrift sowie eine schräge Schrift, konnte jedoch keine Details erkennen. Diese könnten wahrscheinlich zu einem Museum oder Kunsthändler zurückverfolgt werden, um die Echtheit des Gemäldes zu bestätigen.

Würde das einen Experten überzeugen? Ich war mir sicher, dass dies der Fall wäre, und es war Gordons Zeit auf jeden Fall wert, der Sache nachzugehen.

„Unglaublich“, sagte ich und kehrte zum Sofa zurück, um es erneut anzustarren.

Anastasia lächelte. „Das ist es, nicht wahr?“

Marius bewegte sich hinter mir und riss meine Gedanken zum Thema zurück.

„Gordon hat gesagt, Sie wollten es von jemandem begutachten lassen“, murmelte ich. „Heißt das, Sie möchten es verkaufen?“

Sie nickte traurig. „Ich bin eine alte Frau und es ist Zeit, meine Angelegenheiten zu regeln.“

Ich folgte ihrem Blick zu den Rissen in den verputzten Wänden und dem Staub auf dem Kronleuchter. Und das waren nur die oberflächlichen Arbeiten, die in einem von vielen Räumen erforderlich waren.

Junge, konnte ich das nachempfinden. Würde ich mich eines Tages in Anastasias Lage wiederfinden und meinen wertvollsten Besitz verkaufen müssen, um meinen Lebensunterhalt zu finanzieren? Schlimmer noch, würden Besitztümer alles sein, was ich aus meinem Leben vorzuweisen hätte, anstatt jahrelanger Gesundheit, Liebe und glücklicher Erinnerungen?

Ich schluckte und nahm mir vor, darüber nachzudenken. *Eigene Prioritäten prüfen.*

„Ich trenne mich nur ungern davon“, sagte Anastasia. „Aber wenn ich es jetzt verkaufe, kann ich sicher sein, dass es in die richtigen Hände kommt.“

Mein Herz schlug heftig, als ich die Millionen-Dollar-Frage stellte – oder besser gesagt, die Multi-Millionen-Dollar-Frage, angesichts des Wertes des Gemäldes.

„Mit den richtigen Händen meinen Sie...“

„Jemanden, der es so liebt, schätzt und schützt, wie ich es getan habe.“

Mein Herz wurde schwer, denn das klang sehr nach *versteckt in einer Privatsammlung.*

Trotzdem stellte ich mich dumm. „Sie meinen, wie ein Museum?“

Sie schnaubte sichtlich enttäuscht von mir. „Oh, meine Liebe. Wissen Sie das nicht? Museen sind theoretisch in Ordnung, aber sie werden von politischen Beauftragten und Mittelmäßlern geleitet.“

Ich hatte selbst ein paar negative Meinungen, aber keine war so bissig.

„Also kein Museum“, sagte ich trocken.

In meiner Vorstellung stampften und schnaubten die Pferde auf dem Gemälde, ebenso unzufrieden mit diesem Ergebnis.

Anastasia schüttelte vehement den Kopf. „Ich weigere mich, es an ein Museum, einen Kapitalisten oder einen Egoisten abzugeben." Ihr Gesicht verzog sich vor Wut und ihre Hände schnitten durch die Luft, während sie sprach. „Das sind alles Verbrecher. Und ich kann es nicht zurück nach Russland schicken..."

„Möchten Sie es dann lieber in England behalten?", versuchte ich es.

Sie schnaubte. „Ein Drittel dieses Landes besteht aus Königstreuen und die anderen zwei Drittel sind Provinzler, die die *Daily Mail* lesen."

Ich blinzelte. Für eine kleine alte Dame konnte sie verdammt bösartig sein.

„Es muss an jemanden gehen, der sich mit Kunst auskennt. Der sie zu schätzen weiß", fuhr sie fort. „Jemand wie Sie, meine Liebe, obwohl ich bezweifle, dass Sie es sich leisten können." Sie tätschelte mir freundlich die Hand.

Ich zuckte zusammen. Sie hatte recht, aber es wäre schön gewesen, wenn sie es etwas taktvoller ausgedrückt hätte.

„Schade", murmelte ich.

„Aber ich bin sicher, dass sich ein neuer Besitzer für dieses bemerkenswerte Meisterwerk finden lässt", fuhr Anastasia in etwas fröhlicherem Ton fort. „Deshalb habe ich Gordon kontaktiert."

In meiner Vorstellung wieherte das Pferd oben auf dem Turm alarmiert.

Marius tippte mir auf die Schulter. „Vergiss deinen nächsten Termin nicht."

Es gab keinen weiteren Termin. Er zog einen Schlussstrich unter diese Sache und ich konnte es ihm nicht verübeln. Aber ich wollte nicht gehen. Ich starrte das Gemälde an und versuchte, es für immer in meinem Gedächtnis zu speichern.

„Unten steht immer noch der Kuchen", schlug Anastasia vor.

Normalerweise hätte ich mich bei meiner Liebe zu Süßem auf ein solches Angebot gestürzt, aber ich hatte meinen Appetit verloren. Das Gemälde war dazu verdammt, für eine weitere Generation zu verschwinden und nur von einigen wenigen der Elite gesehen zu werden. Eliten, zu denen ich nicht gehörte, ebenso wie die meisten Kunstliebhaber dieser Welt.

„Nein, danke", sagte ich.

Es wurde still im Raum und Anastasia schaute mich aufmerksam an.

„Ja?", fragte ich so höflich wie möglich.

„Wollen Sie nicht darum bitten, ein Foto machen zu dürfen?"

Ha. Wenn Gen hier wäre, würde sie Selfies mit dem Gemälde machen. Aber das fühlte sich irgendwie nicht richtig an.

„Kein Foto kann das einfangen, was ich empfinde, wenn ich es betrachte", sagte ich.

Es musste eine Art Test gewesen sein, denn Anastasia lächelte. „Braves Mädchen. Ich bestehe jedoch darauf, dass Sie ein Foto machen – allerdings nur von einer Ecke, um Gordons Experten von seiner Echtheit zu überzeugen."

Ich überlegte kurz und machte dann eine Aufnahme der unteren rechten Ecke, auf der ein Teil der Beine und der Brust eines Pferdes vor einem roten Hintergrund zu sehen waren. Dann widmete ich mich wieder ganz dem Genuss des Augenblicks.

Es war einer dieser allzu flüchtigen Momente, die ich für immer festhalten wollte, weil ich diese Magie vielleicht nie wieder erleben würde. Wie einen besonders spektakulären Sonnenuntergang in Maine, den ich vor vielen Jahren mit meinem Vater gesehen hatte, oder das erste Mal, als Marius mich wirklich angelächelt hatte.

Er räusperte sich und signalisierte damit, dass es Zeit war zu gehen.

„Also, werde ich bald von Ihnen hören?" Anastasia ging in Richtung Tür.

Ich folgte ihr nicht. Ich konnte nicht. Nur noch ein paar Sekunden...

„Ja, aber es wird wahrscheinlich ein paar Wochen dauern, bis alles geregelt ist", antwortete ich.

„Wochen? Wie viele?“ Die Besorgnis klang laut und deutlich in Anastasias Stimme.

Anscheinend hatte sie es eilig. Warum?

Ich zuckte mit den Schultern. „Schwer zu sagen, aber ich kann mir nicht vorstellen, dass es weniger als vier Wochen wären. Eher sechs, vermute ich.“

„Sechs Wochen?“, rief sie. „Nein. Es muss früher sein.“

Ihre Stimme wurde schrill und verriet eine Frau, die es gewohnt war, zu bekommen, was sie wollte, wann sie es wollte.

„Ich werde sicherstellen, es Gordon wissen zu lassen“, sagte ich.

Noch ein Kopfschütteln, denn das war nicht gut genug. „Es muss spätestens bis zum 28. Oktober verkauft sein.“

Eine verdächtig genaue Frist. Verdächtig genug, dass ich Marius’ eindringliche Geste, endlich zu gehen, nun beachtete.

Ich sah mir das Gemälde ein letztes Mal an und zählte die Sekunden meiner selbst auferlegten Frist hinunter. Ein großer Kloß bildete sich in meinem Hals, als tausend Emotionen in mir aufstiegen und versuchten, herauszubrechen.

Anastasia küsste mich auf beide Wangen und drängte mich, schnell zu handeln. Dann drehte ich mich um und marschierte zur Tür hinaus. Ich ließ dieses Gemälde – diesen wahr gewordenen Traum – für immer hinter mir.

∞∞∞∞

Weder Marius noch ich sprachen, bis wir mehrere Häuserblocks entfernt waren. Er befand sich wieder in seinem Leibwächtermodus und beobachtete unsere Umgebung auf mögliche Gefahren, während meine Gedanken Franz Marcs Pferden nachhingen.

„Denke nicht einmal daran, dich darauf einzulassen“, murrte er schließlich.

Ich spottete. „Weil eine kleine alte Dame und ihr Gemälde so gefährlich sein können?“

„Eine kleine alte Dame und ein wertvolles Gemälde“, entgegnete er. „Oder irre ich mich?“

Ich schüttelte den Kopf. „Sehr, sehr wertvoll.“

„Wie wertvoll?“

Ich dachte darüber nach. „Ein weiteres Gemälde von Franz Marc – *Die Füchse* – wurde vor ein paar Jahren für sechsundfünfzig Millionen Dollar verkauft.“

Er blieb stehen. „Sechsundfünfzig Millionen?“

Ich nickte und deutete zurück in die Richtung, aus der wir gekommen waren. „Aber dieses Gemälde wäre viel, viel mehr wert. Es wäre die Entdeckung des Jahrhunderts, wenn es an die Öffentlichkeit käme.“

Marius' skeptischer Blick verriet mir, wie er die Chancen dafür einschätzte.

„Sechsundfünfzig Millionen Gründe für dich, dich davon fernzuhalten“, warnte er mich.

Ich runzelte die Stirn, aber er hatte recht.

Er berührte meine Wange und zeigte mir dann den roten Striemen an seinem Finger.

„Anastasia hat etwas zu viel Lippenstift aufgetragen“, erklärte er.

Das ließ mich lächeln, aber einen Häuserblock weiter schmollte ich ein wenig.

„Nun, ich habe getan, was Gordon verlangt hat, also werde ich mich nicht weiter einmischen.“

Ich hätte mich damit trösten sollen, dass ich das Gemälde persönlich gesehen hatte, aber meine Gedanken waren zu sehr damit beschäftigt, diese Pferde in eine offene, raue Landschaft zu entlassen, wie es ihr Schöpfer beabsichtigt hatte. Ein Gemälde wie dieses sollte nicht versteckt werden, damit es nur wenige sehen können. Es sollte für die Welt zu sehen sein und gefeiert werden.

„Gordon wird es verdammt schwer haben, einen Käufer zu finden, der Anastasias Anforderungen entspricht“, fügte ich hinzu. „Ich glaube nicht, dass sein Netzwerk Kunstliebhaber umfasst, die keine Kapitalisten, Gauner oder… was war es noch?“

„Mittelmäßler“, fügte Marius hinzu. „Ein weiterer Grund, warum du dich nicht darauf einlassen solltest.“

Ich neigte fragend den Kopf.

„Eine feine Dame von Welt wie du unter dem Pöbel?" Er schüttelte bei diesem Gedanken den Kopf.

Ha. Ich, eine feine Dame von Welt? Meine Fingernägel waren abgebrochen und von alten Farbresten verkrustet, weil ich so viel davon abgekratzt hatte.

Marius zog mich noch ein paar Häuserblocks weiter und steuerte direkt auf die nächste U-Bahn-Station zu. Die Sehenswürdigkeiten und Geschäfte der Kensington High Street verschwammen jedoch vor meinen Augen. Ich sah nur noch die Pferde, die ungeduldig an Ort und Stelle auf der Wand in Anastasias hübscher, aber verblassender Wohnung herumtänzelten.

Kapitel 13

MINA

Auf meiner Rückreise nach Paris dachte ich über das Gemälde und sein Schicksal nach. Dank Marius war es eine vampirfreie Reise, aber dennoch voller Ängste und Sorgen.

„Sprich mir nach", beharrte Marius, bevor ich ihn verließ, um meinem Patenonkel Bericht zu erstatten. „Ich werde mich nicht in Gordons Geschäfte einmischen."

„Ich werde mich nicht in Gordons Geschäfte einmischen", wiederholte ich mürrisch.

„Ich werde ihm keine Gefälligkeiten erweisen, egal wie harmlos sie auch erscheinen mögen", fuhr Marius fort.

Auch das wiederholte ich, teilweise mit knirschenden Zähnen.

Marius hatte recht, aber ich hasste die Situation. Ich hasste sie *wirklich* so sehr, dass sie mich völlig vereinnahmte. Ich wollte einen Käufer für *Der Turm der blauen Pferde* finden – jemanden, der das Richtige tun würde. Ich wollte meinem Patenonkel wieder vertrauen können. Ich wollte mein Leben führen, ohne mir Gedanken über Kriminelle, Vampire und unsichtbare Feinde machen zu müssen.

Positiv war, dass ich mich durch das Bild meinem Vater näher fühlte. Wir hatten uns immer nah gestanden, aber er hatte nicht lange genug gelebt, damit wir uns wie Erwachsene unterhalten konnten. Jetzt spielte sich in meiner Seele ein ganzes Gespräch ab. Ein Dialog über Kunst, Besitztum und Teilen sowie über Prinzipien, Risiken und Verantwortung.

Ich wusste, dass mein Vater mich dazu bringen würde, nach meinen Prinzipien zu handeln und dafür zu sorgen, dass das

Bild in gute Hände gelangte.

Meine Mutter würde mir sagen, dass Prinzipien keine Rechnungen bezahlten und ich Zuhause im Chateau genug Verantwortung finden könnte.

Mom und Marius setzten sich durch. Ich berichtete Gordon alles und stieg am nächsten Morgen in den Zug nach Burgund. Die gleiche vertraute Landschaft zog vorbei und viele der gleichen Gedanken beschäftigten mich.

Marius begleitete mich bis nach Hause, aber nach einem kurzen privaten Gespräch mit Roux und Bene kehrte er nach Paris zurück. Er war fest entschlossen, Szabo und Etienne aufzuspüren, oder wer auch immer die Drohung mit dem Foto geschickt hatte. Seine Pläne für die Rückkehr zum Château waren jedoch vage. So vage, dass ich befürchtete, er würde vielleicht nie zurückkommen.

Er lehnte es sogar ab, sich zum nächsten Bahnhof fahren zu lassen. Zumindest nicht von mir. Roux fuhr ihn.

„Im Ernst?", fragte ich mit offenem Mund, als ich ihn an der Eingangstreppe verabschiedete.

„Es ist besser so", sagte Marius mit etwas heiserer Stimme. *Inwiefern besser?* Ich wollte schreien.

Ich dachte, er würde ohne ein weiteres Wort gehen, aber er nahm mein Gesicht in seine Hände und küsste mich so sanft wie ein Flüstern, was auf tiefe – und tief verborgene – Gefühle hindeutete.

Als Roux den Motor des Minibusses aufheulen ließ, um einen nicht allzu subtilen Hinweis zu geben, kostete es mich alle Kraft, mich nicht an Marius festzuklammern. Aber ich war kein kleines, sanftmütiges Groupie. Ich konnte stark sein, wenn ich wollte.

Ich entschied mich nur, es in diesem Moment nicht zu tun.

Bitte geh nicht, hätte ich fast gefleht, aber stattdessen brachte ich nur ein krächzendes „Bis bald?" heraus.

Das Zögern, bevor er nickte, brachte mich fast um.

„So bald wie möglich", war alles, was er sagte, und nun wollte ich mich *wirklich* an ihn klammern.

Als er sich entfernte, schloss ich die Augen und lauschte dem Geräusch seiner Schuhe auf der Treppe und dann dem

Schließen der Fahrzeugtür. Ich lauschte noch lange nachdem das Geräusch der Räder auf dem Kies verklungen war. Dann ging ich hinein, ohne auch nur einen Blick auf die Auffahrt zu wagen. Hätte ich es getan, wäre ich vielleicht versucht gewesen, ihm nachzulaufen, und das wäre nicht sehr würdevoll.

„Kaffee?", fragte Bene leise.

Ich seufzte und schaute mich in der riesigen Eingangshalle um. Der Teppichläufer in der Mitte der Treppe war zerrissen und verblasst. Der massive Kronleuchter bestand aus hunderten von Kristallen, die alle dringend gereinigt werden mussten. Die Deckenverkleidung war genauso schmutzig und das in zehn Metern Höhe.

Ich fing an, die Kosten für Gerüste, Reinigung und neuen Teppichboden zu berechnen, aber allein der Gedanke daran ließ mich verzweifeln.

„Kaffee *und* Kuchen?", versuchte Bene mich aufzumuntern.

Ich war nicht mit dem Herzen dabei, aber hey. Kuchen war gut für die Seele, und meine Seele brauchte es definitiv.

∞∞∞∞

„Also, wie war Paris?", fragte Bene und setzte sich mir gegenüber in den Salon.

Ich genoss den friedlichen, grünen Ausblick aus den riesigen hinteren Fenstern, der sich so sehr von jeder Szene in London oder Paris unterschied.

„Schön." Ich nippte an meinem Kaffee. „Gordon lässt grüßen."

Bene schnaubte. „Tut er nicht."

Nein, aber es schien höflich, das zu sagen.

Ich schaute mich um. „Wo ist Henrik?"

Er zuckte mit den Schultern. „Keine Spur von ihm seit... ähm..."

„Seit er mich angegriffen hat?", fügte ich hinzu und grunzte überhaupt nicht höflich. „Gut."

Bene lächelte, aber seine Augen funkelten nicht so wie sonst mit Humor. Wir verbrachten die nächsten Minuten schweigend – eine Stille, die so tiefgreifend war, dass sie praktisch durch die leeren Räume des Châteaus hallte.

Einige Minuten später seufzte ich und sprach meine Gedanken aus. „Mir hat es besser gefallen, als ihr alle hier wart."

Er nickte leise. „Mir hat es auch besser gefallen."

Als wir wieder im Schweigen versanken, bereute ich meine Entscheidungen. Wollte ich Bene, Roux und Marius wirklich aus dem Château werfen? Oder sollte ich die Realität akzeptieren, die Polizeimeisterschaften ausrichten und mit meinem Leben weitermachen?

Ich ballte meine Fäuste und sagte mir, dass ich wie der Teufel für den Mann kämpfen würde, den ich liebte – und für meine Freunde. Sie waren immer für mich da gewesen, wenn es wirklich drauf ankam, aber sie hatten die Angewohnheit, mich in unzähligen kleinen Dingen im Stich zu lassen.

Meine Stimmung änderte sich schlagartig. Clem hingegen brachte mir Kuchen, zerriss meine Strafzettel und behandelte mich im Allgemeinen wie eine Göttin. War Freundschaft nicht eine bessere Grundlage für eine beständige Beziehung als rohe Leidenschaft?

Ich seufzte erneut. Vielleicht würden sich die Dinge ergeben, wenn ich mich ein paar Tage lang auf die Renovierungsarbeiten konzentrierte. Ich hoffte nur, dass sie mich nicht in einen Abgrund stürzen würden.

„Noch etwas Kaffee?", fragte Bene.

„Ja, bitte." Ich stellte meine Tasse vor ihn hin.

Der Morgen war kühl gewesen, also hatte ich meinen Kapuzenpulli fest zugezogen. Als mich der Kaffee aufwärmte, öffnete ich den Reißverschluss ein paar Zentimeter.

Bene schaute kurz auf, schaute dann noch mal hin und verschüttete Kaffee auf dem Tisch, während er auf meinen Hals starrte.

Scheiße. Hatte Marius mir an dem Abend, an dem wir in Paris so heiß und wild herumgemacht hatten, einen Knutschfleck verpasst?

„Verdammt", murmelte er, griff nach einer Serviette, um die Kaffeelache aufzuwischen, warf mir aber noch mehrere Blicke zu.

Ich zog den Reißverschluss meiner Kapuzenjacke höher und versteckte mich hinter meiner Kaffeetasse.

Bene trank seinen nachgefüllten Kaffee in einem Zug aus und stand abrupt auf. „Ich muss los, tut mir leid. Die Arbeit ruft."

Verunsichert schaute ich ihm hinterher. Bene hatte es sonst immer nur zum Essen eilig. Was war in ihn gefahren?

Ich berührte meinen Hals, schüttelte den Kopf und trank meinen Kaffee aus. Ich hatte ein Château zu renovieren, und wenn ich nur herumsitzen und mich selbst bemitleiden würde, würde ich keinerlei Fortschritt machen.

∞∞∞∞

Ich ging durch das Haus und prüfte, wo ich mit den verschiedenen Aufgaben aufgehört hatte. Ich begann im Ballsaal, wo ich mir sicher war, dass ich nur an zwei der raumhohen Fenster die Farbe abgekratzt und in einer Ecke Tapete entfernt hatte. Aber ich stellte fest, dass alle fünf Fenster abgekratzt, abgeschliffen und grundiert und zwei Wände frei von Tapete waren.

Ich ging weiter nach oben, wo ich getestet hatte, wie zeitaufwendig es sein würde, hoffnungslos veraltete Badezimmerfliesen zu entfernen. Und, oh. Die Wände waren kahl. In einer Ecke standen zwei große Kisten, eine mit Schutt, die andere mit sorgfältig gestapelten Fliesen und Resten.

Wow. Roux und Bene hatten während meiner Abwesenheit nicht herumgesessen und nichts getan.

Als Nächstes schlenderte ich durch das Esszimmer, wo ich einen ständigen Kampf geführt hatte, um den Bereich frei von halb gefüllten Tassen, schmutzigen Tellern und benutztem Besteck zu halten. Jetzt war alles makellos sauber.

Ich schluckte schwer und schaute mich um.

Madame Picard hatte *Coq au Vin* zum Abendessen dagelassen, und Roux, Bene und ich aßen es an diesem Abend schweigend. Sie warfen immer wieder Blicke auf meinen Hals und ich verfluchte den Knutschfleck, den Marius mir gegeben hatte. Ich konnte ihn im Spiegel nicht sehen, aber ich spürte die Wärme, die davon ausging.

Wir saßen im Esszimmer, einem riesigen, leeren Raum, der mich von allen Seiten einengte, je öfter ich mir vorstellte, wie ich hier allein essen würde, wenn alle ausgezogen waren. War es wirklich das, was ich wollte?

„Danke", murmelte ich irgendwann. „Für den Ballsaal. Für die Badezimmerfliesen. Für alles."

Roux behielt seinen Blick auf den Teller gerichtet. Bene zuckte mit den Schultern. „Das müssen die Mainzelmännchen gewesen sein."

Ha. Zweifellos Mainzelmännchen von der Größe eines Löwen oder Tigers.

„Nun, die Mainzelmännchen haben viel geleistet, und ich bin dankbar."

Bene schaute Roux an, der nickte.

„Die Mainzelmännchen haben sich gefragt, was sie als Nächstes tun sollen – mehr Tapeten oder die anderen Badezimmer?", fragte Bene.

Schuldgefühle überkamen mich. Wollte ich unseren Vertrag wirklich vorzeitig beenden und sie in Schwierigkeiten bringen?

Meine Stimme zitterte ein wenig, als ich antwortete. „Beides wäre toll. Danke."

Roux nickte schweigend und zeigte auf Bene. „Reich mir den Pfeffer."

Bene schnaufte. „Das werde ich Madame Picard erzählen."

Roux' Augen funkelten beleidigt. „Reich mir den verdammten Pfeffer." Er riss ihn Bene aus der Hand und murmelte: „Wenn du das Madame Picard sagst, bringe ich dich um."

Ich wusste nicht, ob ich lachen oder stöhnen sollte. Ein Mädchen sollte sich gut überlegen, was es sich wünscht.

Eine Woche verging, ohne dass Marius sich meldete – und auch Bene und Roux sprachen nicht viel. Ich überließ ihnen den Ballsaal und nahm Maß für neue Armaturen in den Badezimmern im Obergeschoss. Sonnenlicht strömte durch die Fenster des Nebenraums – technisch gesehen Marius' Zimmer – und es zog mich zu sich. Ich schaute hinaus und erhaschte einen Blick auf einen Tiger, der sich geschmeidig über den Rasen bewegte, bevor er in den Schatten des Waldes verschwand.

Ich schaute in die andere Richtung und entdeckte einen Löwen, der sich auf der Terrasse sonnte. Mit einem leichten Lächeln schaute ich in den Himmel und erwartete fast, einen Drachen zu sehen.

Dann runzelte ich die Stirn und mein Herz schmerzte, weil Marius fort war.

Ich stand lange da und dachte an ihn. An uns. An *Der Turm der blauen Pferde*. Ich wünschte, ich könnte etwas unternehmen – irgendetwas – in Bezug auf all diese Dinge.

Dann schaute ich mich um und verzweifelte angesichts der Arbeit, die auf mich wartete. Dies war nur ein Raum in einem riesigen Château. Wie sollte ich das alles jemals schaffen?

Mein Blick fiel auf die Wand neben einem Fenster – eine große, leere Fläche, perfekt für ein Gemälde. Wie zum Beispiel *Der Turm der blauen Pferde*. Aber wem machte ich etwas vor?

Eine Welle der Wut überkam mich, gefolgt von einer plötzlichen Eingebung, und ich eilte zum Vorrat von Farbdosen, die wir kürzlich bei einer Aufräumaktion in den Ställen gerettet hatten. Ich suchte nach den Farben, die ich brauchte, und schleppte die Dosen in Marius' Schlafzimmer. Bei einer zweiten Runde holte ich mir Pinsel und eine Rolle, und im Handumdrehen hatte ich die Eckwand mit cremefarbener Farbe gestrichen. Dann wusch ich mir die Hände und eilte in die Bibliothek, um eines der Kunstbücher meines Vaters zu holen.

„Mittagessen", rief Bene von unten.

Ich hatte keinen Hunger, aber die Farbe musste trocknen, also öffnete ich alle Fenster und setzte mich zu Bene und Roux, um ein Sandwich zu essen. Danach eilte ich mit einem Bleistift zurück nach oben. Ich studierte eine Weile das Kunstbuch und fing dann an, die Umrisse an die Wand zu zeichnen. Vier Klumpen auf der rechten Seite und eine Reihe umgekehrter V-Formen auf der linken. Ich markierte die Bereiche für jede der Hauptfiguren und prüfte dann zwei- oder dreimal, ob alles ausgewogen wirkte.

„Abendessen", rief Bene, obwohl ich hätte schwören können, dass nicht mehr als eine Stunde vergangen war.

Aber, ja. Draußen wurde es langsam dunkel, und hmm. War das mein Magen, der knurrte?

„Mina", rief Bene ungeduldig. Er läutete sogar die Serviceglocke, die nur Madame Picard benutzen durfte.

„Fangt ohne mich an", rief ich.

Das wurde in den nächsten Tagen zu einer vertrauten Wiederholung. Ich schwitzte den ganzen Tag bei den Renovierungsarbeiten und gönnte mir dann vor dem Abendessen eine Stunde Zeit, um an meinem Gemälde zu arbeiten. Manchmal arbeitete ich sogar während des Abendessens weiter. Ich war so motiviert, die eine Sache zu vollenden, die ich selbst unter Kontrolle hatte.

Bene und Roux fingen an, mir das Essen nach oben zu bringen. Während des Mittagessens am vierten Tag zogen sie ein paar Stühle heran und setzten sich mit den Gesichtern zur Wand, als wäre dies ein Breitbildfernseher.

„Was macht ihr denn?", fragte ich.

„Wir schauen zu", antwortete Roux, während er einen mit Essen beladenen Teller auf seinem Schoß balancierte.

„Das ist ungefähr so interessant, wie Farbe beim Trocknen zuzusehen", sagte ich. „Im wahrsten Sinne des Wortes."

Bene sprach mit vollem Mund. „Leider ist es immer noch interessanter als alles andere, was hier so vor sich geht." Er schaute noch eine Minute lang zu und murmelte dann: „Es ist irgendwie so, als würde man einen wirklich, wirklich langsamen Film sehen. Einen von diesen französischen Filmen, die keinen Sinn ergeben."

Roux schüttelte den Kopf. „Es ist wunderschön."

War es das? Ich stieg von der Leiter herunter, auf die ich geklettert war, um besser sehen zu können.

Und, wow. Es war wunderschön, jetzt, da ich fast fertig war.

Vier blaue Pferde standen dicht beieinander und wedelten mit ihren Schweifen. Sie alle blickten nach links über eine Bergkette hinweg auf die echte Aussicht vor dem Fenster.

„Was ist das?", fragte Bene.

Zu meiner Überraschung kam Roux mir zuvor. „Franz Marc. *Der Turm der blauen Pferde.*"

Wow. Entweder kannte er sich mit Kunst aus oder er hatte mit Marius gesprochen. Ich hatte es jedenfalls nicht erwähnt.

Bene schüttelte den Kopf. „Nein, das hier ist von Mina." Er warf einen Blick auf das Original in dem Kunstbuch meines Vaters und nickte dann entschlossen. „Und es ist viel besser als das da."

Das war bei Weitem nicht der Fall, aber ich wusste seine Äußerung zu schätzen.

Bene stellte seinen Teller beiseite, blätterte durch ein paar Seiten des Buchs und neigte es dann zu Roux. „Oh, schau mal. Ein Tiger." Dann blätterte er weiter und murmelte dabei vor sich hin. „Pferd... Pferd... Maultier... Affe... Mann, dieser Typ mochte Tiere wirklich sehr."

Roux hielt mir den Teller hin, den er für mich mitgebracht hatte, und ich nahm mir ein Sandwich.

„Noch mehr Pferde...", fuhr Bene fort. „Ein Hund... ein Reh..." Er kam zum Ende des Buchs und schaute enttäuscht auf. „Kein einziger Löwe?"

Ich schüttelte den Kopf. „Ich glaube nicht, dass er einen gemalt hat."

Bene schüttelte ungläubig den Kopf. „Der Mann malt jedes Tier auf der Arche Noah, vergisst aber den König des Dschungels?"

Ich beschloss, dies nicht zu kommentieren.

Er blätterte weiter in dem Buch und tippte dann auf ein Foto. „Die meisten dieser Bilder sind fröhlich, aber das hier ist ein wenig unheimlich."

Ich schaute mir *Die Wölfe* an. „Franz Marc hat es am Vorabend des Ersten Weltkriegs gemalt."

Roux' Blick wurde distanziert und ich fragte mich, in welchem Kriegsgebiet – oder Kriegsgebieten – er gedient hatte, bevor er aus dem Militär ausgeschieden war.

„Nun, deines gefällt mir besser." Bene schlug das Buch zu.

„Mir auch", murmelte Roux.

„Oh! Du könntest das ganze Zimmer gestalten." Bene strahlte, begeistert von seiner eigenen Idee. „Den Affen dort drüben. Das Reh dort. Und einen großen Löwen genau da." Er zeigte auf die auffälligste Wand im Zimmer.

„Was ist mit einem Tiger?“, protestierte Roux.

Bene zuckte mit den Schultern. „Vielleicht dort drüben beim Schrank.“

Ich unterdrücke ein Lachen, wurde dann aber wieder ernst und fragte mich, wie man einen Drachen im Franz Marc-Stil malen könnte und ob ich den Mut dazu hätte, es zu versuchen.

„Ernsthaft. Du willst diese Zimmer vermieten, oder?“, fuhr Bene fort. „Und da es langweilige alte Châteaus wie Sand am Meer gibt...“

Ich verschluckte mich fast an meinem Sandwich. Langweilig?

„... musst du dich von den anderen abheben.“ Bene winkte herum. „Zum Beispiel mit künstlerischer Gestaltung.“

„Keine schlechte Idee“, gab Roux zu.

„Es ist eine großartige Idee“, erklärte Bene. „Wir könnten ein Frank Mark-Zimmer haben...“

„Franz“, korrigierte ich ihn.

„Egal.“ Bene fuhr fort. „Ein Seerosenzimmer von, wie heißt er noch...“

„Monet“, murmelte ich.

„Ein Van Gogh-Zimmer“, warf Roux ein. „Hat er nicht sein Schlafzimmer in Arles bemalt? Du könntest es im gleichen Stil dekorieren.“

Wow. Er kannte sich wirklich mit Kunst aus. Und doppelt wow. Was für eine coole Idee.

„Wir könnten die Badezimmer auf die gleiche Weise herrichten...“, fuhr Bene fort.

„Wir müssten auch den Eingangsbereich gestalten“, überlegte Roux.

„Und den Garten auf Vordermann bringen. Oh, und das Heckenlabyrinth.“ Benes Augen leuchteten auf. „Können wir das Labyrinth herrichten?“

Ich lachte, weil er sich seit dem ersten Tag auf dieses Labyrinth fixiert hatte.

„Das ist Stufe vier des Projekts“, sagte ich und versuchte, ihn zu bremsen.

„Wir sollten es zu Stufe eins vorziehen“, erklärte er.

Roux schüttelte den Kopf. „Klempnerarbeiten und Verkabelung kommen zuerst.“

Bene schnaubte. „Hast du überhaupt Ahnung von Elektrik, Mann?“

Roux verzog das Gesicht. „Wie schwer kann das schon sein?“

Dies führte zu einer ganz neuen Auseinandersetzung. Ich verfolgte das Ganze amüsiert, bis mir etwas klar wurde. Es würde kein *Wir* geben. Bald würde es nur noch ein *Ich* geben.

Und als wäre mein Herz nicht schon schwer genug, klingelte Roux' Telefon.

Er runzelte die Stirn und nahm den Anruf entgegen. „*Allô?*“ Seine Stirn runzelte sich noch mehr und er schaute mich mit seinen bernsteinfarbenen Augen vorsichtig an. „Oh. Hallo, Gordon.“

Bene und ich erstarrten.

Roux zuckte zusammen. „Sie wollen, dass wir nach Paris kommen? Morgen?“

Meine dummen Hoffnungen zerplatzten, denn *wir* bedeutete *sie*, nicht mich, und eine weitere Mission bedeutete eine weitere Kluft, die unsere kleine Gemeinschaft spaltete. Schlimmer noch, eine weitere Kluft zwischen Marius und mir.

Roux riss die Augenbrauen hoch, als er Gordons nächste Worte hörte, und starrte mich an. „Sie möchten, dass Mina auch mitkommt?“

Mein Herz schlug laut. Ging es um Marius? Um das Gemälde?

„Ja, ich werde sie fragen.“ Roux schaute mich an. Die Jungs *hinterfragten* Gordons Befehle nicht. Sie sollten sie wortwörtlich befolgen, ohne Fragen zu stellen.

Aber Roux fragte mich und gab mir die Gelegenheit, Nein zu sagen, falls ich es wollte.

Ich fragte mich, warum ich jemals daran gedacht hatte, ihn oder Bene hinauszuwerfen.

Langsam nickte ich.

Roux wartete lange und wollte, dass ich es mir noch einmal überlegte.

Ich nickte erneut, dieses Mal entschlossener.

Er sah nicht glücklich aus, aber er gab die Nachricht an Gordon weiter. „Ja, Sir. Sie sagt, sie ist verfügbar."

Wohl eher auf Abruf. Aber wenn ich dafür Marius sehen – oder mir das Gemälde noch einmal ansehen – konnte, war ich dabei.

Roux hörte kurz zu und nickte dann. „Ja, Sir. Morgen Mittag in Ihrem Büro. Wir werden da sein."

Kapitel 14

MARIUS

„Marius." Roux begrüßte mich mit einem Nicken.

Es war ein kühler, nasser Tag in Paris. Der Wind wehte über den Saint-Martin-Kanal und ließ Roux' Jacke flattern.

Bene folgte direkt dahinter und zum Schluß kam Mina. Ich musste mich sehr zusammenreißen, um nicht zu ihr zu stürmen und sie zu umarmen.

„Hallo, Marius", sagte sie beiläufig.

Eine Täuschung, aber eine, die ihr besser gelang als mir.

„*Bonjour*", brachte ich beim zweiten Versuch hervor. Beim ersten blieb mir die Stimme im Hals stecken.

Der nächste Windstoß umspielte ihr Haar – und mein Herz. In den Nächten, die wir zusammen verbracht hatten, war ich oft wachgeblieben, nur um sie zu bewundern. Ihre sanfte, vertrauensvolle Berührung. Ihr leichtes, friedliches Lächeln. Ihr seidiges Haar, das sich auf dem Kissen ausbreitete...

Mina holte scharf Luft und wandte ihren Blick ab.

Verdammt. Selbst nach einer Woche Trennung war unsere Verbindung stärker denn je.

Ein ganzes Leben wird daran nichts ändern, knurrte mein Drache.

Ihr Halstuch flatterte und fiel mir ins Auge. Eins, das ich noch nie gesehen hatte. Tatsächlich hatte ich sie noch nie mit einem Tuch am Hals gesehen.

Mein Herz raste. Die ganze Woche hatte ich mich gefragt, ob ich sie markiert hatte oder nicht. Was bedeutete das Tuch?

Mina musste meinen scharfen Blick bemerkt haben, denn sie fingerte an ihrem Tuch herum, als wir auf Gordons Haustür zugingen, und zischte: „Es versteckt den Knutschfleck, den du mir verpasst hast."

Ein Knutschfleck war das Geringste unserer Probleme, wenn das schwache Leuchten, das von den Rändern ausging, ein Zeichen war. Verdammt. Ich hatte ihr in dieser Nacht tatsächlich eine Mondlichtmarkierung verpasst.

Und das Problem ist...? knurrte mein Drache stolz.

Ein großes Problem, auch wenn Mina es offenbar nicht bemerkt hatte. Bene schaute mich jedoch wissend an. Roux auch. War das Tuch ihre Idee gewesen?

Gern geschehen, murmelte der Tigergestaltwandler in meine Gedanken.

Ich tat mein Bestes, um meine Würde zu wahren, und knurrte: *Knutschfleck?*

Bene zuckte mit den Schultern. *Wir dachten, wir überlassen das Erklären dir, Champion.*

Ich kann nicht glauben, dass du sie markiert hast, verdammt, fügte Roux hinzu.

Ich auch nicht. Eine Mondlichtmarkierung war gleichbedeutend mit einer Verlobungserklärung. Was zum Teufel hatte ich mir dabei gedacht?

Schicksal, murmelte mein Drache glücklich.

Eines Tages würde ich vielleicht bereit sein, diesen Schritt zu wagen, aber nicht ohne ihre Erlaubnis und nicht zu einem Zeitpunkt wie diesem.

Es hat ewig gedauert, sie zu überreden, das Tuch zu tragen, ganz zu schweigen von dem Parfüm, fügte Bene hinzu.

Das erklärte also, warum sie eher nach Coco Chanel als nach ihrer üblichen Mischung aus Rose und Flieder roch. Auch von meinem Duft war keine Spur an ihr zu finden.

Wie gesagt, gern geschehen, murmelte Roux.

Ich war ihnen etwas schuldig, und zwar jede Menge. Aber verdammt. Ich freute mich überhaupt nicht darauf, Mina das alles zu erklären.

Etwas anderes schien nicht zu stimmen, und ich schaute mich mit gerunzelter Stirn um.

„Wo ist Henrik?"

Roux schaute Bene an, der in die Wolken starrte. Mina verschränkte die Arme und warf allen und jedem finstere Blicke zu.

„Er hat gesagt, er kommt", sagte Roux schließlich mit gedämpfter Stimme.

Fünf Worte, wenig Kontext. Was war hier los?

Inzwischen hatten wir Gordons Gebäude erreicht. Bene sprang die Treppe hinauf und hielt die Tür offen.

„Die Dame zuerst."

„Sicherheit geht vor", murmelte Roux und drängte sich vor Mina hinein.

Der Tiger nervte mich auf hundert verschiedene Weisen, aber verdammt, man konnte sich darauf verlassen, dass er seine Aufgabe erfüllte. Als er mich angerufen hatte, um Gordons Befehle weiterzugeben, hatte ich ihn schwören lassen, auf Mina aufzupassen.

Damit war ich wohl genauso schuldig wie er, *wenig zu sagen und keinen Kontext zu liefern*. Aber ich hatte gute Gründe dafür, verdammt. Was waren seine?

Die vergangene Woche war die Hölle gewesen, und obwohl ich einigen alten Feinden gehörigen Respekt eingeflößt hatte, war ich der Quelle der bedrohlichen Nachricht, die ich empfangen hatte, kein Stück näher gekommen. Meine Hauptverdächtigen, Etienne und Szabo, waren nirgends zu finden, und nun musste ich meine Suche unterbrechen und Gordons Aufforderung nachkommen.

Ich fluchte leise vor mich hin und zählte die Tage, bis ich von meiner Verpflichtung ihm gegenüber befreit war.

Sechs Wochen, murrte mein Drache und malte sich ein Happy End mit Mina aus.

Ich streckte mein Kinn vor, weil ich wohl wusste, dass es so einfach nicht war.

Der Portier winkte uns nach oben und wenige Minuten später betraten wir alle Gordons Wohnzimmer – das formelle Wohnzimmer, nicht das private im obersten Stockwerk seines zweistöckigen Penthouses. Mina war wahrscheinlich schon dort gewesen, aber ich war noch nie die Treppe hinaufgebeten worden, die Gordons Arbeit und Privatleben trennte.

Mein Drache brummte innerlich. *Mina sollte überhaupt nicht hier sein.*

Nein, aber sie war hier und marschierte vor Bene und Roux herein, um Gordon auf beide Wangen zu küssen.

„Schön, dich noch einmal zu sehen", murmelte sie.

Und, uff. Er schien weder ihr rosiges Leuchten noch das Parfüm zu bemerken, das meinen Geruch überdeckte.

„Es ist immer schön, dich zu sehen, Süße", antwortete Gordon.

Komisch, wie ein Mann ein Dutzend kaltblütige Morde befehlen und dennoch seine Patentochter lieben konnte.

Die Sache war bloß, dass der Drecksack sie auch nur ausnutzte. Mina begann, das zu begreifen, aber offensichtlich war es schwer, alte Loyalitäten zu brechen.

Hinter uns öffnete sich die Tür und Henrik kam mit einem Hauch kalter Luft herein. Mina versteifte sich.

Henrik schaute sie mit dunklen Augen an, dann senkte er den Blick.

Ich sträubte mich, bereit, ihn am Kragen zu packen und kräftig durchzuschütteln. Was zum Teufel hatte er getan?

Bene rammte mir seinen Ellbogen in die Rippen. *Nicht jetzt, Mann. Nicht hier*, bellte er in meine Gedanken.

Was hat er getan? verlangte ich zu wissen.

Benes Lippen zuckten. *Nichts, was wir nicht in den Griff bekommen hätten.*

Jetzt war ich wirklich alarmiert. *Was ist passiert?*

Roux seufzte in meine Gedanken. *Henrik hat die Kontrolle verloren, aber Bene hat ihn aufgehalten.*

Mein Magen krampfte sich zusammen.

Das wäre alles nicht passiert, wenn du da gewesen wärst, Champion, murrte Bene und schob sich an mir vorbei, um Gordon zu begrüßen.

Ich unterdrückte ein Knurren. Er hatte recht und das machte mich fertig. Egal, was ich versuchte, ich konnte nicht gewinnen. Mina war zu Hause genauso in Gefahr wie bei mir.

Also bleib bei ihr, brüllte mein Drache. *Einfache Lösung.*

„Bitte nehmen Sie Platz, meine Herren."

Gordon zeigte sich in Minas Gegenwart eindeutig von seiner besten Seite. Wären nur wir da gewesen, hätte er uns wie eine verdammte Sträflingskolonne aufgereiht.

Mein Drache seufzte. *Nicht weit von der Wahrheit entfernt.*

Ein weiterer Grund, warum Mina Abstand halten sollte. Sie war eine süße, kultivierte Kunstlehrerin. Ich war ein Drache, der niemals in die konventionelle Welt passen würde.

Aber ihr Körper sang zu meinem, selbst jetzt, unter den miesesten Umständen.

„Ich habe Sie wegen eines besonderen Projekts hergebeten, das ich übernommen habe", begann Gordon.

Ich warf Mina einen Blick zu und erinnerte sie an das Versprechen, das ich ihr abgenommen hatte.

Ich werde mich nicht in Gordons Geschäfte einmischen. Ich werde ihm keine Gefälligkeiten erweisen, egal wie harmlos sie auch erscheinen mögen...

Und Mann, Gordons Gesichtsausdruck strahlte völlige Unschuld aus. In solchem Überfluss, dass selbst ein Kätzchen – ähm – Tiger daran ersticken würde.

Roux warf mir einen bösen Blick zu. *Ganz zu schweigen von einem Drachen.*

„Mina hat letzte Woche freundlicherweise eine Bekannte von mir in London besucht", begann Gordon.

Schon witzig, wie viel besser *Bekannte* klang als *Kundin* oder *Witwe eines Oligarchen.*

„Du hast einen ziemlichen Eindruck hinterlassen." Er grinste Mina an, die ihn gezwungen anlächelte. „Und du wirst dich freuen zu hören, dass ein Experte das Gemälde als echt bestätigt hat."

Mina biss sich auf die Lippe, stolz und doch bestürzt.

„Nicht, dass ich ein anderes Ergebnis erwartet hätte." Gordon schmeichelte Mina weiter, bevor er sich an uns wandte. „Ich habe bereits potenzielle Kunden kontaktiert, die das Gemälde gern sehen möchten. Das bedeutet, dass ich in London Sicherheitspersonal für das Gemälde und für Mina brauche."

„Für mich?" Sie blinzelte.

Oh-oh, murmelte Bene in meinen Kopf. *Jetzt fängt er schon wieder an.*

Ein Knurren stieg in meiner Kehle auf. Das war typisch Gordon, Dinge unterzujubeln, als würde es niemand bemerken.

Gordon lächelte süßlich. „Ich fürchte, ich muss dich erneut um deine Hilfe bitten, meine Liebe. Madame Petrova besteht darauf, eine vertrauenswürdige Beraterin an ihrer Seite zu haben, und sie vertraut niemandem außer dir."

Minas Augen weiteten sich, aber ich war nicht überrascht. Mina strahlte geradezu Vertrauenswürdigkeit aus. Wahrscheinlich hatte Gordon die ganze Zeit darauf gesetzt. Wer könnte einen Schleier der Legitimität besser erschaffen als eine junge, prinzipientreue Kunstlehrerin?

Er lächelte sie an. „Ich weiß, dass es viel verlangt ist, aber ich hoffe, dass ein paar Tage in London dich überzeugen können, ganz zu schweigen von der Möglichkeit, dieses Meisterwerk noch einmal zu sehen."

Der Drecksack legte sich mächtig ins Zeug, verdammt.

Minas Blick huschte zu mir und dann wieder weg. „So sehr ich das Angebot auch schätze, ich kann es wirklich nicht annehmen."

Fast hätte ich freudig meine Faust in die Luft gerissen.

Gordon runzelte die Stirn. „Natürlich kannst du das."

Und damit basta, fügte sein Tonfall hinzu.

Sie warf mir einen Blick zu und ich beschwor sie stillschweigend, standhaft zu bleiben.

„Ich würde wirklich gern helfen, aber... "

Gordons Lächeln wirkte etwas gezwungen. „Wie ich bereits sagte, Madame Petrova vertraut niemandem außer dir."

Mina legte eine Hand auf ihr Herz. „Ich bin gerührt. Wirklich. Aber ich denke, es ist besser, das den Experten zu überlassen. Ich bin sicher, Anastasia würde sich mit jemandem von Christie's oder Sotheby's genauso wohlfühlen."

Mit anderen Worten, ein öffentlicher Auktionator.

Gordon schüttelte den Kopf. „Sie lehnt diesen Weg ab. Zu viel Bürokratie, ganz zu schweigen von den unverschämten Provisionen, die sie verlangen."

Mein Drache schnaubte. *Und zu viele Fragen darüber, wie sie in den Besitz eines Meisterwerks gekommen ist, das während des Zweiten Weltkriegs verschwunden ist.*

„Nun, ich kann ein paar Museen vorschlagen…“, versuchte Mina es erneut.

Gordon nickte eifrig. „Du kannst sie Madame Petrova vorschlagen.“

Das hatte sie nicht gemeint, und er wusste es.

„Aber…“

Gordon unterbrach sie und tätschelte Minas Kopf, fast wie bei einem Kind. „Wenn du mit Madame Petrova zusammenarbeitest, kannst du sicherstellen, dass das Gemälde in gute Hände kommt.“

Angesichts der Kontakte in seinem Netzwerk war das unwahrscheinlich.

Mina starrte niedergeschlagen auf ihre Füße.

„Dein Vater wäre so begeistert. So stolz“, murmelte Gordon.

Verdammt sei dieser Mistkerl, dass er ihre Schwachstelle ausnutzte.

Minas Augen wurden glasig und ich spürte dieselben aufgewühlten Emotionen, die sie in London gezeigt hatte. Das Gemälde hatte sie zum Weinen gebracht, und ich vermutete, dass das ebenso viel mit ihrem Vater zu tun hatte wie mit dem Kunstwerk selbst.

„Das wäre er.“ Sie lächelte traurig.

Gordons Lächeln wirkte eher geheuchelt und ich wusste, dass sie verloren war.

„Das ist die Chance deines Lebens“, sagte er und zog den Schraubstock noch fester zu. „Eine Chance, von der dir dein Vater sagen würde, dass du sie ergreifen sollst.“

Mina schluckte und nickte langsam. „In Ordnung. Ich werde es tun.“

Ich zuckte zusammen. Bene und Roux ebenfalls. Henrik schaute auf seine Fingernägel, als wäre ihm das völlig egal.

Gordon rieb sich vor Freude fast die Hände. „Wunderbar, wunderbar. Du wirst es nicht bereuen.“

Oh, das würde sie ganz sicher.

„Und jetzt zur Logistik“, fuhr Gordon fort. „Wie bereits erwähnt, brauche ich Sicherheitspersonal, das Mina nach London begleitet. Nicht, dass ich irgendwelche Probleme erwarte, versteht sich. "

Lügner, knurrte mein Drache.

„Deshalb wird Henrik Mina nach London begleiten und dortbleiben, bis der Vertrag unterzeichnet ist. "

Mina fielen fast die Augen heraus und Henrik hob ruckartig sein Kinn.

„Henrik? " Sie wurde blass.

„Ich? ", protestierte er gleichzeitig.

Mein Drache schlug wütend mit dem Schwanz.

„Ja. Gibt es ein Problem? " Gordons Stimme nahm einen gefährlichen Tonfall an.

Roux biss die Zähne zusammen und Bene flehte Mina mit seinen Augen an. Henrik ebenfalls. Aber ich wollte, dass sie diese Wahrheit aussprach. Alles, um sie zu schützen, selbst wenn es unser Ende bedeutete.

Mina spielte mit ihren Fingern auf dem Schoß, während die Uhr tickte. Schließlich huschte ein gezwungenes Lächeln über ihr Gesicht.

„Kein Problem. Das wäre in Ordnung. "

Bene warf ihr einen ungläubigen Blick zu. „Was? " Als Gordon ihn böse anfunkelte, hob Bene die Hände. „Ich meine, nun ja... "

„Was er sagen will, Sir, ist, dass ich für diese Aufgabe besser geeignet bin", warf Roux ein.

„Das ist er", sagten Bene, Henrik und ich gleichzeitig.

Mina atmete aus.

„Inwiefern? ", knurrte Gordon.

Seine Hexenmeisterkraft knisterte in der Luft und ließ mir vor Schreck die Haare zu Berge stehen. Niemand von uns hatte Gordons legendäre Kraft jemals in voller Stärke gesehen, und das wollten wir auch nicht.

„Ich bin mit Kunst besser vertraut, Sir", sagte Roux. „Und ich habe letzten Monat am Loretti-Fall gearbeitet. Der mit der Privatauktion von... ähm... " Er verstummte und neigte den Kopf in Richtung Mina.

Der Loretti-Fall betraf die Versteigerung einer großen Waffenlieferung, die in Montenegro beschlagnahmt worden war. Ich war nicht daran beteiligt gewesen, aber Roux und Bene schon, und sie hatten mir einige der weniger schmackhaften Details erzählt.

Gordon warf Roux einen warnenden Blick zu, denn Gott bewahre, dass seine Patentochter herausfand, woher seine Millionen *wirklich* stammten.

„Roux weiß wirklich viel", warf Mina ein. „Über Kunst, meine ich", fügte sie hinzu, als Gordon sie scharf ansah.

„Das stimmt, Sir. Henrik ist für diese Aufgabe einfach nicht geeignet", fuhr Roux fort.

Normalerweise hätte ihm das einen zornigen Blick eingebracht, aber Henrik nickte sofort. „Überhaupt nicht."

„Und warum sollte das so sein?", forderte Gordon.

„Weil... ähm..." Roux schaute sich um, aber wir waren alle ratlos.

„Weil Henrik besser geeignet ist, potenzielle Käufer zu überprüfen", warf Bene schließlich ein.

„*Viel* besser geeignet", unterstrich Roux.

Was nur bewies, dass sogar Katzen manchmal brillant sein konnten.

Gordon strich sich nachdenklich über das Kinn. „Also, Roux kümmert sich um die Sicherheit und Henrik überprüft potenzielle Käufer." Dann nickte er zu sich selbst. „Gut. Marius und Benedikt, ich brauche Sie wieder in Brüssel."

Meine Nasenlöcher brannten, als mein Drache protestierte und fast hätte ich gebrüllt. *Keine Option.*

Aber Bene hob zuerst die Hand. „Wenn ich darf, Sir..."

„Was denn jetzt noch?", murrte Gordon.

„Mina und das Gemälde brauchen beide Schutz. Das bedeutet zwei Sicherheitsleute – Roux für das Gemälde und Marius für Mina."

Ich wusste nicht, ob ich ihn küssen oder umbringen sollte. Natürlich wollte ich Mina beschützen. Aber in ihrer Nähe zu bleiben, bedeutete, jeden Tag der Versuchung zu widerstehen – und möglicherweise meine Feinde in Versuchung zu führen.

Verdammt. Ich war so am Arsch.

„Und dann ist da noch die Bezahlung", fuhr Bene fort. „Wenn die Anzahlung in bar erfolgt..." Er hielt inne und kratzte sich die Wange. „Oder wird Krypto- Zahlung akzeptiert?"

Gordon schnaufte. „Natürlich nicht. Bar oder Banküberweisung."

Vorzugsweise über sein Konto auf den Kaimaninseln, vermutete ich.

„Nun, wenn es eine Barzahlung ist... ", begann Bene und verstummte.

Barzahlung? Minas entsetzter Gesichtsausdruck sprach Bände. Nichts schrie mehr nach einer *illegalen Transaktion* als Barzahlung, insbesondere bei einem Geschäft im Millionenbereich.

„Dann brauchen Sie auch Sicherheitspersonal, das das Bargeld begleitet", beendete Bene seinen Satz.

Gordon runzelte die Stirn. „Sie haben recht."

Benes selbstgefälliger Blick sagte: *Natürlich. Ich habe immer recht.* Dann zählte er an seinen Fingern und fasste zusammen. „Das macht also vier Leute, die an diesem Fall arbeiten. Roux kümmert sich um das Gemälde. Marius kümmert sich um Mina. Henrik überprüft die Käufer, und ich sorge dafür, dass die Zahlung reibungslos abläuft."

Gordon verzog das Gesicht. „Vier Männer?"

Bene zuckte mit den Schultern. „Wollen Sie mit einem wertvollen Gemälde und solch einflussreichen Kunden pokern? Wollen Sie Minas Leben aufs Spiel setzen?"

„Natürlich nicht", räumte Gordon ein. „Aber vier sind übertrieben. Und dann ist da noch Brüssel."

„Wir können Brüssel verschieben", versicherte Roux ihm.

Mina schaute Gordon mit unschuldigen, weit aufgerissenen Augen an. „Ich würde mich besser fühlen, wenn alle Eventualitäten abgedeckt wären."

Ha. Jetzt war sie an der Reihe, einen billigen Schlag zu landen, dem Gordon nicht widerstehen konnte.

Er verzog das Gesicht zu einer mürrischen Grimasse, aber was sollte er darauf sagen?

„Also gut. Sie fahren alle", erklärte er schließlich.

Mina schluckte, warf mir einen Blick zu und dann Henrik.

Ich wusste, wie sie sich fühlte. War das ein Sieg oder ein schrecklicher Fehler?

Gordon schaute auf seine Uhr. „Wenn wir Glück haben, gibt es noch Plätze in einem der Abendzüge. Ich werde Celeste bitten, das zu prüfen."

Mina starrte und ich musste mich sehr zurückhalten, um nicht zu knurren. Meine Ermittlungen in der vergangenen Woche hatten keinen aktuellen Kontakt zwischen Celeste und Szabo ergeben, aber ich traute der Frau trotzdem nicht. Und was Szabo anging... Ich hoffte insgeheim, dass er auftauchen würde. Dann könnte ich ihn umbringen.

Gordon griff nach seinem Handy, wählte eine Nummer und bellte: „Besorgen Sie mir fünf Fahrkarten für den Zug nach London. Ja, heute Abend." Er runzelte die Stirn, als er hörte, was Celeste sagte, und antwortete dann: „Zwei in der Premier Class – meine Patentochter und Monsieur Aecher. Für die anderen – Messieurs Anand, Bembridge und Velchynsky – reichen Standardtickets."

Ich warf Roux, Bene und Henrik einen selbstgefälligen Blick zu, da ich einen besseren Platz als sie bekommen hatte.

Aber Mina sah gequält aus und ich konnte schon sehen, wie sie ihren Platz einem der anderen anbieten würde. Wahrscheinlich Bene, diesem Arsch.

„Wir brauchen auch Reservierungen für ein Hotel in der Nähe von Madame Petrovas Adresse. Melden Sie sich bei mir, sobald Sie etwas haben." Gordon legte auf, ohne sich von Celeste zu verabschieden oder sich mit einem *Merci* zu bedanken.

Großartig. Ein weiterer Grund für Celeste, sauer auf uns zu sein.

Zu uns sagte er: „Machen Sie sich bereit zur Abreise. Ich melde mich, sobald alles geregelt ist." Nur Mina schenkte er ein warmes Lächeln. „Danke, mein Schatz. Ich weiß es wirklich zu schätzen." Dann fixierte er mich mit einem finsteren Blick. „Und Sie, Monsieur Aecher – ich meine es ernst, wenn ich sage, dass die Sicherheit meiner Patentochter nicht gefährdet werden darf. Lassen Sie sie nicht aus den Augen."

Mein ganzer Körper wurde heiß und Mina riss die Augen weit auf.

Mein schönster Traum – und schlimmster Albtraum – waren gerade wahrgeworden.

„Ja, Sir“, versprach ich.

Gordon scheuchte uns zur Tür. „Gehen Sie schon. Alle außer Ihnen, Monsieur Anand. Ich muss mit Ihnen sprechen.“

Roux sah grimmig aus, als wir hinausgingen und ihn mit Gordon allein ließen.

Bene schritt fröhlich wie immer durch den Flur. „Ein paar Tage in London. Und das für eine harmlose Kunstangelegenheit!“

Henrik spottete: „So harmlos wie die letzte?“

Bene schüttelte den Kopf. „Wir wussten, dass das schwierig werden würde. Diesmal wird es einfach. Das verspreche ich dir.“

Einfach, Mina zu widerstehen?

Ha. Versuch das mal, knurrte mein Drache.

Kapitel 15

MINA

„Okay. Sind alle bereit? Es ist Zeit, anzufangen", begann Roux am nächsten Morgen fröhlich in aller Frühe.

Nun, nicht ganz fröhlich, aber sehr früh – in London graute gerade erst der Morgen. Wir waren am Vorabend mit dem letzten Zug aus Paris angekommen und direkt ins Bett gefallen.

Bene fuhr seine Reißzähne aus und zog sie dann in einem riesigen Löwengähnen wieder zurück. „Wessen Idee war es, sich um sechs Uhr morgens zu treffen? Und was ist mit Frühstück?"

„Der Zimmerservice ist schon unterwegs, ihr könnt also während der Arbeit essen. Und in Frankreich ist es schon um sieben", verwies Roux.

Wir hatten uns im Wohnzimmerbereich unserer Hotelsuite versammelt. Ja, eine Suite – ein einziger nicht abschließbarer Raum, den ich nun mit Marius, Roux, Bene und Henrik teilte.

Gott, wie ich Celeste hasste. Hätte sie Henrik nicht auf eine andere Etage stecken können?

Zumindest vertraute ich darauf, dass Roux und Bene in ihrem gemeinsamen Zimmer bleiben würden. Auch Marius vertraute ich. Nur mir *selbst* nicht in seiner Nähe.

Aber Henrik traute ich nicht weiter, als ich einen mit Seide ausgekleideten Sarg werfen konnte, egal wie rosig und zufrieden er nach seinem letzten Besuch bei Delphine auch wirkte.

Es schmerzte mich, mir das vorzustellen. Wie konnte die arme, verblendete Delphine einen Vampir lieben, geschweige denn einen so ungeselligen wie Henrik?

Andererseits könnte man mich auch als verblendet bezeichnen, weil ich Marius liebte. Weil ich mich morgens, mittags und abends nach ihm sehnte und mir sogar eine gemeinsame Zukunft vorstellte. Wer war ich also, über Delphine zu urteilen?

Henrik hingegen war Freiwild und mein Urteil über ihn war hart und endgültig. Ich hasste den Vampir und wollte, dass er verschwand.

Aber er verschwand nicht. Er schlief im Zimmer neben meinem. Beide Zimmer führten zum Wohnbereich, wo Marius auf der Couch geschlafen hatte.

Mal sehen, wie lange das anhält, hatte Roux am Vorabend geseufzt.

Nicht lange, hoffte ich, aber Marius war nicht auf Zehenspitzen in mein Zimmer geschlichen, so sehr ich es mir auch gewünscht hatte.

Aber nein – kein nächtlicher Besuch von Marius. Auch kein Besuch von Henrik, aber ich hatte trotzdem nicht gut geschlafen. Niemand hatte gut geschlafen, den müden Gesichtern der anderen nach zu urteilen.

Roux schaute auf seine Uhr. „Mina hat ihren Termin mit Madame Petrova um zehn. Das gibt uns ein paar Stunden Zeit, um Gordons Liste potenzieller Käufer durchzugehen und alle zu streichen, die uns zweifelhaft erscheinen. Wir suchen Kandidaten, die die Kundin wahrscheinlich akzeptieren wird und die über ausreichend finanzielle Mittel verfügen."

Ich runzelte die Stirn. „Definiere *ausreichend*."

„Mehr als alle anderen", sagte Henrik unverblümt.

„Wollen wir etwa einen Bieterkrieg?"

Henrik zuckte mit den Schultern. „Es liegt im Interesse der Kundin, den höchstmöglichen Betrag zu erzielen."

„Aber Anastasia sagte, sie wolle es an die richtige Person verkaufen", entgegnete ich.

Der Vampir schnaufte. „Am Ende zählt immer nur das Geld."

„Es liegt auch in Gordons Interesse, den höchstmöglichen Preis zu erzielen", fügte Marius etwas sanfter hinzu.

Sanft vielleicht, aber damit wurde ein weiterer Nagel in den Sarg meiner Unschuld geschlagen.

Mir wurde bewusst, dass Gordon eine Provision verdiente. Ich hätte nicht überrascht sein dürfen, aber ich war es doch.

Überrascht und enttäuscht von Gordon – und von mir selbst. Ich würde eine weitere Chance bekommen, ein seltenes Meisterwerk zu sehen, aber zu welchem Preis?

„Nehmen wir an, zwei Bieter bieten eine ähnliche Summe", fragte Bene. „Wen würde Anastasia am Ende wählen?"

Roux überflog ein Blatt Papier, auf dem Notizen standen. „Laut Gordons Informationen hat Madame Petrova ihre Prinzipien, aber sie sind völlig verworren. Ihr Vater war Offizier der Roten Armee und marschierte 1945 mit einer der sowjetischen Plünderungstruppen, die mit der ‚Sicherung' von Kulturschätzen beauftragt waren, in Berlin ein." Er hob seine Finger zu Gänsefüßchen in die Luft. „Das erklärt, wie das Gemälde in ihren Besitz gelangte."

Ich machte mir mentale Notizen, als müsste ich eines Tages eine Fußnote für ein Kunstgeschichtsbuch verfassen.

Roux fuhr mit seiner Einweisung fort. „Unseren Informationen zufolge war Anastasia schon immer eine überzeugte Marxistin. Sie heiratete einen Ökonomen, der wie sie ein kommunistischer Visionär und ebenso tief in sowjetischen Kulturkreisen verwurzelt war."

Bene hob eine Augenbraue. „Kommunistische Visionäre, die in Kensington wohnen?"

Henrik nickte. „Paris und London sind voll von Marxisten mit vergoldetem Geschmack. Wenn sie das gute Leben erst einmal kennengelernt haben, gibt es für sie kein Zurück mehr."

Roux untermauerte dies mit dem nächsten Teil seines Berichts. „Anastasias Ehemann stieg in der postsowjetischen Finanzwelt auf, schob seine Prinzipien beiseite und wurde während der Jelzin-Ära reich. Er starb vor acht Jahren und hinterließ ihr sein gesamtes Vermögen." Er kniff die Augen zusammen. „In der Zusammenfassung steht hier: *eine Frau, die an Kunst für das Volk glaubt, aber die meisten Menschen, denen sie begegnet, verachtet.*"

Ich seufzte leise. Ja, das passte.

„Sie sagte, sie weigere sich, das Gemälde an ein Museum, einen Kapitalisten oder einen Egoisten abzugeben", erinnerte ich mich.

Bene schnaubte. „Wer bleibt denn dann noch übrig?"

„Ich weiß es nicht, aber sie liebt dieses Gemälde wirklich“, sagte ich. „Ich kann mir nicht vorstellen, dass sie es an jemanden verkauft, der es nicht so schätzt wie sie.“

„Und wie schätzt sie es?“, fragte Roux.

Ich verzog das Gesicht. „Egoistisch. Exklusiv. Leidenschaftlich.“

Bene seufzte. „Das wird es nicht gerade einfach machen, einen Käufer zu finden.“

„Sie wird verkaufen“, grunzte Marius. „Als wir sie besucht haben, hatte sie es eilig, das Gemälde loszuwerden.“

Roux tippte auf einen Stapel Akten. „Das sind die Kandidaten, die Gordon gefunden hat. Wir müssen ihre Akten durchsehen und eine Auswahlliste erstellen, die wir der Kundin um zehn Uhr vorlegen.“ Er schaute auf seine Uhr. „Wir lesen jeweils ein paar durch, berichten einander dann in neunzig Minuten und treffen unsere Entscheidung.“

Bene blätterte durch den Stapel. „Sieben Akten. Wir sind zu fünft.“

„Diejenigen von uns, die über dem Niveau der sechsten Klasse lesen können, können sich darum streiten, jeweils zwei zu übernehmen.“ Roux zeigte auf Henrik, sich selbst und mich.

Marius knurrte, aber Bene zuckte nur mit den Schultern. „Weniger Arbeit für uns, *Amigo*.“ Er schnappte sich die Akten und warf einen Blick in die erste. „Sergei Levitsky. Handelt mit russischem Öl und Gas. Sieht nach einem zwielichtigen Typen aus.“ Er reichte sie Henrik. „Perfekt für dich.“

Henrik ließ seine Zähne aufblitzen, nahm die Akte jedoch entgegen.

Bene warf einen Blick in die nächste Akte und wedelte dann damit herum. „Bogdan Karachanov. Bulgarischer Waffenhändler. Zum ersten, zum zweiten. . . “ Er drückte sie Marius in die Hände. „Verkauft.“

Marius streckte sein Kinn vor und starrte Bene an, dann die Akte.

„Wow. Scheich irgendwas.“ Bene strahlte bei der nächsten Akte. „Die nehme ich.“

Ich stöhnte. „Wo hat Gordon die aufgetrieben?“

Roux zuckte mit den Schultern. „Er sagte, er habe bei Kontakten, denen er vertraut, diskret herumgefragt."

Ich vergrub mein Gesicht in den Händen. Was sagte das über die Leute aus, mit denen mein Patenonkel zu tun hatte?

Bene schaute sich die nächsten Akten an. „Hier ist eine Schweizer Stiftung für die Künste... "

Ich riss sie ihm praktisch aus den Händen. Vielleicht gab es doch noch Hoffnung.

Es klopfte an der Tür. Roux, Marius und Henrik sprangen auf und verteilten sich in Verteidigungsposition um die Tür herum. Bene gähnte.

„Zimmerservice", verkündete jemand.

Roux öffnete die Tür einen Spalt breit und zog dann einen Servierwagen herein. „Danke. Ich übernehme ab hier."

Huch. Entweder war das nicht die harmlose Mission, die Gordon beschrieben hatte, oder alte Gewohnheiten ließen sich nur schwer ablegen. Sie überprüften sogar den Servierwagen auf Wanzen und Sprengstoff.

Dann beruhigten sie sich wieder und Bene drückte mir eine zweite Akte in die Hand. „Hier. Raisa irgendwer aus Lettland."

Damit blieben noch zwei Akten übrig. Roux nahm sich eine und gab die andere Henrik. Alle luden ihre Teller voller Essen und verteilten sich im Raum, in welchem sich schnell eine relative Stille aus dem Geräusch des Kauens, dem Rascheln von Papier und dem Tippen auf Tastaturen ausbreitete.

Ich schaute mich beeindruckt um. Trotz all ihres Jammerns und Nörgelns nahmen die Jungs ihre Arbeit auf jeden Fall ernst.

Ich nahm mir einen Joghurt, setzte mich auf die Couch und konzentrierte mich auf die beiden Akten, die mir zugewiesen worden waren. Nun, ich versuchte, mich zu konzentrieren, aber meine Augen wanderten immer wieder zu Marius, während meine Hand zu meinem Hals glitt. Ohne es zu merken, streichelte ich über meine Haut und alle möglichen heißen Bilder schossen mir durch den Kopf.

Dann wurde ich mir dessen bewusst, errötete, wie mir meine heißen Wangen verrieten, und zog meine Hand zurück. Gott, was war nur los mit mir in letzter Zeit?

Marius rutschte unruhig auf seinem Platz herum, und als er zu mir herüberschaute, brannten seine Augen vor Hitze.

Hoppla. *Entschuldigung*, murmelte ich in seine Gedanken.

Der Blick, den er mir als Antwort zuwarf, schwankte zwischen: *Hör mit den schmutzigen Gedanken auf* und *Komm her und lass mich mit dir machen, was ich will.*

So sexhungrig, wie ich mich fühlte, war ich ganz für Option zwei. Aber wir hatten eine Aufgabe zu erfüllen, also wandte ich mich den Fenstern zu.

Gordons Notizen waren gründlich und erschreckend detailliert. Konnte er genauso viel über mich herausfinden, wenn er wollte? Und, oh. Hatte er das vielleicht schon getan?

Ich bestätigte und ergänzte seine Erkenntnisse durch ein paar Online-Recherchen und studierte dann die Akte über die Schweizer Kunststiftung.

In der Stunde, die verging, musste Bene ein Dutzend Mal seine Position gewechselt haben, von zusammengesunken in einem Sessel mit den Füßen über der Lehne bis hin zu auf dem Bauch auf dem Boden, als würde er am Strand lesen – obwohl ich bezweifelte, dass er seine Zeit am Strand mit Lesen verbringen würde. Volleyballspielen und Flirten waren wahrscheinlich eher sein Ding.

Marius setzte sich an den Esstisch, ebenso wie Henrik, während Roux vor dem Fenster auf und ab ging. Dieser Tiger konnte einfach nicht stillsitzen. Als jemand kam und mein Wasserglas auffüllte, nahm ich an, dass er es war.

„Danke", murmelte ich, ohne von meinen Unterlagen aufzuschauen.

„Gern geschehen", murmelte Henrik.

Dann schaute ich auf, denn: Heilige Scheiße. Seit wann war Henrik so rücksichtsvoll?

Entweder war es ein Friedensangebot oder er schüttete heimlich Gift in mein Getränk.

Ich schüttete es diskret in eine Zimmerpflanze und holte mir vorsichtshalber ein neues Glas. Die Pflanze verwelkte nicht sofort, was ein Pluspunkt war, aber ich beschloss, mir noch kein Urteil zu erlauben.

Die Zeit verging wie im Flug und ehe ich mich versah, rief Roux alle zur Ordnung.

„Okay. Zeit, unsere Notizen zu vergleichen. Henrik, was hast du?"

Henrik blätterte durch sein Recherchematerial und hielt das Bild eines Mannes mit Hängewangen und strengem Gesichtsausdruck hoch. „Sergei Levitsky, CEO von Siberitrans."

Ich schüttelte den Kopf. „Anastasia sagte, sie möchte nicht, dass das Gemälde nach Russland geht."

Henrik zeigte auf eine Seite in seiner Akte. „Nun, er kann es in seiner Villa in Saint-Tropez aufhängen. Außerdem war er ein Freund ihres Mannes."

„Das bedeutet nicht, dass er ihr Freund ist", gab Marius zu bedenken.

„Nun, dieser hier ist interessant." Henrik hielt seine zweite Akte hoch. „Ein skandinavischer Tech-Milliardär."

„Lass mich raten", warf Bene ein. „Nils Øren Jensen."

Ich blinzelte. „Wer?"

Bene schüttelte traurig den Kopf. „Du musst wirklich gelegentlich aus diesem Château raus."

Ich seufzte. Das konnte er laut sagen.

„Ein weiterer Kapitalist, den Anastasia nicht gutheißen wird", entschied Marius.

„Nun, er hat auf jeden Fall die finanziellen Mittel", sagte Henrik.

Roux schaute mich an. „Wen hattest du?"

Ich hielt den Kandidaten hoch, den ich, so sehr ich konnte, vorantreiben wollte. „Den Marguerite-Tobler-Arts-Trust. Es klingt perfekt."

Roux rieb sich die Finger. „Haben sie genügend Geld, um mit Nils Øren Jensen zu konkurrieren?"

Ich verzog das Gesicht. Wahrscheinlich nicht. Ich ging zu meiner zweiten Kandidatin über. „Diese hat Potenzial. Raisa Kepke, ehemalige Kulturministerin von Lettland."

„Ehemalige?", fragte Marius.

Ich verzog das Gesicht. „Das war sie, bis sie in einen Korruptionsskandal um EU-Kunstfördermittel verwickelt wurde." Ich seufzte. „Vermutlich eine weitere Freundin von Gordon."

„Mina versteht es endlich", flüsterte Bene theatralisch zu Henrik.

„Laut der Akte ist sie auch eine Rabengestaltwandlerin", fügte ich hinzu.

„Das macht Sinn. Die sind verdammt hinterhältig", sagte Bene. „Und sie lieben glänzende neue Sachen, ein wenig wie Drachen."

„Überhaupt nicht wie Drachen", murrte Marius.

„Sie leitet jetzt eine Nichtregierungsorganisation, die angibt, das europäische Kulturerbe zu schützen", schloss ich. „Aber das ist bestenfalls ein wenig undurchsichtig."

„Genau wie Gordon", bemerkte Bene.

Ich schnappte mir das letzte Schokoladencroissant vom Frühstückstablett, verzweifelt bemüht, meine Laune zu verbessern.

Roux zeigte auf Marius. „Wer ist dein Typ?"

„Nicht *mein* Typ", brummte Marius.

„Er ist ein Waffenhändler, oder?", fragte Henrik.

Marius nickte. „Bogdan Karachanov. Bulgarisch. Bärengestaltwandler."

„Moment. Was ist mit der Kundin?", fragte Bene.

Marius schüttelte den Kopf. „Sie ist menschlich. Es gibt keinen Grund zu glauben, dass sie etwas über Gestaltwandler weiß."

Bene strich sich über das Kinn. „Nun, wenn dieser Bogdan ein alter Marxist ist, könnte er interessant sein."

„Wen hast du?", fragte ich Roux.

Roux hielt das Foto einer lächelnden Platinblondine hoch. „Ich bin mir nicht sicher, was ich von ihr halten soll." Er warf einen Blick auf seine Notizen. „Charlotte de Mézières."

Bene spitzte die Ohren. „Die Gräfin?"

Offensichtlich verfolgte der Löwengestaltwandler die Klatschblätter.

„Aristokratin und Influencerin", las Roux vor. „Eine ehemalige Schönheitskönigin aus Amerika, die einen belgischen Aristokraten geheiratet hat. Jetzt führt sie Social-Media-Accounts unter dem Label *Die Philosophie der Schönheit*."

Bene nickte fröhlich. „Genau die."

„Sie organisiert private spirituelle Retreats in der Provence, wo die Gäste mit ausgewählten Meisterwerken in Kontakt kommen“, las Roux vor.

Ich schüttelte den Kopf. „Anastasia würde sich niemals für sie entscheiden.“

„Das wird sie, wenn Charlotte sie um den Finger wickelt“, entgegnete Bene.

„Du bist mit der Gräfin per Du?“, spottete Henrik.

Bene schaute ein wenig gekränkt. „Das ist jeder. Sie ist superfreundlich.“

„Wenn die Kamera läuft“, murmelte Marius.

„Was ist mit dem Scheich?“, fragte Henrik Bene.

„Nun, er hat auf *jeden* Fall genügend Geld. Er hat hochkarätige Sportveranstaltungen im Nahen Osten gesponsert und plant als Nächstes, in die Kunst- und Technologiebranche einzusteigen.“

„Kunst *und* Technologie oder Kunst *oder* Technologie?“, fragte ich und versuchte mir vorzustellen, was das eigentlich bedeutete.

Bene zuckte mit den Schultern. „Ich bin mir nicht sicher, ob ihm das wichtig ist, solange es für Publicity sorgt.“

„Nun, das sind die Kandidaten, die wir haben“, schloss Roux. „Wir brauchen eine Auswahlliste mit etwa drei Namen. Wen können wir ausschließen?“

„Alle außer die Schweizer Kunststiftung“, sagte ich, aber alle ignorierten mich.

„Diesen Russen – Levitsky“, schlug Henrik vor. „Und den Scheich.“

„Das sehe ich auch so.“ Marius nickte.

„Und die Schweizer Kunststiftung“, sagte Roux.

Ich schüttelte den Kopf. „Wir müssen es versuchen.“

Roux nahm mir die Akte aus der Hand, blätterte sie durch und zeigte auf die Tabelle, in der ihr Nettovermögen aufgeführt wurde.

Ich sackte zusammen. Mann, manchmal war die Welt einfach beschissen.

„Also keine Kunststiftung“, schlussfolgerte Roux.

„Dann kannst du auch den Tech-Typen streichen“, sagte ich etwas rachsüchtig. „Anastasia wird sich niemals für ihn entscheiden.“

Roux schüttelte den Kopf. „Der Tech-Typ bleibt.“

„Warum?“, fragte ich.

„Der Tech-Typ bleibt“, wiederholte er entschieden. „Wie wäre es, wenn wir die Gräfin streichen?“

„Auf keinen Fall!“, protestierte Bene.

„Die Kundin möchte Geheimhaltung, oder? Eine Influencerin wird so einen Deal niemals für sich behalten“, argumentierte Roux. „Außerdem bezweifle ich, dass sie die anderen überbieten kann.“

Es ging eine Weile so weiter und die Spannungen stiegen, weil sich die Jungs wie üblich nicht einigen konnten.

„Wir können die Gräfin nicht streichen“, beharrte Bene.

„Sie ist die Erste, die wir streichen sollten“, entgegnete Henrik.

„Nein, das wäre der Tech-Typ“, murrte Marius.

„Der Tech-Typ bleibt.“ Roux’ Augen nahmen den hitzigen Glanz an, den Gestaltwandler bekamen, wenn sie sich aufregten.

Ich hob die Hände in die Luft. „Genug. Es reicht jetzt!“, rief ich, als sie nicht reagierten. „Wir haben drei gestrichen. Ich schlage vor, wir präsentieren Anastasia die verbleibenden vier und lassen *sie* entscheiden. Es ist ihr Gemälde“, fügte ich etwas bitter hinzu.

Roux warf einen Blick auf seine Uhr, sichtlich irritiert, dass wir unsere Zeit nicht effizienter genutzt hatten. Wir lagen immer noch im Zeitplan – wir waren nur nicht *voraus*, wie er es bevorzugt hätte.

Ping! Sein Handy piepste mit einer Nachricht und er las sie laut vor.

„Anscheinend kann die Gräfin das Gemälde nicht persönlich begutachten. Sie ist gerade zu einem Fotoshooting auf Bali.“

„Schade“, klagte Bene.

Roux strich ihren Namen von der Liste. „Damit bleiben noch drei.“

„Was glaubst du, wen die Kundin wählen wird?", fragte Bene.

Ich zuckte mit den Schultern. „Ich finde es unmöglich, sie einzuschätzen."

Er stand auf, streckte sich wie eine Katze und kratzte sich dann am Bauch. „Ich frage mich, wie lange es dauern und wohin Gordon uns danach schicken wird, um auf unseren nächsten Auftrag zu warten."

„Zurück zum Château Nocturne", sagte Marius, als wäre es selbstverständlich.

Henrik senkte seinen Blick zu Boden, während Roux und Bene sich ansahen und dann zu mir schauten.

„Nicht zum Château?", fragte Marius verwirrt.

Ich biss mir auf die Lippe. Hatte ich die richtige Entscheidung getroffen? „Henrik hat nicht bewiesen, dass er sich an die Regeln halten kann", sagte ich in einer riesigen Untertreibung. „Ich werde Gordon Bescheid geben, wenn wir hier in London fertig sind."

„Und wenn er raus ist, sind wir alle raus." Bene starrte den Vampir an.

Marius starrte mich an und ich brannte darauf, etwas zu sagen wie: *Ich hatte irgendwie gehofft, dass du und ich eine Lösung finden könnten.*

Aber er hatte seit jener Nacht in Paris kaum ein Wort mit mir gesprochen. Und egal, wie sehr mein Körper nach ihm verlangte – in letzter Zeit mehr denn je, aus Gründen, die ich mir nicht erklären konnte –, war das nicht gerade eine solide Grundlage, auf der man eine gesunde Beziehung aufbauen konnte.

„Vielleicht könntest du es dir noch einmal überlegen", versuchte Bene.

„Du meinst, ich soll es mir noch einmal überlegen, ob ich leben oder sterben will?", fuhr ich ihn an und starrte Henrik an.

„Ich entschuldige mich. Tausendfach", sagte der Vampir und klang dabei aufrichtig reumütig. „Wenn ich die Zeit zurückdrehen und ändern könnte, was passiert ist, würde ich es tun."

„Nun, du kannst die Zeit nicht zurückdrehen. Vor allem nicht, wenn jemand tot ist“, schnauzte ich und gab ihm keine Chance.

Bene kratzte sich am Kopf. „Vielleicht finden wir eine bessere Lösung.“

Ich war ganz Ohr, aber niemand sagte ein Wort. Und selbst wenn sie vor Ideen nur so sprühen würden, gäbe es noch eine Komplikation.

Ich schluckte schwer. „Das wird schwierig, jetzt, wo ich zugestimmt habe, die regionalen Polizeimeisterschaften im Château auszurichten.“

Alle starrten mich an.

„Die regionalen Polizeimeisterschaften?“ Marius’ Stimme klang verletzt und enttäuscht.

Hätte ich mich zur Größe einer Maus schrumpfen und davonflitzen können, hätte ich es getan.

Stattdessen hob ich mein Kinn und deutete auf Henrik. „Wollt ihr mir damit sagen, dass ich Grund habe, meine Entscheidung zu überdenken?“

Marius’ Kehlkopf wippte und sogar Henrik schien von Reue geplagt zu sein.

Roux schüttelte den Kopf. „Nein. Du hast recht und wir müssen damit leben.“

Mein Herz wurde schwer. Aber konnten sie das wirklich? Und könnte ich mit mir leben, wenn die Folgen so schlimm wären, wie sie angedeutet hatten?

Ich warf Marius einen Blick zu, in der Hoffnung, Verständnis in seinen Augen zu finden. Aber sein Gesicht verhärtete sich und er wandte sich kalt zur Tür.

„Zeit zu gehen. Die Kundin wartet.“

$$Kapitel\ 16$$

MARIUS

Der fünfzehnminütige Fußweg zu Anastasias Wohnung führte Mina, Roux und mich durch den Hyde Park, und ich verfluchte Clement ununterbrochen. Polizeimeisterschaften? In was? Darin, einem anderen Mann die Frau zu stehlen?

„Regionale Polizeimeisterschaften?", murmelte ich vor mich hin.

Mina schaute geradeaus.

„Lass mich raten", murrte ich. „Dieser Arsch von einem Wolfsgestaltwandler hat dich dazu gebracht."

Sie warf mir einen grimmigen Blick zu. „Clement ist kein Arsch und er hat mich zu gar nichts gebracht. Er hat mich nett gefragt."

„Jede Wette", murmelte ich. „Hat er dir mit Kuchen oder so etwas geschmeichelt?"

Sie blieb stehen. Dann stapfte sie weiter.

„Was hätte ich denn machen sollen?", murmelte sie zurück. „Du bist ohne ein Wort verschwunden. Bene und Roux wollten mir nichts sagen und Henrik hat mich angegriffen. Oh, und außerdem muss ich mein Geschäft aufbauen."

„Ein Geschäft, das Polizeiveranstaltungen ausrichtet?", brummte ich.

Sie zählte es an den Fingern ab. „So kann ich die Logistik für die Bewirtung großer Personengruppen testen. Es wird dazu beitragen, bekanntzumachen, dass das Château für Veranstaltungen zur Verfügung steht. Und es schadet nie, gut mit der Polizei auszukommen."

Mein Drache sandte Rauchschwaden durch meine Nase, während ich mir vorstellte, wie Polizisten in den Ställen, die ich mit ausgeräumt hatte, eine Party feierten. Mina wedelte mit der Hand vor ihrem Gesicht.

War ich kindisch? Ja, und ich wusste es.

Ich stampfte mit dem Fuß auf und murmelte mürrisch: „Tut mir leid.“

„Tut es das?“, warf sie zurück.

„Ja“, sagte ich.

Es tut mir leid, dass ich diesem nichtsnutzigen Wolfsgestaltwandler nicht in den Arsch getreten habe, fügte mein Drache leise hinzu. *Noch nicht.*

Ich seufzte. Es war schwer, gut zu sein, wenn es so viel einfacher war, böse zu sein.

Mina ist es wert, entschied mein Biest.

Stimmt, aber sie hatte gerade verkündet, dass wir im Château nicht länger willkommen waren. Wo stand ich dann? Wo standen wir?

„Was?“, fragte sie und las meine Gedanken.

Ich zuckte mit den Schultern. „Ich frage mich nur, wohin wir nach dieser Mission gehen werden. Die Jungs und ich, meine ich.“

Mina wurde langsamer und blieb dann ganz stehen. Ich hielt ebenfalls inne und bereitete mich auf einen ihrer Ausbrüche vor.

Sie holte tief Luft, beruhigte sich und zog mich dann zu einer Stelle unter den Bäumen.

„Ähm, Leute…?“, rief Roux zurück.

Sie schüttelte den Kopf. „Gib uns eine Minute.“

Der Tigergestaltwandler wandte sich ab und murmelte etwas Französisches vor sich hin.

Mina nahm meine beiden Hände und sah mir direkt in die Augen. „Es ist nicht so, dass ich dich nicht im Château haben will. Ich will dich dort. Unbedingt.“ Sie schluckte schwer. „Ich will dich in meinem Leben. Aber ohne ein Wort zu sagen zu kommen und zu gehen, funktioniert für mich nicht.“ Ihr Tonfall wurde scharf, dann wieder weicher. „Nicht einmal, wenn du versuchst, das Richtige zu tun.“

Sie hatte recht. Aber verdammt. Das Richtige zu tun bedeutete, ihr von der Markierung zu erzählen, die ich auf ihr hinterlassen hatte, und das hatte ich auch noch nicht getan.

Sie schüttelte meine Hände ein wenig und zwang mich, aufzuschauen. „Ich bitte dich nur, mit mir zu reden. Bitte."

Ich öffnete meinen Mund. Verdammt. Wo sollte ich anfangen?

„Ich liebe dich. Ich meine es ernst", brachte ich hervor. „Aber im Moment ist alles durcheinander und ich werde wiederholt irgendwie abgehalten. Zuerst von Gordon... dann von dieser bedrohlichen Nachricht... und jetzt dieser Job..."

Ich beschloss, die Markierung, die ich auf ihrem Hals hinterlassen hatte, vorerst unerwähnt zu lassen.

„Ich weiß, was du meinst", sagte sie. „Aber wenn wir das alles hinter uns haben..."

All das hinter uns zu haben, war der Tag, für den ich lebte, aber er schien immer weiter und weiter entfernt zu sein.

„Außerdem stecken wir hier gemeinsam drin", sagte sie.

Ich drückte ihre Hände fester. „Es gibt vieles, was ich mit dir gemeinsam machen möchte, aber nicht, wenn es um räuberische Vampire und Gordons zwielichtige Geschäfte geht."

Ihr Gesicht wurde hart. „Mich beschützen zu wollen, ist eine Sache. Mich für dumm oder hilflos zu halten, ist eine andere."

„Du bist weder dumm *noch* hilflos. Ganz und gar nicht. Aber wir könnten es hier mit ein paar wirklich gefährlichen Typen zu tun haben."

Sie schnaufte. „Wie Anastasia?"

Ich schüttelte den Kopf. „Wie Szabo. Wie Gordon. Wie die Hälfte der Käufer auf seiner Liste."

Sie verzog das Gesicht, gab mir jedoch recht.

Roux deutete ungeduldig auf seine Uhr. „Es ist fünf vor zehn."

„Sieben vor zehn", schnauzte Mina und wandte sich wieder zu mir. „Ich bitte dich nur darum, mit mir zu reden."

„Wann? Hier? Jetzt?" Ich deutete um mich herum. „Oder in einem Hotelzimmer mit all den anderen Typen? Wann hatte ich denn jemals die Gelegenheit dazu?"

Ein berechtigter Einwand, dachte ich, aber Mina stieß mit ihrem Finger gegen meine Brust. *„Schaffe* die Gelegenheit, verdammt noch mal."

Ich knirschte mit den Zähnen. Clement hatte wahrscheinlich jede Gelegenheit genutzt, die sich ihm bot – und als Polizist in Auberre, einer Stadt ohne nennenswerte Kriminalität, hatte er zahlreiche Gelegenheiten. Ich war also nicht auf Augenhöhe mit ihm.

Aber so war mein Leben nun mal, und wenn ich Mina wollte, musste ich mir dieses Privileg verdienen, nicht wahr?

Verdammt richtig, stimmte mein Drache zu.

Ich holte tief Luft und bereitete mich mental auf die Hindernisse vor, die vor mir lagen. Dann küsste ich sanft ihre Fingerknöchel. „Das werde ich. Ich schwöre es."

Das solltest du auch, warnte sie mich mit ihrem Blick.

„Jetzt ist es fünf vor zehn", murrte Roux und tippte auf seine Uhr.

Mina gab mir einen Kuss auf die Wange und wandte sich zu ihm. „Wir kommen."

∞∞∞∞∞

Wie erwartet war Anastasia von den Kandidaten, die Mina ihr präsentierte, nicht begeistert – nicht einmal von denen ganz unten auf unserer Liste. Das führte zu einem langen Telefonat mit Gordon über ein altmodisches Wählscheibentelefon, das direkt aus den Siebzigern stammte. Anastasia beendete das Gespräch mit dem Aufknallen des Hörers und einem dicken Schmollmund.

„Also gut", murmelte sie, nachdem sie fünf Minuten lang geschimpft hatte. „Ich werde sie morgen treffen. Den Bulgaren und die Frau aus Lettland."

„Und die Schweizer Kunststiftung?", versuchte Mina es.

„Als ob die Kunst zu schätzen wüssten." Anastasia schnaufte und stürmte aus dem Zimmer.

Ich packte Mina an der Schulter, bevor sie ihr folgen konnte. „Aber...", sagte sie.

Als ich den Kopf schüttelte, sackte Mina zusammen und murmelte: „Gott, ich hasse das. Ich hasse alles daran."

Ich zeigte schweigend auf *Der Turm der blauen Pferde* und sie seufzte.

„Okay, alles außer das."

Ich ließ sie zurück, damit sie es in Ruhe bewundern konnte, während Roux und ich die letzten Vorbereitungen mit unserer Gastgeberin trafen. Dann zog ich Mina aus dem Arbeitszimmer und wir verabschiedeten uns von Anastasia. In dem Moment, als wir das Gebäude verließen, telefonierte Roux bereits.

„Gute Nachrichten, Gordon. Wir haben zwei Kandidaten. Die Kundin hat den Bulgaren und die Lettin eingeladen."

Vielleicht doch keine so gute Nachricht, denn er verzog das Gesicht, als er Gordons Antwort hörte, und fuhr verhalten fort: „Wie Sie meinen. Können Sie prüfen, ob sie verfügbar sind?" Er nickte ein paar Mal und blieb dann stehen.

Mina und ich hielten inne und schauten ihn an.

„Haben Sie schon? Ist – ist das so?" Roux stotterte ein wenig, dann fasste er sich wieder. „Verstanden. Wir kümmern uns darum."

Er legte auf und starrte das Handy gut zehn Sekunden lang an.

„Was?", fragte Mina.

Sein Gesichtsausdruck wirkte gequält. „Ich vergesse manchmal, wie schnell Gordon handelt. Er hat bereits die Suite neben unserer für die Treffen gebucht und die Kunden stehen in Bereitschaft, so dass sie für morgen schon zugesagt haben."

Mina blinzelte. „Woher wusste er, welche Käufer Anastasia wählen würde?"

Roux schaute mich an und ich seufzte. Ja, Mina war wirklich so naiv, wenn es um die Vorgehensweise ihres Patenonkels ging.

„Ich schätze, er hat einfach ein gutes Gespür", sagte Roux taktvoll.

Als wir einen Häuserblock vom Hotel entfernt waren, tippte er Mina auf den Arm.

„Ich habe etwas vergessen. Kannst du mir helfen, Blumen und Essen für morgen zu bestellen?“ Er deutete in die Richtung der Kensington High Street.

„Sollten wir nicht zuerst die Suite überprüfen?“, fragte sie.

Er schüttelte so heftig den Kopf, dass ich wusste, dass etwas nicht stimmte.

„Nein. Sie ist mit unserer identisch. Marius kann sich umsehen und uns Bescheid geben, wenn Änderungen notwendig sind. Aber ich brauche wirklich deine Hilfe dabei.“

Mina wusste genauso viel wie er über Blumenarrangements und Häppchen. Ein weiteres Anzeichen dafür, dass etwas nicht stimmte.

Ich gehe, wohin sie geht, knurrte ich in die Gedanken des Tigers.

Er schaute mich entschlossen an. *Es ist besser, wenn du dir die neue Suite vor Mina ansiehst. Ich werde auf sie aufpassen.*

Mit anderen Worten, ich werde sie von dieser Suite fernhalten. Was zum Teufel war hier los?

Er deutete mit dem Kopf in Richtung Hotel und setzte dann ein falsches Lächeln für Mina auf. „Es dauert nicht lange, versprochen.“

Mina folgte ihm bedrückt und winkte mir unsicher zu. „Bis bald.“

„Bis bald“, zwang ich mich zu sagen, obwohl mich jeder Instinkt anschrie, ich solle bei ihr bleiben.

Ich schaute ihnen nach, als sie bis zum Ende des Blocks gingen, dann rannte ich ins Hotel und eilte zu unserer Suite, wo ich gegen die Tür hämmerte.

„Ich komme, ich komme“, rief Bene gereizt. Und nicht nur meinetwegen gereizt, wie ich feststellte, als er die Tür öffnete. Er verzog das Gesicht und neigte den Kopf nach rechts. „Aha. Du hast von unserer neuen Nachbarin gehört.“

Wie aufs Stichwort öffnete sich die Tür nebenan und eine kurvenreiche Frau trat ins Blickfeld.

„Marius. So schön, dich zu sehen“, gurrte sie.

Meine Kinnlade klappte auf. Celeste?

„Was zum Teufel macht sie hier?“, fragte ich Bene.

Celeste kicherte. „Ich freue mich auch, dich zu sehen, *Cherie*. Also, wo ist Gordons entzückende Patentochter? Sie und ich haben so viel zu besprechen."

Nicht, wenn ich es verhindern konnte, verdammt.

Bene warf mir einen gequälten *Das ist nicht meine Schuld*-Blick zu und ausnahmsweise warf ich es ihm nicht vor.

„Fick dich, Gordon...", murmelte ich.

„Ich würde viel lieber dich ficken", kicherte Celeste.

Bene packte meinen Arm, als ich auf sie zustürmte.

Ihre Augen funkelten. „So eilig hast du es, was?"

Ihr das Leben auszuhauchen? Ja.

Bene zog mich zurück. „Seid nett zueinander, Kinder."

„Ah, aber Marius steht es so viel besser, *böse* zu sein", summte Celeste und verlieh den Worten eine vielschichtige Bedeutung. „Nicht wahr, *Cherie*?"

Ich riss mich von Bene los, schob Celeste in ihre Suite und schlug die Tür hinter uns zu.

„Gott, du bist schon etwas Besonderes, wenn du wütend bist", grinste Celeste.

Sinnliche Sukkubus-Magie wirbelte durch die Luft und versuchte, mich zu packen. In der Vergangenheit musste ich hart kämpfen, um ihr zu widerstehen. Jetzt war es einfach.

„Was auch immer du hier willst, lass Mina da raus. Hast du mich verstanden?", brüllte ich halb.

„Das wäre schwierig, da wir wegen derselben Sache hier sind. Dem Kunstgeschäft natürlich."

Ihr zuckersüßer Tonfall deutete jedoch auf etwas anderes hin.

„Wenn du sie auch nur anfasst...", begann ich.

Celeste lachte laut auf. „Oh, das würde mir im Traum nicht einfallen, genauso wenig wie dir, nicht wahr... sie anzufassen. Oh, Moment. Das hast du ja schon."

Ich knurrte und ballte meine Fäuste, bevor ich damit auf sie einschlagen konnte.

„So empfindlich", schimpfte Celeste. „Und das alles für diese dürre, verwöhnte, versnobte Göre. Was siehst du eigentlich in ihr?"

Ich konnte mein Wutgebrüll kaum zurückhalten. Mina war nicht verwöhnt. Sie arbeitete sich den Arsch ab und hatte nicht einen Hauch von Celestes arroganten Manieren. Und was dürr anging...

„Das ist eine ziemliche Achillesferse, weißt du, wenn dir jemand wichtig ist", fuhr Celeste fort.

Das Blut gefror mir in den Adern und ich pirschte mich näher heran und zischte: „Was hast du gesagt?"

Celeste zuckte nicht einmal mit der Wimper. „Ich sagte, eine ziemliche Achillesferse. Selbst wenn du dich über deine Gefühle für sie nur selbst belügst – oder sie belügst." Sie kicherte böse.

„Was zum Teufel soll *das* heißen?"

Celeste schnaubte. „Glaube mir, ich kenne alle Tricks. Früher oder später wird sie merken, dass du nur hinter ihrem Geld her bist. Dass du niemals in ihre Welt passen wirst. Dann wird sie deinen jämmerlichen Arsch aus diesem schicken Château werfen. Und wo bist du dann?"

Wäre Celeste nicht so gefährlich, hätte ich vielleicht gelacht. Abplatzende Farbe und kaputte Wasserleitungen konnte man kaum als schick bezeichnen, und Mina war pleite.

Aber in ihren Worten steckten zwei Körnchen Wahrheit – *niemals in ihre Welt zu passen* und *aus dem Château geworfen zu werden.*

Ich schüttelte mich ein wenig, um die Tentakel der süßen Worte des Sukkubus abzuschütteln, die sich um mich geschlungen hatten.

„Glaubst du, ich kenne deine Tricks nicht?", knurrte ich.

„Du kennst ein paar. Aber ich habe noch so viele mehr", summte sie und schlüpfte zurück in ihren Verführungsmodus. „Würde es dir nicht gefallen, wenn ich sie mit dir teilen würde?"

Ich fletschte die Zähne. „Teile sie mit jemand anderem. Mit Gordon, von mir aus." Dann kniff ich die Augen zusammen. „Oder Szabo. Du stehst auf Vampire, nicht wahr?"

Sie wies den Gedanken mit einer Handbewegung zurück. „Du verwechselst das, was ich beruflich mache, mit dem, was ich zu meinem Vergnügen tue."

„Ich frage mich, was Henrik dazu sagen würde", sagte ich und erinnerte mich daran, was die beiden auf Mallorca getrieben hatten.

Sie sträubte sich. „Ist das eine Drohung?"

„Auf jeden Fall."

„Henrik kann mir kaum einen Vorwurf machen, da es für ihn auch geschäftlich war. Nicht, dass Geschäfte nicht auch Spaß machen können." Ihre Augen funkelten. „Aber du stimmst mir sicher zu, dass echte Verbindungen das höchste Maß an Vergnügen bringen."

Als sie die letzten Worte aussprach, wirbelte Magie durch den Raum und funkelte wie kleine Feuerwerke.

Feuerwerke, die um mich herum aufflackerten und verblassten, unfähig, meine Mauern zu durchdringen. Selbst ein Sukkubus konnte dies nicht schaffen, da sie auf Liebe beruhten – wahre Liebe zu meiner Schicksalsgefährtin.

„Was ist mit Szabo?", fuhr ich fort und behielt den Fokus dort, wo ich ihn haben wollte.

„Mit wem Szabo schläft, ist seine Sache." Ihre Stimme klang bitter.

Interessant. Hatte Szabo sich mit einer ihrer Rivalinnen zusammengetan?

„Was ist mit seinen Geschäftspartnern?", fragte ich.

Celeste zuckte mit den Schultern. „Irrelevant."

Für sie vielleicht, aber nicht für mich. Nicht, wenn er Mina verfolgte.

Zum Glück klopfte es an der Tür, denn ich war kurz davor, Celeste zu erwürgen.

„Ja?", rief sie freundlich.

Bene öffnete die Tür und deutete auf das Handy an seinem Ohr.

„Gordon ist für Marius am Apparat."

Celeste grinste. „Nur zu, *Cherie*. Schau nur, was dein Master jetzt will."

Ihre Worte waren voller Gift – und nicht alles davon war nur mir gewidmet.

Ich warf ihr meinen härtesten, finstersten Blick zu und stapfte dann in die angrenzende Suite, wo ich meine Hand nach dem Handy ausstreckte. Ich kam vom Regen in die Traufe.

Aber Bene grinste und steckte es ein. „Ich habe gelogen. Gordon hat nicht angerufen. Ich wollte nur verhindern, dass du die Schlampe umbringst." Er seufzte. „Das würde dem großen Boss nicht gefallen."

Ich atmete langsam aus. „Nein, würde es nicht."

Bene kehrte zu seiner Mahlzeit am Esstisch zurück. „Du bist mir was schuldig, Mann. Erneut, möchte ich hinzufügen."

„Du hast recht", murmelte ich. „Ich bin dir etwas schuldig."

Ich lehnte mich gegen die Tür und überlegte, wie ich Mina vor Celeste beschützen könnte. Denn dieser Sukkubus führte wie immer etwas im Schilde.

Kapitel 17

MINA

„Und ich dachte, es könnte nicht schlimmer kommen...“, brummte ich.

„Bleib einfach ruhig“, flüsterte Marius mehr zu sich selbst als zu mir.

Denn verdammt, jetzt mussten wir uns auch noch mit Celeste herumschlagen?

Es war fast zehn Uhr am nächsten Morgen und wir richteten gerade die neue Suite her, in der wir Anastasia und die ersten potenziellen Bieter jeden Moment erwarteten.

Korrektur – Celeste richtete die Dinge her, denn dies war ihre Suite.

Ja, eine ganze Suite für sich allein, während ich mit vier Männern in die angrenzende Suite gepfercht war. Aber sie waren genauso entschlossen wie ich, Abstand zu dem Sukkubus zu halten. Sogar Henrik.

Du kannst gern bei Celeste einziehen, hatte Gordon am Vorabend am Telefon gesagt.

Nur über meine Leiche, hätte ich fast gewählt.

Konnte er sich wirklich vorstellen, wie wir uns zusammen die Nägel lackierten und über Frauenthemen kicherten?

Als ob.

Oh, nein danke, hatte ich so beiläufig wie möglich gesagt. *Ich habe schon ausgepackt und mich in meinem Zimmer eingerichtet. Du weißt schon, mit meinen Kleidern... Schuhen... Haarprodukten...*

Ich hatte genau zwei Kleider und zwei Paar Schuhe (einschließlich meiner Laufschuhe), dazu eine Bürste und ein paar Haargummis, aber das musste Gordon ja nicht wissen.

„Sie sollten vielleicht Ihre Haare prüfen, *Cherie*", sagte Celeste und fummelte an dem Blumenarrangement herum.

Das Blumenarrangement, das *ich* ausgesucht hatte, verdammt, und es war völlig in Ordnung. Genauso wie meine Haare, entschied ich nach einem kurzen Blick in den Spiegel.

„Ignoriere sie", murmelte Marius mit zusammengebissenen Zähnen.

Mit Celeste allein fertig zu werden, war schon schlimm genug. Mich gleichzeitig mit Celeste und Marius auseinanderzusetzen, war die reinste Hölle. Ich konnte förmlich sehen, wie sich die emotionale Last im Raum auftürmte. Haufen über Haufen davon, die jeden Moment umkippen und uns erdrücken könnten.

Und während ich Celeste – sehr – ablehnte, *verachtete* sie mich regelrecht. Aufrichtig, tiefgreifend, bitterlich. Jede Gelegenheit, die sich ihr bot, mir ihre Vergangenheit mit Marius unter die Nase zu reiben, nutzte sie, um mich brutal zu schikanieren.

„Komm her. Lass mich deine Krawatte richten", sagte sie zu ihm und warf mir einen vielsagenden Seufzer zu. „Jedes Mal, wenn wir ausgegangen sind, musste ich das machen. Der Mann kann sich nicht selbst anziehen."

Ihr verspielter Tonfall deutete darauf hin, dass sie ihn auch oft ausgezogen hatte.

Jetzt war ich es, die Marius zurückhielt und mit *meinen* Zähnen knirschte, während ich mir wünschte, ich wäre wieder in meinem Zimmer und weit weg von diesem Albtraum.

In meinem Kopf öffnete sich ein Fenster, zusammen mit einer vollkommen klaren Vision davon, wie ich durch die dazwischenliegende Wand gehen und sogar Marius mitnehmen könnte, wenn ich es wollte. Ich blinzelte in diesem *vom Mondlicht gestreiften* Moment und streckte fast meine Hand aus, um es zu testen.

Dann hämmerte jemand gegen die Tür und das Fenster stürzte in sich zusammen.

Bene rief durch die Tür. „Pizza-Lieferung."

Ich hielt die Tür offen, während Bene und Henrik vorsichtig eine riesige Kiste hereinmanipulierten und sie zu der von uns vorbereiteten Staffelei trugen.

„Pizza?", schimpfte ich.

Bene grinste. „Das Frank Marc-Spezial."

„Franz", brummte ich.

Celeste beaufsichtigte unnötigerweise, wie sie die Kiste auspackten und das Gemälde aufstellten.

„Perfekt", erklärte sie wenige Minuten später, als wäre all die harte Arbeit ihr Verdienst gewesen.

„Ja, deine Arbeit hier ist getan." Henrik hielt ihr die Tür auf.

Sie stemmte die Hände an die Hüften. „Du willst doch nicht etwa vorschlagen, dass... "

„Dass du gehst? Dass die Kundin nur mit Mina und niemandem sonst zu tun haben will? Ja", unterbrach Henrik sie schroff. „Oder nein. Ich schlage es nicht vor. Ich fordere dich auf."

Ich zuckte zusammen. Als bräuchte Celeste noch einen Grund, um mich zu hassen.

Der Vampir deutete auf die Tür. „Du kannst jetzt gehen. Wir werden Gordon wissen lassen, welch gute Arbeit du geleistet hast."

„Oder werde ich Gordon über euch informieren?", zischte Celeste und stapfte zur Tür. An der Schwelle blieb sie stehen und streckte die Hand aus. „Schlüssel?"

Niemand rührte sich.

„Zu *eurer* Suite, meine ich", sagte sie gereizt.

Die Männer schauten sich gegenseitig an oder starrten auf den Boden.

Celeste starrte mit offenem Mund zurück. „Wo soll ich währenddessen warten?"

Marius' stürmischer Gesichtsausdruck gab ihr eine alles andere als höfliche Antwort.

„Unglaublich. Das ist meine Suite!", tobte sie.

„Und Gordons Anordnung", sagte Henrik mit steinerner Miene.

Auf Mallorca hatte er nicht viel Reue gezeigt, weil er ihrem Charme erlegen war, aber offenbar hatte sein Gewissen – so viel er davon hatte – ihn zum Umdenken bewegt.

Ich merkte, wie ich ihm gegenüber etwas milder gestimmt wurde. Etwa ein Grad über dem Gefrierpunkt. Aber immerhin etwas.

Mit einem letzten tödlichen Blick auf mich – *mich!* – wirbelte Celeste herum und stapfte den Flur entlang. Henrik schlug die Tür zu und alle atmeten leicht auf.

„Wo wird sie wohl hingehen?", fragte Bene.

Roux fuhr sich mit der Hand durch die Haare. „Wo auch immer es sein mag, es wird nicht weit genug weg sein."

Marius streckte in stiller Zustimmung sein Kinn nach vorn.

Wir standen alle eine ganze Minute lang schweigend da. Dann ordnete ich die Blumen wieder so an, wie sie vorher gewesen waren, nur um Celeste zu ärgern. Ich atmete mehrmals tief durch, wandte mich dem Gemälde zu und ermahnte mich, mich auf das Positive zu konzentrieren. Ich durfte noch ein paar Stunden in der Gesellschaft eines wahren Meisterwerks verbringen, und ich hatte nicht vor, diese Zeit mit Bitterkeit zu vergiften.

Bene tippte Henrik auf die Schulter. „Komm schon, Mann. Wir müssen in der Lobby Wache halten."

Henrik folgte mit säuerlicher Miene, aber er widersprach nicht. Sie waren für diesen Posten eingeteilt worden, um jeden Käufer zu empfangen und ihn zu dieser Suite zu begleiten. Jetzt wurde mir klar, dass sie so auch sicherstellen konnten, dass Celeste sich nicht einmischte.

Ich warf Roux einen Blick zu, der jedem seine Aufgabe zugewiesen hatte. Hatte er das vorausgesehen?

Natürlich habe ich das, sagte mir sein strenger Blick.

Ich schüttelte den Kopf. Mann, Marius hatte recht. Das hier war eine Nummer zu groß für mich.

Er hielt ein weißes Tuch hoch und verdeckte auf mein Zeichen hin das Gemälde.

Zehn Minuten später klopfte es und Roux öffnete Bene und Anastasia die Tür.

„Danke", sagte Anastasia herzlich und tätschelte Benes Arm.

Offensichtlich hatte der Löwengestaltwandler seinen Charme für sie spielen lassen. Er war zwar kein Incubus, aber sein umwerfendes Aussehen und seine höflichen Manieren konnten eine ähnliche Wirkung haben.

„Gern geschehen, Ma'am."

„Wir werden draußen warten, falls Sie etwas brauchen", sagte Roux und trat mit Bene hinaus.

Sie küsste mich zur Begrüßung auf die Wangen und hinterließ Lippenstiftflecken, die Marius mir bedeutete, wegzuwischen. Dann gingen sie und ich den Zeitplan für den Morgen durch, während Marius, still wie eine Maus, in der Nähe stand, aber bedrohlich wie ein Drache wirkte. Der ultimative Leibwächter, wie meine weiblichen Teile nicht übersehen konnten.

Ich fuhr mir mit der Hand über den Hals und zog sie schnell zurück, bevor mein Körper heiß werden konnte. Es klopfte erneut und Roux führte unsere erste Kandidatin herein.

„Ms. Kepke", verkündete er. Dann trat er hinaus und ließ nur mich, Marius, Anastasia und ihre Besucherin zurück.

„Es freut mich, Sie kennenzulernen." Anastasia machte sich nicht die Mühe, von ihrem Stuhl aufzustehen, aber sie hob die Hand, um die ihres Gastes in einer kurzen, femininen Begrüßung zu ergreifen. Dann deutete sie auf mich und stellte mich vor. „Das ist Wilhelmina. Ich habe sie gebeten, heute bei meinen Terminen dabei zu sein."

Subtext: *Sie sind eine von mehreren potenziellen Käuferinnen oder Käufern und ich kann wählen, wen ich will, also beeindrucken Sie mich besser.*

„Es freut mich, Sie kennenzulernen", antwortete unsere Besucherin mittleren Alters freundlich. „Und bitte nennen Sie mich Raisa."

Sie und ich saßen auf dem Sofa dem verdeckten Gemälde gegenüber, während Anastasia auf einem Sessel uns schräg gegenübersaß.

„Nun, erzählen Sie mir etwas über sich", forderte sie Raisa auf.

Ich war beeindruckt. Raisa war cool, ruhig und professionell. Sie schilderte einen beeindruckenden Lebenslauf, sprach leidenschaftlich über Kunst und kenntnisreich über das Geschäft. Kein Wunder – diese Frau war es gewohnt, vor nationalen und internationalen Versammlungen zu sprechen.

Allerdings war sie auch wegen Korruptionsvorwürfen aus dem Europäischen Parlament ausgeschlossen worden. Ein Detail, das wir Anastasia in unserer Vorbesprechung gegenüber erwähnt hatten.

Sie hatte nur kurz mit der Hand abgewinkt und gemurmelt: „Wer im Glashaus sitzt, sollte nicht mit Steinen werfen."

„Ich habe eine private Investmentgruppe gegründet, deren Ziel es ist, das europäische Kulturerbe zu schützen...", erklärte Raisa und ging dabei mehr ins Detail.

Sie ließ alles ganz legitim klingen, aber meine Recherchen hatten etwas anderes ergeben.

Ich beobachtete unseren Gast genau. *Rabengestaltwandlerin* hatte Gordons Akte gesagt. Das passte. Ihre dunklen Augen wanderten ununterbrochen umher und musterten schnell alles, von den Blumen bis zu der antiken chinesischen Vase in einer Ecke der Suite.

Sie musterte auch Marius und schnüffelte diskret. Ich erkannte den Moment, als sie den Drachen in ihm ausmachte, denn ihre Augen weiteten sich und sie beäugte ihn, während sie so tat, als würde sie ihr rabenschwarzes Haar richten. Hätte ich nicht genau auf die Anzeichen geachtet, hätte ich es übersehen.

Sie musterte auch mich, aber mein übernatürliches Erbe war so gemischt und meine Kräfte so schwach, dass ich wie ein Mensch wirkte. Außerdem hatte ich mich praktisch in Parfüm gebadet. Roux hatte darauf bestanden, aus Gründen, die ich nicht persönlich nehmen wollte.

Raisa sprach von einer Investorengruppe, aber die meisten ihrer Aussagen waren in der ersten Person gehalten.

„Mein Ziel ist es, ein mobiles Kulturmuseum zu schaffen..."

Ja, meine Recherchen hatten das bestätigt. Berichten zufolge, gab es diese Idee bereits seit einem Jahrzehnt, aber sie hatte immer noch nichts Greifbares vorzuweisen, obwohl Dutzende von Investoren jeweils zehn Millionen Euro für ihren Anteil an dem Projekt investiert hatten.

Ich hatte gehofft, Raisa würde mich überzeugen – von sich selbst, ihren Motiven und ihrer Investorengruppe. Aber meine Hoffnungen schwanden schnell. Zu viele eingängige Phrasen, zu wenige praktische Details.

„Mein Museum wird das Herzstück der paneuropäischen Moderne sein... ", fuhr sie fort.

Anastasia war nicht beeindruckt, das spürte ich – so sehr, dass ich mich fragte, ob sie Raisa überhaupt erlauben würde, das Gemälde anzusehen. Aber Raisa musste das gespürt haben, denn sie warf schnell einen größeren Köder aus, den sie Anastasia präsentierte.

„Ihr Gemälde würde in einem eigenen Flügel ausgestellt werden", versprach sie. „Ein Flügel, der zu Ihren Ehren benannt wird. Schließlich verdanken wir die Existenz des Gemäldes Ihnen und Ihrer Familie."

Ich gab mir alle Mühe, bei dieser beschönigenden Version der Geschichte nicht zu husten.

Anastasia strahlte jedoch förmlich. „Mein Vater hätte fast sein Leben verloren, um dieses Gemälde zu schützen."

Bevor oder nachdem er es als Kriegsbeute geplündert hatte? wäre mir beinahe herausgeplatzt.

Marius warf mir einen warnenden Blick zu.

„Natürlich wird mein Museum nur die exklusivste Kundschaft bedienen", versicherte Raisa ihr.

„Natürlich", stimmte Anastasia zu, als wäre alles andere ein Dealbreaker.

Schließlich gab Anastasia Marius ein Zeichen, das Gemälde zu enthüllen. Als er dies tat, presste Raisa die Hände vor die Brust. Ihr Kehlkopf wippte und ihre Augen leuchteten. Zeichen von echtem Interesse oder schlichter Gier?

„Interessant. Sehr interessant", sinnierte Anastasia, nachdem Raisa ihren letzten Pitch gemacht – ähm, sich verabschiedet – hatte und am Ende ihres dreißigminütigen Zeitfensters gegangen war.

Marius deckte das Gemälde schweigend ab, um den dramatischen Effekt für den nächsten Kandidaten zu maximieren. Zweifellos Gordons Idee.

„Was denken Sie?“, fragte Anastasia mich.

Ich dachte, Raisas „Museum“ sei eher ein privater Club – falls sie es jemals tatsächlich eröffnen würde. Bis dahin würde sie über alle Gemälde verfügen können, die sie mit dem Geld ihrer Investoren erwerben konnte.

Laut äußerte ich mich taktvoller: „Ein interessantes Geschäftsmodell, aber vielleicht etwas zu ehrgeizig.“

Marius grinste. *Damit hast du recht.*

Fünfzehn Minuten später führte Roux den nächsten Kandidaten herein.

„Mr. Bogdan Karachanov“, verkündete er und zog sich dann zurück.

Ich stählte mich innerlich, denn dies war der Waffenhändler.

Überraschenderweise erwies sich Bogdan jedoch als ein Charmeur und war ganz und gar nicht so, wie ich ihn mir vorgestellt hatte. Abgesehen von seinem osteuropäischen Akzent und seiner kräftigen Statur, die Bärengestaltwandler schrie.

„Madame. Es ist mir ein Vergnügen.“ Er verbeugte sich tief, um Anastasias Hand zu küssen.

Zumindest nahm ich an, dass er das gesagt hatte, denn er sprach Russisch.

Ihre Augen strahlten und sie bat ihn viel herzlicher, Platz zu nehmen, als sie es bei Raisa getan hatte.

„Anastasia Nikolaevna“, beharrte sie und verwendete dabei den in beiden Kulturen üblichen Vaternamen.

Seine Nasenflügel bebten und er schaute unter seinen dichten, buschigen Augenbrauen zu Marius auf. Offensichtlich hatte seine Bärenseite den Geruch eines Drachen wahrgenommen. Andererseits würde er als einer von Gordons Geschäftspartnern die Anwesenheit eines weiteren Gestaltwandlers bei einem solchen Geschäft nicht infrage stellen. Besonders nicht, wenn dieser Gestaltwandler ein verschwiegener Drache war, der für die Sicherheit sorgte.

Bogdan und Anastasia wechselten schnell ins Englische, Gott sei Dank, abgesehen von den Nebenbemerkungen, die

Bogdan gelegentlich auf Russisch einwarf, um Anastasia glücklich zu machen. Er tat das Gleiche auf Englisch und warf kleine umgangssprachliche Ausdrücke ein, um zu zeigen, was für ein netter, bodenständiger Waffenhändler er doch war. Er traf nicht immer den richtigen Ton, aber hey – Bonuspunkte für seine Bemühungen in seiner zweiten und dritten Sprache.

Sie haben den Nagel auf den Hammer getroffen, war einer dieser Kommentare, und *Unglück im Glück* ein anderer. Die Wirkung war unerwartet liebenswert.

Er und Anastasia verstanden sich auf Anhieb, wie es nur zwei alternde Marxisten könnten, die die guten alten Zeiten vermissten. Bogdans altmodische Manieren konnten sich mit denen von Henrik messen, was Anastasia offensichtlich zu schätzen wusste. Zu ihrer Freude konnte der Mann sogar Puschkin zitieren.

„*Besser die Illusionen, die uns beflügeln, als zehntausend Wahrheiten*", kommentierte er mit einem Zitat, an das ich mich von meinem Vater erinnerte.

Bogdan war eindeutig ein Mann von Welt und ein wenig wie ein Silberfuchs – ähm Silberbär? – Mit dichtem, grau meliertem Haar und Schultern, die breit genug waren, um seinen leichten Bauch zu verbergen. Alles in allem ein Mann, von dem ich mir gut vorstellen konnte, wie er mit meinem Patenonkel lachte und Brandy trank.

Und genau das war es, was mich auf der Hut sein ließ. Jahrelang hatte Gordon seine dunkle Seite vor mir verborgen. Er verbarg sie immer noch – und schlimmer noch, er scheute sich nicht, mich für seine eigenen Zwecke zu benutzen. So wie jetzt, da er mich dazu benutzt hatte, das Durchschnittsalter im Raum zu senken und gelegentlich Bemerkungen über Kunst beizusteuern, die dem Ganzen einen kultivierten, legitimen Anstrich gaben.

Mit jeder verstrichenen Sekunde wurde mir immer schlechter.

Anastasia spielte mit ihren Perlen, kicherte und errötete wie ein Schulmädchen. Sie holte sogar ein Miniaturalbum aus ihrer Handtasche, um Bogdan ein Bild von sich selbst im Alter von sechs Jahren zu zeigen.

„Das bin ich, wie ich Nikita Chruschtschow einen Blumenstrauß überreiche...", erzählte sie.

Bogdan staunte, schwärmte und erinnerte sich an glückliche Tage in den Jugendlagern der Komsomol.

Davon hatte sie auch ein Foto, ebenso wie eines von ihrem Vater in einer Uniform der Roten Armee. Selbst ich beugte mich vor, um einen Blick darauf zu werfen.

„Oh ja. Sehr gut aussehend", murmelte ich und schmeichelte ihr.

Marius starrte in die Ferne und gab sich meisterhaft desinteressiert.

Ich lächelte leicht und dachte daran zurück, wie er sich in seinen ersten Tagen im Château genauso verhalten hatte, als er, Bene, Roux und Henrik gerade frisch eingezogen waren. Aber diese Maske war zerbrochen, und ich hatte einen Blick auf sein wahres Ich erhascht – und sein Interesse an mir.

Mein Körper war warm. Wir hatten eine wahre Liebesgeschichte.

Dann runzelte ich die Stirn, denn selbst wahre Liebe brauchte Ehrlichkeit und offene Kommunikation.

Er musste meine Gedanken gelesen haben, denn er begegnete meinem Blick und schwor: *Ich arbeite daran.*

Ich schluckte und hatte ausnahmsweise einmal Mitgefühl. Unsere Umstände ließen Offenheit und Ehrlichkeit nicht gerade zu. Nicht, solange wir in Gordons Welt voller Intrigen und zwielichtiger Geschäfte versunken waren. Aber sobald wir frei wären...

Ich schenkte ihm ein Lächeln, aber nur ein kurzes, denn erneut... diese lästigen Umstände.

Unterdessen bezauberte Bogdan Anastasia weiter. Er umschrieb seine Arbeit und bezeichnete sich selbst als „Investor in postsowjetischen Überschussindustrien". (In Gordons Akte hieß es: *Umrüstung von Waffen aus dem Kalten Krieg für den modernen Söldnereinsatz in Entwicklungsländern* – ein Geschäft, mit dem Bogdan Milliarden verdient hatte.) Er gab sich eher als angehender Philanthrop, als als jemand, der sein öffentliches Image aufpolieren wollte, und war bescheiden, was sein Kunstwissen anging. Er ließ sich geduldig von Anastasia über dieses Thema belehren.

Ich schaute auf meine Uhr und fragte mich, ob sie jemals auf das Gemälde zu sprechen kämen. Bislang war dies eher eine erste Verabredung als ein Kunstgeschäft.

„Nun, ich werde nicht länger um den heißen Topf herumreden", lachte Bogdan in einer weiteren seiner durcheinandergebrachten Redewendungen. „Darf ich Ihr Gemälde sehen?"

Anastasia gab Marius das Zeichen, es zu enthüllen, was er in seiner gewohnt direkten Art tat. Anastasia hätte es wohl lieber etwas mehr ausgeschmückt.

„Herrlich", rief Bogdan sofort.

Anastasia betrachtete es wie eine stolze Mutter bei einer Highschool-Abschlussfeier und mir kam der Gedanke, dass sie dieses Gemälde wahrscheinlich mehr liebte als jemals irgendeinen Menschen. Dieser traurige Gedanke drang direkt in mein Herz, wo er wie eine Warnung nachhallte.

Anastasia schwärmte poetisch von allen Details des Gemäldes und Bogdan hörte aufmerksam zu. Er unterbrach sie nur, um ihr zu schmeicheln.

„Meine Güte, Sie kennen sich wirklich gut mit Kunst aus. Ich kann nur hoffen, dass ich eines Tages auch so kultiviert klinge", scherzte er.

Ich vermutete, dass dies sein Ziel war – sich einen Platz in der kultivierten Gesellschaft zu verdienen (oder zu erkaufen).

Hätte Roux nicht seinen Kopf hereingestreckt, um auf die Zeit hinzuweisen, wer weiß, wie lange Anastasia und Bogdan noch miteinander geflirtet hätten. Sie stand sogar auf, um ihn zur Tür zu begleiten, und danach hielt sie seine Visitenkarte fest umklammert wie einen Lottogewinn.

„Ein sehr attraktiver Kandidat, finden Sie nicht auch?", murmelte sie und ging zum Fenster, um ihm zu winken, als er auf der Straße unten erschien.

Ich antwortete vorsichtig. „Ich denke, seine Werte stimmen mit Ihren überein."

Anastasia lächelte verschämt. „Ja, das tun sie. Das tun sie ganz sicher."

Marius' Lippen zuckten.

Selbst Roux' Klopfen an der Tür konnte sie nicht aus ihren Träumereien reißen.

„Ihr letzter Termin ist da, Madame", rief er leise.

Sie runzelte die Stirn und ich tat es ihr gleich. „Welcher Termin?"

„Mr. Jensen." Roux ließ einen großen, dünnen Mann herein und verschwand dann wieder im Flur.

Ich erhaschte einen Blick auf eine schlanke, junge Frau, die ein Tablet in der Hand hielt. Die persönliche Assistentin des Tech-Milliardärs?

„Nils Øren Jensen", korrigierte der Mann, verschränkte die Arme und starrte auf das Gemälde.

Marius schaute mich an, dann das Abdecktuch, aber dafür war es jetzt zu spät.

„Wer?", fragte Anastasia unwirsch und sichtlich verärgert.

„Nils Øren Jensen", wiederholte er, während seine eisblauen Augen weiter auf das Gemälde gerichtet waren.

Ich schätzte ihn auf Anfang vierzig, mit schütterem, ungepflegtem Haar und sehr blasser Haut. Offensichtlich kam er nicht oft raus. Laut Roux' Unterlagen hatte der Mann ein Gehirn von der Größe Londons, aber, meine Güte. Null soziale Kompetenz.

Anastasia runzelte die Stirn und ich blätterte durch meine Notizen. „Ähm, Mr. Jensen steht nicht auf meinem Terminplan."

Er schien mich nicht zu hören oder sich darum zu kümmern, was zu einer wirklich unangenehmen Situation führte. Eine Situation, die ich überspielen musste, obwohl ich nichts dafür konnte.

„Ich glaube, Mr. Jensen arbeitet im Softwarebereich", sagte ich und ging in Richtung Tür.

Er nickte abwesend. „Neuro-Mapping-Software, aber ich wechsle gerade in den Bereich der neuroästhetischen Optimierung."

Neuro-*was?* fragte ich mich.

„Nun, er hat keinen Termin bei mir", erklärte Anastasia.

Ich öffnete die Tür und stand Roux gegenüber, der nicht einmal die Höflichkeit besaß, entschuldigend zu schauen.

„Gordon hat ihm einen Termin gegeben", sagte er knapp. „Er glaubt, dass Madame Petrova es lohnenswert finden wird, Mr. Jensen anzuhören."

Anastasia verschränkte die Arme und starrte ihn finster an. „Ich mag ihn nicht", verkündet sie, als wäre Jensen gar nicht anwesend.

Unbeeindruckt ging er weiter, um das Gemälde aus einem neuen Blickwinkel zu betrachten. Entweder hatte er sie nicht gehört oder er war es gewohnt, solche Reaktionen hervorzurufen. Sozialkompetenz gehörte definitiv nicht zu seinen Stärken – und das waren, wenn ich mich recht erinnerte, eine ganze Menge.

Anastasia schnaufte. „Ich sagte... "

„Sechsundachtzig Millionen", unterbrach Jensen sie.

Anastasia sah erst fassungslos, dann beleidigt aus. „Wollen Sie damit sagen, dass ich nur auf Geld aus bin, junger Mann?"

„Ich nenne einen Preis. Alles andere ist irrelevant", sagte er in einem dieser beneidenswert akzentfreien skandinavischen „Akzente".

Ich zitterte. Was für eine beängstigende Welt, in der er lebte. Doppelt beängstigend, denn in Roux' Briefing stand, dass Jensens Milliarden ihm Zugang zu Politikern und anderen einflussreichen Persönlichkeiten verschafften.

„Sechsundachtzig Millionen Dollar auf ein Offshore-Konto, von dem niemand etwas wissen muss", fuhr Jensen fort.

Wir starrten ihn alle an.

„Nicht einmal diese Frau, die Sie um ihren Anteil am Nachlass Ihres verstorbenen Mannes verklagt", fügte Jensen hinzu und richtete seinen Laserblick auf Anastasia. „Seine uneheliche Tochter, richtig?"

Meine Kinnlade klappte auf. Das war wie aus der *Oprah*-Talkshow.

Anastasia versteifte sich. „Seine Tochter aus der Zeit vor unserer Ehe."

Jensen zuckte mit den Schultern. „Weder sie noch sonst jemand muss etwas über das Gemälde oder unsere Transaktion wissen."

Ich starrte ihn an. War das eine Drohung?

Alle potenziellen Käufer hatten eine Geheimhaltungsver-
einbarung unterzeichnet, aber ich hatte das Gefühl, dass Jensen
es gewohnt war, solche Dinge zu umgehen. Wenn es wirklich
eine uneheliche Tochter gab, die einen Teil des Petrova-Erbes
einklagte, und wenn sie herausfand, dass dazu ein so wertvolles
Gemälde wie *Der Turm der blauen Pferde* gehörte... nun, das
wäre für Anastasia nicht optimal.

Ihre Augen blitzten, als sie zu dem gleichen Schluss kam.

„Verstehen Sie etwas von Kunst?", schnaufte sie. „Interessiert es sie überhaupt?"

Der Mann hatte die Ausstrahlung von jemandem, der sogar
seine eigene Mutter verkaufen würde, also nein. Ich bezweifelte
es wirklich.

Er zuckte mit den Schultern. „Mein Ziel ist es, die hohe
Kunst zu demokratisieren. Wir entwickeln Methoden, mit denen wir jedes Merkmal eines Meisterwerks auf eine noch nie
dagewesene Weise abbilden können."

„Sie wollen das Gemälde digitalisieren?", schnaufte Anastasia. „Nun, ich finde, sie sollten digitalisiert werden."

Das hier hatte wirklich das Zeug zu einem *Oprah*-Moment.
Ich konnte es mir schon vorstellen: Anastasia, die einen ihrer
Stöckelschuhe auszog und ihn wie eine Waffe schwang, während
Jensen nach einem Stuhl griff, um sich zu verteidigen.

Gut, dass Jensen so ruhig und distanziert war, fast schon
roboterhaft. Sonst wären sie vielleicht aufeinander losgegangen.

Er schaute sie wortlos an, dachte kurz nach und erhöhte
dann den Einsatz. „Siebenundachtzig Millionen."

Anastasia sah empört aus... aber auch verleitet.

Jensen warf einen Blick auf das Gemälde und ging dann mit
einem beiläufigen „Ihre Leute haben meine Kontaktdaten" zur
Tür.

Tatsächlich hatte ich die nicht, aber jede Wette, Gordon
schon.

„Lassen Sie mich wissen, wenn Sie Ihre Entscheidung getroffen haben", sagte er und ging zum Aufzug.

Roux starrte ihn an und schaute uns dann mit einem *Was
zum Teufel ist gerade passiert*-Blick an.

Mir ging es genauso.

„Was für eine Frechheit." Anastasia griff nach ihrer Teetasse und rührte heftig um. In den nächsten Sekunden wurde ihre Bewegung jedoch langsamer und bedächtiger. Sie murmelte, ohne mich anzusehen. „Wie viel hat er gesagt?"

Ich schluckte schwer. „Siebenundachtzig Millionen."

Dies lag weit unter dem Marktpreis für ein Gemälde dieses Kalibers, aber es handelte sich hier nicht gerade um einen offenen Markt.

Anastasia blickte auf die Straße hinunter, schaute ihm nach, als er ging, und murmelte dabei etwas auf Russisch vor sich hin.

Ich konnte mir nicht sicher sein, was sie sagte, aber ich hätte wetten können, dass es *siebenundachtzig Millionen* war...

Kapitel 18

MARIUS

Anastasia ging kurz nach Jensen und wir versammelten uns alle, um zu besprechen, was sich ereignet hatte. Nun, alle außer Celeste, die immer noch irgendwo in London unterwegs war. Und Halleluja, denn das war alles, was wir brauchten, um diesen beschissenen Tag noch zu toppen.

„Ich musste Jensen einen Termin geben. Gordons Befehl", erklärte Roux und wirkte dabei defensiv.

„Verdammter Gordon", murmelte ich.

„Ich kann einfach nicht glauben, dass er das tun würde." Mina schüttelte den Kopf.

„Glaube es ruhig", sagte Henrik kalt.

Ich knurrte ihn an, aber er zeigte gnadenlos auf sie.

„Du bist jetzt in seiner Welt und so geht er vor. Entweder du öffnest deine Augen oder du verschwindest, solange du noch kannst, und kehrst zu deiner Vorstellung zurück, dass die Welt nur aus Schmetterlingen und Regenbögen besteht." Er hob die Hand, bevor ich ihn schlagen konnte, und fügte hinzu: „Ich meine es ernst. Bevor sie es auf die harte Tour lernen muss."

Sie warf ihm einen mörderischen Blick zu. „Ich glaube, ich habe es bereits auf die harte Tour gelernt."

Nur Roux' eisiger Griff an meinem Arm hinderte mich daran, den Vampir zu erwürgen. Bei der nächsten Gelegenheit würde ich seinen untoten Arsch in Stücke reißen.

„Er hat recht", warf Bene mit sanfterer Stimme ein. „Gordon zu vertrauen, könnte dich dein Leben kosten." Er hob die Hände, als Mina ihn schockiert ansah. „Nicht absichtlich, aber angesichts der Leute, mit denen er zusammenarbeitet, könnte alles Mögliche passieren. "

Ich zuckte zusammen, denn das schloss uns mit ein.

Mina wandte sich dem Gemälde zu und sah trauriger aus, als ich sie je gesehen hatte.

Benes Handy piepste und er schaute darauf. „Oh, na toll", sagte er trocken. „Celeste ist auf dem Weg zurück. "

„Was für ein Tag", murrte Roux und schaute auf seine Uhr. „Und das noch bevor ich mit Gordon gesprochen habe. "

„Was glaubst du, für wen sich die Kundin entscheiden wird?", fragte Henrik.

„Jensen", sagten Roux und ich gleichzeitig.

Minas Gesichtsausdruck wurde sauer. „Bogdan könnte eine Chance haben. "

Ich bezweifelte es, behielt es aber für mich.

Roux' Handy klingelte und er nahm den Anruf mit einem Augenrollen entgegen.

„Hallo, Gordon." Er machte eine Pause. „Ja, alles ist gut gelaufen. "

Jetzt verdrehte Mina die Augen.

„Gibt es zu diesem Zeitpunkt einen klaren Favoriten?", gab Roux Gordons Frage an Mina weiter.

Ich hätte die Chancen mit neun zu eins zugunsten von Jensen eingeschätzt, aber das würde ich Gordon gegenüber nicht zugeben. Es war immer gut, ein paar Informationen zurückzuhalten, nur für alle Fälle.

Vielleicht lernte Mina dazu, denn sie sagte nur: „Im Moment schwer zu sagen. "

Roux gab es auf dem Weg zurück zu unserer Suite an Gordon weiter.

„Schnell, bevor Celeste auftaucht", scherzte Bene und folgte ihm.

Minas Gesicht wurde hart. Ich überlegte schnell, ging hinein, schnappte mir unsere Jacken und wandte mich an Mina, die immer noch im Flur stand.

„Komm", flüsterte ich und zog sie zur Treppe.

„Wohin geht ihr?", fragte Henrik.

„Raus", murmelte ich.

„Raus?", fragte Mina.

Ich nickte entschlossen. „Raus."

Henrik kannte mich gut genug, um nicht zu protestieren, und wenige Minuten später schlüpften Mina und ich durch die Hintertür des Hotels nach draußen. Ja, durch die Hintertür, um Celeste nicht zu begegnen.

Es war kaum Mittag, aber ich wünschte mir schon jetzt, dass der Tag vorbei war. Verdammt, ich wollte, dass diese ganze Mission vorbei war. Ich wollte zurück ins Château und mich nach einem ehrlichen Arbeitstag, in dem ich die Ställe ausgeräumt oder alte Rohrleitungen herausgerissen hatte, zu einem guten Essen hinsetzen.

Dann wurde mir etwas bewusst: Seit wann spielten Hausreparaturen und das Leben auf dem Land in meinen Fantasien eine Rolle?

Seit Mina, murmelte mein Drache verträumt.

Ich legte einen Arm um ihre Schultern und führte sie durch die Hintergasse. Mina zog ihren Reißverschluss bis oben zu und stemmte sich gegen den Wind. Wolken jagten über den Himmel und ließen die Sonne kaum durch, bevor die nächste Wolke sie schon wieder verdeckte. Blätter wirbelten über das Gras im Hyde Park und jeder, der einen Hut trug, hielt ihn mit einer Hand fest. Mit anderen Worten: Es war ein stürmischer Tag, aber eine erfrischende Abwechslung zu der stickigen Suite.

„Wohin gehen wir?", fragte Mina.

„Wohin auch immer du willst."

Sie seufzte. „Nach Hause? Zählt das?"

Ich lächelte schwach. Anscheinend war ich nicht der Einzige, der so dachte.

Eine kleine Stimme erinnerte mich daran, dass das Château Minas Zuhause war, nicht meins. Aber ich konnte einfach nicht darauf hören.

„Bald", versprach ich und deutete dann um uns herum. „Im Moment überall in London, wohin du willst. Vielleicht in eine Galerie?"

„Oh Gott, nein", stöhnte sie. „Vielleicht einfach nur spazieren gehen."

Spazieren gehen war mir recht. Alles, um die Anspannung zu lösen, die jedes Gelenk meines Körpers versteifte.

Wir liefen stundenlang. Durch den Hyde Park, zum Buckingham-Palast, zum St. James-Park und schließlich zur Themse. Dort hielten wir kurz an der Statue von Boudica, die Mina schweigend betrachtete.

Eine Stammesheldin, die einen Aufstand gegen die römische Armee angeführt hatte. Kein Wunder, dass Mina darin etwas fand, das sie bewundern konnte.

„Links oder rechts?", fragte ich. Das erste Mal, dass einer von uns beiden in der letzten Stunde etwas gesagt hatte.

Mina überlegte kurz und zeigte dann nach rechts. „Dort sind weniger Touristen."

Mir war es recht. Wir machten uns auf den Weg und liefen noch eine ganze Stunde weiter. Dann zeigte Mina auf ein Teehaus, und wir machten eine Pause vom Wetter. Auch dort sprachen wir kaum, aber unsere Blicke begegneten sich über dem Rand unserer Teetassen, und zum ersten Mal ließ Mina auch nur den Hauch eines Lächelns aufblitzen.

Es war die schönste, stillste Zeit, die wir *zusammen* verbracht hatten seit... nun, seit einer Ewigkeit, wie es sich anfühlte.

Wir aßen Sandwiches, dann Kuchen, dann noch mehr Kuchen, denn, wie Mina erklärte: „Wir haben es verdammt noch mal verdient."

Dann klingelte ihr Telefon.

„Oh. Hallo, Anastasia", antwortete sie und sah mich an.

Ich wartete neugierig.

„Natürlich. Eine sehr schwierige Entscheidung... " Mina machte beruhigende Geräusche.

Ich schnaubte. Was war daran so schwierig? Ich würde an den Höchstbietenden verkaufen.

Dann besann ich mich. Wenn es Mina glücklich machte, würde ich an den Niedrigstbietenden verkaufen oder gar nicht verkaufen. Aber das war nicht meine Entscheidung, nicht wahr?

„Okay. Wir sprechen uns morgen." Mina legte auf. „Sie will darüber schlafen. Sie meldet sich vor der Mittagszeit."

Offen gesagt war ich überrascht, dass Anastasia überhaupt etwas hatte, worüber sie schlafen konnte. Aber ich war mir sicher, dass das Geld am Ende gewinnen würde.

Mina blickte aus dem Fenster und sah niedergeschlagen aus. „Was würdest du für siebenundachtzig Millionen Dollar tun?"

Ich dachte darüber nach. „Nicht so viel wie früher."

Mina lächelte. „Wirst du älter und weiser?"

„Älter, ja. Ob ich weiser bin, weiß ich nicht so genau. Vielleicht färbst du einfach auf mich ab."

Sie gluckste. „Hoffentlich im positiven Sinne."

Ich biss mir auf die Lippe. Damit das so wäre, musste ich endlich ein paar unangenehme Wahrheiten loswerden. Angefangen mit der Tatsache, dass ich sie markiert hatte.

„Hör mal, Mina", begann ich, aber meine Stimme klang rau. „Es gibt etwas, das ich... "

Sie unterbrach mich mit einem Kopfschütteln. „Ich würde die reale Welt gern noch ein wenig länger pausieren, wenn es dir nichts ausmacht."

Ich öffnete meinen Mund, aber meine Drachenseite zwang ihn wieder zu, und ich konnte nur nicken. „Sicher."

Wir verließen das Teehaus und gingen noch eine Stunde lang spazieren. Dann standen wir da und überlegten, welche Möglichkeiten wir hatten.

Mina seufzte. „Ich schätze, wir sollten zurückgehen."

Ich schaute auf meine Uhr. Sie hatte recht, auch wenn ich lieber weitergelaufen wäre – wenn nötig bis nach Frankreich. Alles war besser, als sich mit dem auseinanderzusetzen, was uns im Hotel erwartete.

Aber wie brave, kleine Handlanger eines Verbrecherbosses machten wir uns auf den Rückweg, nahmen die U-Bahn und gingen dann zu Fuß weiter. Die Sonne war kurz vor dem Untergehen, obwohl Wolken sie immer noch verdeckten und Regen wahrscheinlich war.

Als wir zwei Häuserblocks von unserem Hotel entfernt waren, drückte Mina meine Hand.

„Danke. Dass du mir den Tag gerettet hast. Für alles", fügte sie leise hinzu.

Ich hob ihre Hand, um einen Kuss auf ihre Fingerknöchel zu drücken – dann erstarrte ich. Eine Sekunde später zog ich Mina schnell um die Ecke.

„Was…?"

Ich unterbrach sie mit einer scharfen Bewegung und spähte um die Ecke.

„Was ist los?", flüsterte sie und lehnte sich hinter mich.

„Ich bin mir nicht sicher." Ich musterte eine dunkle Nische in der Gasse.

Szabo, schrie mein Bauchgefühl warnend, obwohl ich ihn nicht richtig hatte sehen können.

Ich führte Mina zurück in die Richtung, aus der wir gekommen waren, während ich mein Handy zückte.

„Szabo?" Mina riss die Augen weit auf, als sie hörte, wie ich mit Roux sprach.

Ich legte auf und führte sie die Straße hinunter. „Vielleicht. Roux geht der Sache nach."

„Wohin gehen wir?", fragte sie und konnte mit meinen langen Schritten kaum mithalten.

So weit weg von ihm wie möglich war alles, was mir in diesem Moment einfiel.

„Du hast eine andere Reise nach London erwähnt", sagte ich. „Wo hast du damals übernachtet?"

„In einem Airbnb-Kellerapartment in Belgravia."

„Hatte diese Reise etwas mit Gordon zu tun?" Als sie den Kopf schüttelte, fügte ich hinzu: „Gut. Sieh nach, ob du das buchen kannst."

Sie sah verdammt erschrocken aus, holte jedoch ihr Handy heraus und fing an zu scrollen.

∞∞∞∞

Eine Stunde später befanden wir uns in einem kompakten, weiß-auf-weiß gehaltenen Studio-Apartment, eine halbe Etage unterhalb der Straßenebene. Nicht gerade die erste Wahl für einen Drachen, aber wir würden damit zurechtkommen. Roux hatte angerufen, um zu berichten, dass er keine Spur von Szabo gefunden hatte, aber das bedeutete nicht viel, da Vampire keinen Geruch hinterließen.

Ich wollte jedoch nichts dem Zufall überlassen.

„Behalte Celeste im Auge", sagte ich zu Roux, nachdem ich versprochen hatte, dass wir uns am nächsten Morgen melden würden. „Versuche, nicht zu verraten, dass wir nicht da sind."

„Oh, das wird spaßig", brummte er.

Ja, ungefähr so spaßig wie eine dieser Teambildungsübungen, zu denen Gordon uns gezwungen hatte, als er uns zuerst zusammengebracht hatte. Sogar noch schlimmer, da Celeste beteiligt war.

Ich legte auf, ließ mich auf das Bett fallen und starrte an die Decke.

Die Matratze senkte sich, als Mina sich neben mich setzte.

„Alles in Ordnung?"

„Bestens", murmelte ich an die Decke.

Draußen prasselte der Regen auf den Bürgersteig, und ich hoffte, dass Szabo ordentlich nass wurde.

Eine Minute lang war es still. Dann murmelte Mina: „Würde es helfen, wenn ich dir recht gebe, dass ich mich nicht auf all das hätte einlassen sollen?"

Ich schüttelte den Kopf und versuchte mein Bestes, um etwas Positives zu finden. Es war allerdings verdammt schwer.

„Wenigstens hast du das Gemälde gesehen", versuchte ich es.

Niedergeschlagen legte sie sich neben mir. „Ich bin mir nicht sicher, ob es das wert war."

Für mich war das keine Frage, denn kein Gemälde war diese Mühe wert, geschweige denn, sein Leben dafür in Gefahr zu bringen. Aber es ging nicht nur um ein Gemälde, und das wusste ich.

„Was würde dein Vater sagen?", fragte ich leise.

Sie dachte lange darüber nach, bevor sie antwortete: „Er würde sagen: *Das nächste Mal hör auf Marius.*"

Ich lachte und sie gluckste und griff dann nach meiner Hand. „Ich meine es ernst. Das nächste Mal werde ich hören."

Ich drehte den Kopf und hob eine Augenbraue. „Kann ich darauf eine sehr hohe Wette abschließen?"

Sie grinste. „Rechnest du mit einem großen Gewinn?“

Ich nahm mir ein Beispiel an ihr und gab ihr eine diplomatische Antwort. „Ich denke, die Chancen stehen gut für mich.“

Sie lachte und streckte ihren kleinen Finger aus. „Bist du bereit, dein Ehrenwort auf diese Wette zu geben?“

„Ja.“

Ich hakte meinen Finger in ihren ein und wir schüttelten sie lächelnd. Danach ließ ich sie nicht mehr los. Ich konnte es nicht.

Mina rollte sich auf die Seite und stützte sich auf einen Ellbogen. Ich zog ihre freie Hand an meine Brust und hielt sie dort fest.

„Was?“, fragte ich nach ein paar Sekunden.

„Nichts. Alles.“ Dann seufzte sie. „Wie heißt es so schön? Die Lage ist wie immer. . . “

„Alles Mist“, ergänzte ich.

Sie nickte düster. „Wenigstens haben wir einander.“ Dann wippte ihr Kehlkopf, als sie sich wieder fing. „Und dieses schöne Zimmer“, fügte sie schnell hinzu und versuchte, darüber zu scherzen.

„Ich bevorzuge das Château“, flüsterte ich. „Und nicht, weil es größer oder prächtiger ist.“

Mina nickte leise. „Ich mag es auch lieber.“

Wir schauten uns schweigend an und mir wurde bewusst, dass dies einer dieser *Gelegenheit-zum-Reden*-Momente war. Aber wo sollte ich anfangen?

Ich öffnete den Mund, entschlossen, mein Bestes zu geben, um reinen Tisch zu machen. Doch gerade, als ich das tat, seufzte Mina und schmiegte sich an mich. Sie drückte ihr Gesicht an meine Brust und legte ihren Arm um meine Rippen.

„Endlich etwas Schönes an diesem beschissenen Tag.“

Ich schloss den Mund. So viel zum Thema, über schwierige Dinge zu reden.

„Nun, der Spaziergang war auch schön“, fuhr sie fort. „Und dieses Teehaus. Ganz zu schweigen von dem Kuchen. . . “

„Es ist schön“, flüsterte ich und küsste ihr Haar. Oh, und ihre Stirn – zweimal –, bevor mir klar wurde, wohin das führen würde.

Sie schaute auf und begegnete meinem Blick mit ihren blauen Augen. Blau und funkelnd wie Sonnenlicht, das über das Meer spielte. Ein tiefes, geheimnisvolles Meer, das ich den Rest meines Lebens erkunden wollte.

Sie hob ihr Kinn und wir küssten uns dieses Mal auf die Lippen. Geschlossene Lippen, dann offene.

„Hmm", murmelte Mina und ließ ihre Hand über meine Rippen gleiten.

Ich rollte mich ein wenig näher an sie heran und mein Körper wurde heiß.

Und einfach so war ich verloren. Denn das Schicksal war mit uns im Zimmer und hob die Ecken der Bettdecke an, um uns noch näher zueinander zu rollen. Die seidigen Strähnen von Minas Haar glitten durch meine Finger und schon bald hatte ich meine Glieder um sie geschlungen. Unbewusst. Unvermeidlich. Wir waren ein paar Marionetten, die dem Willen des Schicksals folgten.

Und Junge, war das Schicksal in Eile, denn unsere Bewegungen wurden schneller und immer dringlicher. Mina zog mein Hemd nach oben und bedeckte meinen Körper mit Küssen. Meinen Bauch. Meine Brustwarzen. Meinen Hals, den sie erreichte, als sie unter den hochgeschobenen Stoff kroch.

„Verdammt…", beschwerte sie sich und zog mir das Hemd komplett aus. Ein Vorgang, der dadurch erschwert wurde, dass ich dasselbe mit ihrem Oberteil versuchte. Wir endeten in einem heißen, verschwitzten Gewirr.

„Wenn du dich so bewegst…" Ich bewegte meinen eingeklemmten Ellbogen.

„Nein, rutsch *du* dahin", murmelte sie gereizt, als wäre es meine Schuld und nicht die des Schicksals.

Als wir endlich beide unsere Oberteile ausgezogen hatten, jubelte sie fast triumphierend.

„Siehst du? Ich hatte recht."

„So recht", murmelte ich.

„Du solltest immer auf mich hören", entschied sie und machte sich an meiner Hose zu schaffen.

„Nur im Bett oder überall?"

„Überall", erklärte sie und wurde ganz herrisch.

„Ja, Ma'am", murmelte ich.

Sie blieb dabei und gab zwischen atemlosen Küssen ihre Befehle.

„Leg dich hin", befahl sie, als ich den Rest meiner Kleidung ausgezogen hatte.

„Ja, Ma'am", sagte ich etwas atemlos. Auch an ihr war nicht mehr viel auszuziehen und es war viel zu lange her, seit wir unseren Körpern erlaubt hatten, dieses Spiel zu spielen.

Mina stützte sich mit den Händen auf beiden Seiten meines Kopfes ab und beugte sich zu mir herunter, um mich zu küssen, während sie sich rittlings auf mich setzte. Multitasking, mit dem ich nicht mithalten konnte, also lehnte ich mich zurück und nahm, was sie mir gab. Was, wie sich herausstellte, alles war. Keine wirkliche Überraschung, aber endlich eine *gute.*

Richtig gut, summte mein Drache, als sie uns ausrichtete und sich hinuntersinken ließ, damit ich sie ausfüllen konnte.

Ihre Lippen öffneten sich zu einem glückseligen *Oh* und sie neigte den Kopf nach hinten. Dann fing sie an, über mir zu tanzen. Ein langsamer Tanz, dann ein flirtender Cha-Cha, gefolgt von einem leidenschaftlichen Samba. Ich packte ihre Hüften und folgte ihr, denn sie führte hier definitiv. Aber Sekunden später, als sie frustriert stöhnte, rollten wir uns herum und...

„Oh!", schrie sie auf und schlang ihre Beine um mich.

Schon bald stießen wir verzweifelt wie beim ersten Mal gegeneinander. Vielleicht sogar noch mehr, weil jetzt mehr auf dem Spiel stand. Es ging nicht mehr um eine einzige Nacht, sondern um die Ewigkeit.

„Ja...", hauchte Mina, hob ihre Hüfte und umklammerte mich mit ihren inneren Muskeln.

Meine Sinne blendeten alles Unwichtige aus und verstärkten die Wirkung von allem, was übrigblieb, so wie das weiche Fleisch an ihren inneren Oberschenkeln. Die warme Begrüßung ihres Körpers, wenn sie sich mir immer wieder entgegenstreckte. Das schwache Glühen um sie herum, das der Welt signalisierte, dass ich sie markiert hatte.

Wir können mehr tun, als sie nur zu markieren, brüllte mein Drache.

Ich biss die Zähne zusammen, hielt meine Drachenzähne zurück und stieß mit voller Kraft in sie hinein. Immer wieder und wieder, bis sie sich ein letztes Mal zusammenkrampfte und vor Ekstase aufschrie.

Ich konnte mein eigenes Brüllen kaum zurückhalten, als ich in ihr explodierte. Dann brachen wir zusammen, so sehr in Glückseligkeit versunken, dass wir uns nicht darum kümmerten, was als Nächstes kommen würde.

Als ich das nächste Mal die Augen öffnete, lagen wir erschöpft da. Wir keuchten und klammerten uns aneinander, als hätten wir gerade die Apokalypse überlebt.

Wie konnte ich jemals glauben, ohne dich leben zu können? hätte ich fast gesagt.

Zum Glück reagierten meine Stimmbänder, so wie der Rest meines Körpers, nicht besonders gut. Alles, was herauskam, war ein Krächzen.

„Ich weiß, dass wir in London sind, aber ich schwöre, wir sind nur einen Katzensprung vom Himmel entfernt", flüsterte Mina.

Ich lag keuchend da, unfähig zu denken oder zu handeln, und konnte mir nur schwören, sie für immer festzuhalten.

Schließlich trennten wir uns, aber nur lange genug, um uns zu säubern, bevor wir uns wieder unter der Decke aneinanderkuschelten.

Eine Minute später flüsterte Mina liebevoll: „Du schon wieder."

Ich runzelte die Stirn. „Was?"

Sie kuschelte sich näher an mich, ohne zu protestieren. „Wie du mich beschützt."

Verdammt richtig, das würde ich. Vor Gordon. Szabo. Celeste. Der ganzen verkorksten Welt.

Du musst sie vor dir selbst beschützen, tadelte mich eine Stimme in meinem Kopf.

In dieser Hinsicht versagte ich kläglich. Aber damit würde ich mich später befassen. Im Moment...

Ich lauschte auf ihren Herzschlag. Auf das leise Prasseln des Regens. Auf das elektrische Summen einer Straßenlaterne.

Mina schlang ihre Hand um meine Seite und kitzelte mich an den Rippen. Sanft legte ich meine Hand auf ihre.

„Schon bereit für mehr?“

Sie drehte sich in meinen Armen um und schaute mich mit einem verschmitzten Ausdruck an.

„Nun, wir müssen eine Menge verlorene Zeit aufholen.“

Ich tat so, als würde ich stöhnen, obwohl ich mit diesem Plan vollkommen einverstanden war. „Dann haben wir eine lange Nacht vor uns.“

Sie grinste und ließ ihre Hand von meinem Rücken zu meiner Taille und weiter hinuntergleiten. „Ich bin dabei, wenn du dabei bist.“

Oh, ich war dabei, ganz sicher.

„Ich bin oben“, sagte ich und rollte mich auf sie.

Sie schlang ihre Arme und Beine um mich und fixierte mich dann mit einem strengen Blick. „Du meinst für diese Runde. Jetzt, da wir aufgewärmt sind und so.“

Ich brach in Gelächter aus. Wenn das nur das Aufwärmen war, steckte ich in ernsthaften Schwierigkeiten. Aber Drachen liebten Herausforderungen und die Nacht war noch jung.

„Glaubst du, du kannst mithalten?“, neckte sie mich weiter.

„Ich bin sicher, dass ich dem gewachsen bin.“

Sie stöhnte, und ich errötete wegen des unbeabsichtigten Wortspiels.

„Sieht so aus, als wärst du es schon“, murmelte sie und berührte mich, um es zu beweisen.

Genug geredet, mehr Action, murrte meine Drachenseite.

Ich gehorchte und brachte uns beide auf die einzige Weise zum Schweigen, die zählte.

Kapitel 19

MINA

In dieser Nacht schlief ich besser als seit Wochen. Ich wachte immer wieder auf, aber jedes Mal mit einem Gefühl der Freude und des Staunens, und ich schlief immer sofort wieder ein... außer wenn Marius zufällig zur gleichen Zeit aufwachte. Sanfte Berührungen führten uns zu einer weiteren Runde Sex – ruhig und langsam – wie Poesie, so rhythmisch und perfekt fühlte es sich an.

Danach hielten wir uns wortlos in den Armen.

Klong... Klong... Eine Kirchenglocke schlug viermal, um die volle Stunde anzuzeigen, und dann noch zweimal in einem tieferen Ton.

„Zwei Uhr morgens", flüsterte ich einfach so.

Marius' Lippen spielten über meine nackte Schulter. „Dann schließ deine Augen, Dornröschen."

Ich lächelte und tat, was er sagte, lauschte seinem gleichmäßigen Atem und dem Prasseln des Regens auf dem Bürgersteig. Ausnahmsweise ließen mich meine Gedanken in Ruhe, so dass ich den Moment genießen konnte, ohne mich über die Zukunft zu sorgen.

Als ich das nächste Mal aufwachte, rumpelte ein Müllwagen die Straße entlang, und kurz darauf schlugen die Kirchenglocken dreimal für die Dreiviertelstunde. Ich warf einen Blick auf die Uhr und stellte erschrocken fest, dass wir bis viertel vor acht geschlafen hatten. Viel zu schnell riss mich mein Verstand zurück in meinen natürlichen Zustand – nämlich Stress. Marius schlief noch tief und fest, also griff ich leise nach meinem Handy und begann zu scrollen. Und zu scrollen...

205

„Lass mich raten", murmelte Marius etwas schläfrig. „Du recherchierst die Käufer. Erneut."

„Vielleicht vergleiche ich nur Preise für Trockenbauwände", bluffte ich.

Er schüttelte den Kopf. „Du beißt dir auf die Lippe, wenn du Preise vergleichst. Aber du runzelst die Stirn, wenn du über irgendetwas nachdenkst, das mit Gordon zu tun hat."

Ich runzelte die Stirn? Wirklich?

Er zeigte auf mein Handy. „Gibt es etwas Neues?"

„Nun, ich habe herausgefunden, was Gordon mit Roux besprechen wollte, bevor wir Paris verlassen haben."

„Was?"

„Er wollte sicherstellen, dass Jensen an die Spitze von Anastasias Liste gesetzt wird."

Marius gähnte. Das war für ihn offensichtlich nichts Neues. „Klar. Je mehr ein Käufer zu zahlen bereit ist, desto höher ist Gordons Provision."

„Wie viel verlangt er?"

Er zuckte erneut mit den Schultern. „Keine Ahnung. Was ist üblich?"

„Nun, Sotheby's verlangt fünfzehn Prozent für alles, was mehr als acht Millionen wert ist."

Marius schnaubte. „Wie ich Gordon kenne, wird er mehr verlangen."

„Es sei denn, er verliert den Deal komplett", deutete ich an.

Marius runzelte die Stirn. „Und wie könnte das passieren?"

Ich griff nach meinem Handy und drehte mich neben ihm auf den Rücken. „Hier ist ein aktuelles Interview mit Jensen." Ich begann vorzulesen: „*Nils Øren Jensen: Die Schlüssel zum Erfolg des Tech-Visionärs.*" Ich überflog den Text, um zu dem relevanten Abschnitt zu gelangen. „*Nummer Sechs: Mittelsmann umgehen. ‚Wann immer möglich', sagt Jensen, umgehe ich den Mittelsmann. Das nennt man Rationalisierung.'*"

Marius schien nicht beeindruckt, bis ich zurück zu meinen Suchergebnissen klickte, die einen Artikel nach dem anderen auflisteten, in denen dieselbe Strategie zitiert wurde: *den Mittelsmann umgehen.*

„Wäre Jensen mutig genug, hinter Gordons Rücken zu handeln?", fragte ich laut.

„Ich bin mir nicht sicher, ob das mutig oder waghalsig ist", murmelte Marius.

„Nun, er könnte es versuchen."

Marius dachte darüber nach und zuckte dann mit den Schultern. „Das ist Gordons Problem, nicht unseres."

Da war ich mir nicht so sicher, aber ich schmiegte mich wieder an Marius.

Diese unerklärliche Hitze, die an meinem Hals begann, führte uns schnell in eine sinnliche Umarmung und die Natur nahm ihren Lauf... dieses Mal Doggystyle. Und verdammt. Ein glücklicheres, geileres Paar Hunde gab es im ganzen Königreich nicht. Danach lagen wir selig da, duschten und gingen direkt zurück ins Bett, wo Marius mich wie ein Festmahl ausbreitete, sich über mich beugte und... nun ja, sich an mir labte.

Gut, dass die Wände dieser Kellerwohnung dick waren, denn die Geräusche, die ich von mir gab, ließen mich hinterher erröten. Aber ich konnte nur denken: *Himmel, Himmel, Himmel.*

Ich fühlte mich natürlich verpflichtet, mich zu revanchieren, und bald war Marius an der Reihe, zu stöhnen und sich vor Ekstase am Bettlaken festzuklammern.

Und, *uff.* Wir hatten schon vorher großartigen Sex gehabt, aber das war eine ganz neue Dimension. Die ganze Zeit über fühlte ich mich blendend. Sogar schön und mit ihm auf eine Weise verbunden, die ich nie für möglich gehalten hätte.

Nicht, dass ich mich beschwert hätte. Aber ich machte mir Sorgen, dass diese riesige, glückselige Seifenblase, in der ich schwebte, bald zerplatzen würde – und zwar gewaltig.

Als ich das nächste Mal auf die Uhr schaute, war es fast neun.

Ich kicherte. „Auch wenn es sich anhört, als würde Bene das sagen... Junge, sind wir heiß."

Ich erwartete, dass Marius lachen würde, aber er versteifte sich und wurde ganz, ganz still.

Ich drehte mich in seinen Armen zu ihm um. „Was?"

Er zwang sich zu einem Lächeln. „Das sind wir, und es ist großartig. "

Sein Tonfall ließ etwas in der Luft hängen, also wartete ich. Und wartete.

„Aber? ", drängte ich ihn.

Er zögerte. „Aber jetzt wäre vielleicht ein guter Zeitpunkt, um zu reden. "

Oh-oh. Das klang nicht gut.

„In dieser Nacht an diesem Abend am Kanal in Paris... ", begann er zögernd.

Bei dieser Erinnerung wurde mir heiß und meine Hand wanderte zu meinem Hals, wie ich es mir seither angewöhnt hatte. Eine Geste, die garantiert alle möglichen sinnlichen Bilder hervorrief, selbst jetzt, da meine Lust eigentlich mehr als gestillt sein sollte.

Marius schluckte und folgte meiner Geste.

Ich erstarrte und tastete dann meine Haut auf eine eher klinische Weise ab. „Du meinst den Knutschfleck, den du mir gegeben hast? "

Er schüttelte den Kopf. „Kein Knutschfleck. "

Nachdem ich eine Ewigkeit gewartet hatte, warf ich ihm meinen strengsten Lehrerinnenblick zu. „Erklär mir das. "

Er brauchte eine gute Minute, um den Mut aufzubringen, anzufangen, und als er fertig war, quietschte ich fast.

„Du hast *was* getan? "

Er zuckte zusammen und tätschelte die Luft, um mich zu drängen, leiser zu sprechen.

„Ich habe dich markiert ", wiederholte er. „Bei Mondlicht. "

Das hatte ich gehört. Ich hatte auch verstanden, dass es eine Art war, Anspruch auf seine zukünftige Gefährtin zu erheben. Aber wie ein *Verlobungsring für übernatürliche Wesen* klang viel zu harmlos für den schmerzlichen Ausdruck auf seinem Gesicht.

Ich setzte mich auf und verschränkte streng die Arme, obwohl ein Teil von mir die Vorstellung liebte, dass er mich so sehr wollte, wie ich ihn wollte. Für immer.

„Man steckt einer Frau nicht heimlich einen Verlobungsring
an den Finger. Man bespricht es mit ihr, um zu sehen, ob sie
einverstanden ist."

„Es wird mit der Zeit vergehen", versuchte er einzuwerfen.

„Eine Verlobung, die *vergeht*?" quietschte ich in höchstem
Ton.

„Es war nicht meine Absicht", fügte er lahm hinzu.

Ich starrte ihn an. „Oh, das tröstet mich ja sehr."

„Versteh mich nicht falsch – ich würde dich gern markieren,
wenn der Zeitpunkt richtig wäre. Aber in diesem Moment...
Nun, es war Schicksal."

Ich wusste, dass der Mann kein Ass im Umgang mit Worten
war, aber ich verlor schnell meine Geduld. Wollte er mich oder
wollte er mich nicht?

„Das Schicksal will also, dass wir zusammen sind, aber du
willst mich nicht?"

„Ich will dich", beharrte er. „Mehr als alles andere."

„Und trotzdem hast du beschlossen, zu warten, bis die Markierung verblasst. Ohne mir etwas zu sagen."

„Zu deinem eigenen Schutz."

Ich vergrub mein Gesicht in meinen Händen. Da waren wir
wieder, beim Thema Schutz. Der Mann war davon besessen.
Eine Tatsache, für die ich dankbar sein sollte, aber es gab ein
Warum und ein *Wie* und sein *Wie* war so durcheinander, dass
ich nicht wusste, wo ich anfangen sollte.

Ich wartete, bis ich dachte, dass meine Stimme nicht mehr
lauter wäre als das Brüllen eines Drachen, um zu sprechen.

„Und... wann... wolltest du es ansprechen?"

„Sobald ich konnte." Als ich ihn mit einem strengen Blick
fixierte, hob er die Hände. „Nicht früh genug. Ich weiß."

Das war eine Untertreibung, aber ich traute mir nicht zu,
darauf zu antworten. Zu seinem Glück klingelte mein Handy.

„Ja?", knurrte ich hinein.

„Ähm... alles in Ordnung?", antwortete Roux.

Ich kniff mir in den Nasenrücken. „Nächste Frage."

Armer Roux. Er klang selbst gestresst.

„Hast du die Morgennachrichten gesehen?", fragte er etwas
bedrohlich.

Marius beugte sich vor, um zu lauschen, aber ich schob ihn weg. Er könnte näherkommen, wenn er sich mit mir versöhnt hatte... irgendwie. Momentan war ich noch wütend.

„Ähm... nein... ", sagte ich und sah zu, wie Marius sein Handy zückte. Er drückte ein paarmal herum und fluchte dann.

Ich beugte mich vor und er ließ mich, was meiner Meinung nach nur fair war. Er war mir etwas schuldig, verdammt.

Als ich die Schlagzeile der BBC überflog, blieb mir der Mund offenstehen.

Lettische Kunstexpertin ermordet.

Darunter stand im Untertitel: *Hotelgäste schlugen Alarm, nachdem sie Schreie gehört hatten, aber es war zu spät.*

Ich überflog den Artikel. *Raisa Kepke, 59, wurde am Tatort für tot erklärt... Anzeichen für gewaltsames Eindringen... Todesursache noch nicht offiziell festgestellt...*

„Schwingt eure Ärsche hierher, *tout de suite*", grunzte Roux.

∞∞∞∞∞

Das taten wir auch, allerdings erst, nachdem wir uns unter der Dusche gründlich geschrubbt hatten, um den Geruch von Sex abzuwaschen. Aber nichts konnte den Glanz meiner Haut trüben, und ich brummte Marius ununterbrochen an, während wir mit der U-Bahn fuhren.

Wie konnte er es wagen, mich heimlich zu markieren! So eine Frechheit! Wie überheblich!

Andererseits hätte ich an seiner Stelle vielleicht dasselbe mit ihm getan – und zwar nicht nur, um ihn zu beschützen, sondern aus ganz egoistischen Gründen.

Ich warf ihm einen Blick zu und richtete mich mit einem plötzlichen Gedanken kerzengerade auf.

„Moment mal. Hast du gesagt, dass diese Markierung dazu gedacht ist, um einen Gefährten für sich zu beanspruchen und andere fernzuhalten?"

Sein Kehlkopf wippte. „Ja."

Ich dachte an Bene, Roux und Henrik. „Werden die anderen das erkennen können?"

Er nickte langsam und ich geriet in Panik und zog mein Tuch enger um meinen Hals.

„Scheiße, ich brauche ein größeres Tuch. Und Parfüm... "

Plötzlich dämmerte es mir und ich starrte ihn mit offenem Mund an. Die anderen Jungs hatten mich seit Tagen dazu gedrängt, ein Halstuch zu tragen.

Ich schlug Marius auf den Arm und schrie: „Sie wissen es schon?"

Mindestens die Hälfte der Fahrgäste in unserem Waggon schaute auf. Die andere Hälfte wandte vorsichtig den Blick ab.

Meine Wangen glühten, als Marius bedrückt nickte.

„Sie stecken mit dir unter einer Decke?", kreischte ich.

Noch mehr Blicke, während Marius auf seinem Platz herumrutschte.

„Nein. Sie... sie sorgen sich nur um dich, so wie ich. "

Ich vergrub mein Gesicht in meinen Händen. Sehr süß – im Prinzip. Doch ich empfand nur brennende Scham.

In dem Moment, als wir die Suite betraten, in der die anderen die Nacht verbracht hatten, verschränkte ich die Arme und starrte finster.

„Wir werden darüber reden. Bald", knurrte ich und deutete auf meinen Hals.

„Rede mit ihm, nicht mit uns. " Bene zeigte auf Marius.

Roux schüttelte entschieden den Kopf. „Keine Zeit. Wir müssen einen Mord aufklären. "

Er hatte recht und ich schämte mich dafür, dass ich so egoistisch gewesen war. Eine Frau, die ich am Vortag kennengelernt hatte, war brutal ermordet worden. Es war schrecklich. Könnte sie vielleicht noch am Leben sein, wenn ich etwas anders gesagt oder getan hätte?

Es klopfte an der Tür und Bene murmelte: „Bitte lass das nicht Gordon sein. "

Roux schaute genervt durch den Türspion. Dann erstarrte er und öffnete die Tür. „Guten Morgen, Gordon. "

Ich erstarrte. Das musste doch ein Scherz sein.

Roux warf uns vielsagende Blicke zu, während er langsam die Tür öffnete. Bene zuckte zusammen, als er die leeren Essenscontainer und die herumliegenden Unterlagen sah. Er wich in Richtung Esstisch zurück und versperrte Gordon die Sicht auf das Schlimmste.

„Guten Morgen?“, schnaufte Gordon. „Guten verdammten Morg–“ Er entdeckte mich und fing sich dann wieder. „Oh, hallo, Süße.“

Ich umarmte ihn und trat zur Seite, so dass er sich zur Wand drehen musste. „Ich bin so froh, dich zu sehen, was für schreckliche Nachrichten.“

Die Wahrheit in der zweiten Hälfte meines Satzes half, die Lüge der ersten Hälfte zu vertuschen. Meine Position verschaffte Bene ein paar Sekunden, um den Tisch abzuräumen. Gott, ich wurde schon genauso hinterhältig wie die anderen.

„Wirklich schrecklich.“ Gordon starrte die Männer an, als wären sie daran schuld.

Sie starrten mit Pokerface zurück, mit dem man in Las Vegas Millionen gewinnen könnte.

„Schön, Sie zu sehen, Sir“, sagte Roux geschmeidig. „Ich bin froh, dass Sie so schnell hier sein konnten.“

Überrascht traf es wohl eher.

Es war kurz vor zehn Uhr morgens. Wann hatte Gordon von dem Mord erfahren und wie war er so schnell nach London gekommen?

Privatjet beantwortete die Frage nach dem Transport, aber was war mit dem Rest?

„Wir haben gerade darüber diskutiert... nun...“, Roux zögerte und schaute mich an.

Alle Blicke waren auf mich gerichtet, als wäre ich ein Kind, das noch nicht begriffen hatte, dass es keine Zahnfee gab.

„Wir haben darüber diskutiert, was wir der Polizei sagen sollen, wenn sie uns fragen, was wir mit Raisa zu tun hatten“, sagte ich schlicht und schaute Gordon direkt an. Anders als auf Mallorca gab es hier keinen Grund, meine Beteiligung geheim zu halten.

Er zupfte an seinem Kragen. „Es tut mir leid, dass ich dich mit hineingezogen habe.“

Stimmte das? Und wie oft hatte er mich heimlich in viel schlimmere Dinge verwickelt?

„Wir haben auch darüber gesprochen, wie wir mit den anderen Käufern weiter verfahren sollen", fügte Roux hinzu.

Gordon winkte alle an den Tisch und zeigte dann auf Bene. „Hol Celeste, ja?"

Während der U-Bahnfahrt hatte ich über alle möglichen Mordverdächtige nachgedacht. Jetzt setze ich einen weiteren Namen auf meine Liste. Celeste.

Dann lieferte mir meine Fantasie einen weiteren Verdächtigen und ich starrte Gordon mit klopfendem Herzen an.

Marius' dunkle Augen blitzten, was mir verriet, dass er dasselbe dachte.

„Ah, Gordon. Gott sei Dank sind Sie da", verkündete Celeste, als sie hereinkam.

Und wow, was für eine Verwandlung. In unserer Gegenwart war sie verschlagen und gerissen. In Gordons Gegenwart war sie normalerweise ruhig und effizient. Jetzt spielte sie *schwach* und *hilflos*.

Ich verdrehte die Augen. Offensichtlich hatte sie ihre Berufung in Hollywood verpasst.

„Also gut, alle zusammen. Versammeln Sie sich", befahl Gordon und ging an das Kopfende des Tisches.

Bene riss die Augen weit auf und stürzte nach vorn.

„Oh, Gordon?", rief ich scharf.

Er drehte sich blitzschnell zu mir um, während Bene sich die Pizzaschachtel schnappte, auf die Gordon sich gerade setzen wollte.

„Ja?", fragte er scharf.

„Äh... Möchtest du einen Kaffee?", antwortete ich etwas schüchtern.

Er runzelte die Stirn, nickte aber. „Ja, bitte. Danke, Süße."

Ich wandte mich ab, um Kaffee zu kochen, und verfluchte mich selbst. Wie hatte ich nie bemerkt, dass Gordon mich besonders behandelte? Er maulte die Männer an, während ich immer ein sanftes, nachsichtiges *Süße* bekam.

Kein Wunder, dass Celeste mich hasste. Und oh. Ein noch hässlicherer Gedanke kam mir in den Sinn. Kein Wunder, dass ich nie gefragt hatte, womit Gordon seinen Lebensunterhalt verdiente. Mein lieber, großzügiger Patenonkel würde sich doch niemals auf irgendetwas Zwielichtiges einlassen, nicht wahr?

Aber in Wahrheit war alles an ihm so undurchsichtig wie der Loch Ness. Wie konnte ich nur so blind sein?

Trotzdem steckte ich jetzt mittendrin und war genauso involviert wie alle anderen.

Ich ging die Situation im Kopf durch. Was, wenn die Polizei kam, um uns zu dem höchst ungewöhnlichen, wertvollen und geheimnisvollen Kunstgeschäft zu befragen, das wir zu vermitteln versucht hatten? Weder Anastasia noch die Käufer würden namentlich genannt werden wollen und sie würde ganz sicher nicht wollen, dass ihr Gemälde in den Abendnachrichten auftauchte. Andererseits...

Die perfekte Gelegenheit *Der Turm der blauen Pferde* in die Öffentlichkeit zu bringen, stellte der hinterhältige Teil meines Geistes fest.

Ich rutschte auf meinem Platz herum. Würde ich es wagen? Sollte ich?

Eine unangenehme Stunde verging, die meiste Zeit davon verbrachte Gordon damit, zu schimpfen und laut nachzudenken. Er ließ kaum jemanden zu Wort kommen, und niemand wagte es, seinen Zorn auf sich zu ziehen.

Wir hatten uns gerade darauf geeinigt, welche Version der Wahrheit wir erzählen – und welche Details wir weglassen – wollten, als es erneut an der Tür klopfte. Gordon runzelte die Stirn und schaute Bene an, der mit dem Daumen auf Roux zeigte, dessen Augen mit einem Blick aufblitzen, der fragte: *Warum ist es immer meine Schuld?*

Ich ging zur Tür, bevor sie wieder einen ihrer Streits anzettelten. Dann schaute ich durch den Spion und holte tief Luft.

„Polizei", flüsterte ich.

Gordon richtete seine Krawatte und bedeutete mir, sie hereinzulassen.

„Metropolitan Police, Ma'am", verkündete der Wachtmeister, während sich drei weitere im Raum verteilten. „Wir haben ein paar Fragen."

Gordon begrüßte sie ruhig. „Guten Morgen, meine Herren. Was können wir für Sie tun?"

„Nur ein paar Fragen, bitte“, sagte der Wachtmeister.

Eine große Untertreibung, denn wie sich herausstellte, hatte er sehr *viele* Fragen. Fragen, die mit jeder Minute schärfer wurden.

„Laut Ms. Kepkes Terminkalender hatte sie gestern einen Termin hier. Was war der Grund für Ihr Treffen mit ihr?“

Gordon übernahm den Großteil der Antworten und hielt sich weitgehend an die Wahrheit, während der Rest von uns ernst zuschaute. Celeste klammerte sich an ein Taschentuch, offenbar erschüttert von der Nachricht.

Ich stellte mir Meryl Streep vor, wie sie einen Umschlag öffnete und sagte: *Und der Oscar für die beste Nebendarstellerin geht an…*

„Celeste“, bellte Gordon.

Sie riss den Kopf hoch.

„Leiten Sie Kopien meiner Korrespondenz mit Ms. Kepke an den Wachtmeister weiter“, schloss er.

Celeste nahm die Visitenkarte des Beamten und eilte aus dem Zimmer.

Sie befragten Gordon, dann jeden von uns. Wir hielten uns alle an die Wahrheit, mit ein paar Auslassungen, wie vereinbart. Das letzte Mal, das wir Raisa gesehen hatten, war, als sie am Morgen zuvor das Hotel verlassen hatte.

„Und Sie, Sir?“, fragte einer der Beamten Marius.

Er blickte scharf auf. „Wie gesagt – ich habe sie zuletzt gesehen, als sie gestern Morgen hier weggegangen ist.“

Die Polizisten schauten einander an. „Und später?“

Marius’ Blick wurde hart und er wiederholte mit schneidender, wütender Stimme: „Ich habe sie zuletzt gesehen, als sie gestern Morgen hier weggegangen ist.“

„Und wo waren Sie heute Morgen gegen zwei Uhr?“, fragten sie.

Gordon schnaufte. „Was soll das? Er sagte doch…“

„Ein Mann mit seiner Statur wurde in den frühen Morgenstunden beim Verlassen von Ms. Kepkes Hotel gesehen“, warf der Beamte ein.

Diese Statur war die eines *Drachen*, und Junge, war der sauer.

Ich auch. Nicht jeder Mann in London hatte Marius' breite Brust und Schultern, aber es war eine große Stadt. Es musste Dutzende andere Männer geben, auf die diese Beschreibung zutraf.

Gordon schüttelte den Kopf. „Das mag sein, aber meine Mitarbeiter haben die Nacht alle hier verbracht.“

Mein Herz wurde schwer. Umso mehr, als der Polizist den Kopf schüttelte. „Weder die Nachtschicht noch die Überwachungskameras bestätigen, dass Mr. Aecher nach seinem Verlassen des Hotels durch den Hinterausgang am Mittag zurückgekehrt ist.“

Ich zuckte zusammen. Eine Kamera hatte also aufgezeichnet, wie wir das Gebäude verließen. Oder Moment mal. Dem eindringlichen Blick des Polizisten nach zu urteilen, hatte die Kamera nur Marius beim Verlassen des Gebäudes aufgezeichnet. Das war möglich, wenn sein Körper meinen zufällig vor der Kamera abgeschirmt hatte.

Mein Herz rutschte noch ein paar Zentimeter tiefer.

Marius vermied es sorgfältig, mir in die Augen zu sehen. „Ich habe letzte Nacht nicht hier übernachtet.“

Gordon riss den Kopf so schnell herum, dass er möglicherweise ein Schleudertrauma davontrug. Henrik knirschte mit den Zähnen.

„Wo waren Sie?“

„Ich habe ein Zimmer in Belgravia gemietet.“

„Was die Eigentümer sicher zusammen mit Ihrem Aufenthaltsort um zwei Uhr morgens bestätigen werden?“, fragte der Beamte.

Roux schwankte von einem Fuß auf den anderen und sah Marius an, der wie versteinert blieb.

„Das Zimmer war nicht auf meinen Namen reserviert und es gab einen Schlüsselkasten“, sagte er. „Also nein. Aber wahrscheinlich gab es Kameras auf der Straße.“

Er gab ihnen die Adresse, aber sie hakten weiter nach.

„Also, kein Alibi?“

Marius flüsterte in meine Gedanken: *Sage nichts. Ich wiederhole, sage nichts.*

„Ich habe Ms. Kepke seit gestern Morgen nicht mehr gesehen", knurrte er.

Der leitende Beamte schaute einen seiner Männer an. In meinem Kopf öffnete sich ein Fenster, durch das ich seine Gedanken klar lesen konnte. Ich erfuhr, dass Raisa Kepke eine Geschäftspartnerin eines prominenten Parlamentsmitglieds war, das nicht wollte, dass ihre Verbindung an die Öffentlichkeit gelangte. Die Vorgesetzten des Wachtmeisters wollten, dass dieser Fall schnell und mit möglichst geringer Medienaufmerksamkeit gelöst wurde. Sie brauchten zügig einen abgeschlossenen Fall, und Marius war ein ebenso guter Verdächtiger wie jeder andere auch.

Der Wachtmeister überlegte bereits, wo er seine Männer positionieren sollte, falls Marius sich bei der Verhaftung widersetzen würde, und wie viele weitere Streifenwagen er zur Unterstützung anfordern sollte.

„Unterstützung?", rief ich.

Der Wachtmeister starrte mich an und ich hustete in meine Hand. „Kann ich Sie unterstützen? Sie haben mich noch nicht befragt."

Gordon runzelte die Stirn. Roux machte große Augen und sogar Henrik winkte abweisend ab.

Nicht! schrie Marius in meinen Kopf.

„Sie entsprechen nicht der Beschreibung des Verdächtigen, Miss", argumentierte der Beamte.

Gott sei Dank, aber meine Güte. Das konnte man weibliche Privilegien nennen. Marius wurde in die Mangel genommen, während sie mich als harmlos ansahen. Was ich auch absolut war, aber trotzdem. Es ging ums Prinzip.

„Ich hatte mit dem Mord an Raisa Kepke nichts zu tun, er aber auch nicht."

„Und Sie wissen das, weil...?"

Kein Wort! bellte Marius in meine Gedanken.

Celeste schaute interessiert zu. Die anderen in Panik. Mein Geständnis könnte Marius vor den Gesetzeshütern retten, aber Gordon würde wütend sein. Ein Fehltritt eines der Männer würde allen vier angelastet werden, was sie sich nicht leisten konnten. Besonders jetzt nicht, da sie sich dem Ende ihrer Verträge näherten. In ein paar Wochen wären sie alle von ihrer lächerlichen Vereinbarung mit Gordon frei.

Ich holte tief Luft und sprach dann.

„Weil er bei mir war."

Marius schloss die Augen. Alle wurden ganz still.

„Um zwei Uhr morgens?", fragte der Polizist, und oh je. Noch nie waren vier Worte so bedeutungsschwer gewesen.

Hitze stieg in meinen Wangen auf, als ich nickte. Nicht weil ich mich schämte, sondern weil der Beamte auf der rechten Seite von mir zu Marius und wieder zurück schaute und sich lebhaft vorstellte, wie wir es miteinander trieben. Ich konnte das erkennen, weil die besondere Kraft, die meinem Unterbewusstsein entsprungen war, immer noch aktiv war.

Magie konnte manchmal ein Arschloch sein.

Der Beamte strich sich über das Kinn. „Ich verstehe."

Gordons Gesicht wurde rot vor Wut. „Jetzt warten Sie mal einen Moment... "

„Wir sind für die Nacht weggegangen", unterbrach ich ihn. „Ich habe ein Zimmer in Belgravia gebucht. Marius war die ganze Nacht bei mir."

Celeste schaute halb eifersüchtig, halb triumphierend, denn Ärger für mich machte ihr Riesenspaß.

„Er hätte sich davonschleichen können", gab ein anderer Beamter zu bedenken.

Ich warf ihm einen finsteren Blick zu. „Sie scheinen sehr ent-schlossen zu sein, auf der Grundlage einer sehr allgemeinen Be-schreibung der Statur eines Mannes Verdacht zu äußern. Selbst wenn dieser Mann ein Alibi hat." Ich hielt inne, um mich zu sammeln, bevor ich noch anfing zu schreien. „Und nein, er ist nicht um zwei Uhr morgens davongeschlichen. Ich bin zu dieser Zeit aufgewacht, als ich eine Kirchenglocke läuten hörte. Und Marius war bei mir."

Der erste Polizist warf dem anderen einen Blick zu. Der eine dachte, ich würde Marius decken, aber die anderen beiden glaubten mir.

Diese Frau könnte nicht lügen, um ihr Leben zu retten, dachte einer ziemlich kritisch.

Mir fiel auf, dass Celeste auf der Seite des ersten Mannes stand. Ein Blick in ihr verkorkstes Inneres verriet mir, dass sie mit sich selbst kämpfte. Je mehr Ärger für mich oder Marius, desto besser, aber sie würde riskieren, Gordon zu verärgern, was ihren Zielen nicht dienlich wäre.

Was diese Ziele waren, konnte ich nicht erkennen. Aber die endlosen Machenschaften ihres Verstandes ließen mich erschaudern.

Am Ende hielt sie den Mund und der ranghöchste Beamte senkte sein kleines Notizbuch mit einem nachdenklichen Blick: „Ich verstehe."

Sie befragten uns noch ein paar Minuten weiter. Dann verabschiedeten sie sich mit der strengen Warnung, dass sie sich wieder melden würden, und ließen den Raum so still wie einen Friedhof um Mitternacht zurück.

Gordon funkelte Marius an und warf mir dann einen Blick zu, den ich noch nie zuvor gesehen hatte. Ein Blick, der sagte: *Ich bin zutiefst enttäuscht.*

Es tat weh. Es tat tatsächlich weh, obwohl es das nicht hätte tun sollen, denn er war derjenige, der etwas zu verbergen hatte, nicht ich.

Dann schaute er Celeste an und kommunizierte still mit ihr, was mich erschreckte. Aber genau in dem Moment, als es am nützlichsten gewesen wäre, verschwand meine Fähigkeit, Gedanken zu lesen. Großartig.

Ich fügte es meiner langen Liste der Magie hinzu, die ich lernen wollte, sobald ich das Schattenwandeln beherrschte.

Gordon nickte Celeste zu, schaute dann auf seine Uhr und grunzte die Männer an. „Wir treffen uns in dreißig Minuten wieder hier. Niemand verlässt den Raum." Er warf Marius einen Blick zu, der sagte: *Vor allem du, du Drecksack.* Dann wandte er sich mir zu und sprach in einem beängstigend gemessenen Ton. „Und du, Wilhelmina. Ich möchte mit dir sprechen. In der anderen Suite. Sofort."

Kapitel 20

MINA

Gordon starrte aus den Fenstern der benachbarten Suite, während ich am Esstisch saß und still auf meinem Platz herumrutschte. Als Kind war ich nie ins Büro des Schuldirektors zitiert worden, aber so musste es sich wohl anfühlen. Nur noch schlimmer, denn Schuldirektoren waren keine furchterregenden Hexenmeister mit einer Lizenz zum Töten.

Nun, Gordon hatte die auch nicht, aber er war kaum jemand, der sich an die Regeln hielt.

Ich wartete und verwelkte wie die Blumen des gestrigen Straußes.

Celeste war im Nebenraum, der als Büro diente, und holte etwas für Gordon. Und Junge, sie ließ sich Zeit damit.

Meine Haut wurde vom Schweiß klamm. Meine Füße verkrampften sich. Ich knackte mit den Fingerknöcheln und versuchte, ruhig zu bleiben.

Ich suchte nach dem Gemälde und erinnerte mich daran, dass es zu Anastasia zurückgeschickt worden war. Selbst dieser Hauch von Schönheit und Unschuld war aus diesem Raum verschwunden.

Schließlich schlenderte Celeste mit einer Akte in den Händen aus dem Büro. Eine echte, altmodische Akte voller Ausdrucke, die zeigten, dass Gordon seit Jahren Informationen über jemanden gesammelt hatte.

Sie ging zu Gordon hinüber und schwang bei jedem Schritt ihre Hüfte. Ein Effekt, der an ihm vorbeiging, denn er starrte ununterbrochen aus dem Fenster. Als sie näherkam, streckte er eine Hand aus, ohne sich auch nur umzudrehen.

„Danke. Das wäre alles“, sagte Gordon schroff.

Celeste ging in die Richtung ihres Zimmers, aber Gordon deutete mit einer leiseren, unheimlicheren Wiederholung seiner eigenen Worte auf die Tür der Suite. „Ich sagte, das wäre alles.“

Sie ging mürrisch davon und schlug die Tür so laut zu, dass sie damit ein Statement abgab, aber gleichzeitig Raum ließ, um eine solche Absicht zu leugnen.

Gordon blieb noch eine ganze Minute lang am Fenster stehen, bevor er sich mit strengem Blick zu mir umdrehte. Er legte die Akte auf den Tisch und schob sie zu mir hinüber, während er sich über mich beugte.

„Schau dir das an“, befahl er.

Ich musste nicht fragen, was sich darin befand. Es konnte nur eines sein. Die Akte mit allem, was er über Marius hatte.

Und Junge, war diese Akte dick.

Ich hob mein Kinn. Das war Marius’ Vergangenheit – oder zumindest die Teile davon, die jemand ausgewählt hatte, der entschlossen war, jeden Fehltritt eines sturen, rebellischen Drachen zu dokumentieren.

Nun, jede Geschichte hatte zwei Seiten, nicht wahr?

Ich rührte die Akte nicht an. Das musste ich auch nicht. Ich hatte mir längst meine eigene Meinung über Marius gebildet, basierend auf meinen Erfahrungen mit ihm.

Der Mann war kein Engel, aber er war gut zu mir und in meinem Umfeld. Und er gab sein Bestes, um eine bessere Zukunft aufzubauen, auch wenn das bedeutete, sich an Gordons verdrehte Regeln zu halten.

Dann runzelte ich die Stirn und dachte an die Markierung, die er auf mir hinterlassen hatte, und wie wütend mich das machte. Wütend, aber auch seltsam gerührt, weil er mich wollte. Irgendwie.

Gott, was für ein Durcheinander.

Ich nahm all meinen Mut zusammen und schaute meinen Patenonkel direkt an.

„Was machst du denn, Gordon?“, fragte ich ruhig.

„Ich tue, was dein Vater von mir erwarten würde – ich beschütze dich.“

Ich ballte meine Hände zu Fäusten und erkannte einen weiteren Versuch, mich zu manipulieren, indem er meine tiefsten Emotionen weckte.

Ich knirschte mit den Zähnen. „Vielleicht brauche ich keinen Schutz.“

Traurig schüttelte er den Kopf. „Doch, das tust du. Es gibt so vieles, das du nicht weißt.“

„Vielleicht weiß ich mehr, als du denkst.“ Er runzelte die Stirn und ein kurzer Ausdruck der Besorgnis huschte über sein Gesicht. Aber er schüttelte ihn ab, hundertprozentig überzeugt, dass ich seine hässlichen Wahrheiten niemals aufdecken könnte – oder würde.

„Ich zweifle nicht an deiner Fachkompetenz in manchen Bereichen. Aber wenn es darum geht, die Welt zu verstehen – und Männer, die dich ausnutzen würden...“ Er verstummte.

Die Welt war voller herablassender älterer Männer, und in der Kunstwelt war das sogar doppelt so sehr der Fall. Aber wow. Das war wirklich der Gipfel. Glaubte er, ich lebte in einem Château oder in einem Kloster?

Ich war so wütend, dass ich fast alles herausgeschrien hätte: *Ich weiß, dass du mich ausnutzt, Gordon. Ich weiß, dass das ganze Geld, das du verdienst, nicht aus legalen Quellen stammt. Ich weiß, dass die Männer, die du mir als Leibwächter beschrieben hast, tatsächlich Söldner sind, die gezwungen werden, für dich zu arbeiten. Ich weiß, dass du mich ausnutzt, um Anastasias Vertrauen zu gewinnen, und dass dir in erster Linie deine eigenen Gewinne wichtig sind.*

Aber irgendwie hielt ich meine große Klappe und schob die Akte zu ihm zurück.

„Hier ist nichts drin, was ich sehen muss.“

„Oh doch, das ist es“, beharrte Gordon.

Ich schüttelte den Kopf. „Du magst ein Experte auf deinem Gebiet sein, Gordon, aber ich bin ein Experte auf meinem. Und wenn neue Schüler in meine Klasse kommen, bilde ich mir mein eigenes Urteil über sie. Ich lasse mich nicht von den Meinungen anderer beeinflussen.“

Gordon warf mir einen Blick zu, der sagte: *Das mag in einer behüteten Schulumgebung gelten, aber nicht in der realen Welt.*

Ich hätte ihn schütteln können. Die Schule war die reale Welt, roh und ungefiltert. Und Kinder waren keine fremde Spezies – sie waren Menschen, die derselben Verhaltensdynamik unterlagen wie Erwachsene. Sie waren nur noch nicht so gut darin, diese zu verbergen.

„Mr. Aecher hat seine Qualitäten, aber auch viele, viele Fehler", sagte Gordon traurig, als würde es ihm wirklich wehtun, in jemandem etwas anderes als das Beste zu sehen.

„Das haben wir alle", deutete ich an und begegnete Gordons Blick fest.

Er runzelte die Stirn und kehrte dann zu seinem Schulleiterton zurück. „Und offen gesagt, allein mit ihm herumzustreunen... "

Herumzustreuen? Fast hätte ich geschrien. Nachdem wir Szabo herumschleichen gesehen hatten?

Fast wäre es mir herausgerutscht, aber ich hielt mich gerade noch zurück. Bislang war ich davon ausgegangen, dass Szabo allein arbeitete oder mit Celeste unter einer Decke steckte. Aber was, wenn er von Gordon angeheuert worden war?

So unwahrscheinlich das auch schien, alles war möglich, also behielt ich es für mich. Ich sagte nur: „Ich habe mich hier nicht sicher gefühlt."

Er schnaufte. „Du könntest nirgendwo sicherer sein als an einem Ort, an dem ich dich beschützen kann."

Ein Ort, an dem er auch jede meiner Bewegungen überwachen konnte, wurde mir klar.

Gordon seufzte tragisch. „Ich gebe mir selbst die Schuld. Ich habe den Männern gegenüber klar ausgedrückt, dass ich höchste Verhaltensstandards erwarte, aber ich habe es versäumt, dir das Gleiche mitzuteilen." Er setzte wieder diesen enttäuschten Blick auf, der hinzufügte: *Offen gesagt, hätte ich nicht gedacht, dass ich es musste.* Dann fuhr er fort: „Aber das hier ist Geschäft und es erfordert strenge Verhaltensregeln."

Sagte der Mann, der regelmäßig zu Manipulation, Einschüchterung und Erpressung griff.

„Wo und mit wem ich die Nacht verbringe, ist meine Sache", gab ich zurück.

Gordon schüttelte den Kopf. „Nicht, wenn du geschäftlich unterwegs bist."

„Ich arbeite nicht mit Marius zusammen. Tatsächlich arbeite ich überhaupt nicht", sagte ich eisig. „Ich bin hier, um dir auf deine Bitte hin einen Gefallen zu tun."

Gordons Gesicht verdunkelte sich wie das eines Mannes, der von einem zahmen Schoßhund gebissen worden war.

„Aber das hier *ist* geschäftlich, meine Liebe. Und im Geschäft ist kein Platz für intime Beziehungen. Vor allem nicht, wenn es um Menschen in ungleichen Machtpositionen geht."

Ach. Zurück zu dem herablassenden *Du bist so schwach und unwissend*-Argument.

Oh, armer Marius, hätte ich beinahe gewitzelt. Er war größer und stärker und wusste mehr über Gordons schmutzige Geschäfte. Aber ich war die Lieblingspatentochter des großen Bosses, was mich in eine privilegierte Position versetzte, weit über Marius und die anderen.

Ein saurer Geschmack breitete sich in meinem Mund aus. Von wie vielen anderen kleinen Privilegien hatte ich profitiert, ohne mir dessen bewusst zu sein?

Nicht, dass es Gordon interessieren würde. Also blieb ich bei dem, was ihn interessierte.

„Eine Frau wurde ermordet. Ich habe keine Ahnung, was dahintersteckt, aber es ist schrecklich." Ich hob die Hand, bevor er sich entschloss, mir armer, dummer Frau zu versichern, dass er mich beschützen würde. „Es könnte auch die anderen Käufer abschrecken. Ganz zu schweigen davon, dass ein hochkarätiger Mordfall Anastasias Kunstwerk in die Gefahr bringt, ins Licht der Öffentlichkeit zu geraten. *Das* sind die Brände, auf deren Löschung wir uns konzentrieren müssen."

Mit anderen Worten: Nicht, dass ich mit Marius schlafe.

Damit hast du recht, gaben Gordons zusammengepresste Lippen zu.

Ich schob die Akte auf dem Tisch zurück, stand auf und zählte eine Liste von Maßnahmen auf, die Gordon von meinem Fall abbringen würden.

„Im Moment müssen wir die anderen Interessenten beruhigen. Wir müssen mit Anastasia sprechen, bevor die Polizei es tut, um sicherzustellen, dass sie nicht zu viel sagt." Ich zitterte, als ich mir selbst zuhörte. Das fühlte sich zu sehr nach *Al Capone* an. Aber ich machte weiter. „Und wir sollten in Betracht ziehen, das Geschäft auf Eis zu legen, bis sich die Lage beruhigt hat."

Gordon schüttelte kurz den Kopf. „Anastasia hat eine Frist. Das müssen wir respektieren."

Ich würde es vorziehen, wenn Gordon das Gesetz und grundlegenden menschlichen Anstand respektieren würde. Aber leider hatte ich gelernt, meine Erwartungen herunterzuschrauben.

Er rief Celeste zurück und wiederholte die meisten meiner Punkte als Befehle, so dass sie wie seine eigenen brillanten Ideen klangen. Aber für den letzten Punkt gab ich ihm die volle Anerkennung.

„Und behalte die Polizei im Auge", befahl er zuletzt. „Wir müssen alles wissen, was sie herausfinden."

Ich war sprachlos. Hatte Gordon tatsächlich die Mittel, das zu tun?

Ich sackte zusammen. Natürlich hatte er das.

Celeste beendete ihre völlig unnötigen Notizen und warf dann einen vielsagenden Blick auf die Akte auf dem Tisch.

Gordon runzelte die Stirn und schickte sie dann weg. „Gehen Sie. Ich kümmere mich um den Rest."

Meine Knie zitterten, als ich mich fragte, was das bedeutete.

Zum Glück klingelte in diesem Moment mein Telefon. Leider war es unsere Kundin.

„Guten Morgen, Anastasia. Wie geht es Ihnen?", sagte ich und schaute Gordon an.

Er hörte sich den Anfang unseres Gesprächs an, dann ging er ins Büro und schloss die Tür, vermutlich um selbst zu telefonieren.

Ich machte beruhigende Geräusche ins Telefon. „Ja, es ist wirklich schrecklich... Ja, die Polizei war hier... Natürlich kann ich jederzeit vorbeikommen, wenn Sie mich brauchen..."

Einen Moment später quietschte ich fast. „Was?"

„Bogdan hat angerufen und gesagt, dass er kein Interesse mehr an dem Gemälde hat", klagte Anastasia. „Sie müssen etwas unternehmen. Sofort!"

Ich nahm an, dass sie eher darüber beunruhigt war, einen Gentleman-Besucher als einen Käufer zu verlieren, aber ich willigte ein, ihn anzurufen.

Während ich wählte, dachte ich darüber nach. Ein Waffenhändler würde sich doch sicher nicht durch den Mord an einem Konkurrenten abschrecken lassen? Was hatte ihn umgestimmt?

Bogdan klang entschuldigend, aber vage. Als ich ihn darauf ansprach, warum er aus dem Geschäft aussteigen wollte, zögerte er. Das Geräusch von Schritten deutete darauf hin, dass er sich an einen Ort begab, an dem er ungestört reden konnte. Als er stehen blieb, senkte er die Stimme und sein Tonfall veränderte sich.

„Sie scheinen mir ein nettes Mädchen zu sein, Hermina."

Das war zwar nicht ganz mein Name, aber ich war zu nervös, um ihn zu unterbrechen.

„Ich würde es hassen, wenn etwas auf Sie stoßen würde", fuhr er unheilvoll fort.

Wenn mir etwas zustoßen würde, korrigierte ich ihn im Stillen, aber ich hatte schon verstanden, worauf er hinauswollte.

„Also schlage ich vor, dass Sie sich aus diesem Geschäft zurückziehen, bevor es zu dampfender Kacke kommt", fuhr er fort. „Überlassen Sie den Gewinn – und die Risiken – anderen."

„Risiken?" Ich schluckte.

Sein Schweigen war seine einzige Antwort und meine Fantasie füllte die Leere mit bildhaften Vorstellungen von kräftigen Händen, die das Leben aus der armen Raisa würgten.

„Glauben Sie, dass ihr Tod eine Botschaft sein sollte?", fragte ich schließlich.

Er lachte, obwohl es nicht humorvoll klang. „Der Anruf, den ich erhielt, war wesentlich deutlicher."

Ich starrte mit offenem Mund. „Jemand hat Sie bedroht? Wer?"

Er dachte darüber nach und sagte dann: „Ich habe ein Vermögen gemacht – und ein reifes Alter erreicht –, indem ich erkannt habe, wann der Gewinn das Risiko überwiegt. Und ich versichere Ihnen, dies ist keiner dieser Fälle."

Ich erstarrte, denn, verdammt. Wenn ein Waffenhändler dies für zu riskant hielt, sollte ich das verdammt noch mal auch tun.

Es wurde still am Telefon, während wir beide über unsere Gedanken – und in meinem Fall über Ängste – nachdachten.

Mir kam ein Gedanke und ich warf einen Blick auf die Bürotür. Sie war immer noch fest verschlossen.

Ich ging zum anderen Ende der Suite und flüsterte ins Telefon. „Würden Sie mir bitte eine Frage beantworten?"

„Das hängt von der Frage ab", lachte er.

Ich bewunderte seine Fähigkeit, in Zeiten von Mord und Chaos seinen Sinn für Humor zu bewahren. Das waren wohl wesentliche Eigenschaften für einen Mann in seinem Berufsfeld, nahm ich an.

„Was hat Gordon gesagt, welche Provision er verlangen würde?", flüsterte ich.

Bogdan schnaufte. „Zwanzig Prozent – zusätzlich zum Verkaufspreis. Unverschämt. Aber angesichts der Risiken vielleicht angemessen."

Vor Jahren hatte ich ein Praktikum in einem Auktionshaus absolviert und gelegentlich waren dort *Risiken* zur Sprache gekommen. Aber niemals solche, die Menschen das Leben kosteten. Wo war ich hier nur hineingerutscht?

Bogdan seufzte und signalisierte damit das Ende unseres Gesprächs. „Grüßen Sie Anastasia Nikolaevna von mir. Es war mir eine große Freude."

„Ich bin sicher, sie würde sich freuen, von Ihnen zu hören", warf ich ein. Es war ein schlechter Zeitpunkt, um den Verkuppler zu spielen, aber ich konnte nicht anders. „Auch wenn es vielleicht erst in einiger Zeit sein wird und nichts mit Kunstwerken zu tun hat."

Er gluckste. „Glauben Sie das wirklich?"

Das tat ich tatsächlich. Und warum sollte man nicht versuchen, etwas Positives aus all der Kacke zu machen, die sprichwörtlich zu dampfen anfing?

„Ja, das glaube ich", sagte ich.

∞∞∞∞

Sobald ich Celestes Suite verlassen konnte, tat ich dies und ging nach nebenan zu den anderen, die dort warteten. Alle schauten auf, als ich die Tür öffnete, und obwohl niemand etwas sagte, sah ich die Fragezeichen in ihren Blicken.

Vor allem aber sah ich Marius, der besorgter aussah als je zuvor. Mehr als ich es ihm zugetraut hätte.

Und einfach so fiel der unnötige Ballast um meine Gefühle ab und hinterließ das, was am wichtigsten war: Liebe. Hingabe. Respekt.

Meine Füße trugen mich über den Boden und eine Sekunde später umarmten wir uns fest. Nicht nur ich umarmte ihn, sondern er umarmte mich wie den größten Schatz eines Drachen.

Er vergrub sein Gesicht an meiner Schulter und atmete meinen Duft ein. Ich schloss die Augen und umklammerte seinen Rücken. Sein Körper wärmte meinen und in den Tiefen meines Geistes registrierte ich einen einzigen Gedanken.

Taten sagen mehr als Worte.

Also zur Hölle mit Gordons Akte. Zur Hölle mit meinen eigenen Zweifeln. Zur Hölle mit allem, was zwischen mir und meinem Mann stand.

Ja, wir mussten definitiv an unserer Kommunikation arbeiten. Nein, er hätte mich nicht heimlich markieren dürfen. Aber im Grunde seines Herzens war er ein guter Mann, und er liebte mich.

Ich spürte, wie die anderen unruhig herumhuschten. Nun, zur Hölle auch mit ihnen.

Dann besann ich mich und zog mich zurück. Ich liebte Marius, aber ich hatte auch die anderen liebgewonnen. Nicht auf dieselbe verzweifelt leidenschaftliche Weise, sondern als Freunde. Und vielleicht waren wir nicht zufällig zusammengeworfen worden. Vielleicht war das auch Schicksal. Vom ersten Tag an steckten wir gemeinsam in dieser Situation.

Und jetzt, an einem Tag, an dem sich die Hölle auftat, brauchten wir einander mehr denn je.

Ich zog mich zurück und wandte mich den anderen zu.

„Auch schön, dich zu sehen", witzelte Bene.

Ich gab mir Mühe, streng auszusehen. „Nur damit das klar ist: Ich bin immer noch wütend." Ich zeigte auf Marius. „Besonders auf dich. Aber im Moment..." Ich hörte auf zu reden und wechselte zu Körpersprache.

Ich öffnete und schloss meine Hände in einer plaudernden Bewegung und zeigte dann herum. *Wir müssen reden.*

Als Nächstes legte ich einen Finger auf meine Lippen und zeigte auf die angrenzende Suite. *So, dass sie uns nicht belauschen können.* Denn es war nicht abwegig anzunehmen, dass Gordon unser Zimmer abhörte.

Schließlich hob ich meine Hände mit den Handflächen nach oben. *Also, was machen wir jetzt?*

Was mir hoffnungslos erschien, war ein Kinderspiel für die Männer, die in Fähigkeiten geschult waren, von denen die meisten gesetzestreuen Bürger keine Ahnung hatten, geschweige denn Gebrauch machten. Bene winkte Marius und mich auf den kleinen Balkon neben dem hinteren Schlafzimmer, während Roux den Fernseher auf einen Sportsender stellte und die Lautstärke aufdrehte.

Summ! Summ! Rennwagen rasten Runde und Runde um Runde über die Rennstrecke.

„Formel Eins", murmelte Bene. „Perfekt."

Roux und Henrik gesellten sich zu uns und wir drängten uns zusammen auf diesen winzigen, ungeschützten Raum. Dennoch fühlte ich mich sicherer und wohler als in Celestes warmer, geschlossener Suite.

Ich begegnete Henriks Blick und er senkte den Kopf. Vielleicht konnten Vampire doch Scham empfinden. Ich würde mich nicht darauf verlassen, dass mir dies das Leben rettete, aber ich nahm an, dass ich vorerst sicher war.

„Was hat Gordon gesagt?", fragte Bene.

Ich übersprang die Details und kam direkt zum Punkt. „Meiner Meinung nach müssen wir herausfinden, wie wir uns vor allem schützen können, was als Nächstes schiefgeht – einschließlich aller Überraschungen, die Gordon für uns bereithält."

Henrik runzelte die Stirn. „Glaubst du, er hat etwas geplant?"

Roux meldete sich zu Wort, bevor ich es tun konnte. „Nein, aber er würde uns alle, ohne zu zögern, den Wölfen zum Fraß vorwerfen.“

Sein Blick fiel auf Marius und verharrte dort.

„Alle außer ihr.“ Bene zeigte auf mich.

Ich verzog das Gesicht. „Vielleicht, aber ich habe das Gefühl, dass meine Immunität bald aufgebraucht sein könnte.“

Henrik schüttelte den Kopf. „Im schlimmsten Fall findet er einen Weg, dich nach Hause zu schicken und dich aus Schwierigkeiten herauszuhalten.“

Ich hasste diesen Gedanken, aber er hatte recht.

„Also, wie sieht es jetzt aus?“, fragte Bene. „Mit dem Kunsthandel, meine ich.“

Roux rieb sich das Kinn und dachte laut nach. „Raisa ist tot. Bleiben nur noch der Bulgare und der Tech-Typ.“

Ich schüttelte den Kopf. „Bogdan ist gerade ausgestiegen. Bleibt nur noch Jensen.“

Ich erzählte ihnen kurz, was der Bulgare berichtet hatte.

„Jensen war von Anfang an Gordons erste Wahl“, überlegte Bene.

Ich warf Roux einen Blick zu, aber er zuckte nur mit den Schultern. „Gordon wird immer das tun, wobei er am meisten verdient.“

Ich seufzte innerlich. Offensichtlich musste ich meine Einschätzung von Gordon von *schlecht* zu noch *schlechter* korrigieren.

„Laut Bogdan wird Gordon zwanzig Prozent des Verkaufspreises verdienen“, murmelte ich und rechnete schnell nach. „Zwanzig Prozent von siebenundachtzig Millionen...“

„Über siebzehn Millionen“, ergänzte Henrik.

„Zusätzlich zum Verkaufspreis“, betonte ich. „Wenn Jensen Gordon bei dem Geschäft nicht übergeht.“

Marius schnaubte. „So dumm kann er doch nicht sein.“

„Vielleicht ist er einfach so selbstsicher“, überlegte Henrik.

Ich schwor mir erneut, die Verbindung zu meinem Patenonkel zu kappen – und zwar bald.

Dann besann ich mich. Bald war nicht gut genug. Ich brauchte eine Frist.

Sobald diese Mission vorbei war, beschloss ich, und sobald die Jungs ihre Verträge erfüllt hatten.

„Wird Anastasia das Gemälde überhaupt an Jensen verkaufen?", fragte Bene. „Wird sie zustimmen, Gordon bei dem Geschäft zu übergehen?"

„Jemand hat Raisa umgebracht und Bogdan unter Druck gesetzt", gab ich zu bedenken. „Dieser jemand könnte Anastasia genauso ‚überzeugen'."

„Die Frage ist, wer ist er?"

„Oder sie", sagte ich.

Wir schauten alle in Richtung der angrenzenden Suite.

Kapitel 21

MINA

Letztendlich einigten wir uns auf vier potenzielle Verdächtige im Mordfall Raisa Kepke. Jensens Motiv, so beschlossen wir, wäre gewesen, seine Konkurrenz beim Kauf auszuschalten. Gordons Motiv wäre gewesen, den Höchstbietenden zu sichern und die höchstmögliche Provision zu verdienen. Oder es könnte Szabo gewesen sein, der im Auftrag von Gordon handelte. Alternativ könnte es Celeste gewesen sein, die im Auftrag von Gordon *oder* in ihrem eigenen Interesse handelte, um irgendwie von der sich daraus ergebenden Situation zu profitieren.

„Ich setze auf Gordon oder jemanden, der für Gordon arbeitet", entschied Bene.

„Ich setze auf Celeste", brummte Marius.

Ich stimmte zu. Es war immer eine sichere Wette, das Schlimmste von dieser Schlampe anzunehmen. Ähm, dieser Frau.

Szabo, da waren wir uns alle einig, war unwahrscheinlich. Vor allem, weil er sich die Gelegenheit, Raisas Blut zu trinken, nicht hätte entgehen lassen. Aber angesichts der Unklarheit des Polizeiberichts konnten wir uns nicht sicher sein.

„Egal, wer es war, wir müssen uns schützen", beharrte ich. „Also teilen wir fortan alles, was wir wissen. Keine Geheimnisse, egal, was Gordon uns auch schwören lässt."

Marius warf jedem der anderen einen finsteren Blick zu und bekräftigte damit meine Aussage. Keiner von ihnen war im Herzen ein Teamplayer, aber wir hatten Transparenz noch nie so sehr gebraucht wie jetzt. Jetzt, da Gordon freudig jeden von ihnen opfern würde, um seinen Deal durchzuziehen.

Und Marius, das wusste ich, stünde ganz oben auf seiner Abschussliste.

Ein Problem, mit dem ich mich den ganzen Vormittag und bis in den Nachmittag hinein herumgeschlagen hatte. Wir waren alle in der Suite eingesperrt, in einer Situation, die sehr nach Hausarrest stank.

Roux tigerte auf und ab, bis ich fast schreien musste.

Henrik saß wie ein Schachmeister am Tisch, die Hände an seinen Schläfen, und dachte nach.

Marius wechselte zwischen auf und ab pirschen mit Roux und an meiner Seite zu sitzen, wobei er jedem, der es wagte, mich zu bedrohen, die Hölle und Verdammnis versprach. Ich kritzelte Pferde, die auf eine Berglandschaft schauten, umrahmt von bedrohlichen Wolken und Dollarzeichen.

Bene war der Einzige, der entspannt war, reichliche Mengen beim Zimmerservice bestellte, auf der Couch faulenzte und fernsah.

„Das geht auf Gordons Rechnung, oder?" Er grinste.

Ach, wenn man doch nur alle Sorgen über die Zukunft einfach so abschalten könnte.

Ich ging in mein Zimmer, schaute aus dem Fenster und dachte nach und nach. Intensiv.

Das Problem, so kam ich zum Schluss, war, dass ich nicht hinterhältig genug gedacht hatte. Gordon – und unbekannte Feinde – hatten intrigiert und konspiriert und ich hatte nur reagiert.

Nun, ich würde proaktiv werden. Ich würde mich in Gordons – und Celestes, Jensens, Szabos und Anastasias – Lage versetzen und rücksichtslos denken. Gierig. Was würden sie möglicherweise tun und wie konnte ich mich und Marius schützen – und Bene, Roux und Henrik?

Ja, sogar Henrik. Weniger aus Loyalität als in der Hoffnung, etwas in der Hand zu haben, was er mir schuldete, wenn ihn das nächste Mal unerwartet der Durst überkam.

Um fünfzehn Uhr erlaubte mir Gordon, Anastasia zu besuchen, und schickte anstatt Marius Henrik und Roux als Schutz mit mir mit.

Fast hätte ich mit den Augen gerollt. Glaubte er etwa, wir würden uns in so einer Situation ausziehen und in Anastasias Treppenhaus vögeln?

Ich musste zugeben, dass mir bei diesem Gedanken das Herz höherschlug.

Ich schleppte mich aus dem Hotel, und hatte Angst, Gordon könnte versuchen, Marius umzubringen. Aber Bene versprach, auf ihn aufzupassen, also machte ich mich auf den Weg und schmiedete die ganze Zeit über Pläne.

Schluss damit, ein Gutmensch zu sein. Schluss mit Prinzipien und Idealen. Schluss mit Hoffnungen. Es stand etwas viel Wertvolleres als dieses Gemälde auf dem Spiel, und es lag an mir, es zu retten.

Kurz gesagt, war es an der Zeit, meine hinterhältige, innere Schlampe zu entfesseln.

Als Anastasia mich nervös um Rat fragte, schwärmte ich trotz des bitteren Geschmacks in meinem Mund von Jensen. Oh, und auch von Gordon.

„Es ist unerlässlich, über Gordon zu agieren, und nur über Gordon", sagte ich. „Jeder, der versucht, ihn zu umgehen, versucht auch, Sie zu umgehen."

Eine Notlüge, aber hey. Jensen wollte die Exklusivrechte an einem der schönsten Gemälde der Welt? Dann sollte er eben weitere siebzehn Millionen für dieses Privileg hinblättern.

„Aber er ist... Er ist... "

„Gefühllos? Unwürdig?", warf ich ein. „Ja. Aber er ist auch reich. Und er ist bereit, das Geschäft vor Ihrer Frist abzuschließen."

Anastasia schaute mürrisch aus dem Fenster und dachte über ihre Achillesferse nach.

Ich schaute ebenfalls hinaus und dachte an meine – meine Ideale und meine Liebe zu Marius.

Dann tätschelte ich ihre trockene, runzlige Hand und zwang mich zu einem Lächeln. „Wissen Sie, was ich vorschlage?"

Sie neigte erwartungsvoll den Kopf. „Wir nehmen unseren Tee mit nach oben und genießen das Gemälde für eine Weile."

Eigentlich wollte ich sagen, *sie* solle *ihren* Tee mit nach oben nehmen, aber ich versprach mich.

Anastasia lächelte bittersüß und führte mich nach oben, wo wir uns setzten und still Franz Marcs Meisterwerk betrachteten.

Zumindest tat ich das in der ersten Minute. Dann schaute ich in die Ferne und dachte nach. Schmiedete Pläne. Kalkulierte.

∞∞∞∞

Roux und ich gingen und ließen Henrik mit Anastasia zurück. Ich war mir sicher, dass sie einen Leibwächter ablehnen würde, aber Henrik hatte laut aus einem Zitat vorgelesen, das an einer der Wände eingerahmt war, und damit eine lebhafte Diskussion über Poesie ausgelöst – auf Polnisch, soweit ich das beurteilen konnte.

Adam Mickiewicz, murmelte der Vampir anerkennend.

Eine dieser in seinem Heimatland weltberühmten Persönlichkeiten, wie ich vermutete.

Anastasia strahlte. Henrik hatte Bogdans altmodische Manieren, aber ohne dessen Charme, was sie jedoch nicht störte. Vor allem, da weder Roux noch ich noch die meisten Londoner in der Lage waren, auf dem gleichen (oder irgendeinem) Niveau über diese Poesie zu diskutieren.

Wir ließen sie zurück und machten uns auf den Weg zum Hotel. Unterwegs ließ ich meine Frustration an Roux aus.

„Ich kann nicht glauben, dass du mir nichts von dieser blöden Markierung gesagt hast", murrte ich und zupfte an meinem Halstuch. „Ich dachte, es wäre ein Knutschfleck."

Er schnaufte. „Auf keinen Fall. Wenn du wütend bist, bist du so schlimm wie ein Drache."

Ich beschloss, das als Kompliment zu verstehen.

„Und ich kann nicht glauben, dass Marius es überhaupt getan hat", schimpfte ich.

Roux dachte einen Moment darüber nach und überraschte mich dann mit einem Flüstern. „Ich hätte dasselbe getan, wenn mir Liebe mehr bedeutet hätte als die Mission."

Ich starrte ihn an.

Er lächelte leicht. „Nicht, dass es das tut."

Ich machte mir keine Illusionen darüber, dass Roux sich irgendetwas anderem als seiner Arbeit widmen würde. Aber wow. Seine Worte warfen ein ganz neues Licht auf das, was Marius getan hatte.

Ich dachte während der ersten Hälfte der Rückfahrt zum Hotel darüber nach. Dann teilte ich Roux mit, dass wir eine Station früher aus der U-Bahn aussteigen und den Rest des Weges zu Fuß gehen würden. Langsam, denn ich schmiedete immer noch hinterhältige Pläne.

Gerade als wir um die letzte Ecke zum Hotel bogen, stand mein Plan fest und ich holte tief Luft. Roux hielt mir die Tür auf, aber anstatt mich zu bedanken, marschierte ich wortlos hinein.

Schluss damit, ein Gutmensch zu sein, ermahnte ich mich selbst.

Ich spähte in unsere Suite, um mich zu vergewissern, dass Gordon Marius nicht getötet hatte, oder Marius Bene oder Bene Marius.

Aber, *uff*. Beide Gestaltwandler waren gesund und munter und waren sich nicht gegenseitig an die Gurgel gegangen. Tatsächlich war Bene in Löwengestalt mit einer beeindruckenden Mähne. Als ich hereinkam, streckte er sich, wie es nur ein Raubtier konnte, aber als er mich sah, stolzierte er herum und warf seine goldene Mähne zurück. Die Geste sagte: *Siehst du, was du hättest haben können, Baby?*

Marius knurrte leise.

Roux verdrehte die Augen. „Löwen.“

Ich hielt nicht inne, um weiter darauf herumzureiten. Ich ging einfach zurück in den Flur, nahm all meinen Mut zusammen und hob die Hand, um an die Tür der benachbarten Suite zu klopfen.

„Warte!“, rief Roux und deutete eindringlich auf mein Halstuch.

Ich zog es schnell enger, räusperte mich und klopfte laut an.

Celeste öffnete die Tür, aber ich ging an ihr vorbei und sagte: „Ich möchte mit dir sprechen, bitte, Gordon.“

Mein Patenonkel belohnte mich mit einem strahlenden Lächeln und hoffnungsvollem Blick, als erwarte er, dass ich Marius verlassen, ihn um Verzeihung bitten und nach Hause in mein Château zurückrennen würde, wo ich wieder die süße, manipulierbare, junge Frau wäre, die er kannte.

Nun, das würde nicht passieren.

Er schickte Celeste hinaus und sie gehorchte, wenn auch nicht ohne ein leises Schnauben.

„Also, ich habe nachgedacht", begann ich. „Ich habe viel nachgedacht und bin zu einer Erkenntnis gekommen."

„Ja?", Gordon lächelte erwartungsvoll.

Ich holte tief Luft und begann: „Dieser Kunsthandel stinkt."

Warum um den heißen Brei herumreden, dachte ich mir.

Gordon runzelte die Stirn.

„Alles daran stinkt, von der Geheimhaltung über die Manipulation bis hin zum völligen Mangel an Moral", fuhr ich fort.

Gordon öffnete den Mund, aber ich fuhr fort, bevor er etwas sagen konnte.

„Du hast mich gebeten, dir bei der Bewertung eines seltenen Kunstwerks zu helfen. Um sicherzustellen, dass es in gute Hände gelangt. Und jetzt haben wir es mit einem Mord, einer polizeilichen Ermittlung und einer schwindenden Liste von Käufern zu tun – von denen die meisten höchst fragwürdig sind. Außerdem war diese Liste von Anfang an manipuliert."

„Jetzt warte mal einen Moment", protestierte Gordon.

Ich schüttelte den Kopf, denn ich hatte schon viel zu lange gewartet.

„Jetzt versuche ich, einen dubiosen Hinterzimmer-Deal für dich zu retten, und offen gesagt habe ich genug davon."

Und Junge, das war noch milde ausgedrückt.

Gordon runzelte die Stirn. „Ich hatte nie die Absicht..."

Ich hätte fast laut gelacht. „Oh, ich glaube schon. Ich glaube, du hast das alles sorgfältig geplant. Vielleicht nicht den Mord, aber dass Jensen ganz oben auf der Liste bleibt und eine Reihe anderer Dinge. Du wolltest mich ausnutzen, um den Deal nach deinen Wünschen abzuschließen."

Gordon schaute mich sauer an. „Willst du einen Anteil?“

Ich stapfte mit dem Fuß auf den Boden. „Nein! Ich will keinen Anteil. Ich will nichts damit zu tun haben, aber dafür ist es zu spät, nicht wahr?“ Ich schluckte schwer und fuhr dann fort: „Ich will nur, dass das endlich vorbei ist und ich zu meinem Leben zurückkehren kann. Ein Leben, in dem ich frei bin, fundierte Entscheidungen über meine Beteiligung an irgendetwas zu treffen.“

Gordon griff erneut nach dieser verdammten Akte und schob sie mir vor die Nase. „Hier. Informiere dich. Er hat dir viele Informationen vorenthalten.“

Vor meinem inneren Auge sah ich mich, wie ich sie zurückstieß und die Papiere überall hin durch die Luft flogen. Aber ich hielt mich zurück.

„Private Angelegenheiten privat zu halten, ist etwas anderes, als Informationen vor mir zu verbergen, wie du es immer wieder getan hast.“

„Jetzt lass mich mal eines klarstellen“, donnerte Gordon.

„Nein, du lässt mich etwas klarstellen“, unterbrach ich ihn. „Wenn ich mich für Marius entscheide, ist das meine Entscheidung und du musst sie respektieren.“

„Dein Vater würde das niemals gutheißen“, spie er.

„Vielleicht, vielleicht auch nicht. Aber mein Vater würde mich mein eigenes Leben führen lassen. Mein Vater würde mich nicht manipulieren, um ihm bei fragwürdigen Geschäften zu helfen. Er würde sich gar nicht erst auf fragwürdige Geschäfte einlassen.“

Ich holte tief Luft, bevor meine Stimme zum Schreien anschwoll. Ich war so kurz davor.

Gordons Augen blitzten vor Wut, aber er beruhigte sich mit einem tiefen Atemzug.

„Das könnte nicht weiter von der Wahrheit entfernt sein.“ Er schüttelte den Kopf. „Ich sehe, was für ein Fehler es war, dich mit Männern ihresgleichen in Kontakt kommen zu lassen.“ Er deutete auf die benachbarte Suite.

Und genau in diesem Moment brach die Magie über mich herein und offenbarte mir seine Gedanken. Gedanken daran, Marius zu töten. Die anderen zu bestrafen. Meine Schwester und meine Cousine davon zu überzeugen, dass ich den Verstand verloren hatte und nicht mehr in der Lage war, mein Leben selbst zu führen.

„Denk nicht einmal daran, Gordon. Ich warne dich", knurrte ich.

Er starrte mich an. „Ist das eine Drohung?"

„Es ist eine Warnung. Lass mich in Ruhe. Lass sie alle in Ruhe. Du bist mehr auf mich angewiesen, als du denkst."

Er schnaubte, als wäre ich ein Kind und hätte mich völlig übernommen.

Was auch absolut der Fall war, aber ich würde mich davon nicht aufhalten lassen.

„Ich kann Anastasia gegen Jensen aufbringen – der übrigens wahrscheinlich versuchen wird, dich bei dem Geschäft zu übergehen."

„Unsinn."

„Du glaubst mir nicht? Schau in deinen eigenen Akten nach", schnauzte ich. „Du wirst einen Hinweis nach dem anderen darauf finden, wie sehr es ihm Freude bereitet, die Mittelmänner auszuschalten. Aber das ist irrelevant, wenn Anastasia sich entscheidet, einen anderen Käufer zu suchen. Diese de Mézières-Frau zum Beispiel."

„Die Influencerin?" Sein Gesicht verfinsterte sich. „Das würdest du nicht tun."

„Nein, werde ich nicht, solange du mir Folgendes zusicherst." Ich stand auf und streckte mich zu meiner vollen Größe, während er sitzen blieb. „Du erklärst die Bedingungen deiner Verträge mit Marius, Roux, Benedikt und Henrik für erfüllt und ersetzt sie durch normale – ich wage zu sagen, freiwillige – Verträge, die bis zum Ende ihrer ursprünglichen Laufzeit mit dir gelten. Es ändert sich also nichts, außer dass du ihnen sofortige Begnadigung garantierst."

Ich hatte die letzten Stunden damit verbracht, über alles nachzudenken, und das war das Ergebnis. Und ja, ich war sehr versucht gewesen, Henrik von der Liste zu streichen, aber ich hatte beschlossen, nicht so tief zu sinken.

Gott wusste, dass ich kurz davor gewesen war.

Gordon kniff die Augen zusammen. „Was weißt du über ihre Verträge mit mir?"

„Mehr als ich jemals wissen wollte." Er wollte protestieren, also fuhr ich schnell fort. „Wenn du willst, dass dieser Handel zustande kommt, wirst du meinen Bedingungen zustimmen."

Er starrte mich geschockt an. „*Deinen* Bedingungen?"

Undankbare Göre, schoss ihm durch den Kopf, aber darauf war ich vorbereitet.

„Ich weiß alles zu schätzen, was du für mich getan hast, Gordon. Für uns alle, all die Jahre."

„Und trotzdem stehst du hier und stellst Forderungen an mich", sagte er bitter, als wäre *ich* diejenige, die *ihn* ausgenutzt hatte.

„Ich stelle keine Forderungen. Ich verteidige mich selbst und die Männer, deren Leben du immer wieder, ohne zu zögern, aufs Spiel setzt."

Er zuckte mit den Schultern. „Sie arbeiten in einem riskanten Geschäft."

Ich schlug mit der Hand auf den Tisch. „Dieses Geschäft ist *dein* Geschäft. Etwas, das du all die Jahre vor uns verheimlicht hast."

Er schüttelte den Kopf. „Du bist wieder einmal in die Irre geführt worden."

Ich hatte keine Lust, mich auf diese endlose Diskussion einzulassen, also beendete ich sie schnell.

„All die Jahre habe ich dich geliebt und geschätzt, Gordon. Dank deiner Unterstützung habe ich so viel erreichen können. Aber Manipulation und Täuschung gehören nicht zu einer gesunden Beziehung."

„Die du mit jemandem wie diesem Drachengestaltwandler erreichen willst?"

Dieses Gesindel, implizierte sein Tonfall.

„Das geht dich nichts an, genauso wie deine persönlichen Entscheidungen mich nichts angehen."

Die Lehrerin in mir klopfte mir auf die Schulter und bedeutete mir, dass ich aufhören sollte, solange ich noch die Nase vorn hatte. Ich hatte gesagt, was ich zu sagen hatte. Weiterzumachen würde nur zu einem Streit führen.

„Was ist aus deinem Vorhaben geworden, das Beste für das Gemälde zu wollen?“, fragte Gordon bissig.

Ich hatte mich bereits zur Tür gewandt, drehte mich jedoch noch einmal um. „Eine Frage, die ich mir schon tausendmal selbst gestellt habe. Aber ich glaube, die Antwort liegt bei dir, nicht bei mir.“

Mein Herz raste und jeder Nerv in meinem Körper war angespannt, als ich zur Tür hinausmarschierte. Aber ich marschierte hinaus und ließ einen gefährlich verärgerten Gordon zurück.

Kapitel 22

MARIUS

Jede Minute, die Mina mit Gordon verbrachte, kam mir wie eine Ewigkeit vor. Aber Celeste war bei uns in der Suite, also konnte ich nicht auf und ab pirschen, brüllen oder schwören, Gordon auf tausend verschiedene Weisen umzubringen. Ich stand einfach am Fenster, den Rücken zum Zimmer gewandt, und versuchte, nicht vor Wut zu zittern.

Geh dort rein und hilf ihr! heulte mein Drache.

Ich wollte es auch, aber Mina war in der Lage, mit Gordon fertig zu werden. Wahrscheinlich besser als ich.

Ich starrte aus dem Fenster und hatte die Hände zu Fäusten geballt. Irgendwo hinter Londons düsterem Himmel ging die Sonne ohne großes Aufsehen unter. Sie verschwand einfach allmählich und ließ uns in der Ungewissheit zurück.

Auberre ist so viel besser, beschwerte sich mein Drache.

Was nur zeigte, wie sehr sich meine Prioritäten verändert hatten. Vergessene, kleine Städtchen auf dem Land hatten mich vorher nie wirklich interessiert. Ich war in einer solchen Stadt aufgewachsen und so schnell wie möglich von dort geflohen. Aber jetzt...

Ich schloss meine Augen und stellte mir den Wald vor. Die geschwungenen Weinberge. Die ruhigen Nächte im Salon.

Mina, die das Porzellan ihrer Großmutter verteidigt, gluckste mein Drache.

Ein leichtes Lächeln huschte über meine Lippen, das jedoch verschwand, als Celeste näherkam.

„Armer, armer Marius. So verliebt, dass er nicht weiß, was er tun soll", gurrte sie.

Oh, ich wusste, was ich tun sollte. Celeste erwürgen. Mina helfen, diesen beschissenen Job zu überstehen und nach Hause zurückzukehren, wo ich sie gerade so lang allein lassen würde, bis ich alle meine Feinde vernichtet hätte. Dann könnten wir glücklich bis ans Ende unserer Tage leben.

Ich verzog das Gesicht. Kein Plan, den Mina gutheißen würde.

Arme Celeste, spottete Bene, allerdings nur in meinen Gedanken. *Sie hat nichts Besseres zu tun, als mit Typen herumzuhängen, die absolut kein Interesse an ihr haben.*

Roux knurrte und warnte ihn, den Sukkubus nicht zu verärgern. Vor allem, da sie wahrscheinlich bereits gegen uns intrigierte.

Bene verzog das Gesicht und schaltete durch die Kanäle des Fernsehers. „Wir Armen. Neunundneunzig Sender und nichts Interessantes auf einem einzigen davon." Dann hellte sich seine Miene auf, als er auf eine Dokumentation über die Savanne stieß. Die Kamera schwenkte zu einem Löwenrudel und ein Sprecher erzählte mit gedämpfter Stimme von der sozialen Hierarchie.

„Stimmt genau", murmelte Bene, während der Sprecher über den Alphalöwen schwärmte.

Celeste verdrehte die Augen.

Ich ignorierte sie und versuchte mein Bestes, es Bene gleichzutun – zum ersten Mal – indem ich mir vorstellte, wie ich mit kaltem Wind unter meinen Flügeln und gelegentlichen Feuerstößen über die Alpen flog. Ich schloss die Augen und erlebte meine Lieblingsroute noch einmal. Früher flog ich um Mitternacht tief über den Vierwaldstättersee und raste dann die Hänge des Pilatus hinauf. Die umliegenden Dörfer schliefen zu dieser Stunde normalerweise, aber ein paar Lichter waren auf den Hängen verteilt. Im Winter bedeckte Schnee die Landschaft. Im Sommer ein üppiger Teppich aus Gras. Ich erinnerte mich an den Duft von Bergblumen, Milchbauernhöfen und Gletschern...

Dann bebten meine Nasenflügel und ich wirbelte herum, als die Tür aufflog.

Mina stürmte herein. Im wahrsten Sinne des Wortes. Die Servietten auf dem Tisch flatterten und der Luftdruck sank, so wie es der Fall war, wenn Wolken aufzogen und die Berge einhüllten.

„Gordon will dich", sagte sie zu Celeste in einem für Mina sehr untypischen Tonfall.

Roux riss die Augen weit auf und Bene rutschte ans andere Ende der Couch.

Sogar Celeste war so überrascht, dass sie ohne ein Wort aus dem Zimmer schlüpfte. Mina schlug die Tür hinter ihr zu.

„Wollte Gordon sie wirklich sehen?", fragte Bene leise.

„Nein." Mina lehnte sich gegen die Tür.

Bene hielt eine kleine Tüte hoch. „Hier. Nimm dir einen Keks."

Der Mann war schlauer, als ich gedacht hatte.

Mina schaute die Tüte an und rang sichtlich mit sich.

„Du hast es verdient", warf Roux ein.

„Darauf könnt ihr wetten", murrte sie und schnappte sich die Tüte. Sie setzte sich mit dem Rücken zum Zimmer an den Esstisch und kaute aggressiv.

Ich näherte mich ihr... langsam.

Bene sah mich an und zuckte. *Vielleicht nicht der beste Zeitpunkt...*

Nein, aber ich konnte es nicht ertragen, sie so zu sehen. Außerdem hatten er und Roux vielleicht viel über Mina erfahren, aber ich kannte sie noch besser.

Ich trat hinter sie, machte dabei genug Geräusche, damit sie mich hören konnte, und legte langsam meine Arme um sie.

Und, oha. Sie brodelte vor wütender Energie. Sie pulsierte fast damit.

Beruhige dich, meine Gefährtin, flüsterte mein Drache leise.

Ich hockte mich hin, rückte so nah an sie heran, wie der Stuhl es zuließ, und legte mein Kinn langsam über ihre Schulter.

Jeder Muskel ihres Körpers war angespannt wie ein Bogen, und das nicht auf angenehme Weise.

Ich fragte nicht, ob es ihr gut ging, denn die Antwort lag auf der Hand. Ich wollte unbedingt wissen, was vorgefallen war, aber ich fragte nicht. Dennoch war eines klar. Sie hatte sich endlich gegen ihren Patenonkel gestellt – etwas, das ich nie gewagt hatte, und ich war ein verdammter Drache.

Ich lehnte meinen Kopf an ihren und konzentrierte mich auf tiefe, beruhigende Atemzüge. So wie sie es für mich getan hatte, nachdem auf Mallorca die Hölle ausgebrochen war.

Alles wird gut, meine Gefährtin, flüsterte mein Drache.

Mina verschränkte ihre Finger mit meinen und drückte sie. Ihre Brust hob sich, als sie tief Luft holte. Dann richtete sie sich langsam auf und wandte sich zu mir, um mir ein gezwungenes Lächeln zu schenken.

„Danke. Das habe ich gebraucht", flüsterte sie.

Mein Herz wurde leichter und mein Drache summte selbstgefällig. *Natürlich hast du das.*

„Oh, schau mal. Entzückende Löwenbabys." Bene zeigte auf den Fernseher.

Mina lachte leise – noch etwas, das sie gebraucht hatte – und setzte sich zu ihm auf die Couch. Ich setzte mich zwischen sie und ertrug dreißig Minuten lang Löwen, Löwen und noch mehr Löwen.

„Warum keine Dokumentation über Tiger?", brummte Roux.

Bene zuckte mit den Schultern. „Frag die BBC."

„Oder Drachen?", warf ich ein.

„Baby-Drachen sind nicht niedlich. Ich meine, schau dir diese Jungtiere an!", sagte Bene selbstgefällig.

Ich wäre im Traum nicht darauf gekommen, dass ich Minuten meines Lebens mit einer Löwendokumentation verschwenden würde – oder mit einer so niveaulosen Unterhaltung –, aber irgendwie war es genau das, was wir alle brauchten.

Die Doku zeigte eine Jagd, aber die Antilope entkam, sehr zu Minas Erleichterung und zu Benes Entsetzen. Schließlich endete sie mit ein paar philosophischen Worten über Menschen und Tiere, die danach strebten, in Harmonie zu leben, oder so etwas in der Art. Sie schloss mit einer Montage aus wedelnden, buschigen Schwänzen und Löwen, die in spektakuläre Sonnenuntergänge blickten.

Bene klatschte. Mina tat es ihm gleich. Ich saß mit fest verschränkten Armen zwischen ihnen.

„Bitte lächeln", rief Roux.

Wir schauten auf, als er ein Foto machte.

„Warte. Du musst auch mit darauf sein", beharrte Mina.

Ich brummte leise vor mich hin, während sich alle für ein Selfie zusammenquetschten, das niemand brauchte, vor allem keins mit einem Tigergestaltwandler im Vordergrund. Das hielt Roux jedoch nicht davon ab, es Mina zu schicken, die ihr Handy in die Hand nahm, um es zu bewundern.

Ich runzelte die Stirn und dachte an das Foto von uns beiden auf Mallorca. Ich dachte an meine Feinde.

„Oh." Mina verzog das Gesicht, als sie ihre Nachrichten überflog.

Wir alle schauten erwartungsvoll zu ihr hinüber.

„Anastasia hat zugestimmt, an Jensen zu verkaufen", las sie steif vor.

„Wird Gordon sich nicht freuen", murmelte Roux.

Ich legte meine Hand auf Minas Bein, um meine Solidarität zu zeigen. Bene hob seine Hand, um meine Geste nachzuahmen, aber ich knurrte ihn in Gedanken an.

Denk nicht einmal daran, Arschloch.

Stattdessen griff er nach der Speisekarte des Zimmerservices.

„Ich sage, wir feiern – oder ertränken unsere Sorgen – bei einem Abendessen und einer guten Flasche Wein." Er glitt mit dem Finger über die Liste. „Also, was ist das Teuerste? Schließlich geht es auf Gordons Rechnung."

Mina beugte sich vor, um einen Blick darauf zu werfen. „Für mich das Filet Mignon."

„Für mich den Hummer", gluckste Roux.

„Ich nehme das argentinische Steak", sagte ich.

Bene lachte. „Mit einer Beilage Trüffel für jeden von uns."

Während wir auf das Essen warteten und dann zu Abend aßen, gelang es uns, die Stimmung locker zu halten und die Unterhaltung auf ein Minimum zu beschränken. Glücklicherweise unterbrachen uns weder Gordon noch Celeste.

„Gut, aber bei Weitem nicht so gut wie Madame Picards Kochkunst“, urteilte Bene.

„Gott, ich wünschte, wir wären jetzt zu Hause“, seufzte Mina.

Wir. Mein Herz zog sich zusammen.

„Ich auch“, wiederholte Bene.

Roux sagte nichts, aber sein leises Seufzen zeigte, dass er zustimmte.

Ich schaute in mein Weinglas und fragte mich, wohin uns das Schicksal führen würde. Ich war stark versucht, ein wenig mehr Einfluss darauf zu nehmen.

Dann piepste Roux’ Handy. Als er die Nachricht laut vorlas, verflüchtigte sich unsere fröhliche Stimmung.

„Gordon sagt, der Deal kommt zustande. Wir treffen uns alle morgen früh um 9 Uhr.“ Dann runzelte er die Stirn und schaute auf das Display. „Und er sagt, ich soll Mina mitteilen, dass er ihre Bedingungen akzeptiert.“

„Bedingungen? Welche Bedingungen?“, fragte Bene.

Mina ignorierte ihn, schluckte schwer, nickte vor sich hin und sagte zu Roux: „Sag ihm, ich will es morgen früh schriftlich sehen.“

Ich riss die Augen weit auf. Das klang nicht gut.

„Ähm... “, zögerte Roux.

Sie zeigte entschlossen auf das Handy. „Sag es ihm.“ Dann wurde sie wieder sanfter, wie die Mina, die wir kannten. „Bitte. Danke.“

Während er tippte, stand sie auf, streckte sich und gähnte. „Nun, es war ein langer Tag.“ Sie ging in die Richtung ihres Zimmers.

Mein Herz wurde schwer, als ich über die Realität nachdachte. Keine Zuflucht in Belgravia für uns heute Nacht. Ich fand mich mit einer einsamen, nachdenklichen Nacht auf der Couch ab.

Aber sie blieb an der Tür zu ihrem Schlafzimmer stehen und schaute mich an.

„Kommst du mit? Bitte?“, fragte sie leise.

Ich musste mich zurückhalten, um nicht hineinzustürmen.

Sie errötete, als die anderen uns beobachteten. „Wir müssen reden."

Bene schnaubte. „Reden. Klar."

„Was ist mit...?" Roux deutete mit dem Daumen in Gordons Richtung in der Nachbarsuite.

„Zum Teufel mit Gordon", murmelte Mina und sprach mir damit aus der Seele.

Bene lachte leise. „Das wird mein Motto sein, wenn unsere Verträge erfüllt sind."

Mina öffnete den Mund, schloss ihn dann aber wieder.

Ich schlüpfte an ihr vorbei ins Schlafzimmer, während sie zu den anderen rief, bevor sie die Tür schloss.

„Gute Nacht."

„Gute Nacht", antworteten sie – Bene fröhlich, Roux weniger.

Wir standen eine Weile schweigend da und schauten aus den raumhohen Fenstern. Schließlich zog Mina die Vorhänge zu, setzte sich auf die Bettkante und zog ihre Schuhe und Socken aus. Dann stand sie wieder auf und zog sich die Hose hinunter. Ich starrte sie an, als sie als Nächstes ihr Oberteil über den Kopf zog.

„Ähm... also kein Reden, nehme ich an?"

„Oh, wir werden reden", murrte sie, drehte sich dann um, zog ihren BH aus und warf ihn auf einen Stuhl. Genauso schnell zog sie ein weißes T-Shirt an, das ihr bis zur Mitte der Oberschenkel reichte und als Schlafanzug diente.

Ich erstarrte, denn das war mein T-Shirt. Eins, das ich zu Hause – äh, im Château – zurückgelassen hatte.

Sie drehte sich um, stemmte die Hände an die Hüfte und sah meinen Gesichtsausdruck.

„Ja, ich habe in deinem T-Shirt geschlafen, weil ich dich vermisst habe. Weil ich dich liebe. Ja, ich bin jeden Abend ins Bett gegangen und habe mir gewünscht, du wärst neben mir." Ihre Stimme zitterte ein wenig. „Aber ich werde mich nicht mehr nach deinen Regeln richten. Also, es ist Zeit, dich zu entscheiden. Bleib jetzt bei mir und mach das Beste aus der Markierung, die du auf mir hinterlassen hast, und bleibe diesmal wirklich. Nicht nur für ein paar Nächte zwischen zwei

Jobs oder wann immer es dir passt oder wann immer du es für sicher genug hältst. Ich will eine Nacht nach der anderen und dann noch eine und noch eine, nicht für eine Woche, nicht für Wochen oder Monate, sondern für Jahrzehnte." Sie holte tief Luft. „Die andere Option ist, dich zurückzuziehen und deine Markierung verblassen zu lassen. Für immer, ist das klar?"

Wow. Das war wirklich eine neue Mina.

Und sie war noch nicht fertig.

Sie stieß mir mit dem Finger gegen die Brust. „Du hast mich markiert. Nun, betrachte dies als meine Markierung auf dir. Eine, die sagt: Dieser Mann gehört mir und alle anderen sollen sich verdammt noch mal fernhalten."

Mein Drache strahlte und nickte *Ja* zu jeder Aussage.

Sie unterstrich jedes Wort mit einem heftigen Stoß. „Aber du musst deinen Teil dazu beitragen – und damit meine ich nicht, mich zu beschützen. Ich meine, du musst dein Bestes dafür tun, dass es funktioniert, oder du gehst." Sie schnappte nach Luft. „So. Jetzt bist du dran."

Ich öffnete meinen Mund, dann schloss ich ihn wieder. Was zum Teufel sollte ich sagen?

Sag ja. Zu ihr. Zu uns. Zu für immer, knurrte mein Drache.

Sie wurde etwas weicher. „Was sagt dein Herz?"

„Bleib. Für immer", sagte ich ohne das geringste Zögern.

„Warum musst du dann überhaupt darüber nachdenken?"

Ich stammelte ein paar zusammenhängende Silben: „Das sollte ich nicht. Aber ich will nicht, dass du verletzt wirst."

Sie verdrehte die Augen. „Das schon wieder."

Das war ihr Leben, wusste sie das nicht?

Sie nahm meine Hände. „Ich glaube, du betrachtest das aus der falschen Perspektive."

Ich runzelte die Stirn. Gab es eine andere Perspektive?

Ihr Augenrollen sagte: *Dummer Drache.*

„Stell dir vor, wir wären wieder im Château. Stell dir ein schönes, normales Leben vor. Kein Gordon, keine geheimen Missionen, keine Bösewichte", fing sie an. „Nur du und ich, die das Château renovieren und ein Geschäft betreiben."

Ja, bitte, wollte ich schreien.

„Willst du das oder willst du es nicht?", forderte sie.

Ich senkte mein Kinn. „Ja." Dann korrigierte ich mich. „Nein." Mina sah aus, als wollte sie mich gleich schlagen, also beeilte ich mich, mich zu erklären. „Ich meine, das wäre schön, aber alles, was ich wirklich will, bist du. Alles andere ist ein Bonus."

Ihre Augen wurden warm und sie lockerte die geballten Fäuste. „Das will ich auch. Dich. Die Frage ist also: Wie kommen wir dahin?"

Jeden meiner Feinde aufspüren und töten, schien mir keine angemessene Antwort zu sein, aber es war alles, was mir einfiel. Ich suchte in meinem Kopf nach etwas Besserem.

„Wir... ähm... schließen diesen Handel für Gordon ab", versuchte ich es.

Sie nickte. „Was dann?"

Ich kratzte mich am Kinn. „Dann finden wir heraus, wer dieses Foto geschickt hat und warum."

Bingo, sagten ihre Augen.

„Und dann was?", fragte sie.

„Nun, das hängt davon ab, wer. Warum. Wo... "

Sie drückte meine Hände. „Das meine ich doch. Ein Schritt nach dem anderen. Aber wir machen es zusammen. Du kannst nicht heimlich Entscheidungen für uns beide treffen."

Wenn sie es so formulierte...

„Das ist der Zeitpunkt, an dem du mir sagst, dass du mich liebst, dass du mich brauchst und dass du mich willst", flüsterte sie, nachdem ein paar Sekunden der Sprachlosigkeit verstrichen waren. „Der Zeitpunkt, an dem du sagst: *Ich bin dabei* oder *Ich verschwinde.*"

„Ich bin dabei."

Ihre Augen leuchteten auf. „Wirklich?"

Mein Verstand holte mein Herz ein und ich nickte. „Wirklich." Ich nahm ihre Hände und küsste sie.

Sie grinste nicht nur – sie genoss diesen Moment. „Oh. *Wirklich* wirklich?"

Ich nickte. „Wirklich wirklich."

Ihr Grinsen wurde breiter, dann verschwand es wieder. „Nun dann. Jetzt müssen wir nur noch dieses Geschäft für Gordon abschließen, alle Probleme lösen, die sicher in letzter

Minute auftauchen werden, alle lauernden Feinde besiegen, und dann haben wir es geschafft."

Ich nickte langsam. Jetzt sah sie die Dinge aus meiner Perspektive.

Was, wenn ich darüber nachdachte, eine ziemlich düstere Perspektive war.

„Ein Schritt nach dem anderen", flüsterte ich und ließ mich neben ihr nieder.

Sie drehte sich auf die Seite, schaute mich an und kuschelte sich dann an mich. Ich schlang meine Arme um sie, schloss die Augen und sagte mir, ich solle den Moment genießen.

Das war gar nicht so schwer, denn ihr Duft nach Rosen und Flieder erfüllte meine Seele mit unbeschwerten Schmetterlingen, und die Wärme, die von ihrem Körper ausstrahlte, sagte mir: *Komm zu mir, mein Gefährte.*

Langsam fuhr ich mit meinen Händen über ihr Nachthemd. Es gehörte schließlich mir.

Sie summte und kuschelte sich näher an mich.

Ich küsste ihre Schulter und zog dann ihr Halstuch ab. Und, wow. Ihre Haut strahlte in der Dunkelheit.

„Angenommen, ich wollte eine Mondlichtmarkierung auf dir hinterlassen", flüsterte sie, als ich meine Nase an ihrer Haut rieb. „Wie würde ich das machen?"

Ich dachte darüber nach und zuckte dann mit den Schultern. „Lass dich vom Schicksal führen."

Sie lag still da und rieb dann ihren Hintern an meinem Schritt. „Das Schicksal sagt, du musst diese Schichten loswerden."

Ein Lächeln huschte über meine Lippen. „Ja, Ma'am. Oder sage ich ja zum Schicksal?"

„Ja, *Ma'am* reicht", sagte sie sittsam.

Ich lachte und tat, wie mir geheißen, und zog mich komplett aus. Dann kuschelte ich mich wieder an sie, mit meiner Brust an ihrem Rücken.

Ich atmete aus. Gott, das fühlte sich gut an.

Vielleicht hatte sie recht. Vielleicht hatte ich die Dinge zu kompliziert gemacht.

„Oh." Sie versteifte sich plötzlich. „Was, wenn es kein Mondlicht gibt, um dich zu markieren?"

Ich küsste die Rundung ihrer Schulter. „Dann machen wir unser eigenes."

Sie kicherte und drehte sich zu mir um, so dass wir uns gegenüberlagen. „Und wie sollen wir das machen?"

Ich schob meine Hand an ihrem Rücken hinauf. „Ich zeige es dir."

Ihr Atem stockte und sie krümmte sich, um mir mehr Platz zu machen, damit ich sie küssen, berühren und erkunden konnte. Überall.

„Oh..." murmelte sie, als ich mich an ihrem Körper hinunterarbeitete.

Ich wanderte mit den Händen ebenso wie mit meinen Lippen und entlockte ihr glückliche Laute. Stieß auch meine eigenen aus.

Wir berührten einander, bis wir atemlos waren. Bis die Last der Welt von uns abfiel und nur noch die Stille der Stadt vor dem Fenster und ihre Wärme unter mir zu spüren waren. Sie zog mich näher zu sich heran und schlang ihre Beine um meine Hüfte. Ich folgte ihrer Aufforderung und glitt mit einem leisen Stöhnen der Begierde in sie hinein. Langsam. Still. Ein wenig auch aus Boshaftigkeit, mit Gordon nebenan.

Wir bewegten uns in einem langsamen Tanz, dieses Mal nicht wild oder hektisch, sondern sicher und gleichmäßig, und gaben uns ein Versprechen, das Worte niemals ausdrücken könnten. Jeder Seufzer von ihr, jedes Knurren von mir waren eine Liebeserklärung und eine Trotzreaktion.

„Ja..." summte sie und klammerte sich an meinen Rücken, während ich immer tiefer und tiefer in sie glitt.

Je mehr wir uns bewegten, desto intensiver wurde das Leuchten meiner Markierung und erfüllte den Raum zwischen unseren Körpern. Es kitzelte über unsere Schultern und erzeugte einen schwachen Schein.

Beanspruche sie, sang eine Stimme leise in meinem Kopf. *Beanspruche deine Gefährtin.*

Zuerst schrieb ich es meinem Drachen zu, aber der war es nicht. Es kam von Mina.

Ihre Augen glühten, als sie sich mir intensiv entgegenstreckte, während dieser Singsang in ihrem Kopf widerhallte.

Mein Rücken wurde heiß, als sie mit ihren Fingernägeln über meine Haut kratzte, und Magie wirbelte um uns herum. Mein Atem stockte und ich musste mich bemühen, um einen gleichmäßigen Rhythmus beizubehalten. Mina tat das, was ich in jener Nacht in Paris getan hatte – sie markierte mich bei Mondlicht. Aber in diesem Fall nutzte sie ihr inneres Leuchten, um das Mondlicht zu erzeugen, oder zumindest eine Reflexion des Mondlichts, das seit jener Nacht bei ihr geblieben war.

„Sag mir, dass du das willst", raunte sie zwischen zwei Atemzügen und gab mir die Wahl, die ich ihr nie gegeben hatte.

Ich hatte mich noch nie so schuldig gefühlt – oder mit etwas so Kostbarem gesegnet.

„Ich will es", versicherte ich ihr immer wieder. Als wir uns zum Höhepunkt steigerten, verschmolzen die Worte miteinander und ich konnte mich nur mit Mühe davon abhalten, sie nicht zu schreien. Dann schrie sie vor Ekstase auf und umklammerte mich. Ich explodierte einen Moment später und wir wurden durch Zeit und Raum katapultiert.

Ich sah unser erstes Mal zusammen. Ich sah jenen Abend am Kanal in Paris. Ich erhaschte sogar einen Blick in die Zukunft, aber dieser Blick war ein wenig verschwommen. Verschwommen genug, um anzudeuten, dass das Schicksal noch einige Überraschungen bereithielt.

Ich sank auf Mina zusammen und hielt sie fest, als würde ich das Schicksal herausfordern, mir irgendetwas anderes als ein Happy End zu bescheren.

Allmählich verlangsamte sich unser Atem zu tiefen Atemzügen und Mina kuschelte sich gemütlich in meine Arme.

„So gut. . . ", murmelte sie. Dann drehte sie sich in meinen Armen und berührte meinen Hals.

Ich gluckste bei dem kitzelnden Gefühl. „Was machst du denn?"

Sie zog die Augenbrauen zusammen. „Ich suche nach meiner Markierung. Sag mir, dass ich es nicht vermasselt habe."

Nur Mina würde sich Sorgen machen, dass ein so gutes Hochgefühl irgendwie ein Misserfolg sein könnte.

Ich schüttelte den Kopf. „Aber es leuchtet nicht. Es gibt keine Markierung... ", sorgte sie sich.

Ich schlang meine Hand um ihre und hielt sie dann beide an meine Brust. Ein schwaches Leuchten erschien um unsere ineinander verschränkten Finger.

„Oh", hauchte Mina.

„Ich schätze, es manifestiert sich anders, wenn sich eine Gestaltwandlermarkierung mit Magie vermischt", flüsterte ich, als sich das Leuchten über unsere Arme ausbreitete und sich mit dem Schimmer an ihrem Hals verband.

„Wow", hauchte Mina und schaute nach unten.

Als ich unsere Hände von meiner Brust zog, verblasste das Leuchten. Aber als ich sie wieder auf meine Brust legte, erhellte es den Raum zwischen uns wie Kerzenlicht und mein Blut wurde heiß. So sehr, dass wir uns in eine weitere Runde langsames, hungriges Liebemachen stürzten.

Irgendwann, als wir erschöpft waren, lag Mina an mich gekuschelt und fuhr mit ihren Fingern gedankenverloren über meinen Unterarm.

„Glaubst du, morgen wird alles glatt laufen?", flüsterte sie.

Ich hätte gern Ja gesagt, aber das wäre eine Lüge gewesen.

„Garantiert nicht", murmelte ich und zog sie näher an mich.

Sie dachte kurz darüber nach und küsste mich dann. „Nun ja, zum Glück ist es noch nicht morgen. Bis dahin können wir uns wohl nur ausruhen."

Ausruhen, nicht *schlafen*. Ein entscheidender Unterschied.

Ich schmiegte mich an ihre Schulter und rutschte dann weiter nach unten. Irgendwann würden wir schlafen. Aber dafür waren wir noch zu aufgewühlt und es gab nur ein Gegenmittel.

„Mmm", murmelte Mina und schlang ihre Beine um mich.

Kapitel 23

MARIUS

Mina und ich schafften es, ein paar Stunden zu schlafen, aber nicht genug. Intensiver, emotionaler Sex war nicht der einzige Grund dafür (aber okay, teilweise schon), denn wir waren zu aufgewühlt, um schlafen zu können, selbst wenn wir es versuchten. Die meiste Zeit kuschelten wir uns einfach aneinander und starrten in die Dunkelheit.

„Nach heute Nacht noch einmal schlafen, dann können wir nach Hause fahren", flüsterte Mina irgendwann. Dann seufzte sie. „Zurück zum Abziehen von Farbe."

Ha. Selbst Farbe zu entfernen, wäre besser als das, wofür wir hier in London waren.

Eine Million Dinge konnten dazwischenkommen, aber ich spielte mit und sprach in einem optimistischeren Ton: „Vergiss nicht, das Dach zu reparieren."

„Und Hochzeiten auszurichten...", sagte Mina und beeilte sich, zu erklären: „Ich meine für andere Leute. Ich meine, für Geld. Ich meine..."

Ich gluckste und hielt sie fester. Wenn sie dachte, das H-Wort würde mich davonlaufen lassen, dann irrte sie sich. Aber ich musste zuerst dafür sorgen, dass sie in Sicherheit war. Während sie also die Nacht damit verbrachte, über das Gemälde nachzudenken, verbrachte ich sie damit, mir Gedanken darüber zu machen, wie ich verhindern konnte, dass meine Vergangenheit uns auf die schlimmstmögliche Weise einholte.

Szabo, zischte mein Drache in meinen Gedanken. *Oder dieser Mistkerl Etienne.*

257

Die beiden waren meine größten Sorgen – der Vampir und der Wolfsgestaltwandler, mit dem ich mich vor einigen Monaten angelegt hatte. Ich hatte die meisten illegalen Aktivitäten in Etiennes Bar/Kampfclub ignoriert und sogar ein wenig Geld durch eine Reihe von Siegen in seinen unterirdischen Kampfarenen verdient. Aber als ich ihn wegen meines Preisgeldes bedrängte, hatte ich entdeckt, dass Sexhandel – mit Minderjährigen – ein weiterer Eckpfeiler seines Geschäfts war, und *das* konnte ich auf keinen Fall ignorieren.

Aus einem verbalen Streit war eine heftige Schlägerei geworden und ich war auf bestem Wege, die Welt von einem wolfsgroßen Bündel des Bösen zu befreien, als seine Handlanger eingriffen. Wir waren beide vor einem Tribunal von Übernatürlichen gelandet, die sich um solche Dinge kümmerten, alles auf eine heimliche Art und Weise, die ihre schmutzigen Geschäfte schützte, in die sie ihre dreckigen Finger steckten.

All das hatte zu meiner Verstrickung mit Gordon geführt, aber es hatte mich auch zu Mina gebracht. Also war ich Etienne vielleicht auf eine seltsame, verdrehte Art und Weise etwas schuldig.

Im Halbschlaf sah ich seine gnadenlosen, schlammfarbenen Augen vor mir. Das Aufblitzen seiner hellen, langen Zähne. Die Narbe an seinem rechten Ohr, die von einem längst vergangenen Kampf stammte...

„Was?", fragte Mina schläfrig.

Ich zwang mich, mich zu entspannen, abgesehen von meinen fest um sie geschlungenen Armen.

„Entschuldige. Ich denke nur zu viel nach", murmelte ich.

Sie presste ihre Lippen auf meine und flüsterte: „Versuch stattdessen mal, hierüber nachzudenken."

∞∞∞∞

Um neun Uhr am nächsten Morgen streckte ich mein Kinn vor und hörte Gordon zu, wie er über den Zeitplan für den Tag schwafelte. Er war wütend auf uns – nun ja, auf mich – und das zeigte sich in jeder seiner knurrigen, bitteren Äußerungen.

Der letzte Tag dieser beschissenen Mission, murmelte Bene in meine Gedanken. *Morgen um diese Zeit sollten wir wieder im Château sein.*

So sehr ich mir das auch wünschte, ich würde es erst glauben, wenn ich es sähe.

Zurück im Château, solange Mina uns lässt, fügte Roux mürrisch hinzu.

Das war auch noch eine Sache, über die sie und ich noch nicht gesprochen hatten. Aber ich hatte mich jetzt auf den Plan von *einer Sache nach der anderen* eingelassen und dieser Punkt stand viel, viel weiter unten auf der Liste.

Als Nächstes erklärte Gordon die Details seines Plans. Dann schaute er auf seine Uhr und murmelte etwas darüber, dass sein Pilot auf ihn wartete.

Ich verdrehte die Augen. Natürlich. Der Pilot. Sein Privatjet. Was für eine Unannehmlichkeit.

„Mina und Roux werden zu Madame Petrova gehen und den Transport des Gemäldes zum Übergabeort überwachen", wies Gordon an.

Ich hielt den Mund, obwohl mein Drache in mir tobte.

„Danach", fuhr Gordon fort, „wird Mina mit dem Zug nach Hause fahren."

Sie schluckte. „Nach Hause?"

„Nach Hause", sagte er bestimmt.

Wir alle erstarrten. Schlechte Neuigkeiten, denn das bedeutete, dass Gordon mit Ärger rechnete. Aber auch gute Nachrichten, denn ich wollte, dass sie in Sicherheit war.

Sie schaute mich mit großen, ängstlichen Augen an.

Gordon hob die Hand. Celeste drückte ihm einen Umschlag in die Hand, den Gordon Mina reichte.

Sie blinzelte. „Was ist das?"

„Ihre Zugfahrkarte", schnauzte Celeste.

Mina warf einen Blick hinein. „Ich verstehe", sagte sie und schaute langsam auf. „Bekommt Szabo dieses Mal auch wieder eine?"

Gordon sah wahrhaft verwirrt aus, aber Celeste...

Für den kürzesten Moment huschte ein Ausdruck von *Hoppla erwischt!* über ihr Gesicht. Hätte ich nicht darauf geachtet, hätte ich es übersehen. Aber das tat ich nicht – und Mina auch nicht.

„Was meinst du damit?", fragte Gordon mürrisch.

Es bedeutete, dass wir mit unserem Verdacht über Celeste richtiglagen. Aber warum sollte sie Szabo beauftragen, uns zu verfolgen?

Mina starrte Celeste an. „Egal. Zurück zu den Absprachen."

Gordon murmelte leise vor sich hin und hob erneut die Hand. Als Celeste sich nicht bewegte, schnippte er mit den Fingern. „Die Verträge, verdammt noch mal."

Celeste sprang auf und reichte ihm vier weitere Umschläge, die er verteilte – einen an mich, einen an Roux, einen an Bene und einen vierten für Henrik, den er Mina anvertraute. Dann zog er widerwillig einen Kugelschreiber aus seiner Brusttasche – einen dieser schicken Kugelschreiber, die so viel kosteten wie ein Kleinwagen – und reichte ihn mir.

Ich starrte den Stift an, dann den Umschlag. „Was ist das?"

„Ihr neuer Vertrag", spie er. „Nehmen Sie ihn oder lassen Sie es bleiben."

Roux hob überrascht die Augenbrauen. *Ein neuer was?*

Ich warf Mina einen Blick zu, aber sie starrte fest aus dem Fenster.

Roux riss seinen Umschlag auf und begann zu lesen, wobei er lautlos seine Lippen bewegte. Bene machte große Augen, als er seinen Vertrag überflog. Gordon verschränkte die Arme und tippte mit dem Fuß auf. Ich fing an zu lesen, dann hielt ich vor Schreck inne.

Bene blätterte mehrmals zwischen der Vorder- und Rückseite seines Dokuments hin und her und starrte mit offenem Mund darauf. „Ist das ernst gemeint?"

Gordon schnaufte. „Natürlich ist es ernst gemeint." Er schaute auf seine Uhr. „Sie haben drei Minuten Zeit, um die neuen Bedingungen anzunehmen – oder auch nicht."

Bene riss mir den Stift aus der Hand. Roux runzelte die Stirn, während er seinen Text noch einmal sorgfältig las. Ich tat es ihm gleich und suchte nach einem Haken, konnte jedoch keinen finden.

Warum sollte Gordon uns vorzeitig begnadigen? fragte Roux in meinen Gedanken. *Warum sollte er uns neue Verträge zu günstigeren Bedingungen anbieten?*

Ich starrte ihn ausdruckslos an. Dann schauten wir beide zu Mina und erinnerten uns an die Nachricht, die Roux am Vorabend übermittelt hatte.

Gordon lässt Mina ausrichten, dass er ihre Bedingungen akzeptiert.

Meine Kinnlade klappte auf und Roux murmelte einen Fluch.

Ich las meinen Vertrag noch einmal.

Die oben genannte Begnadigung tritt sofort in Kraft. Die Strafen für frühere Vergehen gelten als ausreichend verbüßt, und der Unterzeichner hat weder gegenüber Monsieur Clervaud noch gegenüber einer anderen Partei jetzt oder zu irgendeinem Zeitpunkt in der Zukunft weitere Verpflichtungen. Dieser Vertrag ersetzt alle früheren Verträge, die hiermit für null und nichtig erklärt werden. Mit ihrer Unterschrift erklären Sie sich mit den folgenden neuen Bedingungen einverstanden...

Ich konnte mich nicht bewegen. Ich konnte nicht denken. Was hatte Mina riskiert, eingetauscht oder versprochen, um mir meine Freiheit zu schenken?

„Mina“, murmelte ich.

„Unterschreib einfach“, knurrte sie und schaute Gordon weiterhin nicht an.

Kein *Ich erkläre es dir später*, keine private Botschaft, die sie mir in den Kopf flüsterte. Nur eine hartnäckige Entschlossenheit, die mir Angst machte. So sehr, dass ich überlegte, nicht zu unterschreiben, um ihr zu ersparen, was auch immer sie Gordon versprochen hatte.

Aber etwas sagte mir, dass es zu spät war. Außerdem würde sie wütend sein.

Roux nahm Bene den Stift ab, unterschrieb und reichte ihn mir. Ich kritzelte meinen Namen unter meinen Vertrag und Roux machte Fotos von allen, bevor er sie zurückgab. Das veranlasste Gordon zu empörten Lauten, die wir ignorierten, weil wir es zum ersten Mal konnten.

Ich versuchte, meine Gedanken zu ordnen, aber sie zappelten herum wie glitschige Fische.

„Was ist mit Henrik?", fragte Mina und hielt seinen Umschlag hoch.

Gordon verzog das Gesicht, während er die anderen gegenzeichnete. „Er kann Celeste seine Kopie später geben."

Richtig. Später. Wenn ich Mina eine Erklärung entlocken und mein Bestes tun würde, um sie vor den Folgen all dessen zu schützen.

Gordon ging mit einem bedrohlich klingenden „Ich erwarte, dass alles reibungslos läuft" zur Tür.

Eine weitere versteckte Drohung, aber das war nichts Neues.

„Celeste wird mir wie üblich über Ihre Fortschritte Bericht erstatten", fuhr er fort.

Sie lächelte und fletschte die Zähne dabei.

„Ja, Sir", bellte Roux, bemüht, ihn zur Tür hinauszudrängen.

Gordon blieb stehen, warf mir einen finsteren Blick zu und schaute dann zu Mina, die ihren Blick abwandte. Zu seiner Ehre sah er wirklich traurig aus.

Dennoch blieb ich wachsam und rechnete fest damit, dass Gordon versuchen würde, mich in einem tragischen „Unfall" umzubringen. Bislang hatte er es noch nicht versucht. Kein Sturz aus dem Fenster, kein vergiftetes Getränk, kein Messerstich in den Rücken... noch nicht.

Irgendwann würde er es jedoch versuchen. Dessen war ich mir sicher. Alles, um mich aus dem Weg zu schaffen, damit Mina einen passenderen Partner finden konnte.

Ich dachte an Clement, dieses Arschloch von einem Wolfsgestaltwandler. Ich hasste den Polizisten, aber wäre das nicht poetische Gerechtigkeit – wenn ich aus dem Weg geräumt wäre, könnte Mina mit ihm zusammenkommen, und würde Gordon es nicht lieben, einen neugierigen Polizisten in der Familie zu haben?

Dieser Gedanke brachte mich zum Schmunzeln.

Alle atmeten auf, als er ging und die Tür hinter sich zuschlug.

Dann klackerten Celestes Stöckelschuhe über den Boden und wir verspannten uns alle wieder.

„Na, ist das nicht schön", säuselte sie gefährlich. „Neue Verträge für alle."

Außer für mich, sagte ihr Tonfall, als hätte sie jemals streng nach dem Gesetz gearbeitet.

Niemand sagte ein Wort und niemand bewegte sich.

„Nun, sitzt nicht einfach nur da", schnauzte sie. „Macht euch an die Arbeit. Wie Gordon sagte... Ich werde euch beobachten."

∞∞∞∞∞

Wir hatten noch Stunden Zeit bis zur Übergabe um zwanzig Uhr, aber die Zeit verging wie im Flug. Wir waren damit beschäftigt, Vorbereitungen zu treffen und den von Jensen genannten Ort – ein Lagerhaus in den Docklands – gemäß dem von Gordon festgelegten Zeitplan zu erkunden.

„Wie praktisch, dass er zum Zeitpunkt der Übergabe nicht mehr im Land sein wird, nicht wahr?", bemerkte Roux, als wir die Treppe zu Anastasias Wohnung hinaufgingen.

Ich kommentierte es nicht. Das war auch nicht nötig.

Andererseits erleichterte Gordons Abwesenheit es uns, seine Vorgaben anzupassen, beispielsweise wer Mina zu Anastasia begleiten würde. Henrik und ich waren mit Roux mitgegangen, während Bene in der Nähe von Jensens Lagerhaus blieb.

Das Verpacken des Gemäldes verlief mehr oder weniger nach Plan, zumal der Plan Verzögerungen einkalkuliert hatte, damit Anastasia sich von ihrem Meisterwerk verabschieden konnte.

Und Junge, ließ sie sich Zeit, berührte es immer wieder und weinte. Sie hatte sich für diesen Anlass in Schwarz gekleidet und tupfte sich mit einem Taschentuch die Augen ab – einem weißen Stofftaschentuch mit dem roten Teddybär-Logo der Olympischen Spiele 1980 in Moskau.

„Wartet nur ab, bis das Geld eingegangen ist", flüsterte Bene. „Dann wird sie einen Cha-Cha-Cha durch das Haus tanzen."

263

Sie und Mina hatten sich im Studienzimmer eingeschlossen, um eine Art privaten Gottesdienst abzuhalten, und als ich schließlich die Tür öffnete, sah der Raum so aus und roch wie eine orthodoxe Kirche. Anastasia hatte sogar ein paar Ikonen in den Raum gebracht und für diesen Anlass Weihrauch verbrannt.

Das Ganze hatte auch eine positive Seite. Celeste war nicht dabei. Sie saß im Hotel und koordinierte angeblich alles. Was nicht viel Arbeit machen dürfte, da wir die Kommunikation mit ihr auf ein Minimum beschränkten.

Mina tätschelte Anastasias Hand, während Roux und ich das Gemälde in seine Kiste schoben.

Henrik murmelte feierlich: „Unsere Zeit auf Erden ist begrenzt. Aber die Kunst ist ewig."

Ziemlich gehaltvoll aus dem Mund eines Vampirs, aber das musste Anastasia ja nicht wissen.

„Sie werden immer ein wichtiger Teil der Geschichte dieses Gemäldes sein", versicherte Mina Anastasia.

„In gewisser Weise unsterblich", warf Henrik ein, wobei er es irgendwie schaffte, die Ironie aus seiner Stimme fernzuhalten. Und verdammt, vielleicht meinte er es sogar ernst. Er war schwer zu durchschauen.

Anastasia lächelte. Nachdem sie das Gemälde bereits geküsst hatte (zu Minas Erleichterung, ohne Lippenstiftflecken zu hinterlassen), küsste Anastasia die Kiste und erlaubte uns schließlich, sie nach draußen zu tragen. Sie folgte uns auf Schritt und Tritt, umarmte und küsste Mina auf dem Bürgersteig und verschwand schließlich wieder im Haus. Als ich zurückblickte, schaute sie vom Fenster des Arbeitszimmers herab. Kein Cha-Cha-Cha. Tatsächlich sah sie mehr denn je wie eine Witwe aus.

Mina seufzte neben mir. „Ich muss ihr helfen, etwas zu finden, womit sie es ersetzen kann." Sie zwang sich zu einem reumütigen Lächeln. „Oder Bogdan dazu bringen."

Ich wischte mit dem Daumen über ihre Wange und rieb Anastasias Lippenstift weg. „Du bist zu gut, weißt du das?"

Sie runzelte die Stirn. „Da bin ich mir nicht so sicher."

„Ausnahmsweise hat der Drache recht", sagte Henrik leise und tätschelte die Tasche, in die er seinen Vertrag gesteckt hatte. „Du bist zu gut."

Er und Mina sahen sich lange in die Augen. Ich blieb auf der Hut, für den Fall, dass der Vampir etwas versuchen würde, vom Trinken ihres Blutes bis hin zu ihrer Hand zu küssen – oder irgendeinen anderen Teil von ihr. Aber er tat es nicht. Er stand einfach nur da und sah aufrichtig aus.

„Ach, wisst ihr", sagte Mina und zuckte mit den Schultern. „Irgendwer muss ja all die beschissenen Leute auf der Welt ausgleichen."

Henrik dachte ein paar Sekunden lang schweigend darüber nach, bevor er murmelte: „Ich bin dir zu tiefstem Dank verpflichtet."

„Das sind wir alle", fügte ich hinzu, und Roux nickte ernst.

Jemand wie Celeste hätte sich darauf gestürzt, aber Mina schwankte nur unbehaglich. „Müssen wir nicht ein Gemälde ausliefern?"

Roux, Henrik und ich mussten das, aber Mina sollte einen Zug nach Paris nehmen. Das lehnte sie natürlich ab, also nickte ich und freute mich darauf, das Ganze hinter uns zu bringen. „Ja, das müssen wir."

Wir saßen zu dritt auf dem Vordersitz unseres gemieteten Lieferwagens, Roux fuhr, Mina saß in der Mitte und ich am Fenster. Henrik saß mit dem Gemälde hinten. An einer Ampel unterwegs, piepste mein Handy und ich sah nach. Ich erwartete, dass Celeste wieder nach Neuigkeiten fragen würde.

Aber der Avatar, der erschien, war leer und die Nachricht enthielt ein Foto. Ein Foto von Mina und mir, das an diesem Morgen vor unserem Hotel aufgenommen worden war, wie man an der Kleidung und dem Lieferwagen im Hintergrund erkennen konnte. Wir hielten uns an den Händen und schauten uns tief in die Augen.

Ein schönes Foto, aber auch beängstigend.

Denke daran, wer liebt, verliert, lautete die Bildunterschrift. *Selbst eine Mondlichtmarkierung kann das nicht verhindern.*

Ich hob den Kopf, um mich umzusehen. Jemand wusste, dass wir zusammen in London waren. Jemand, der mich so sehr hasste, dass er Mina tot sehen wollte. Ein Gestaltwandler – oder ein Vampir –, der die Markierung erkennen konnte, die ich auf ihr hinterlassen hatte.

In Gedanken ging ich eine lange Liste von Verdächtigen durch. Szabo. Celeste. Etienne. Gordon.

Nein, Gordon konnte ich streichen. Er würde mir wehtun, nicht Mina. Aber es blieben immer noch viele Verdächtige übrig.

Ich drehte meinen Kopf nach links und rechts und verfluchte die hereinbrechende Dunkelheit.

Mina berührte meinen Arm. „Was ist los?"

Fast hätte ich mein Handy in die Tasche gesteckt und geblufft. Aber wir hatten uns geschworen, ehrlich zu sein, also drehte ich das Display zu Mina.

Sie versteifte sich, was Roux dazu veranlasste, zu uns zu schauen.

„Was?"

Mina warf mir einen Blick zu, wahrscheinlich genauso versucht zu lügen wie ich. Aber Roux anzulügen könnte bedeuten, dass ich eines Tages auch sie anlügen würde, also gab ich ihm die Kurzfassung.

Er fluchte und fuhr sich mit der Hand durch die Haare. „Jetzt?"

Ich musterte jedes Fahrzeug und jeden Fußgänger in der Umgebung. Auch Fenster und Dächer, für den Fall, dass unser unsichtbarer Feind hoch oben lauerte, wie ein Scharfschütze. Aber nichts. Kein Hinweis auf ihn – oder sie – in der Dunkelheit.

Ein Auto hinter uns hupte und Roux fluchte, bevor er langsam weiterfuhr.

„Was jetzt?" Er klopfte auf das Lenkrad.

Mina zeigte nach vorn. „Wir halten uns an den Plan."

Roux warf mir einen Blick zu. Mir gefiel es auch nicht, aber ich hatte auch keine Alternative. Also fuhren wir weiter und blieben wachsam.

Wir hatten das Lagerhaus fast erreicht, als mein Telefon erneut klingelte und Bene sich meldete.

„Vorsicht. Ich wiederhole: Vorsicht. Jensens Sicherheitsleute melden einen Mann in der Nähe, dessen Beschreibung auf Szabo passt."

Ausnahmsweise klang er nicht so, als würde er scherzen.

Roux trat auf die Bremse und Mina streckte eine Hand aus, um sich abzustützen.

„Wo?", knurrte ich und schaute mich um.

„Manchester Road, Ecke Stewart Street, er bewegt sich nach Süden."

Mina tippte auf ihr Handy und zeigte den Standort an, wobei unser Standort als blauer Punkt in der Nähe aufleuchtete. Ich traf eine blitzschnelle Entscheidung, gab Roux ein Zeichen, weiterzufahren und dann zwei Häuserblöcke weiter anzuhalten. Ich öffnete die Tür, glitt hinaus und machte mich bereit, den Vampir in Stücke zu reißen.

„Was machst du denn?", protestierte Mina.

„Ich werde Szabo jagen. Das hat jetzt ein Ende", brummte ich.

„Aber... ", begann Mina.

Ich warf einen Blick auf Roux, der nickte, um zu sagen: *Natürlich kümmern wir uns um Mina.*

Ich biss die Zähne zusammen und entfernte mich vom Lieferwagen. „Ich werde euch folgen."

Damit zwang ich mich, die Tür zuzuschlagen. Minas schockierter Gesichtsausdruck verfolgte mich, aber was konnte ich tun?

Ich drehte mich um und sprintete eine angrenzende Gasse hinunter. Alle meine Sinne waren in höchster Alarmbereitschaft, bereit, einen Vampir zu jagen.

Kapitel 24

MINA

Ich reckte den Hals, aber Marius war bereits in einer dunklen Gasse verschwunden. Roux raste die Straße entlang und schoss vom Licht einer Laterne zur nächsten.

Ich verfluchte sie beide, aber es war nur halbherzig.

„Wird er gegen Szabo gewinnen können?", fragte ich.

Roux umklammerte das Lenkrad fester. „Das sollte er."

Sollte? Ich wollte schreien.

Ich hatte großes Vertrauen in meinen Drachengestaltwandler, aber er neigte dazu, impulsiv zu handeln. Und angesichts seines Zustands, ganz zu schweigen von der Dunkelheit...

Ich spähte die nächste Gasse hinunter und entdeckte die Lichter, die über der Themse glitzerten. Der Fluss war so nah.

Der eindringliche Schrei einer Möwe durchdrang die Nacht und ich erhaschte einen Blick auf etwas Weißes über mir.

„Keine Sorge", versuchte es Roux.

Ich verzog das Gesicht. „Ich mache mir Sorgen."

Er presste die Lippen zu einer angespannten Linie zusammen. „So funktionieren Teams – indem sie darauf vertrauen, dass jeder seine Aufgabe erfüllt."

Das stimmte, aber Teams arbeiteten normalerweise nach Plan, und Szabo zu verfolgen, war nicht Teil unseres Vorhabens gewesen.

Ich ballte die Fäuste. Verdammter Szabo! Er hatte mich zu Hause verfolgt. Er hatte mich bei meiner ersten Reise nach London gestalkt. Jetzt war er wieder da. Warum?

Roux zeigte in die Dunkelheit vor uns, hinter die Scheinwerfer. „Konzentriere dich. Wir müssen diese Mission zu Ende bringen. “

Leichter gesagt als getan, denn meine Gedanken waren bei Marius in den Docklands. Ging es ihm gut? Wohin führte das alles?

Roux hielt vor einem alten, heruntergekommenen Lagerhaus am Ufer der Themse – einem, das noch nicht zu einer Luxuswohnanlage umgebaut oder abgerissen worden war, um Platz für moderne Gebäude zu schaffen, wie die Bauten drumherum. Vier Männer in dunklen Anzügen traten aus den Schatten hervor, um die Türen zu öffnen, und Roux fuhr hinein.

Die Haare auf meinen Armen standen zu Berge, als wir aus dem Fahrzeug stiegen. Bene und Henrik flankierten die hinteren Türen des Transporters, während ich Roux zu einem hellen Lichtkreis in der Mitte des dunklen, leeren Lagerhauses folgte. Dieser Ort roch nach Salz, Schleim und Meer, ähnlich wie der nahegelegene Fluss.

Jensen klappte den Laptop zu, über den er sich gebeugt hatte, und stand auf. „Schön, dass Sie pünktlich sind. “

„Natürlich“, sagte Roux gelassen.

Neben Jensen stand Celeste, die hinter mich schaute und den Blick dann schnell abwandte, bevor sie einen selbstgefälligen Ausdruck verbarg. Was hatte das zu bedeuten?

Aktentaschen standen auf dem Boden verstreut um Jensens Füße herum, was mich noch nervöser machte. Alles hier schrie geradezu: *Mafia! Kartell! Illegal!*

Und ich stand mittendrin.

Ich verlagerte mein Gewicht von einem Fuß auf den anderen und überdachte meine Lebensentscheidungen erneut. Aber letztendlich wusste ich, dass ich die richtige Entscheidung getroffen hatte. Die Freiheit meiner Freunde war es wert, Gordon dabei zu helfen, diesen widerwärtigen Kunsthandel abzuschließen.

Jensen deutete auf die Aktentaschen und seine Männer öffneten sie nacheinander, damit wir sie prüfen konnten.

„Drei Millionen Pfund in bar, wie von Ms. Petrova gewünscht. “

Ich starrte auf die Stapel von Geldscheinen. Wow. Vielleicht musste ich Anastasia doch nicht so sehr bemitleiden.

Eine schlanke Frau – Jensens persönliche Assistentin – machte Notizen auf ihrem Tablet.

Jensen schaute auf seine Uhr. „Der Restbetrag sollte auf dem Konto auf den Kaimaninseln eingehen... etwa... jetzt."

Celestes Tablet piepste. Sie scrollte durch eine Nachricht und nickte dann förmlich. „Bestätigt."

Bene und Henrik öffneten die Kiste und zogen genug von dem Gemälde heraus, um Jensen zufriedenzustellen. Sie lieferten zusätzlich die Papiere, die die Echtheit des Werks bestätigten und die von Gordons Gauner eines Kunstexperten unterzeichnet worden waren.

Jensen schien nicht sonderlich besorgt zu sein. Tatsächlich warf er kaum einen Blick auf das Gemälde.

Ich fühlte mich so schlecht, als würde ich lebende Pferde an einen nachlässigen neuen Besitzer übergeben. Würde er sich gut um sie kümmern? Würde es ihnen gut gehen?

Nein, sagte mir mein Bauchgefühl.

Jensen würde dafür sorgen, dass die Leinwand in gutem Zustand blieb. Aber das Kunstwerk darauf und das, was es darstellte – das würde vernachlässigt werden.

„Es war mir ein Vergnügen, Geschäfte mit Ihnen zu machen", sagte er und schüttelte Celeste die Hand.

Sie hielt seine etwas zu lange und lächelte etwas zu kokett.

Und in dem Moment wurde mir plötzlich etwas klar. Irgendwann hatten sie Zeit gefunden, miteinander zu schlafen, nicht wahr?

Bene verdrehte die Augen und signalisierte: *Na logisch.*

Ich ließ den Kopf hängen. Natürlich hatten sie das getan. Und natürlich war ich die Letzte, die das Offensichtliche erkannte. Celeste war ein manipulativer Sukkubus und Jensen hatte die beiden Dinge, die sie am meisten begehrte – Macht und Geld. Sogar noch mehr als Gordon.

Ein vages, unbehagliches Gefühl überkam mich, aber ich konnte es nicht genau einordnen. Ich machte mir zu viele Sorgen um Marius – und war zu angewidert von den Blicken, die Jensen und Celeste sich zuwarfen. *Triumphierend*, als wäre Sex nichts weiter als das. Keine Offenbarung oder ein Schritt zu etwas Tieferem. Nur ein Wettstreit. Ein Triumph.

„Schön, mit Ihnen Geschäfte zu machen", wiederholte Celeste und schenkte ihm ein verführerisches Lächeln.

Für ein paar Sekunden stand Jensen verzaubert von ihr da. Aber er war Tech-Nerd genug, um schließlich das Interesse zu verlieren und sich abzuwenden.

„Nun, das war es." Er klatschte mit einer Geste der Endgültigkeit in die Hände. „Vielen Dank, meine Herren. Und Ihnen auch, Miss Durand."

Ich hätte mich wie die anderen zurückziehen sollen, aber ich konnte mir nicht helfen.

„Was werden Sie damit machen?", fragte ich.

„Jede seiner Eigenschaften kartografieren", sagte er stolz.

„Ich hoffe, Sie werden in Betracht ziehen, es für eine Ausstellung auszuleihen, wenn Sie damit fertig sind", sagte ich und unternahm einen letzten verzweifelten Versuch für meine (wahrscheinlich aussichtslose) Sache.

„Oh ja. Ich werde darüber nachdenken", sagte er ohne große Überzeugung.

Draußen fuhr ein Schiff vorbei. Vielleicht sogar zwei Schiffe, die sich auf dem dunklen Fluss begegneten.

Auf Jensens Zeichen hin luden seine Männer die Kiste in einen dunklen Lieferwagen und fuhren davon. Ich schaute ihnen nach, er jedoch nicht. Er fing einfach an, seinen Laptop einzupacken.

Bene und Henrik trugen das Bargeld zu unserem Lieferwagen. Dann schlich Bene sich davon, um Marius zu helfen. Das gab mir gerade genug Freiraum, um meine Mission weiterzuverfolgen.

„Das Ausleihen eines Werks hat viele Vorteile", versuchte ich es.

„Zum Beispiel?" Jensen hielt auf dem Weg zu seiner Limousine inne.

Ich folgte ihm und spürte eine Chance. „Nun, ich bin mir sicher, dass jede Galerie äußerst dankbar wäre, wenn sie ein Werk ausleihen könnte. Beispielsweise die Tobler Arts Foundation in der *Schweiz*."

Ich betonte das Land so sehr, dass ich es praktisch herausschrie. Jensen schaute mich scharf an. „Ein zufälliges Beispiel?"

Keineswegs, denn meine Recherchen hatten eine Reihe interessanter Details über Nils Øren Jensen und sein schnell wachsendes Tech-Imperium zutage gefördert. Schnell wachsend, das heißt, außer an einem wichtigen Standort.

„Nur eine Möglichkeit", bluffte ich. „Viele Stiftungen dort verfügen über sehr gute Verbindungen und wären äußerst dankbar für die Gelegenheit, ein solches Gemälde ausstellen zu dürfen. Ich könnte mir vorstellen, dass auch viele einflussreiche Personen im Land dafür dankbar wären."

Ich fügte nicht hinzu: *Wie diejenigen, die derzeit ihre Bemühungen blockieren, in ihren streng kontrollierten Markt zu expandieren,* aber das war auch nicht nötig.

Er kniff seine eisblauen Augen zusammen und ich fühlte mich der Antilope, die in dieser Doku von Löwen verfolgt worden war, verdammt ähnlich.

„Interessant", murmelte er. „Sehr interessant."

Celeste zupfte an seinem Ärmel. „Haben Sie nicht von einem weiteren Termin gesprochen?"

Er runzelte die Stirn und die schlanke Assistentin meldete sich zu Wort, als sie auf ihrem Tablet nachschaute. „Ja, Sir. Der Anruf aus Buenos Aires."

Kurz fragte ich mich, was ein Milliardär nach einem Siebenundachtzig-Millionen-Dollar-Kunsthandel als Nächstes tun würde. War er eine Partnerschaft mit einer Ölgesellschaft eingegangen, um in der Antarktis zu bohren? Hatte er den Präsidenten eines großen südamerikanischen Landes bestochen – oder plante er, einen zu stürzen?

Er überlegte kurz und deutete dann auf seine Limousine. „Ich würde gern mehr erfahren. Warum kommen Sie nicht mit? Es ist nur eine kurze Fahrt und mein Kapitän kann Sie anschließend an jeden beliebigen Ort bringen."

Kapitän? Von einem Boot?

Eine weitere Möwe kreiste und erinnerte mich daran, dass wir uns in der Nähe des Flusses befanden.

Roux schüttelte knapp den Kopf. „Vielleicht ein anderes Mal."

Ich schüttelte ebenfalls den Kopf. Jensen würde jeden Moment durch einen Anruf oder eine neue Idee zur Weltherrschaft abgelenkt werden. Dies war meine Chance – meine einzige Chance –, das Gemälde der Öffentlichkeit zugänglich zu machen, ganz so, wie mein Vater es gewollt hätte.

In meinem Kopf tobte ein Kampf zwischen einem Dutzend widersprüchlicher Verpflichtungen. Marius. Diesen Deal unter Dach und Fach bringen. Meine eigene Sicherheit.

Aber Bene war losgezogen, um Marius zu helfen, und ich konnte wenig zu einer Konfrontation zwischen einem Vampir, einem Drachen und einem Löwen beitragen. Und was meine eigene Sicherheit anging...

Henrik trat vor. „Ich werde sie begleiten." Ich schluckte und nickte dann.

Celeste schnaufte, als wollte sie sagen: *Du Glückliche. Immer ist ein Mann da, der dich beschützt.*

Das nennt man Freundschaft, wollte ich sagen. *Und Freunde helfen einander.*

Aber sie hatte nicht ganz unrecht. Und ja – meine Freundschaft mit Henrik war in letzter Zeit mehr als nur etwas angespannt gewesen, aber jetzt war er schließlich für mich da.

Roux starrte unglücklich auf den Transporter. Der Plan sah vor, dass wir alle zusammenblieben, um das Geld zu Anastasia zu bringen.

Sein Handy piepste, als eine Nachricht einging, und er freute sich, als er sie las.

„Bene und Marius sind auf dem Rückweg."

Ich wusste nicht, was das über Szabos Schicksal aussagte, und ich wollte es auch nicht wissen. Ich war nur erleichtert, dass sie in Sicherheit waren.

„Kommen Sie?", rief Jensen aus seiner Limousine.

Ich eilte mit Henrik hinüber und versprach Roux, ihn bald anzurufen. Der Fluss war nur eine kurze Autofahrt entfernt. Henrik und ich würden in kürzester Zeit wieder zu den anderen stoßen können.

Der Limousinenfahrer fuhr los. Ich empfand es als seltsam, in einem so kleinen Raum zu sitzen – nun ja, groß, selbst für eine Limousine, aber trotzdem – und das mit Leuten, mit denen ich nicht gern Zeit verbrachte. Henrik. Jensen. Seine umwerfende persönliche Assistentin. Und Celeste.

Nicht gerade der richtige Zeitpunkt, um die Musik aufzudrehen und zu feiern.

Ich konzentrierte mich auf meine Mission. Die Uhr tickte.

„Soweit ich es verstehe, sind Sie in Ihren Bemühungen, ähm... auf gewisse Hindernisse gestoßen." Ich zögerte einen Moment und überlegte, wie ich es besser ausdrücken könnte als: *Ihren Bemühungen, lokale Unternehmen aus dem Geschäft zu drängen und so viele Daten wie möglich von unschuldigen Kunden zu stehlen.* Schließlich sagte ich laut: „In ihren Bemühungen, den Menschen in der Schweiz ihre Dienste anzubieten."

Jensen nickte und ich fuhr mit meinem Vortrag fort. Aber weniger als eine Minute später hielt die Limousine an. Wir waren bereits am Fluss angekommen.

Ein schnittiges Schnellboot mit getönten Scheiben wartete auf Jensen – denn natürlich tat es das – und er ging direkt die Landungsbrücke hinauf und stellte mir Fragen. Wie lange wurden Gemälde in der Regel ausgeliehen und zu welchen Konditionen? Hatte ich allgemein gesprochen oder stand ich tatsächlich in Kontakt mit hochrangigen Akteuren in der Schweiz?

„Ich nicht, aber Gordon sicher", sagte ich ehrlich.

Ich klopfte mir mental auf die Schulter, weil ich gelernt hatte, mich aus Schwierigkeiten herauszuhalten. Wenn Jensen meine Idee weiterverfolgen wollte, konnte er es über Gordon tun, und ich würde nichts damit zu tun haben.

Ich eilte die Landungsbrücke hinauf und ignorierte Henriks leise Proteste, denn Boote schossen nicht einfach vom Dock weg. Ich hatte einmal mit Freunden einen Tagesausflug auf einem Kanalboot unternommen und selbst das kleinste Manöver hatte ewig gedauert.

Aber, hoppla. Diese Crew erwies sich als viel geschickter und wir fuhren schneller vom Dock weg, als man *Passt auf, Schweiz* sagen konnte.

„Nur auf die andere Seite des Flusses", sagte Jensen, als er meinen wilden Blick bemerkte. „Sprechen Sie weiter."

Ich setzte meine Rede fort, während wir um eine Biegung der Themse bogen. Minuten später stieß das Boot gegen den Kai in Greenwich. Ich eilte Jensen genauso hastig vom Boot hinterher, wie ich an Bord gegangen war, und machte verzweifelt Vorschläge und beantwortete Fragen.

Erstaunlicherweise hörte er mir tatsächlich zu. Er verzichtete sogar auf seine wartende Limousine (denn wer hatte nicht mindestens zwei Limousinen in jeder Stadt?) um zu Fuß zu gehen, und ich folgte ihm und versuchte, mit seinen langen, schnellen Schritten mitzuhalten.

Erst als wir vier Blocks landeinwärts waren und uns einer Reihe schicker Stadthäuser in einer Seitenstraße näherten, entließ er mich.

„Nun, vielen Dank, Miss Durand. Ein faszinierender Vorschlag.“

Ich presste die Lippen zusammen und war versucht, ihn zu korrigieren. Ich hatte nichts vorgeschlagen – jedenfalls nichts, was mich betraf. Ich hatte nur... ähm, beharrliche Anregungen ausgesprochen.

„Ich werde Gordon Bescheid geben, wenn ich mich entschließe, mit einer solchen Stiftung in Kontakt zu treten“, schloss er.

„Nur noch eine Sache“, platzte ich heraus.

Jensen wartete ungeduldig.

Ich setzte mein sanftestes Lächeln auf. „Ich habe mich nur gefragt... Als jemand, der Ihren Erfolg in der Welt bewundert...“

Eine Lüge, aber was soll's. Meine Seele war wahrscheinlich ohnehin auf dem Weg zum Teufel.

„... warum in diesem Fall einen Mittelsmann einschalten? Ich meine angesichts Ihres oft zitierten Ratschlags, solche zu vermeiden...“

Jensen lächelte selbstgefällig, als wollte er sagen, wie bezaubernd ich sei, weil ich von ihm lernen wollte.

Ich versuchte, nicht zu würgen, während ich wartete.

„Ich war versucht, glauben Sie mir.“ Er warf Celeste einen Blick zu.

Oh, hätte ich doch nur eine Body Cam gehabt, um *das* Gordon zu melden! Das war der Beweis – okay, ein starkes Indiz –, dass sie hinter dem Rücken ihres Bosses arbeitete.

„Aber man muss bedenken, dass bestimmte Mittelmänner sich später als nützlich erweisen könnten", schloss Jensen.

Das bedeutete, dass die Aussicht auf eine zukünftige Zusammenarbeit mit Gordon mehr wert war als die siebzehn Millionen Dollar Provision. Huch. Das sagte eine Menge darüber aus, wozu mein lieber Patenonkel fähig war.

Mein Geist raste wie eine hyperaktive Hummel um diesen schrecklichen Gedanken und ich sackte resigniert zusammen. Welche Chance hatte jemand wie ich, etwas Gutes in der Welt zu bewirken, egal wie bescheiden es auch sein mochte?

„Guten Abend", rief Jensen und verschwand mit seiner Entourage im Gebäude – und Celeste, die mich mit einem spöttischen Grinsen zurückließ.

„Guten Abend", wiederholte ich leise.

Eine lange Minute stand ich immer noch da und versuchte, alles zu verarbeiten.

Henrik erschien hinter mir. „Okay. Genug Retten des Universums für heute. Es ist Zeit, sich von London zu verabschieden."

Nichts hätte ich mir mehr gewünscht. Ich wandte mich von dem Gebäude ab und ging in Richtung Fluss.

„Glaubst du, Celeste wird die Nacht dort verbringen?", fragte ich nach ein paar Schritten.

Henrik verzog das Gesicht und erinnerte sich zweifellos an die Nacht, die er mit ihr verbracht hatte.

„Sie wird es versuchen."

Ich ging weiter und dachte nach. Celeste handelte definitiv hinter Gordons Rücken. Aber was war ihr Ziel?

Ich stolperte über einen Pflasterstein und schaute mich um. Oh. Es war dunkel und still. Unangenehm still.

Ein unheimliches Gefühl überkam mich und ich ging schneller, wobei ich jede schwach beleuchtete Querstraße im Blick behielt. Greenwich war keine schlechte Gegend und ich hatte Henrik bei mir, aber beides war kein großer Trost.

Henrik blieb zurück, während ich weiterstürmte. „Du gehst doch nicht zurück zu Jensens Boot, oder?"

„Auf keinen Fall. Bei der *Cutty Sark* gibt es eine Haltestelle für die öffentliche Fähre." Ich zeigte auf die Masten, die über der Reihe von Gebäuden hervorragten, die dem Wasser am nächsten lagen.

Ich wusste das, weil ich bei meiner letzten Reise nach London an dem großen Schiff Halt gemacht hatte, um eine Sehenswürdigkeit aus einem Familienurlaub wiederzusehen, den wir unternommen hatten, als ich zehn war. Wir hatten ein schönes Familienfoto von diesem Anlass, auf dem meine Schwester, meine Mutter, mein Vater und ich zu sehen waren. Wir alle waren glücklich und selig ahnungslos darüber, was die Zukunft bringen würde.

Wie den Autounfall, bei dem mein Vater ums Leben gekommen war, musste ich unweigerlich denken. Wie meine kürzliche Entdeckung, dass mein liebevoller Patenonkel tief in kriminelle Machenschaften verstrickt war.

„Fährt die Fähre um diese Uhrzeit?", fragte Henrik.

Ich beschleunigte meine Schritte. Gott, ich hoffte es.

Henrik zog sein Handy aus der Tasche und wählte eine Nummer – vermutlich Roux.

Alles wird gut, sagte ich mir. Kein Grund zur Panik.

Aber der Platz neben der *Cutty Sark* war leer und unheimliche Nebelschwaden zogen über das Kopfsteinpflaster. Schlimmer noch: Meine Haut kribbelte warnend.

„Verdammt, Roux...", murmelte Henrik, als niemand antwortete.

Ich fuhr mit dem Finger über den ausgehangenen Fährfahrplan und bemerkte zum ersten Mal die kühle Nachtluft. Dann schaute ich auf meine Uhr.

Die gute Nachricht war, dass die nächste Haltestelle Docklands war, wo unsere Freunde warteten.

Die schlechte Nachricht war, dass die nächste Fähre erst in vierzig Minuten fahren würde.

Ich fluchte und schaute mich um. Es gab keinen Grund, in Panik zu geraten, und es gab keine Anzeichen für Ärger.

Bis Schritte zu hören waren und sich ein Schatten von einer Straßenlaterne hinter uns ausbreitete. Ich erstarrte und sah, wie sich ein großer Mann ruhig näherte. Selbstbewusst. Leise.

Henrik zischte, als er ihn erkannte.

„Szabo", grunzte er mit Augen, die leuchtend rot glühten.

Meine Knie zitterten und ich wich zurück.

Szabo und seine Freunde, dachte ich, als sich weitere Gestalten aus den Schatten lösten.

Henrik suchte alarmiert die Umgebung ab. Ich tat es ihm gleich und zeigte dann auf etwas.

„Dort! Der Tunnel!"

Ein kleiner Pavillon markierte den Eingang zu einer jahrhundertealten Flussunterquerung von Greenwich zum Nordufer der Themse, wo wir gestartet waren.

Ich sprintete los, stürmte in den Pavillon und dann eine breite Wendeltreppe hinunter. Runter und runter und runter und runter und… Wir waren fast vier Stockwerke tief, als über uns Schritte auf den Stufen hallten.

Ich blieb stehen und starrte ängstlich nach oben. Dann stieß Henrik mich an. „Los! Beweg dich!"

Ich sprang die letzten Stufen hinunter und rannte dann den langen, abfallenden Tunnel entlang.

Kapitel 25

MINA

Meine Schritte hallten durch den Tunnel. Die Luft war feucht und stickig. Die Decke war nicht besonders hoch und die Wände zu beiden Seiten nicht besonders breit. Gerade breit genug für einen Fußgängerweg in beide Richtungen.

Ich rannte los und fragte mich, wie schnell Szabo wohl laufen konnte. Ich betete, dass Henrik ihn zur Vernunft bringen konnte. Hoffte, dass Henrik dazu bereit wäre.

Ein großes Fragezeichen.

Henrik folgte ein paar Schritte hinter mir – so dicht, dass wir fast zusammenstießen, als ich abrupt zum Stehen kam.

„Verdammt, Frau", fluchte er, genauso in Eile wie ich.

Ich zeigte mit zitterndem Finger auf die Gestalt, die vom anderen Ende des Tunnels auf uns zukam.

Vor wenigen Augenblicken war der Tunnel noch leer gewesen. Jetzt waren wir zwischen zwei Gruppen von Fremden eingesperrt. Ich blinzelte nach vorn und betete, dass es Freunde und keine Feinde sein mögen.

Ich verstand die Sprache nicht, in der Henrik als Nächstes sprach, aber ich wusste, dass er fluchte.

Also ein Feind.

„Bleib dicht bei mir", murmelte er und drehte sich zur Seite, um in beide Richtungen zu spähen.

Niemals hätte ich gedacht, dass ich freiwillig einem solchen Befehl von ihm folgen würde. Aber ich tat es und streifte seine Seite, als wir mitten im Tunnel festsaßen.

Henriks Augen leuchteten hochrot. Seine Reißzähne und Fingernägel verlängerten sich.

„Dort drüben“, wies er mich an.

Wir schlitterten zu einer kleinen Baustelle hinüber. Ich beugte mich über den niedrigen Zaun und griff nach einem Stück Metallrohr. Dann zog ich mein Handy heraus und prüfte den Empfang. Nichts.

Es gab nur mich, Henrik und einen Meter Metall gegen die zwei... vier... sechs Gestalten, die näher kamen, drei von einem Ende des Tunnels, drei vom anderen.

„Sobald du eine Lücke siehst, lauf“, flüsterte Henrik.

Ein nobler Plan – wirklich – mit null Chancen auf eine erfolgreiche Umsetzung. Nicht mit je einem Trio von Übernatürlichen, die mich aus beiden Richtungen blockierten.

Marius! schrie ich in Gedanken, halb in der Hoffnung auf eine wundersame Rettung.

Aber er war von einem Vampir aufgehalten worden, und alles, was ich zu meinem Schutz hatte, waren Henrik und meine eigenen ungenügenden Fähigkeiten.

Ich schnüffelte lange genug, um mir sicher zu sein, dass die Männer auf der linken Seite Vampire und die auf der rechten Seite Gestaltwandler waren. Wölfe, wie ihr Moschusduft verriet.

„Henrik.“ Einer der Vampire grinste aus einiger Entfernung.

„Szabo“, spie er zurück.

Szabo verbeugte sich und sprach mich mit einem viel stärkeren Akzent als Henrik an. „Und die reizende Miss Durand. Es ist mir eine Freude, Sie endlich kennenzulernen.“

Sein Gesicht war voller Kanten, als hätte sein Schöpfer beim Skizzieren seiner Umrisse ständig das Lineal verschoben.

„Ich glaube, wir sind uns schon einmal begegnet“, sagte ich eisig. „Allerdings haben Sie sich damals ziemlich schnell aus dem Staub gemacht.“

Der Mann hinter ihm gluckste, aber Szabo behielt sein eisiges Lächeln bei. „Vielleicht, aber heute sind Sie es, die weglaufen wird.“

Leider nicht mehr. Nicht jetzt, wo uns der Weg in beide Richtungen versperrt war.

Dann wechselte er zu... Polnisch? Rumänisch? Und sprach schnell mit Henrik. Etwas in der Art von *Schließ dich uns an oder stirb*, vermutete ich.

Meine Knie schlotterten. Wenn Henrik das täte...

Aber selbst wenn er loyal blieb, welche Hoffnung auf Flucht hatte ich?

Drei Paar Vampiraugen fixierten meinen Hals und ich stellte mir vor, wie ihnen das Wasser im Mund zusammenlief.

Tausend Fragen schossen mir durch den Kopf. War Szabo derjenige, der Marius mit diesen Fotos bedroht hatte? Wie hatte er die Südseite des Flusses erreicht, wo er doch kurz zuvor noch auf der Nordseite gesehen worden war? Und, oh. Würden diese Männer mir langsam das Leben aussaugen oder es schnell beenden?

Meine Handfläche schwitzte, als ich das Rohr umklammerte, und mein Verstand schrie.

Flieh! Flieh!

Es würde sich nicht richtig anfühlen, Henrik zurückzulassen, aber ein Leben als Feigling war besser als ein edler Tod.

Dennoch war das eine müßige Frage. Ich hatte keine Möglichkeit, mich an diesen Mördern vorbeizuschleichen.

Dann kam mir eine Idee. Tatsächlich hatte ich eine.

Schattenwandeln.

Ich umklammerte das Rohr fest und bezweifelte, dass ich die Fähigkeit hatte, dies inmitten so vieler hochsensibler übernatürlicher Wesen zu tun. Aber angesichts meiner fehlenden Alternativen... Ich holte tief Luft und fing an, meine Position zu katalogisieren. Die Beleuchtung. Die Risse im Asphalt unter meinen Füßen und das Muster der Fliesen, die an der Wand neben mir klebten.

Die Wolfsgestaltwandler kamen näher und musterten mich gierig.

„Bist du sicher, dass du sie töten willst, Etienne?", rief einer der stämmigeren Männer neben ihm auf Französisch.

Ich erstarrte. Der, mit dem Marius sich angelegt hatte?

Braune Augen, lange weiße Zähne, eine Narbe an einem Ohr. Das war Etienne?

Er rieb sich das Kinn. „Ich fange an, es zu überdenken."

Die Worte *Sex* und *Menschenhandel* marschierten durch meinen Kopf wie eine Reihe Gangster bei einer Polizeiaufstellung.

Ich schaute auf meine Füße und versuchte, eine Position zu finden, die für eine verängstigte Frau nicht allzu seltsam wirkte, wenn sie mehrere Minuten lang regungslos verharrte. Ich war zu panisch, um eine Illusion des Gehens und Sprechens aufrechtzuerhalten.

Mich zu einer erbärmlichen Kugel zusammenzurollen, wäre am einfachsten gewesen – aber selbst für mein Ego etwas zu unterwürfig. Also hielt ich meinen Blick auf meine Füße gerichtet, ließ meine Schultern hängen und bewegte meine Brust so wenig wie möglich. Dann schloss ich die Augen, kopierte genau dieses Bild und trat einen Schritt zurück.

Ich zwang mich, die Augen wieder zu öffnen und die Illusion zu überprüfen. Nicht schlecht, wirklich nicht.

Ich rückte langsam zur Wand und begann, mich seitwärts zu bewegen.

Die Männer unterhielten sich weiter, die Gestaltwandler auf Französisch, die Vampire auf Rumänisch, wie ich beschloss. Mein Schuh schrammte über den Boden und ich erstarrte, aber niemand schaute herüber.

Langsam... ruhig... sagte ich mir.

Ich schaute nach vorn und prägte mir das Aussehen jedes halben Kubikmeters leeren Raums ein, bevor ich mich hineinbegab. Ein Hauch meines Schattens an der Wand, eine Linie an der falschen Stelle, und ich würde aufliegen.

Mein Kopf schmerzte vor Anstrengung, zwei parallele Illusionen aufrechtzuerhalten.

„Jetzt hast du ihr wirklich Angst gemacht, Etienne", lachte einer der Wölfe. „Sie ist wie ein Eisblock erstarrt."

Ich konzentrierte mich ganz darauf, den Ellbogen meiner Illusion zu bewegen und den Hals einzuziehen, um noch eingeschüchterter zu wirken. Aber ich vergaß, die Haare meiner falschen Gestalt schwingen zu lassen, und das Ergebnis war etwas stockend.

Zum Glück wechselte Henrik gerade in diesem Moment seine Position und verdeckte meinen Fehler mit seinem Schatten.

Zuerst dachte ich, dies sei Zufall, aber dann tat er es erneut und mir wurde klar, dass es kein Zufall war. Henrik hatte erkannt, was ich vorhatte, und tat sein Bestes, um mir zu helfen.

Ich war einem Vampir noch nie zuvor so dankbar gewesen. Ich betete auch, dass ich es nie wieder sein müsste.

Ich passte den Winkel des Halses meines falschen Ichs an und schlich weiter auf Zehenspitzen voran. Das war der wirklich knifflige Teil, denn die drei Gestaltwandler hatten sich über die gesamte Breite des Tunnels verteilt.

Ich presste mich flach an die Wand und ging weiter. Als ich auf Höhe von Etienne kam, der nur wenige Zentimeter entfernt stand, und dann an ihm vorbeiging, hielt ich den Atem an. Sein Kumpel stand einen halben Schritt hinter ihm, näher an der Mitte des Tunnels, was mir mehr Bewegungsfreiheit verschaffte. Ich machte einen weiteren Schritt, dann noch einen.

Der Wolfsgestaltwandler runzelte die Stirn und seine Nasenflügel bebten.

Ich erstarrte.

Er schaute sich um, wandte sich dann aber wieder den anderen beiden zu und bat Etienne, zu wiederholen, was er gerade gesagt hatte.

Mit klopfendem Herzen bewegte ich mich schneller. Immer noch im Schneckentempo, aber ein hektischeres. Jeden Moment würden sie mich durchschauen.

„Hey du", bellte der nächste Gestaltwandler die falsche Mina an. Einmal. Zweimal. Dann pfiff er scharf, um meine Aufmerksamkeit zu erregen.

Scheiße. Er hatte mich definitiv durchschaut.

Ich bewegte mich schneller und war jetzt einen Meter an ihm vorbei. Zwei Meter…

Er drehte den Kopf und folgte meinen Bewegungen mit seiner Nase anstatt mit seinen Augen.

„Moment mal…", murmelte er.

Ich fing an zu joggen und gab mein Bestes, um den leeren Raum vor mir zu replizieren. Aber meine Nerven waren zu angespannt und mein Schatten wurde immer wieder sichtbar, anstatt unsichtbar zu bleiben. Die flackernden Deckenleuchten halfen, den Effekt zu kaschieren, aber...

„Psst", befahl der Wolfsgestaltwandler.

Alle wurden still. Sogar Henrik, verdammt.

Ich hielt einen Moment zu spät inne, und das Geräusch meines Fußes hallte durch den Tunnel.

Murmelnd griff einer der Vampire nach meinem illusorischen Ich, das nun seltsam und unproportional aus dem Gleichgewicht geraten war. Henrik versuchte, ihn zu stoppen, aber es war zu spät. Die blasse, knochige Hand des Vampirs schoss durch die Luft und...

Ich löste die Illusion auf und sprintete zum anderen Ende des Tunnels. Chaos brach aus, als die Männer auf die leere Stelle starrten, an der meine Illusion noch einen Moment zuvor gestanden hatte.

„Sie ist dort drüben!", schrie jemand.

„Schnappt sie euch!", rief Etienne.

Ich rannte um mein Leben.

Das Rohr rutschte mir aus der Hand und der Mann, der mir am nächsten war, fluchte und sprang zur Seite. Das Geräusch von Metall, das auf Beton aufschlug, hallte durch den Tunnel, und mir kam eine Idee. Ich bewegte mich zu schnell, um überzeugend Schattenwandeln zu können. Aber vielleicht konnte ich einfach Illusionen erschaffen, um sie zu verwirren.

Ich versuchte es zuerst mit einem Rohr, weil ich mich noch gut daran erinnern konnte, wie es sich anfühlte. Während ich weiterrannte, formte ich ein illusorisches Rohr in meiner Hand und warf es hinter mich.

„*Merde*", fluchte der Gestaltwandler und wich aus.

Er hätte einfach hindurchlaufen können, aber das wusste er nicht, und das metallische Klirren, das ich erzeugte – zum ersten Mal in meinem Leben –, trug dazu bei, die Illusion aufrechtzuerhalten.

Der Tunnel stieg sanft an.

Ich rannte auf das andere Ende zu und warf eine Reihe hastig erschaffener Illusionen hinter mich, angefangen mit Dingen, mit denen ich bereits geübt hatte. Eine Zeitung. Ein Hut. Ein Buch. Ein weiteres Buch – ein großes, dickes.

„Was zum. . . "

Die Männer, die mich verfolgten, sprangen von einer Seite zur anderen und wichen dem Beschuss aus. Ich wurde mutiger – oder verzweifelter – und fing an, aufwändigere Illusionen zu werfen. Fliegende Fledermäuse. Pfeile. Hagelkörner. Nichts davon war echt, also konnten sie diejenigen, die mich verfolgten, nicht zu Fall bringen. Dennoch bildeten sie einen Hindernisparkour, der die Männer davon abhielt, mit voller Geschwindigkeit zu rennen.

Eine meiner Kreationen – eine krumme Bratpfanne – war so schlecht, dass sie stehen blieben, um sie anzustarren.

„Was ist das?", murmelte einer.

Ich ließ die Illusion verschwinden, bevor sie versuchten, danach zu greifen, und rannte weiter. Die Wendeltreppe, die zum Nordufer der Themse führte, war jetzt nur noch wenige Schritte entfernt.

Hinter mir ertönte ein Schrei. Ich zuckte zusammen und stellte mir einen unschuldigen Passanten vor, der zwischen Vampire und Gestaltwandler geraten war. Aber ein kurzer Blick verriet mir, dass es Henrik war, der seine klauenartigen Fingernägel in einen der Vampire grub.

Meine Schritte stockten, denn das waren drei Vampire gegen einen. Ich konnte Henrik doch unmöglich allein gegen sie kämpfen lassen?

Dann entschied ich, dass ich es doch tun sollte. Vor allem, als die drei Gestaltwandler stehen blieben, sich krümmten und anfingen, sich in Wölfe zu verwandeln. Ich schnappte nach Luft, als sich Fell auf ihren Rücken bildete und ihre Gesichter sich zu Schnauzen verformten.

Ich eilte weiter und nahm die Treppe zwei Stufen auf einmal. Das Klirren meiner Schuhe auf Metall hallte durch den Tunnel. Augenblicke später gesellten sich zu diesen Echos schnelle, leise Pfotenschritte. Knurren folgte und ich hätte vor Angst fast geschrien. Sie holten auf und ich hatte keine Hoffnung, ihnen Illusionen vorzugaukeln, während ich im Kreis rannte.

Marius! schrie ich, wenn auch nur in Gedanken. *Es tut mir leid. Es tut mir so leid. . .*

Nie im Leben hätte ich mir vorstellen können, dass es mein Schicksal war, in einem Tunnel in London von einem Rudel tollwütiger Wölfe in Stücke gerissen zu werden.

Das ist es nicht, beharrte eine Stimme in meinem Hinterkopf. *Lauf weiter!*

Ich rannte noch drei Treppen hinauf und mein nächster keuchender Atemzug war frischer und trockener. Ich war fast da!

Ein Knurren ertönte, als einer der Wölfe versuchte, einen anderen auf der schmalen Treppe zu überholen. Sie verwickelten sich und schnappten nacheinander, wodurch ich ein paar kostbare Sekunden gewinnen konnte.

Ich stürmte in einen weitläufigen, grasbewachsenen Park hinaus. Der Nachthimmel war von Wolken verhüllt und die Lichter der Wolkenkratzer leuchteten hinter einer niedrigeren Reihe von Gebäuden in der Nähe.

Ein weiterer Schrei tönte aus dem Tunnel und ich zuckte zusammen. War das Henrik?

Ich hielt jedoch nicht inne, um mich umzudrehen. Nicht einmal, als hinter mir ein Knurren zu hören war.

Die Gesichter meiner Lieben schossen mir durch den Kopf. Meine Mutter. Meine Schwester. Meine Cousine. Ich dachte an das Château und alles, was ich dort zu erreichen gehofft hatte. Vor allem stellte ich mir Marius vor und die Zukunft, die wir nun nicht haben würden.

Ein Brüllen zerriss die Nacht und ich zuckte zusammen, als ich mir vorstellte, wie sich weitere Gestaltwandler näherten. Gott, sie waren überall. Sogar vor mir.

Ich blinzelte, als zwischen zwei Gebäuden ein helles Licht aufblitzte und dann wieder erlosch. Ein weiteres Brüllen ertönte und das Licht flackerte erneut auf.

Ich wäre fast gestolpert, denn das war kein Licht. Es war Feuer. Und dahinter...

Ein riesiger Schatten stürzte auf mich zu, in der Mitte massig mit schmaleren Auswüchsen an den Seiten.

Flügel, wurde mir klar. Drachenflügel.

Es brüllte erneut und mein Herz machte einen Sprung. Marius?

Hinter mir blieben die Wölfe stehen.

„Marius!", krächzte ich zwischen keuchenden Atemzügen.

Der Drache raste heran, schwebte über die nächsten Dächer und dann über den Boden.

Runter! dröhnte es in meinem Kopf.

Ich wartete bis zur letzten Sekunde und warf mich dann auf den Boden.

Wusch! Marius schnitt durch den Himmel über mir. Der Abwind wirbelte meine Haare auf und die Luft wurde heiß, als eine lange Feuerlinie den Park versengte. Die Wölfe zerstreuten sich.

Lauf weiter! drängte Marius.

Ich rappelte mich auf die Füße und rannte auf die Gebäude zu. Dann tauchten zwei Gestalten aus den Schatten vor mir auf und ich hielt inne.

Scheiße. Das war es. Ich war erledigt.

Aber das Biest auf der linken Seite rannte direkt an mir vorbei und knurrte. Ich starrte auf die verschwommenen dunklen Streifen. Das Tier rechts sprintete ebenfalls vorbei und ich sah eine dicke, wallende Mähne. Ein Löwe?

Dann jubelte ich. „Bene! Roux!"

Chaos brach aus und ich wich vor dem Knurren und Schreien zurück. Als sich die Lage beruhigt hatte, eilte ich näher heran und deutete auf den Tunnel.

„Henrik ist da drin und kämpft gegen Szabo und zwei andere Vampire!", schrie ich.

Bene raste in den Pavillon und die Treppe hinunter. Sein langer, buschiger Schwanz wedelte hinter ihm her. Roux folgte ihm. Ich war kurz davor, ihnen auch zu folgen, aber Marius brüllte.

Denk nicht einmal daran.

Also tat ich es nicht. Ich stand einfach da und lauschte dem Knurren und den Flüchen, die aus dem Tunnel drangen.

Marius kreiste über uns und behielt die Umgebung im Auge. Ich drehte mich um und folgte seinem Blick. Die Erde war versengt und drei Klumpen lagen regungslos im Gras. Marius hob seine mächtige Drachenschnauze und brüllte in den Himmel.

Etienne und seine Kumpanen waren also tot. Aber was war mit Szabo? Was war mit Henrik?

Kapitel 26

MARIUS

Mein Herz raste, als ich den Park am Flussufer umkreiste und in die Schatten spähte. Zum Glück war Mina nicht verletzt, aber ich konnte mich noch nicht entspannen. Nicht, wenn jeden Moment ein weiterer Feind auftauchen könnte.

Ich senkte mich hinab, um Etiennes leblosen Körper genauer anzusehen... oder vielmehr die verkohlten Überreste davon. Dann atmete ich auf, aber nur ganz leicht. Ein erbitterter Feind war ausgeschaltet, aber andere blieben übrig, so wie Szabo.

Nach einer weiteren engen Kurve stürzte ich mich hinunter. Der Boden kam schnell näher und ich streckte meine Krallen aus, um zu landen. Im letzten Moment bremste ich, indem ich mit den Flügeln den Wind abfing. Ich landete, machte ein paar hüpfende Schritte und blieb dann stehen, um Mina anzusehen.

Sie stand ein paar Schritte entfernt, erschrocken, aber hartnäckig an ihrer Stelle.

„Marius... "

Mein Herz klopfte, als sie mich mit großen Augen anstarrte.

„Geht es dir gut?", flüsterte sie.

Ich schnaubte. Sie war diejenige, die sich mit Etienne und seiner Bande angelegt hatte.

Ich grunzte leise. *Mir geht es gut. Was ist mit dir?*

Sie nickte. „Dank dir. "

Mein Drache plusterte sich stolz auf.

Ein Knurren drang aus dem Tunneleingang. Wir wirbelten beide herum und ich öffnete meine Flügel, um eine schützende Mauer vor ihr zu bilden. Der nächste Vampir, der sein blasses Gesicht zeigte, würde buchstäblich geröstet werden.

„Nicht, wenn es Henrik ist", rief Mina. Ich brummte. Sie mochte bereit sein, ihm zu vergeben, aber ich würde es niemals tun.

Meine Nasenflügel bebten und ich analysierte die verschiedenen Gerüche, die aus dem Tunnel herüberwehten. Dann knurrte ich leise.

Szabo, brummte mein Drache, eher aufgrund seines bevorzugten Parfüms als seines tatsächlichen Geruchs.

Mina nickte. „Er ist mit zwei anderen Vampiren in Greenwich aufgetaucht. Ich schätze, Jensens Männer haben sich geirrt, als sie ihn in der Nähe des Lagerhauses gesehen haben?"

Ich knurrte leise. Eher eine absichtliche Falschmeldung, obwohl ich nicht verstehen konnte, warum Jensen mit Szabo kooperieren würde und wie Etienne in die ganze Sache hineinpasste.

„Bene... Roux...", sorgte sich Mina.

Schritte tönten aus dem Pavillon und ich öffnete das Maul, bereit, Feuer zu speien. Zwei Gestalten erschienen – ein Mann, der sich schwer auf ein niedriges, schlankes Tier stützte.

Ich bevorzuge ‚König des Dschungels' murmelte Bene in meine Gedanken.

Ja, das war er, der Henrik half, aus dem Tunnel zu humpeln.

„Henrik! Bene!" rief Mina und eilte hinüber. „Geht es euch gut?"

Henrik krächzte etwas davon, dass es ihm bestens ginge, obwohl er furchtbar aussah. Bene spielte seine eigenen Verletzungen hoch, indem er humpelte und wimmerte.

„Armer Kleiner", säuselte Mina und streichelte seine Mähne.

Arschloch, brummte ich.

Er gluckste in meinen Gedanken. *Ich wusste schon immer, dass sie mich mag.*

Ein donnerndes Brüllen entsprang meiner Kehle. Minas Haare und Benes Mähne wurden plattgedrückt, aber Henriks nach hinten gegelte Haare bewegten sich nicht einmal.

Bene duckte sich und murmelte schwach: *War nur ein Scherz.*

„Bitte sorge dafür, dass ganz London von unserer Anwesenheit erfährt“, murmelte Henrik.

Dummer Drache, brummte Bene und entfernte sich von Mina.

Sie warf mir einen dieser scharfen Lehrerinnenblicke zu, der fragte: *War das wirklich notwendig?*

Ich funkelte Bene an. *Ja.*

Roux erschien als nächster mit einer Schnittwunde an seiner gestreiften Schulter, die schmerzhaft aussah, aber nicht ernsthaft zu sein schien.

Ist hier alles in Ordnung? fragte er.

Nun, wenn der Drache davon absieht, uns zusammen mit dem Rest der Docklands zu verkokeln, murrte Bene.

Roux seufzte. *Lass mich raten. Du hast ihn provoziert.*

Bene leckte sich die Pfote und strich sich die Schnurrhaare glatt. *Vielleicht ein wenig.*

Henrik wischte sich das Blut ab, das durch seinen zerrissenen Ärmel sickerte, und schaute dann Mina an.

„Das war ein ziemlicher Trick, den du da abgezogen hast.“ Ausnahmsweise klang seine Stimme ein wenig beeindruckt.

Ich neigte den Kopf. *Was für ein Trick?*

Mina sackte zusammen und sah beschämt aus. „Du meinst, dass ich um mein Leben gerannt bin, während du gegen drei Vampire gekämpft hast? Danke übrigens. Sie hätten mich getötet... oder Schlimmeres.“

Ich verdrängte die schrecklichen Bilder von Vampiren, die sich an Mina labten.

Henrik schüttelte den Kopf. „Wegzulaufen war deine einzige Option. Aber dieses Schattenwandeln... Gut gemacht.“

Ich riss die Augen weit auf. Ein Kompliment von Henrik war wie ein zweiter Mond – so etwas gab es nicht. Mina schüttelte jedoch nur den Kopf.

„Aber sie haben es gemerkt.“

Henrik zuckte mit den Schultern. „Erst nach einer Weile und aus nächster Nähe. Wenn wir uns im Freien befunden hätten, hätten sie es vielleicht nie mitbekommen.“

Mina lächelte leicht. „Wirklich?“

Henrik sah aufrichtig beeindruckt aus. „Ich habe seit Jahrzehnten niemanden mehr gesehen, der eine so überzeugende Illusion erschaffen hat."

Ich war nicht überrascht, aber Mina schaute nur zum Tunnel zurück.

„Sind sie... "

Henriks Kleidung war mit purpurrotem Blut bespritzt, das zu Asche wurde und abfiel, als er an dem Stoff zupfte.

„Szabo und ein weiterer sind tot. Der dritte... " Er schaute zu Roux.

Der Tiger streckte seine Krallen aus und nickte.

Sind das alle? Nur drei? fragte ich.

Henrik warf mir einen verletzten Blick zu. „Nur?"

Das habe ich nicht gemeint, murmelte ich.

Mina rieb sich in der nächtlichen Kälte die Arme. „Also, was jetzt?"

Henrik richtete sich auf, zuckte zusammen, heilte aber bereits. „Im Tunnel muss nichts beseitigt werden. Aber hier draußen... " Er deutete verächtlich auf die getöteten Gestaltwandler, als wollte er sagen: *Zumindest haben wir Vampire den Anstand, sauber zu sterben.*

Ja, sehr praktisch. Sie hinterließen nichts als Aschehaufen, die im Tunnel nicht auffallen würden. Aber die Gestaltwandler...

Bene neigte den Kopf in Richtung Fluss und Roux nickte. Ich hob einen Flügel, um Mina abzulenken, während sie die Leichen beseitigten. Dennoch spähte sie mit verzogener Miene um die Kante herum.

„Ich kann nicht einmal Mitleid mit ihnen empfinden. Gott, ich werde wirklich auf die dunkle Seite gezogen", klagte sie.

Ich schnaubte. Etienne verdiente kein Mitleid, ebenso wenig wie die anderen beiden, die ich als ein paar Schläger aus seinem Kampfclub wiedererkannt hatte. Die Welt war ohne sie wirklich besser dran.

Ich führte Mina zu dem Lieferwagen, den Roux in der Nähe geparkt hatte, und verwandelte mich schnell in meine menschliche Gestalt. Mina beobachtete mich dabei gebannt. Eine solche

Beobachtung von jemand anderem hätte ich als aufdringlich empfunden, aber von ihr fand ich es toll.

Roux und Bene taten es mir gleich und wir zogen alle die Overalls an, die Roux zusammen mit einer Auswahl an Ausrüstung eingepackt hatte.

„Auf geht's", drängte Bene und schob die Tür des Lieferwagens auf.

„Wohin?", fragte Mina.

Roux winkte ab. „Ich bin mir nicht sicher, aber lasst uns erst einmal von hier verschwinden."

∞∞∞∞

Wir waren die gesamte Fahrt bis zu Anastasias Haus nervös, wo wir das Bargeld abgaben – die ganzen drei Millionen Pfund.

„Sind Sie sich sicher, dass Sie so viel Bargeld in Ihrer Wohnung aufbewahren wollen?", fragte Mina, die sich wie immer um andere sorgte. Das konnte sie viel besser als auf sich selbst aufzupassen.

Gut, dass sie uns hat, erklärte mein Drache.

Ja, aber ich würde den Tag nicht vor dem Abend loben. Ich würde mich erst entspannen, wenn wir wieder zu Hause im Château Nocturne waren und all das hinter uns lag.

„Das ist schon gut so", versicherte Anastasia ihr.

Bene schnaubte, als wir uns verabschiedet hatten. „Habt ihr gesehen, wie sie sich das Geld geschnappt hat? Sie hat nicht einmal nach dem Gemälde gefragt."

Wir stiegen wieder in den Lieferwagen, Roux, Mina und ich wie zuvor vorn, Bene und Henrik im Laderaum.

„Ich verstehe es nicht", sagte Mina und schaute düster aus dem Fenster, während wir davonfuhren. „Was ist mit ihren Prinzipien passiert?"

„Ich bin mir nicht sicher, ob sie jemals welche hatte", sagte ich.

Ein paar Sekunden vergingen. Dann murmelte Mina: „Vielleicht sollte ich mir dieselbe Frage über meine Prinzipien stellen."

Ich nahm ihre Hand. „Allein die Tatsache, dass du das fragst, zeigt, dass sie genau da sind, wo sie sein sollten." Dann schaffte ich es, ihr ein kleines Lächeln zu schenken. „Allerdings bin ich natürlich voreingenommen."

Wir fuhren den Rest des Weges schweigend. Roux' Blick wanderte ständig über die Straßen, aber wir schafften es ohne weitere Zwischenfälle zurück zum Hotel. Dort angekommen, ließen wir uns auf die Sessel und die Couch fallen. „Ich verstehe immer noch nicht, was passiert ist", sagte Bene. „Ich meine mit Szabo. Und was zum Teufel hat Etienne in London gemacht?"

„Celeste", murmelte ich. „Sie muss es gewesen sein. In beiden Fällen."

Bene wedelte mit der Hand in der Luft herum. „Erkläre mir das."

Ich schaute Mina an und erzählte dann alles. Die Drohung mit dem Foto. Etiennes Groll gegen mich. Szabo, der Mina nach London gefolgt war...

„Aber wie hätte Etienne dieses Foto auf Mallorca machen können?", fragte Roux.

„Das hat er nicht", sagte ich, nachdem ich es endlich verstanden hatte. „Es muss Celestes Werk gewesen sein. Aber sie hat es an Etienne weitergegeben, wahrscheinlich in der Hoffnung, dass wir uns gegenseitig ausschalten würden." Ich verzog das Gesicht und drückte Minas Hand. „Und vielleicht auch Mina ausschalten würden."

Sie sah mir in die Augen, grimmig, aber dankbar.

„Warum sollte jemand Mina umbringen wollen?", fragte Bene.

Zu ihrer Ehre musste man sagen, dass sie Henrik nicht böse anfunkelte, ich jedoch schon.

„Ich glaube, Celeste ist etwas... eifersüchtig", sagte Mina vorsichtig. „Ihr wisst schon, auf das Château. Auf die bevorzugte Behandlung, die ich von Gordon bekomme."

Roux schnaubte. „Die bevorzugte Behandlung, die dich fast dein Leben gekostet hätte?"

„Außerdem ist das Château finanziell gesehen, ein Fass ohne Boden", sagte Bene. Als Mina eine Grimasse schnitt, riss er die Hände hoch. „Nichts für ungut."

Sie seufzte. „Schon gut.“

Henrik rieb sich das Kinn und dachte laut nach. „Also dieser Bericht, dass Szabo um das Lagerhaus herumschleicht…“

„Celeste“, grunzte ich.

„Mal wieder. Ich bin mir sicher, dass sie sich das ausgedacht hat.“

Mina verzog das Gesicht. „War Szabo überhaupt da oder war das alles nur ein falscher Alarm?“

„Er war da“, sagte ich, „aber nur lange genug, um mich wegzulocken.“

„Warum?“, fragte Bene.

Roux hatte eine Antwort darauf. „Damit wir einen Mann weniger bei der Übergabe haben. Du weißt schon… teilen und herrschen…“

Und um mich von Mina zu trennen. Dessen war ich mir sicher. Der entscheidende Beweis war, dass Szabo und Etienne zusammengearbeitet hatten, um sie in diesem verdammten Tunnel in die Falle zu locken. Es war unmöglich, dass diese beiden jemals bei irgendetwas zusammengearbeitet hätten… Es sei denn, Celeste hatte sie dazu angestiftet und ihnen eine Belohnung versprochen, die sie am Ende vielleicht gegeben hätte oder auch nicht.

Ich warf Henrik einen Blick zu. Ich hätte nie gedacht, dass ich ihm jemals zu Dank verpflichtet wäre, aber verdammt, das war ich. Wenn er nicht da gewesen wäre, um Mina zu helfen…

Ich schüttelte diese schrecklichen Gedanken ab.

Alle schwiegen eine Weile und verarbeiteten das Geschehene.

„Gott, was für ein Abend“, murmelte Roux und fasste die Sache perfekt zusammen.

„Er ist noch nicht vorbei“, gab Bene zu bedenken. „Wir müssen noch Gordon anrufen.“

Alle stöhnten, aber Mina hob die Hand. „Ich mache das gern.“

Roux warf ihr einen Seitenblick zu. „Ich bin mir nicht sicher, ob das eine gute Idee ist.“

Es war eine *schreckliche* Idee, aber Roux war nicht so direkt wie ich.

Mina zückte natürlich ihr Handy und fing an zu wählen.

Alle wurden nervös.

„Ähm, Mina. . . “, sagte Bene.

Sie schaltete das Handy auf Lautsprecher und murmelte etwas, das sich wie: *nicht länger ein Gutmensch* anhörte.

Roux und ich schauten uns an. Was zum Teufel bedeutete das?

„Hier spricht Clervaud“, antwortete Gordon mit knapper Stimme.

Mina zeigte auf Roux, der sich vorbeugte, und sagte: „Hier ist Anand, ich rufe an, um Bericht zu erstatten. “

„Ja? “, fragte Gordon eifrig. „Wie ist alles gelaufen? “

Roux dachte darüber nach und sprach dann in einem Tonfall, der so trocken war wie die Sahara. „Jensen hat das Gemälde und Anastasia hat das Geld. “

Das war definitiv eine gekürzte Version der Ereignisse.

„Ausgezeichnet, ausgezeichnet“, sagte Gordon.

Dann beugte Mina sich vor. „Hallo, Gordon. “

Es wurde still am anderen Ende der Leitung, bevor er sich wieder fasste. „Mina? “

„Ja, ich bin es“, sagte sie und wartete darauf, dass er eins und eins zusammenzählte.

„Was machst du in London? Du hättest schon vor Stunden abreisen sollen. “

„Das ist irrelevant“, sagte sie knapp. „Die Frage ist, was macht Celeste mit Jensen? “

Mann, war sie gut darin, vom Thema abzulenken.

„Mit Jensen? “, wiederholte Gordon sichtlich überrascht. Dann kam ihm die offensichtliche Erleuchtung. „Hör mal, meine Liebe. Celeste ist eine Frau mit gewissen. . . ähm. . . Eigenheiten. “

Mina verdrehte die Augen. „Meinst du den unersättlichen Sexualtrieb eines Sukkubus oder etwas anderes? “

Gordon war sprachlos. Ich war selbst ziemlich überrascht. Ich war der Unverblümte. Mina war diejenige, die stets eine nette Art fand, Dinge auszudrücken.

Dieses Mal nicht, gluckste mein Drache.

„Inwiefern ist *das* relevant? “, stammelte Gordon schließlich.

Mina verdrehte die Augen. „Ich erinnere mich an einen Vortrag darüber, dass intime Beziehungen im Geschäftsleben nichts zu suchen haben.“

„Ja, nun…“, stammelte er. „Celeste ist ein ganz besonderer Fall.“

„So besonders, dass du bereit bist, zu akzeptieren, dass sie versucht, dich aus deinen eigenen Geschäften zu drängen?“, fragte Mina.

„Was?“, antwortete Gordon schrill.

Wir hörten alle zu, als Mina erklärte, was sie in Greenwich beobachtet hatte.

„Sie hat versucht, Jensen davon zu überzeugen, dich bei dem Geschäft zu übergehen. Und das ist nur die Spitze des Eisbergs.“

„Willst du damit sagen…“, schimpfte Gordon.

Mina unterbrach ihn. „Ich sage, dass du dir die Aktivitäten, das Kommen und Gehen, deiner Assistentin sowie ihre geheimen Verbindungen zu Leuten wie Szabo genauer ansehen solltest.“

„Szabo?“, knurrte er.

Mina nickte und wandte sich an den Rest von uns. „Hat noch jemand etwas hinzuzufügen?“

Henrik grinste. „Ich glaube, das fasst es gut zusammen.“

„Nun, ich denke, das ist alles, was wir im Moment zu berichten haben“, sagte Mina zu Gordon mit einer Stimme, die flacher war als ein Crêpe von Madame Picard. „Herzlichen Glückwunsch zu einem weiteren profitablen Geschäft.“

„Aber…“, begann Gordon.

„Ich werde Sie informieren, sobald wir wieder in Paris sind“, versicherte Roux ihm eilig.

„Im Moment schlage ich vor, dass du dich mit Celeste in Verbindung setzt. Wenn sie nicht zu sehr mit Jensen beschäftigt ist“, fügte Mina schnippisch hinzu.

Ich verbarg eine Grimasse. So wie ich Celeste kannte, beschäftigte sie Jensen *sehr*. Die Frage war nur, wie das in ihren Masterplan passte.

Mina legte auf und lange Zeit sprach niemand ein Wort.

Es war Bene, der schließlich das Eis brach. „Ich spreche mich dafür aus, dass Mina künftig alle Anrufe bei Gordon übernimmt."

Sie schüttelte vehement den Kopf. „Nein, danke."

„Na gut, dann bin ich dafür, dass wir Abendessen bestellen." Er hielt die Speisekarten des Zimmerservices hoch. „Und eine gute Flasche Champagner, um zu feiern."

Ich schloss die Augen, nicht besonders inspiriert zum Feiern. Vieles war gut gelaufen, aber es hätte genauso gut in einer Katastrophe enden können.

Roux schloss sich dieser Meinung an. „Ich würde lieber nach Hause fahren."

Alle verstummten und schauten nacheinander Mina an.

Roux' Kehlkopf wippte. „Nach Hause ins Château Nocturne. Ich weiß, dass das viel verlangt ist, Mina. Und ich weiß, dass wir dir bereits mehr schulden, als wir jemals wieder gutmachen können, aber... würdest du es dir noch einmal überlegen?"

Mina biss sich auf die Lippe und dachte nach.

„Ich finde, du solltest es tun", sagte Henrik als Nächster.

Fast hätte ich Feuer nach ihm gespien. Meinte er das ernst?

Aber dann fuhr er fort und ich hielt den Mund. Oder besser gesagt, er stand mir vor Überraschung offen.

„Ich meine, ich finde, du solltest in Betracht ziehen, die anderen wieder bei dir aufzunehmen. Ich werde eine alternative Unterkunft finden."

Mina öffnete überrascht den Mund.

„Überlege es dir einfach", fuhr Henrik fort. Er klang so demütig, wie ich ihn noch nie gesehen hatte. „Du hättest deine eigene Mitarbeiter und Gordon würde weiterhin für die Unterbringungskosten aufkommen. Zumindest bis zum Ende unserer neuen Verträge, wenn ich das Dokument richtig gelesen habe."

Mina schluckte. „Ich *brauche* Gordons Geld, aber ich *will* es nicht."

„Warum nicht?", warf Bene ein. „Zumindest würde es so einem guten Zweck dienen."

Mina starrte auf ihre Hände und war mit einem Problem konfrontiert, dessen Lösung viel länger dauern würde als diesen Abend – nämlich die Zukunft ihrer Beziehung zu ihrem Patenonkel. Aber was die Frage betraf, wer wo lebte...

Ich schaute sie an und mein Herz füllte sich mit Hoffnung.

Sie schaute sich um und musterte jeden von uns nacheinander und ließ mich als letzten übrig. Ich erwiderte ihren Blick, vorsichtig und hoffnungsvoll zugleich. Was, wenn sie ihre Meinung über mich geändert hatte? Über uns alle?

„Wie ich schon sagte, ich brauche Gordons Geld, aber ich will es nicht", begann sie. „Aber ich möchte *euch* zurück." Ihre Stimme brach ein wenig. „Ich habe euch vermisst."

Bene schenkte ihr ein gewinnendes Lächeln. „Ich wusste es."

„Uns alle, nicht nur dich, Dummkopf", murrte Roux und zeigte dann auf mich. „Besonders ihn, aus Gründen, die ich nicht nachvollziehen kann."

Mina lächelte. „Ich habe Marius vermisst. Aber den Rest von euch habe ich auch vermisst." Dann verdunkelte sich ihr Gesicht und ihr Blick wanderte zu Henrik.

„Wie ich schon sagte, ich werde mir eine alternative Unterkunft suchen." Er ging schnell zum Servierwagen, schenkte sich einen Scotch ein und starrte schweigend aus dem Fenster.

Mina sah immer noch gequält aus. „Da ist noch die Sache mit den Polizeimeisterschaften..."

Ich stöhnte und dachte an diesen Idioten, Wachtmeister Clement.

Benes Augen funkelten verschmitzt. „Ich verspreche, wir werden uns von unserer besten Seite zeigen."

Mina schüttelte den Kopf. „Wie wäre es, wenn ihr euch das Wochenende irgendwo weit weg von Burgund freinehmt?"

Bene öffnete den Mund, um zu protestieren, aber Roux schlug ihm auf die Schulter.

„Alles, was nötig ist, ist in Ordnung."

Mina nickte und damit war unsere Zukunft gesichert. Zumindest für die nächsten Wochen, denn weiter hatten wir alle nicht vorausgeplant.

Nun, so war es immer gewesen. Aber dieses Mal schweiften meine Gedanken viel weiter in die Zukunft. Jahre weiter. Sogar Jahrzehnte.

Bene klatschte in die Hände und griff nach der Speisekarte des Zimmerservices. „Abgemacht. Ich finde, jetzt haben wir es verdient, zu feiern.“

„Ich würde lieber den nächsten Zug nach Paris nehmen.“ Roux schaute auf seine Uhr und stöhnte dann. „Morgen, schätze ich.“

„Kein Problem. Die Speisekarte ist umfangreich“, zwitscherte Bene, ohne den Wink zu verstehen.

„Noch eine Nacht hier...“, sagte Mina und schaute sich düster um.

Plötzlich kam mir eine Idee. Ich stand auf und griff nach ihrer Hand. „Komm mit.“

Sie erhob sich zögerlich mit fragendem Blick.

„Wir treffen uns zum Frühstück wieder hier“, sagte ich zu den anderen und zog Mina zur Tür.

„Wohin geht ihr?“, fragte Roux.

Ich schenkte Mina ein hoffnungsvolles Lächeln. „Nun, es gibt da dieses kleine Apartment in Belgravia...“

Mina grinste breit und hakte sich bei mir ein. „Klingt perfekt.“ Sie winkte den anderen zu. „Habt einen schönen Abend.“

Bene seufzte. „Zumindest ihr beide werdet einen haben.“

Im Geiste des Teams und einer erfolgreichen Mission beschloss ich, ihn nicht umzubringen. Aber ich war nah dran.

Mina zog mich in den Flur. „Bis morgen, ihr alle. Und nochmals vielen Dank. Für alles.“

Ihr Blick blieb auf Henrik haften, der sein Glas in einem stillen Toast hob.

Roux schüttelte den Kopf und wiederholte ihre Worte im Namen aller. „Nein, wir danken *dir*.“

Dann gingen wir zur Tür hinaus und waren auf dem Weg zu dem, was hoffentlich die erste Nacht von vielen sein würde. Vielleicht sogar die eines ganzen Lebens.

Kapitel 27

MINA

Ich hatte eine kilometerlange Liste von Dingen zu erledigen, wenn ich wieder nach Hause kam – ganz oben standen *den Boden küssen* und *Gordons Nummer sperren*, darunter eher alltägliche Sachen wie *den Klempner und Dachdecker kontaktieren*. Irgendwann würde ich mich auch um ein paar wirklich dringende Probleme kümmern müssen, wie Celeste und Gordon.

Aber das Erste, was ich *tatsächlich* tat...

„Bist du dir sicher?", keuchte Marius und hielt mitten im Sex über mir inne.

Was den Paarungsbiss anging? Verdammt ja.

„So, so sicher", murmelte ich, obwohl es etwas undeutlich herauskam.

Mein Körper brannte, pulsierte voller Ekstase und einer unstillbaren Sehnsucht nach mehr. *Mehr*, das nur ein Paarungsbiss stillen konnte.

Ich hatte auf dem ganzen Weg von London hierher davon geträumt, bis zu dem Punkt, dass das schwache Leuchten um meinen Körper – und dem von Marius – sich zu einer strahlenden Helligkeit verstärkt hatte. Nur übernatürliche Wesen konnten es sehen, aber hoppla. Wir hatten auf der Zugfahrt unter dem Ärmelkanal viele Blicke auf uns gezogen. Wer hätte gedacht, dass so viele Übernatürliche frühmorgens von London nach Paris pendelten?

Roux und Henrik hatten sich zwei Reihen weiter nach hinten zurückgezogen, wobei Roux etwas gemurmelt hatte wie: *Bitte tut uns allen einen Gefallen und bringt diesen Paarungs-*

biss hinter euch. Diese ganze sexuell aufgeladene Energie bringt mich um.

Bene hatte so getan, als würde er eine Handvoll von etwas aus der Luft schöpfen. *Vielleicht könnte man das als Alternative zu Kernenergie nutzen.*

Marius hatte die Zähne gefletscht und Bene war glucksend zu den anderen gelaufen.

Wir waren praktisch durch die Eingangstüren des Châteaus gestürmt und nach oben in mein Schlafzimmer gesprintet, wo Marius das erste von einem halben Dutzend *Bist du dir sicher?* gemurmelt hatte.

Der Mann übertrieb es definitiv, um zu kompensieren, dass er mich, ohne zu fragen, markiert hatte.

„Du willst mich beschützen? Was gibt es Besseres, als mich zu einer Drachengestaltwandlerin zu machen?", gab ich zurück, denn das war eine der Auswirkungen des Paarungsbisses.

Er konnte dieser Logik nichts entgegensetzen, also verwandelten wir mein Schlafzimmer in ein Dampfbad. Wir hatten bereits eine Runde Sex hinter uns – man könnte es als Aufwärmübung bezeichnen – und waren nun auf dem besten Weg zum Hauptakt.

„Bist du dir wirklich sicher?", fragte Marius, der sich gerade noch so zurückhalten konnte.

(Nun ja, nicht wirklich gerade so, wenn man bedachte, wie... ähm, *tief* der Mann mich bereits ausfüllte.)

„Frag mich das noch einmal und ich werde diejenige sein, die dich beißt", knurrte ich.

Seine Augen funkelten. „Nichts würde mir mehr gefallen."

Alles schön und gut, aber ich hätte nichts dagegen, zu warten, bis ich die richtigen Zähne für diese Aufgabe einsetzen konnte. Nämlich Drachenzähne. Bis dahin würde ich ihm die Ehre überlassen.

Ich schlang meine Beine fester um seine Hüfte, aber er zog sich zurück. Verdammt noch mal!

„Ich sagte, ich bin mir sicher", stöhnte ich und klammerte mich an ihn.

Aber seine trainierten Bauchmuskeln gewannen die Oberhand und er rückte ein wenig zurück.

„Ich höre nicht auf. Ich positioniere mich nur neu", versprach er und stieß meine Hüfte an.

Wir hätten kopfüber in einer Brezelposition gefesselt sein können, und ich wäre vollkommen glücklich damit gewesen, solange er tief in mir steckte. Seit wann waren Drachen so wählerisch?

„Du wirst schon sehen", sagte er.

Ich wollte es nicht sehen. Ich wollte es fühlen, verdammt.

„Kann man vor Lust sterben?", murmelte ich.

Er gluckste. „Wenn das möglich wäre, wäre ich schon längst tot. Seit dem Tag, an dem ich dich getroffen habe."

Er versuchte, mir zu schmeicheln, und es funktionierte.

Ich rollte mich auf alle Viere und wackelte mit dem Hinterteil. „Zufrieden?"

Das Grollen, mit dem er antwortete, versicherte mir, dass er *überaus* zufrieden war.

Er packte meine Hüfte, schob sich hinter mich, flüsterte: „Ich liebe dich" und drang wieder in mich ein.

Meine Sicht verschwamm, als er sich tiefer und härter in mir bewegte. Sobald ich den Rhythmus gefunden hatte, bewegte ich mich ebenfalls und stemmte mich ihm entgegen.

Es war gut möglich, dass ich wie eine sexbesessene Katze jaulte, aber meine Ohren waren zu sehr mit einem brüllenden Geräusch gefüllt, um es genau sagen zu können. Zuerst dachte ich, das wäre Marius' Drache, aber nein. Es kam aus den Tiefen meiner Seele.

Ich hatte mir mein gemischtes übernatürliches Erbe immer als einen Knäuel aus Dutzenden von verschiedenen Farben vorgestellt. Die ursprünglichen Fäden waren für immer verheddert und kein noch so großes Ziehen würde sie jemals entwirren können.

Aber jetzt glitzerte ein einzelner goldener Faden in der Dunkelheit und sagte mir, dass ein einziger Ruck ihn befreien würde. Mein Drachenerbe?

Marius kratzte mit seinen Zähnen über meinen Hals und ich krümmte mich ihm entgegen.

Ja! Ja! schrie meine Seele in gespannter Erwartung.

Zwei Feuerpunkte bohrten sich in meinen Hals, als Marius zubiss – ein kurzer Schmerz, gefolgt von blendender Lust. Ich tastete herum und zog den Kopf meines Geliebten näher zu mir, um ihn zu drängen, tiefer zuzubeißen.

Übernatürliche Energie zischte und summte in mir, tausendmal intensiver als je zuvor.

Marius atmete ein, schloss seine Lippen um die Bisswunde und –

Wusch! Flammen rasten durch meine Adern.

Ein Drachenkuss. Ich hatte die Geschichten gehört, aber nichts kam auch nur annähernd an diese schwindelerregende, sinnliche Hitze heran.

Marius bewegte seine Hüfte, drang noch einmal kraftvoll in mich ein und explodierte dann.

Ich schrie auf, taub und blind für alles außer den Kräften in mir. Plötzlich sprangen Raum und Zeit, und Wind strömte an meinen Ohren vorbei, kühle Luft kitzelte meine Haut. Tausend Düfte der Landschaft füllten meine Nase. Meine Augen waren geschlossen, aber ich sah das Château und das Gelände darum aus der Vogelperspektive.

Ich flog – zumindest in meiner Vorstellung – neben einem riesigen, dunklen Drachen. Er schaute mich mit funkelnden Augen an und schoss aus purer Freude eine Feuerwolke in den Himmel.

Zuerst war es erschreckend, denn dieses Feuer konnte alles um sich herum verbrennen – auch mich, die ich so gewöhnlich war.

Aber dann wurde mir klar, dass ich überhaupt nicht mehr gewöhnlich war. Ich war ein Drache, genau wie er.

Der riesige Drache an meiner Seite stürzte sich hinab, drehte sich und flog Loopings um mich herum, um wie ein Elitekampfpilot anzugeben.

Viel besser als ein Kampfpilot, knurrte Marius.

Ich riss die Augen auf und war zurück in meinem Bett, mit kribbelnder Haut und rasendem Herzen.

Wow. War ich wirklich geflogen? War ich wirklich ein Drache?

Nein, aber bald wirst du einer sein, flüsterte Marius in meine Gedanken.

Er war hinter mir zusammengebrochen und lag dort so erschlafft und atemlos wie ich.

Ich berührte vorsichtig meinen Hals. Er war warm und kribbelte, aber es gab keine Wunde und kein Blut, nur einen summenden Strom von Magie in mir.

Wir hatten es getan. Den Paarungsbiss. Wir waren miteinander verbunden – für immer.

So wie ich war, rollte ich mich herum, um ihn anzusehen. Ihn zu umarmen. Ihn festzuhalten. Zu versuchen, das alles zu verarbeiten.

„Ich wusste nicht, dass so viel Drache in dir steckt", flüsterte er und strich mir mit den Händen über den Rücken.

„Das wusste ich auch nicht."

Mir kam der Gedanke, dass, wenn ich mit jemand anderem zusammengekommen wäre – sagen wir mit Clem, einem Wolfsgestaltwandler –, dann vielleicht diese Seite meiner DNA aktiviert worden wäre. Aber Junge, gefiel mir die Vorstellung, eine Drachengestaltwandlerin zu sein.

Ich umarmte Marius fest. Abgesehen von der Gestaltwandlerspezies war er der einzige Mann, den ich wollte. Der einzige, mit dem ich jemals ein wirklich glückliches, erfülltes Leben führen würde.

Und wenn das bedeutete, dass ich gelegentlich auf Messers Schneide leben musste – sagen wir, bei einem weiteren Kunstdiebstahl oder einer Begegnung mit einem anderen gefährlichen übernatürlichen Wesen –, dann wäre es das wert. Ich hatte mich noch nie so lebendig gefühlt wie mit Marius, und ich war noch nie so sehr bestrebt, meine übernatürliche Seite anzunehmen.

„Du wirst natürlich lernen müssen, es zu kontrollieren", warnte Marius.

„Ha. Ich unterrichte seit Jahren Mittelschüler. Wenn ich mit dreißig von ihnen gleichzeitig fertig werde, dann schaffe ich es auch mit einem mickrigen Drachen."

Offen gesagt machte ich mir Sorgen, dass ein Drache durch meine Handlungen, Worte und Emotionen Amok laufen könnte. Aber ich hatte Marius, Roux, Bene und Henrik ziemlich gut im Griff. Das Gleiche würde ich wohl auch mit einem Drachen schaffen, der irgendwann aus meinem Inneren emporsteigen würde.

„Der Trick besteht darin, diese Seite von dir in einer separaten Schublade zu verstauen und sie nur herauszulassen, wenn du sie brauchst." Das klang bedrohlich, aber Marius schüttelte den Kopf und formulierte es positiver. „Ich meine, wenn du es willst. Zum Beispiel, wenn du fliegen willst, nur so zum Spaß."

„Nur, wenn ich es mit dir zusammen tun darf."

Er grinste. „Glaube mir, das kann arrangiert werden."

Er küsste mich, zuerst langsam, dann immer leidenschaftlicher, und bald waren wir wieder in den Tiefen der Leidenschaft gefangen. Nicht, dass ich mich darüber beschwert hätte.

Danach säuberten wir uns, richteten das Bett und legten uns eng aneinandergekuschelt wieder hin.

„Jetzt hast du mich am Hals", flüsterte ich.

Er schüttelte den Kopf. „Nicht am Hals. Ich bin begeistert."

Ich schmiegte mich an den Arm, den er um mich geschlungen hatte, und starrte vor mich hin. Langsam kam die Reihe von Gemälden an der Wand in mein Blickfeld und ich betrachtete sie nacheinander.

Einige stammten aus der Sammlung meiner Großeltern. Dazu kam das Bild, das ich an einem nebligen Morgen vom Château gemalt hatte, auf dem alle meine Freunde zu sehen waren. Ein Löwe schlenderte über den Rasen, ein Tiger verbarg sich im Gebüsch und eine Fledermaus flog zwischen den Schornsteinen hin und her. Am besten gefielen mir die beiden Figuren, die in den Fenstern meiner Suite standen, eine groß, die andere etwas kleiner.

Ich verschränkte meine Finger in Marius' Hand und dachte an den Morgen zurück, an dem ich hier gelegen und befürchtet hatte, alles verloren zu haben.

Dann wanderte mein Blick zu dem Van Gogh, den wir aus Mallorca mitgebracht hatten. *Der Maler auf dem Weg nach Tarascon* an meiner Wand hängen zu haben, war ein Privileg, das ich ein paar Monate lang genoss, bevor ich einen Weg finden würde, es anonym an ein Museum weiterzugeben. Wie immer fragte ich mich: *Wie hatte ich so viel Glück gehabt?*

Aber ein Teil von mir kam nicht umhin, ein wenig zu seufzen. Wenn ich nur einen passenderen Käufer für *Der Turm der blauen Pferde* gefunden hätte. Aber jetzt gehörte es Jensen und würde wahrscheinlich für eine weitere Generation vor der Öffentlichkeit verborgen bleiben.

Marius musste meine Stimmung gespürt haben, denn er küsste mich auf die Schulter und rollte sich dann weg.

Ich protestierte, aber er gluckste nur.

„Ich bin gleich wieder da. Ich habe ein Geschenk für dich."

„Nun, wenn das *so* ist...", scherzte ich und schaute ihm zu, wie er durch den Raum zu den Kleidungsstücken ging, die wir neben der Tür liegen gelassen hatten.

Er fand seine Hose und kramte in den Taschen herum, wobei ich einen hervorragenden Blick auf seinen Hintern hatte. Meiner bescheidenen Meinung nach ein weiteres Meisterwerk.

Dann kam er zurück. Ich hob die Decke, um ihn hineinrutschen zu lassen, und hielt dann inne.

„Warte. Dein Handy?", protestierte ich. Das verdammte Ding hatte uns bisher nur schlechte Nachrichten beschert.

„Es ist im Flugmodus", versicherte er mir.

Ich ließ ihn wieder ins Bett, allerdings nicht besonders begeistert. Was könnte er dort wohl haben, das diesen perfekten Moment noch verbessern würde?

Er scrollte durch seine Fotos – nicht, dass er besonders viele hätte – und blieb dann bei einem hängen, bei dem er grinste.

Ich neigte den Kopf. „Ja?"

Er schaute auf und legte das Handy auf die Kommode.

„Hey. Du hast recht. Jetzt ist nicht die Zeit, sich Bilder anzusehen." Er neckte mich natürlich und ich zappelte wie ein gefangener Fisch.

„Aber mein Geschenk..."

Er grinste und griff wieder nach dem Handy. „Na gut." Er fand, was er suchte, und zeigte auf mich. „Leg dich zurück. Mach es dir bequem."

Ich runzelte die Stirn. Nur um ein Foto anzuschauen?

Trotzdem tat ich, was er sagte. Sonst würde er die Spannung *ewig* in die Länge ziehen.

„Jetzt schließ die Augen...", murmelte er.

Ich tat es und mir wurde wieder ganz warm. Selbst wenn sich sein Geschenk als Reinfall herausstellen sollte, war diese Position für andere Aktivitäten äußerst günstig. Und wir waren beide nackt, also...

Ich versank so tief in einer sexuellen Fantasie, dass ich meine Augen nicht öffnete, als Marius mich dazu aufforderte. Aber als ich es dann tat...

Ich starrte auf das Bild, dann Marius an.

„Das gibt's doch nicht."

Er grinste. „Doch, das gibt es."

Ich setzte mich ruckartig auf und griff nach seinem Handy, um es mir genauer anzusehen.

„Wo hast du das gemacht?"

„Bei Anastasia, als wir das erste Mal dort waren."

Ich starrte und starrte. Das Bild zeigte mich von hinten, wie ich *Der Turm der blauen Pferde* ansah.

„Ich weiß, du hast gesagt, ein Foto könne das Gemälde nicht einfangen –, aber ich dachte, es könnte vielleicht den Moment einfangen", sagte Marius leise.

„Ziemlich gerissen, Mister", scherzte ich mit einem Kloß im Hals.

Er zuckte mit den Schultern. „Ich halte mich nicht immer an die Regeln, weißt du."

Oh, das wusste ich. Und Junge, war ich dankbar dafür. Und nicht nur für dieses Bild.

„Danke", flüsterte ich. „Vielen Dank."

Das Bild verschwamm, als mir Tränen in die Augen schossen.

„Es ist wunderschön", war alles, was ich hervorbrachte.

Jahrelang war das einzige Bild, das Kunstwissenschaftler wie mein Vater von Franz Marcs Meisterwerk hatten, ein körniges Foto aus den 1940er-Jahren sowie eine postkartengroße Kopie, die der Künstler einem Freund geschickt hatte. Und jahrelang hatte mein Vater vergeblich nach dem Verbleib des Originals gesucht.

Es muss irgendwo dort draußen sein, erinnerte ich mich, wie er gesagt hatte.

Das ist es auch, Dad, wollte ich flüstern. *Und ich habe es gesehen. Mit eigenen Augen.*

Ich hielt Marius' Handy fest umklammert. Warum war ich die Glückliche, die einen Blick auf das Gemälde werfen durfte, statt meines Vaters? Und würde er diese Entdeckung feiern oder mein Versagen beklagen?

Manchmal hatte ich das Gefühl, dass das Schicksal Freude daran hatte, offene Fragen zu klären. Zu anderen Zeiten schien das Universum grausam und willkürlich zu sein.

Ich lag da und empfand eine Mischung aus beidem. Glücklich und doch schuldig. Zufrieden und doch sehnsüchtig.

Dann schlang ich meine Arme um Marius und erinnerte mich daran, was das wahre Meisterwerk war. Liebe. Verbindlichkeit. Die Chance, gemeinsam eine Zukunft aufzubauen.

„Ein schönes Geschenk?", fragte er und wischte mir die Tränen weg.

Ich nickte schnell. „Das beste Geschenk aller Zeiten."

Kapitel 28

MINA

Eine Woche später...

Nie zuvor hatte ich Auberre so sehr geschätzt wie in der Woche nach unserer Rückkehr aus London. Keine Menschenmassen. Kein Verkehr. Keine Kriminellen, die darauf warteten, mich zu überfallen. Nur eine verschlafene Kleinstadt mit einer Bäckerei und weitläufigen, friedlichen Wäldern und Weinbergen. Das Beste von allem war Château Nocturne – eine sichere, private Welt für sich, in der ich die Regeln festlegen und einladen oder ausschließen konnte, wen ich wollte.

Aber die Woche seit unserer Rückkehr – und meine erste Woche in verpaarter Glückseligkeit – war nicht so friedlich verlaufen, wie ich gehofft hatte. Erstens, weil meine Drachenseite viel schneller zum Vorschein gekommen war als erwartet, und das alles war so neu für mich.

„Füße raus. Flügel zurück. Zurück!!", brüllte Marius, als ich in Richtung Boden stürzte, was mit Sicherheit zu einer katastrophalen Landung führen würde.

Und, oh Gott. Ich war immer noch ganz benommen von der Tatsache, dass ich es überhaupt geschafft hatte, in die Luft abzuheben. Eigentlich hatte ich nur vorgehabt, nach meiner ersten Verwandlung meine Flügel auszuschütteln, aber mein inneres Biest hatte andere Pläne und flog mehrere unkontrollierte Runden über das Château. Hätte Marius sich nicht verwandelt und mich eingeholt, um mir Anweisungen zu geben, wäre ich in den ersten paar Minuten gestorben.

Einmal wäre ich fast kopfüber gegen den zentralen Turm des Châteaus gekracht. Dann hätte ich um Haaresbreite einen Schornstein gestreift. Jetzt stürzte ich in den sicheren Tod.

Juhu! quietschte mein inneres Biest fröhlich.

„Geradebleiben! Schwanzstrecken! Gerade!", brüllte Marius in Drachensprache, die mein Verstand sofort übersetzte.

Geradebleiben wäre toll gewesen, aber ich schwankte wie ein Albatros.

Dann, *krach!* Meine Zähne klapperten, als ich – gelinde gesagt – auf dem Boden aufschlug und kopfüber über den Südrasen purzelte. Als ich schließlich zum Stillstand kam, war ich nur wenige Zentimeter von den Fenstern des Ballsaals entfernt. Große Fenster mit Bogenrahmen, deren Austausch ein Vermögen kosten würde.

Ich rappelte mich vom Boden auf und verfluchte jede Prellung an meinem ledrigen Körper.

„Fantastisch – nur ein Tag nach dem Biss und schon kannst du dich verwandeln *und* fliegen. Das muss ein neuer Rekord sein", hatte Marius stolz verkündet, als der Staub sich gelegt hatte.

Einen Tag später war meine Landung etwas sanfter und am Tag danach noch besser. Ermutigend genug, dass ich danach ein Siegesbrüllen ausstieß. Ich war nicht nur ein verwirrtes Relikt mit magischen Kräften, die unvorhersehbar kamen und gingen. Ich war jetzt auch eine Drachengestaltwandlerin und diese Fähigkeiten kamen für mich so schnell und sogar ganz natürlich. So sehr, dass ich anfing zu glauben, ich könnte noch mehr Magie nutzen, wenn ich mich wirklich darauf konzentrieren würde.

Aber das musste warten, denn in der ersten Woche zu Hause war die Gewöhnung an mein neues Ich nicht das Einzige, was mich beschäftigte. Die Polizeimeisterschaften standen kurz bevor und wir hatten verdammt viel zu tun, um uns darauf vorzubereiten.

Das Gute daran war, dass ich mich so nicht um Celeste sorgen musste. Es hieß, sie sei aus London zurückgekehrt, hätte sich unschuldig wie ein Lamm verhalten und sei dann – schnell – aus Paris abgereist, als Gordon ihr schwierige Fragen stellte. Wo sie jetzt war und was Gordon zu unternehmen gedachte, wusste ich nicht. Aber es beunruhigte mich.

Vorerst beschloss ich jedoch, meine nervöse Energie auf die Polizeimeisterschaften zu konzentrieren.

„Heute ist der große Tag!", verkündete Bene an diesem Morgen fröhlich.

Ich war furchtbar nervös – daher hielt ich ihnen allen während des extrafrühen Frühstücks eine Standpauke.

„Schwört mir, dass ihr euch alle benehmen werdet", mahnte ich sie.

Marius und Roux nickten ernst. Henrik verzog das Gesicht.

„Das versteht sich von selbst", versprach Bene.

Ich glaubte keinem von ihnen. Nun, vielleicht Marius. Möglicherweise Roux. Aber nicht Henrik und *definitiv* nicht Bene.

Ich zeigte mit dem Finger auf ihn. „Ich meine es ernst, Bene. Vermassel das nicht. Zeig dich nicht einmal – weder in menschlicher noch in Löwengestalt."

Er riss die Hände hoch. „Das liegt nicht in meinem Interesse. Nicht, wenn der Ort vor Polizisten wimmelt."

Sein Ton klang eher nach Kakerlaken als nach Burgunds Freunden und Helfern, also warf ich ihm einen strengen Blick zu.

„Bitte. Ich muss dieses Geschäft auf die Beine stellen, und das ist ein wichtiger erster Schritt." Bene schaute mich zweifelnd an. „Sportgeschäft?"

Ich stand auf, um das Geschirr abzuräumen. „Jedes Geschäft! Und das ist kostenlose Werbung. Die Leute werden von dieser Veranstaltung weggehen und darüber reden, was für ein großartiger Ort dies für Hochzeiten und andere Veranstaltungen ist."

Roux kratzte sich skeptisch an der Wange. „Polizeihochzeiten?"

Ich stapfte mit dem Fuß auf. „Die von normalen Menschen!"

Bene neigte den Kopf. „Definiere normal."

Eine einfache Frage, doch fiel mir nichts ein. Sechs Wochen mit diesen Männern – und zwei Missionen für Gordon – hatten mein Gefühl von Normalität für immer verändert.

Ich biss die Zähne zusammen. „Außerdem bekomme ich so ein Gefühl dafür, wie gut die Logistik für zukünftige Veranstaltungen funktioniert. Zufahrt. Parkplätze, Toiletten... "

Das war etwas übertrieben, denn die Veranstalter hatten Dutzende von mobilen Toilettenhäuschen herangeschafft. Aber jedes Detail, das sie übersehen hatten, würde ein schlechtes Licht auf den Veranstaltungsort werfen und meine Hoffnungen auf zukünftige Geschäfte für immer zunichte machen.

„Oh Gott. " Ich griff nach meinem Klemmbrett. „Extra Toilettenpapier... "

Marius berührte sanft meine Schulter. „Ist schon erledigt, weißt du noch? "

War es das? In der vergangenen Woche waren wir unzählige Male zum *Hypermarché* gefahren und für mich war das alles nur noch verschwommen.

„Wir haben genügend Toilettenpapier, um die Apokalypse zu überstehen", versicherte mir Marius.

„Oder die nächste Pandemie", warf Bene ein. „Was auch immer zuerst kommt. "

Henrik sah selbstzufrieden aus, denn er war der Einzige von uns, der gegen beide Ereignisse immun war.

Ich trug die Teller in die Küche und eilte dann zurück ins Esszimmer. Die Organisatoren der Veranstaltung würden jeden Moment eintreffen und hunderte von Teilnehmern und Zuschauern würden folgen.

„Also hört mal", wies ich sie an. „Roux hat eine Liste mit Aufgaben, die ihr heute erledigen müsst... "

Roux blätterte mit ausdruckslosem Gesicht durch die Seiten. Ja, *Seiten* – Plural.

„Sobald ihr eine Aufgabe erledigt habt, fangt ihr sofort mit der nächsten an", fuhr ich fort.

Das war meine Strategie – sie so sehr im Haus zu beschäftigen, dass sie keine Zeit finden würden, sich hinauszuschleichen und sich unter unsere Besucher zu mischen.

„Das ist keine Liste. Das ist ein verdammtes Manifest", protestierte Bene.

„Gefällt es dir nicht? Dann zieh aus", knurrte Marius.

Bene verzog das Gesicht, biss sich jedoch auf die Zunge. Das war das Schöne an unserer neuen Vereinbarung – ich hatte immer noch etwas, womit ich sie unter Druck setzen konnte. Außerdem hatte ich in Marius den ultimativen Vollstrecker.

Freude durchströmte meine Adern und ich ermahnte mich, einen klaren Kopf zu behalten. Ich hatte einen kombinierten Vampir/Gestaltwandler-Angriff und den neuesten dubiosen Plan meines Patenonkels überlebt. Ich würde auch die Ausrichtung einer Sportveranstaltung überleben.

„Wir können heute wirklich, wirklich, wirklich keinen Ärger gebrauchen", mahnte ich sie ein letztes Mal. „Also bitte. Bleibt außer Sichtweite. Keine Ausnahmen – nicht einmal für dich, Henrik. Nicht, bevor der letzte Polizist das Gelände verlassen hat. Verstanden?"

Er warf mir einen mürrischen Blick zu, nickte aber. „Verstanden."

In London hatte er sich freiwillig bereit erklärt, sich eine eigene Unterkunft zu suchen. Damals klang das nach einer großartigen Idee und ich hatte keine Fragen gestellt.

Das war, bevor mir klar wurde, dass er ein Haus am Rande meines Grundstücks mieten würde. Jetzt hatte ich zahlreiche Fragen. Hatte er das die ganze Zeit vorgehabt? Hatte er dieses bestimmte Grundstück ausgewählt, um mich zu ärgern, oder konnte er sich einfach nicht dazu durchringen, sich von unserer bunten kleinen Truppe zu trennen?

Ich war dankbar für das, was er in London getan hatte, aber es machte uns nicht gerade zu besten Freunden.

Was das Haus anging, das er gemietet hatte... Oh, welch Ironie. Vor vielen Jahren hatte meine Großmutter die geräumige „Hütte" des Gutsverwalters am Rande des Grundstücks an einen Freund verkauft, um zu helfen Kosten zu decken. Dieser Freund hatte sie an einen Freund verkauft und so weiter, bis sie schließlich in die Hände eines völlig Fremden gefallen war. Ihre Pläne, die Hütte zu renovieren, waren aufgrund unerwartet hoher Kosten (ein allzu bekanntes Thema) gescheitert, und die Hütte stand seit Jahren leer. Sie war immer noch heruntergekommen, aber das hatte Henrik nicht davon abgehalten, dort einzuziehen.

Er wird sich mit all dem Staub und den Spinnweben wie zu Hause fühlen, hatte Bene gescherzt.

Der Gedanke hatte mich traurig gemacht. Hatte Henrik keinen besseren Ort, an den er gehen konnte?

Andererseits saß ich immer noch mit einem unberechenbaren Vampir fest, über den ich weniger Kontrolle hatte als je zuvor. In den letzten Wochen hatte er mich *sowohl* bedroht *als auch* mein Leben gerettet. Was würde er das nächste Mal tun?

Ein weiteres Problem für einen anderen Tag. Jetzt musste ich erst einmal die nächsten zwölf Stunden überstehen.

„Und lasst auf gar keinen Fall jemanden ins Haus", mahnte ich alle.

Ich hatte einen unbezahlbaren Van Gogh im Obergeschoss und wollte das niemandem erklären müssen. *Vor allem* keinen Polizisten.

Es klingelte an der Tür und ich wappnete mich innerlich, weil ich die Organisatoren der Veranstaltung erwartete. Ich eilte zur Tür und öffnete sie. Aber statt der vier netten Polizisten, die zuvor vorbeigekommen waren, um die Logistik zu besprechen, stand meine Schwester vor mir.

„Geneviève?", quietschte ich.

„Überraschung!", zwitscherte sie. „Ich bin hier!"

Ich wusste nicht, ob ich klatschen oder weinen sollte, denn wow. Welch ein Timing.

Gen warf sich in eine feste Umarmung, was gut war. Sonst wäre ich vielleicht umgekippt.

Hinter mir knarrten die Dielen, und ich wusste, ohne hinzuschauen, dass meine Hausgäste uns gefunden hatten. Noch wichtiger war, dass sie Gen gefunden hatten.

So wie ich hatte sie blaue Augen und langes, glattes Haar, allerdings mit einem rotbraunen Schimmer. Sie war etwas kleiner, viel hübscher und viel kontaktfreudiger.

Hätte ich Polizeiband gehabt, um sie von ihr abzuschirmen, hätte ich das getan.

„Verdammt, Leute. Ich habe gesagt, bleibt außer Sichtweite!"

„Vor der Polizei", sagte Bene und schenkte meiner Schwester ein strahlendes Lächeln. „Schön, dich endlich kennenzulernen."

Sie blinzelte verwirrt, aber erfreut. Ich hätte mich genauso gefühlt, wenn ich bei ihr zu Hause aufgetaucht wäre und vier auffallend attraktive Hausgäste vorgefunden hätte.

Ich stellte sie alle mit knirschenden Zähnen vor und die Jungs waren praktisch hingerissen von ihr. Henrik küsste ihre Fingerknöchel. Bene ließ seinen ganzen Charme spielen. Roux' Nasenflügel bebten, als wäre sie das Beste, was er seit Langem gerochen hatte.

Marius war der Einzige, der zurückhaltender war.

Jetzt? fragten mich seine Augen.

Ich war sprachlos. Nach monatelangen Verzögerungen hatte meine Schwester ausgerechnet heute beschlossen, aufzutauchen.

„Gordon lässt grüßen", sagte sie ganz selig und ahnungslos.

Junge, hatten wir eine Menge zu besprechen.

Dann schauten wir alle auf, als wir Autos die Auffahrt herunterkommen hörten. Drei, um genau zu sein, alle mit Polizeilogos verziert. Zweifellos das Veranstaltungskomitee.

Ich schluckte. Vor ein paar Wochen hatte das alles noch wie eine gute Idee gewirkt. Jetzt war ich mir nicht mehr so sicher. Aber zumindest waren sie nicht hier, um mich zu verhaften.

Hoffentlich.

„Wir müssen gehen", befahl ich Gen und zog sie mit mir nach draußen.

„Aber...", protestierte sie.

„Aber...", jammerten Bene und Roux gleichzeitig.

Wie dumm von mir, zu glauben, in meinem Leben würden etwas Ruhe und Frieden einkehren. Stattdessen stand mir eine mögliche Dreiecksbeziehung bevor.

Ich drehte mich um, um den Jungs eine letzte Anweisung zu geben.

„Keiner von euch sagt auch nur ein Wort. Jetzt macht euch bitte an die Arbeit und ruiniert das nicht."

Damit schlug ich die Tür zu.

Gen starrte mich an. „Was ruinieren?"

Ich seufzte. „Ich erkläre es dir gleich."

Hinter mir öffnete sich die Tür einen Spalt breit und Marius reichte mir mein Klemmbrett.

„Danke." Ich nahm es und warf ihm einen Kuss zu.

Er zeigte mir einen Daumen hoch und schloss die Tür.

Gen machte große Augen.

„Oh mein Gott. Du schläfst mit einem Drachengestaltwandler?", quietschte sie, gerade als Clem vorfuhr.

Ich vergrub mein Gesicht in meinen Händen und wünschte mir, ich könnte mich in ein Loch verkriechen. Wenn Gen nur nicht die übernatürlichen Gene hätte, die es uns ermöglichten, alle Arten von übernatürlichen Wesen zu identifizieren.

Dann holte ich tief Luft und wandte mich Clement zu.

Sein Gesicht war hart wie Stein, wie schon, seitdem ich mit Marius nach Hause gekommen war.

„Guten Morgen, Clem", sagte ich.

„Guten Morgen." Sein niedergeschlagenes Murmeln suggerierte, dass alles Licht aus dem Universum gesaugt worden war und die Dunkelheit die Galaxie verschlungen hatte.

Wolfsgestaltwandler konnten Ablehnung nicht gut verkraften.

Ich hatte versucht, ihn sanft abzuweisen, aber es hatte nichts gebracht. Jetzt musste ich ihm wirklich dringend eine neue Liebschaft suchen. Dann hellte sich meine Stimmung auf, denn, oh. Wie es der Zufall so wollte...

Ich zeigte auf Gen. „Du erinnerst dich doch noch an meine Schwester, Geneviève."

Clem nahm seine Polizeimütze ab und nickte höflich.

„Schön, dich zu sehen", sagte er ohne Begeisterung.

„Schön, *dich* zu sehen", hauchte Gen, als wäre ihre Welt gerade mit Sonnenschein, Einhörnern und Regenbögen explodiert.

Ich zuckte zusammen und überdachte meine Logik. Nannte man es immer noch Dreiecksbeziehung, wenn vier Parteien involviert waren?

Ich begrüßte die anderen Polizeibeamten und führte sie zusammen mit meiner Schwester vom Haus weg. Auf gar keinen

Fall würde ich sie unbeaufsichtigt mit drei Gestaltwandlern und einem Vampir zurücklassen.

„Also, die Vorbereitungen… ", begann ich und machte mich auf einen sehr langen Tag gefasst.

∞∞∞∞

Bald war das Gelände mit Sportlern und Zuschauern überfüllt, von denen die meisten zu Frankreichs Freunden und Helfern gehörten.

Clem hatte nur Augen für mich, während Gen *ihre* Augen nicht von *ihm* abwenden konnte. Glücklicherweise verließ er uns schnell, da er als Schiedsrichter für den Crosslauf-Wettbewerb zuständig war. Außerdem hatte Gen genügend Veranstaltungen mitgemacht, um sich nützlich zu machen. Die Veranstalter hatten geschworen, dass sie alles im Griff hätten, aber es kam zu den unvermeidlichen Problemen, von dringend benötigten Verlängerungskabeln über Müllsäcke bis hin zu – wie ich vermutet hatte – Toilettenpapier.

„Wow. Das sieht fantastisch aus." Gen blieb stehen, als wir die Stallungen betraten.

Schläger zischten und Bälle flogen. Wir drehten unsere Köpfe und schauten dem Pingpong zu.

„Tischtennis ist eine von drei Disziplinen, die wir heute ausrichten", erklärte ich.

„Ich meinte die Stallungen", sagte Gen.

Ich schaute mich um. Vor Wochen war der Raum noch vom Boden bis zur Decke mit Gerümpel gefüllt und Spinnweben hatten die Fenster verhüllt. Jetzt war alles aufgeräumt und gereinigt, und die Lichterketten, die ich aufgehängt hatte, machten den Raum nicht nur *funktional*, sondern fast *stilvoll*. Ich hatte sogar Flyer drucken lassen, auf denen optimistisch alle Arten von Veranstaltungen aufgelistet waren, für die das Château gemietet werden konnte, von Hochzeiten über Jubiläumsfeiern bis hin zu Automobilveranstaltungen. (Roux' Idee. Der Mann hatte große Hoffnungen für unseren alten Jaguar.)

Da ich mich so sehr in die Details dieser Arbeit vertieft hatte, hatte ich den Blick für das große Ganze verloren, aber jetzt sah ich es mit neuen Augen.

„Du hast so viel erreicht!", schwärmte Gen.

„Das haben wir", flüsterte ich stolz und erstaunt. „Wir alle."

Ich sehnte mich danach, diesen Moment mit Marius und den anderen zu teilen. Um zu feiern, was wir erreicht hatten, und zu sehen, wie dieser Ort wieder zum Leben erweckt wurde.

Zur Zeit meiner Großmutter war das Château immer ein lebhafter Ort gewesen, an dem Partys, Konzerte und Soirées stattfanden. Und obwohl die Polizeimeisterschaften weit entfernt von Teestunden und Krocketspielen waren, war es doch ein Schritt in die richtige Richtung.

„Grandma wäre so stolz", entschied Gen.

Mein Herz schlug höher, als ich mich umsah. Das dachte ich auch.

„Das zeigt nur, wie viel mehr wir anbieten können, und zwar nicht nur hier in den Stallungen." Gen zeigte auf den Pavillon, wo die Beamten Tische aufgestellt hatten, und dann auf die kleine Kapelle am Ententeich. Das Dach war eingestürzt, aber das hielt Gens lebhafte Fantasie nicht auf.

„Die beiden wären perfekt für Hochzeiten und die Empfänge könnten in den Ställen oder im Ballsaal stattfinden."

Meine Gedanken wanderten dorthin. Mit etwas Glück waren die Jungs kooperativ und arbeiteten gerade daran, die Risse im Putz zu verspachteln.

„Die Gäste können Suiten im Westflügel buchen...", fuhr Gen fort.

Ja, aber wir mussten zuerst überlegen, wo wir die Jungs unterbringen sollten. Marius war endgültig bei mir eingezogen, aber die anderen...

Meine Gedanken rasten. Es gab so viel zu tun und wir hatten gerade erst angefangen. Aber ausnahmsweise einmal schreckte mich der Umfang der Aufgabe nicht ab. Ich hatte jetzt meinen Mann und er würde nirgendwo hingehen. Die anderen auch nicht. Vielleicht also in ein oder zwei Jahren...

„Nächstes Frühjahr sollten wir unsere ersten Gäste empfangen können!", verkündete Gen, so glücklich und unbedarft, wie ich es einst gewesen war.

Ich beschloss, ihr die Illusion nicht zu nehmen. Jedenfalls nicht an ihrem ersten Tag.

Kurz darauf schlich ich mich von der Veranstaltung weg, um nach den Jungs zu sehen. Der Ballsaal war leer – aber wow. Jede Ritze war verspachtelt worden, jede Wand bereit für einen neuen Anstrich, sobald der Putz getrocknet war.

Als Nächstes schaute ich im Speisesaal nach, dann im Salon, aber ich fand niemanden. Wo waren sie? In meinem Kopf spielten sich Weltuntergangsszenarien ab, wie Henrik, der einem Zuschauer das Blut aussaugte, oder Bene, der mit Polizistinnen flirtete.

Aber, uff. Schließlich fand ich sie auf einem Dachbalkon, von wo aus sie das Geschehen überblickten.

Marius zog mich zu einem Kuss heran, der einem Filmplakat würdig wäre, während die anderen mit den Augen rollten und sich wieder der kritischen Mikroanalyse der Leistungen der einzelnen Athleten widmeten.

Ich löste mich kurz von Marius, um sie zu tadeln. „Als ob ihr das besser könntet. "

„Ich könnte es", erklärte Bene, und Roux nickte ebenfalls. „Laufen – kein Problem. Mountainbike – ich könnte die gleiche Strecke schneller ohne Fahrrad zurücklegen. "

Ich stellte mir vor, wie er in Löwengestalt dahinsprang. Okay, damit hatte er vielleicht recht.

„Was ist mit Tischtennis?", forderte ich ihn heraus.

„Wieso ist das eine Polizeidisziplin?", lachte Marius.

„Vielleicht benutzen sie die Schläger, um sehr schwache Kriminelle zu überwältigen", scherzte Bene.

„Nun, man braucht schnelle Reflexe", versuchte ich es.

„Es gibt viel hin und her, wie bei einem Verhör", sagte Roux trocken.

Bene brach in Gelächter aus, während Henrik stöhnte.

„Ich kann nicht sehen, dass Wachtmeister Dulaire teilnimmt", sagte Marius etwas spöttisch.

Ich schlug ihm auf den Arm. „Sei bitte nett. Er ist einer der Schiedsrichter."

Marius öffnete den Mund, sah meinen warnenden Blick und schloss ihn wieder. Der Mann lernte definitiv dazu.

„Ah, ja. Wachtmeister Dulaire", sinnierte Roux. „Ich habe schon länger über ihn gegrübelt."

Ich runzelte die Stirn. „Worüber genau?"

„Nun ja, wie kommt es, dass er ausgerechnet in diese kleine Stadt versetzt wurde?"

Ich schüttelte den Kopf. „Da ist nichts Ungewöhnliches dran. Clement ist hier aufgewachsen."

Roux schnaubte. „Dann sollte er doch wissen, wie tot dieser Ort am Wochenende ist."

„Noch toter, wenn man Henrik bedenkt", warf Bene ein.

Henrik ließ seine Reißzähne aufblitzen, aber Marius streckte die Hand aus. „Fangt bloß nicht an. Keiner von euch beiden."

Ich stemmte die Hände an die Hüfte und sah Roux an. „Worauf willst du hinaus?"

„Worauf ich hinaus will, ist, warum ein ehrgeiziger Alpha-Wolf eine Versetzung von Marseille – wo er sich mit der Bekämpfung echter Verbrechen einen Namen machen kann – auf einen aussichtslosen Posten wie Auberre akzeptieren würde. Und warum gerade zu diesem Zeitpunkt?"

„Du meinst, zu dem Zeitpunkt, als ich angekommen bin?"

Roux schüttelte den Kopf. „Nein, ich meine zu dem Zeitpunkt, als Gordon *uns* hierhergeschickt hat."

Das ist lächerlich, hätte ich fast gesagt. Aber vielleicht war es das gar nicht.

„Glaubst du, er ist hier, um uns auffliegen zu lassen? Oder Gordon?", fragte Bene.

Roux zuckte mit den Schultern. „Ich weiß es nicht. Aber wir müssen in der Nähe dieses Typs vorsichtig sein. Wir alle."

Mein Herz rutschte in meine Kniekehlen. Gerade als ich dachte, ich wäre auf dem Weg zu einem ruhigen, normalen Leben...

Aber Clem würde mich niemals ausspionieren. Er würde mich niemals täuschen.

Oder doch?

Ein Jubeln ertönte und lenkte meine Aufmerksamkeit auf das Geschehen draußen. Die erste Läuferin hatte gerade die Ziellinie überquert und ich sah, wie Clement zu ihr hinüberging, um ihr zu gratulieren. Immer mehr Menschen drängten sich um sie herum und er löste sich langsam aus der Menge. Lächelnd drehte er sich um und richtete seinen Blick direkt auf uns, die wir auf dem Dachbalkon standen.

Sein Lächeln verschwand.

Ich winkte schüchtern, während Marius murmelte: „Beobachtet er die Veranstaltung oder uns?"

Clement winkte steif zurück und knirschte mit den Zähnen.

Dann sprang Gen auf ihn zu, schwärmte begeistert von etwas, und Clem drehte sich zu ihr um.

„Gott sei Dank haben wir Gen", murmelte ich zum vielleicht zweiten Mal in meinem Leben.

Ich liebte meine Schwester, aber sie war ziemlich anstrengend. Momentan feuerte ich sie jedoch an. Schließlich hatte ich Marius am Anfang falsch eingeschätzt. Ich könnte genauso gut Clem falsch einschätzen. Und wenn er und Gen ihr Glück zusammen finden würden... Nun, das wäre schön für alle.

Hoffentlich. Wahrscheinlich. Vielleicht?

„Zurück an die Arbeit, alle Mann", brummte Roux.

Schritte polterten, als die Männer ihm folgten. Alle außer Marius, der seine Arme um mich schlang und mich sanft küsste.

„Jetzt geht es zurück an die Arbeit, aber später... ", murmelte er.

Ich grinste und drehte mich in seinen Armen um, um ihn zu küssen.

Unsere Lippen bewegten sich im Einklang und bald waren die Polizeimeisterschaften, Clement und andere Sorgen vergessen, und ich konnte mich ganz auf meinen Gefährten konzentrieren.

Denn das *Später*, von dem Marius sprach, bedeutete nicht nur heute Abend, nächste Woche oder nächstes Jahr. Es bedeutete ein Leben lang.

Sneak Peek: *Von Magie berührt*

Geneviève „Gen" Durand ist nach einer weiteren katastrophalen Beziehung nach Frankreich gekommen und bereit, das marode Château ihrer Familie wiederzubeleben. Sie hat sich geschworen, sich von jeglichen außerplanmäßigen Aktivitäten fernzuhalten. Keine geheimnisvollen, überfürsorglichen Gestaltwandler. Keine Experimente mit magischen Kräften. Und absolut keine Gefälligkeiten für ihren wohlhabenden Patenonkel, dessen Geschäfte alle eine verborgene, zwielichtige Seite haben.

Aber als ein Kunstauftrag mit einem unersetzlichen Gemälde ansteht, kann sie nicht Nein sagen. Ehe sie sich versieht, bewegt sich Gen durch ein Labyrinth aus Mord, wechselhaften übernatürlichen Allianzen und unberechenbaren Freundfeinden. Glücklicherweise nimmt es ein bestimmter grüblerischer, überfürsorglicher Gestaltwandler auf sich, sie zu beschützen... ob sie es will oder nicht.

Während Geheimnisse aufgedeckt werden, Magie wiedererwacht und Leidenschaften entflammen, muss Gen entscheiden, was sie zu riskieren bereit ist – und wem sie vertrauen kann.

Weitere Titel von Anna Lowe

Château Nocturne

Vom Mondlicht gestreift (Buch 1)

Vom Mondlicht markiert (Buch 2)

Von Magie berührt (Buch 3)

Verzauberte Horizonte

Windflüsterin (Buch 1)

Feuertänzerin (Buch 2)

Traumweberin (Buch 3)

Sherwood Forest Gestaltwandler

Verführung des Sheriffs (Buch 1)

Verführung des Gesetzlosen (Buch 2)

Verführung des Löwen (Buch 3)

Aloha Shifters - Juwelen des Herzens

Der Ruf des Drachen (Buch 1)

Der Ruf des Wolfes (Buch 2)

Der Ruf des Bären (Buch 3)

Der Ruf des Tigers (Buch 4)

Die Verlockung des Drachen (Buch 5)

Der Ruf des Fuchses (Buch 6)

Aloha Shifters - Perlen des Verlangens

Drachenrebell (Buch 1)

Bärenrebell (Buch 2)

Löwenrebell (Buch 3)

Wolfsrebell (Buch 4)

Rebellenherz (Buch 5)

Alpharebell (Buch 6)

Töchter des Feuers - Billionaires & Bodyguards

Töchter des Feuers: Paris (Buch 1)

Töchter des Feuers: London (Buch 2)

Töchter des Feuers: Rom (Buch 3)

Töchter des Feuers: Portugal (Buch 4)

Töchter des Feuers: Irland (Buch 5)

Töchter des Feuers: Schottland (Buch 6)

Töchter des Feuers: Venedig (Buch 7)

Töchter des Feuers: Griechenland (Buch 8)

Töchter des Feuers: Schweiz (Buch 9)

Die Wölfe der Twin Moon Ranch

Verlockung des Jägers (Buch 1)

Verlockung des Wolfes (Buch 2)

Verlockung des Mondes (Buch $2\frac{1}{2}$ – Vier Kurzgeschichten)

Verlockung des Alphas (Buch 3)

Verlockung der Wölfin (Buch 4)

Verlockung des Herzens (Buch 5)

Weihnachtsverlockung (Buch 6)

Verlockung der Rose (Buch 7)

Verlockung des Rebellen (Buch 8)

Verlockende Begierde (Buch 9)

Verlockung der Nacht (Buch 10)

Die Bären des Blue Moon Saloons

Perfekte Gefährten (die Vorgeschichte)

Verlangen des Bären (Buch 1)

Verlangen des Wolfes (Buch 2)

Verlangen des Alphas (Buch 3)

Verlangen des Gefährten (Buch 4)

Verlangen der Wölfin (Buch 5)

Süßes Verlangen (ein Festtagsschmaus)

Gestaltwandler in Vegas

Wolfspoker

Bärenpoker

Pantherpoker

Drachenpoker

Karibische Abenteuerromantik

Funken der Lust

Prickelndes Wagnis

Süße Verstrickung

Verlockende Tiefe

Sinnliche Strömung

www.annalowe.de

Über Anna Lowe

USA Today und Amazon Bestseller Autorin Anna Lowe schreibt fesselnde Romane mit tatkräftigen Heldinnen und unwiderstehlichen Helden in exotischen Umgebung, mit jeder Menge Zündstoff für scharfe Romantik.

Sie liebt Hunde, Sport und Reisen, die auch die Inspiration für Ihre Bücher liefern. Wenn Anna nicht gerade in die Arbeit an ihrem nächsten Buch vertieft ist, kannst Du Sie am Wochenende beim Wandern in den Bergen antreffen. Egal wo und wie – sie wird den Tag mit einem leckeren Stück Zartbitterschokolade ausklingen lassen.

Einfach mal vorbeischauen, auf **www.annalowe.de**.